你栖息在我心上

张炜炜 著

吉林文史出版社
JILINWENSHICHUBANSHE

图书在版编目（CIP）数据

你栖息在我心上 / 张炜炜著 . -- 长春 : 吉林文史出版社 , 2020.9
ISBN 978-7-5472-7188-9

Ⅰ.①你… Ⅱ.①张… Ⅲ.①长篇小说－中国－当代
Ⅳ.① I247.5

中国版本图书馆 CIP 数据核字 (2020) 第 177650 号

你栖息在我心上
NI QIXI ZAI WO XINSHANG

作　　者：张炜炜
策 划 人：常晓鹏
联合策划：册府文学　翻阅小说
责任编辑：吴枫
封面设计：张图图
出版发行：吉林文史出版社（长春市福祉大路 5788 号）
印　　刷：北京瑞达方舟印务有限公司
开　　本：710mm×1000mm1/16
印　　张：21.25
字　　数：395 千字
版　　次：2021 年 1 月第 1 版
印　　次：2021 年 1 月第 1 次印刷
书　　号：ISBN 978-7-5472-7188-9
定　　价：68.00 元

你栖息在我心上

◎ 张炜炜 著

目　　录

01　医生和监护人

天色昏沉沉地暗了下来，刚才还明亮青翠的树林，仿佛瞬间就淹没在荫翳之中。

叶岚循着倒伏的草迹，小心翼翼地向前找去，果然在灌木丛后，看到了一团黑白相间的物体。

但她还没来得及惊喜，就倒抽一口冷气。她看到了血迹。

这是一只半岁左右的熊猫幼崽，应该是被其他兽类咬伤后，挣扎着逃到了这里，此刻已奄奄一息。

叶岚蹲下身去检查它的伤势，就在这时，闪电如银亮的刀锋，划开了天幕，暴雨倾泻而下。叶岚急忙脱下自己的迷彩服，罩在了熊猫身上。

远处山边隐隐传来轰鸣声，当向导的山民老罗急得一跺脚："赶紧走，山洪要来了，再迟就出不了这座山了。"

叶岚望着那只熊猫："它怎么办？"

"能怎么办？"老罗紧张地看着河里的水势："这深山老林里打不通电话，咱又没个担架，就算有，抬着几十斤重的熊猫往山下跑，能跑得赢洪水？"

"那也不能把它留在这里等死！"叶岚一把拎起登山包，哗啦啦把里面的东西全部倒空，用迷彩服裹着熊猫，慢慢把它装进包里。

"你这是……"老罗目瞪口呆。

叶岚把包往肩上一背，顺着崎岖的山路直冲下去。老罗只愣了两秒，她的背影已经消失在拐角，他赶紧跟上，嘴里喃喃地念叨了句什么。

轰鸣声越来越响，老罗不时回头望，神情惊惶。叶岚只盯着前方，一刻不停地奔跑。她的手紧紧抓着背包的带子，熊猫的体温透过登山包的布料，和她的体温融在一起。

经不起暴雨的冲击，山石崩塌滚落，路断了，只能从河里走。但此时，平日清清浅浅的河水，已经涨到了齐腰深。

叶岚心一横，把熊猫从背上解下来，高高抱起它走下了河道。湍急的水流，再加上怀里的熊猫，她很难保持平衡，每一步都走得异常艰险。到了河中央，一个大浪打来，她差点儿被冲倒，多亏抓住岩石一角，才勉强稳住身体。

正心有余悸时，叶岚突然从迷彩服间隙里，看见了一双乌溜溜的眼睛。它不知道什么时候醒了，胆怯而又好奇地望着她。对视之间，叶岚的心莫名地静了下来，将它抱得更紧了一些，继续向前走去。它静静地伏在叶岚肩上，一动不动。

这一刻，他们生死相连。

往常一个多小时的脚程，这次只用了四十分钟，叶岚抱着熊猫瘫坐在山脚下，腿剧烈发颤。在他们身后，山洪如吞天巨兽，呼啸而下，将沿途的草木生灵都席卷腹中……

保护区的车来了，随行的兽医检查后发现，熊猫身上有多处伤口，尤其是右上肢严重骨折，伤情紧急。兽医立刻向省野生动物保护中心报告。

兽医挂断电话："野生动物保护中心说手术条件有限，怕到时候耽误治疗，让赶紧把熊猫送去盛京医院，他们会派人过去帮忙。"

"那就马上走，一分钟也别耽误。"叶岚干脆利落地下命令，她身上有种天然的气势，其他人立刻各归各位，迅速出发。

老罗坐在车厢角落里，用手掩着嘴，悄悄对兽医嘀咕："这个叶教授，做起事来比男人还猛。"

叶岚淡淡地往这边瞟了一眼，老罗立刻坐直了身体，干笑一声。

车在夜色中一路疾驰，终于赶到了盛京医院，不愧是全省第一医院，已是深夜，急诊室仍然灯火通明，忙得不可开交。

一位姓黄的医生匆匆出来，指挥他们的车往后拐："病人太多，要是乍一看见熊猫进去，不知道会出什么乱子。后面楼上有间空着的手术室，平时就只做实验用，里面什么东西都是齐全的。"

穿过空无一人的走廊，众人来到最尽头的手术室外，黄医生打开门，里面一片漆黑，阴惨惨的月光从窗外透进来，照在手术台上，白布下罩着一具尸体。

黄医生正打算开灯，突然，那具尸体直挺挺地弹了起来。

诈尸？！所有人都汗毛倒竖。

但叶岚不愧是坚定的唯物主义科学工作者，很快回过神来，反手往墙上一拍。

灯亮了，白布滑了下来，露出一张俊朗而颓废的脸，眼睛似睁未睁，好像还没睡醒。

黄医生气结："李江洲，急诊科忙得要死要活的，你还躲在这里偷懒睡觉！"

李江洲打着呵欠从手术台上跳下来："我也就刚调来科里两天，以前不也是这么多活儿，少我一个不少。"

叶岚看着他毫无所谓的样子，冷冷一笑。这人可真不像个医生。

李江洲懒洋洋地往门外走去，突然看到了担架上的熊猫，猛地刹住脚步。

"嘿，这是什么？"李江洲兴奋地要去揪熊猫的耳朵，但还没触到，手就被重重打开。

他抬起头，正对上叶岚冷然的眼神。

"这是病患！"叶岚盯着李江洲："作为一名医生，你就是这样对待患者的吗？"

李江洲看着叶岚，潮湿凌乱的头发下，是一张白皙清秀的脸，瞳仁极黑，凝视着人的时候，让人很有压迫感。

但他是李江洲。

李江洲吊儿郎当地一笑："你是它的监护人？行吧，这患者我接了，给熊猫治病，可是个刷新我职业纪录的好机会。"

叶岚顿时眼睛里冒火。

李江洲笑眯眯地转头看着黄医生："你去忙你的吧，这里我来搞定。"

黄医生犹豫。

"你就算不相信我的人品，难道还不相信我的水平？"李江洲目测了一下熊猫的伤势："这应该是被咬伤的吧，其他都好处理，但右臂……哦不……右上肢粉碎性骨折，伴发伤口大面积感染，需要马上做手术。"

和兽医的诊断基本一致。叶岚终于放下了些心。此人还不完全算是个草包。

这时，黄医生的手机响了，是科里的电话，说来了个急诊病人。

黄医生无奈地拍了拍李江洲的肩："那这里就交给你了。"

"放心吧，"李江洲挑眉，"人的手术我都做得了，何况是个动物。"

这句话让叶岚的眼神又冷了下来："你当这是动物实验？"

李江洲双手举起做投降状，嬉皮笑脸："好的，准备开始手术，谁来给我帮忙？"

兽医有些迟疑："我只给猫狗做过小手术，熊猫没做过……"

"我的意思是，给我帮忙把熊猫按住不让它动，其他的我也没对你们有什么指望。"李江洲嚣张得让人想揍他，"监护人，你要是好奇我的技术，也可以留下来观摩学习一下。"

叶岚强忍住了踹他一脚的冲动。

"熊猫的体重是多少？"李江洲一边配药一边问。

叶岚回想了一下背着它时的分量："大约四十斤"

"四十斤，"李江洲计算着麻醉剂量，"静脉注射 2mg/kg 体重……"

"不行！"一个年轻的男孩突然闯进门来："这个剂量熊猫用了可能会致死。"

李江洲一愣："我用的是标准计算方法。"

"这是正常成人用量，熊猫对麻醉剂很敏感，而且这是一只未成年幼崽，我们平时都是按小儿手术麻醉方式，以 8mg/kg 体重肌肉注射。"他说完停顿了一下，又补充："我是野生动物保护中心派来的，叫潘野。"

"幸亏你来了，"叶岚狠狠瞪了李江洲一眼，"如果这一针真的打下去，熊猫也许就永远醒不过来了。"

李江洲有点儿尴尬地摸了摸鼻子："这是人和动物的物种差异，不怪我。"

"你别强词夺理。"叶岚彻底火了："你既然不了解人和动物的差异，为什么要逞强来做这个手术！拿动物的命不当命，只当做实验练手了是吗？联系黄医生，换个大夫来主刀！"

保护区的兽医正要给黄医生打电话，手术台上的熊猫突然抽搐起来，嘴角呕出白色液体。

李江洲一个箭步抢上前，查看它的体温和眼底。

"急性感染导致的高热惊厥，必须马上抢救，不然会引发败血性休克。"李江洲仿佛变了个人一样，周身的散漫不见了，取而代之的是强势和凌厉："潘野，按你们的日常用量配制麻醉剂，其他人都给我出去，不要干扰手术。"

叶岚一时之间不知道该说什么，这时，熊猫又是剧烈一抽。她最终沉默地退了出去，背靠着墙站在门口，手紧握成拳，眼底一片焦灼……

02　家族之耻

天光渐白，手术室的门终于开了，李江洲走出来，叶岚急忙迎了上去。

"手术怎么样？"叶岚焦急地问。

"看看这双手。"李江洲摊开手。连叶岚都不得不承认，这是一双极为好看的手，指节修长匀称，连掌心的纹路都显得格外干净。

"是不是觉得，这是一双天生的外科医生的手？"李江洲的下巴都快抬到天上去了："做手术怎么可能会失败？"

还是那么讨厌。叶岚一咻。亏得之前在手术台上，她还觉得他终于有了点儿医生的样子。

"等你们的人收尾后，就可以带回去护理了。"李江洲伸了个懒腰，呵欠连天，"有事儿别找我，我要去睡觉。"

李江洲往前走了几步，又回过头来："哎，监护人，你叫什么名字？"

叶岚双手抱在胸前，冷冷地看着他："干什么？"

"放心，不是要追你。"李江洲坏笑，"顶多跟你学学嘴上功夫，回去对付我爸。"

叶岚扯了扯嘴角："我看不用了，光有你这么个儿子，你爸已经够闹心了。"

李江洲长叹一声，对她竖了下大拇指，晃晃悠悠地走了。

这人纯属有病！叶岚翻了个白眼，走进手术室。

等潘野收拾好，叶岚和他一起将熊猫送回野生动物保护中心。

出城之后又走了一个小时，最后上了山，才终于到了。叶岚环顾四周，二十世纪九十年代的小办公楼，一排矮矮的平房，每间养着一只熊猫，或躺或坐，神情恹恹。

"这里养的都是年纪大的熊猫，平时除了吃就是睡，不怎么活动。"潘野介绍，"小熊猫圈舍还要再往山上走。"

一个中年男人从办公楼里走出来，满脸笑意地和叶岚握手："这次多亏了叶教授，这小家伙才捡回了一条命。"

"这是我们中心的罗主任。"潘野跳下了车："我把小熊猫送上去，圈舍今天谁值班？"

"朱朱。"罗康成提到的名字，让潘野眉头一皱："算了，我这几天就守在山上，等它伤好了再下来。"

"别嫌弃人家，到底是个新来的小姑娘。"罗康成笑着拍了拍潘野的肩膀。

潘野匆匆离去，罗康成带着叶岚在园子里转悠。

这里除了熊猫，还养着朱鹮、金丝猴、羚牛等各种珍稀动物，圈舍收拾得挺干净，但都简陋陈旧。

"条件有限呀。"罗康成叹气："我们正在争取资金，希望能建一个更现代化的救护繁育基地，挽救那些濒临灭绝的物种。"

叶岚抬头看着墙上那行标语："保护野生动物，就是保护人类自己。"

她轻轻地叹息一声。

"以后也希望叶教授能常来中心指导，人员素质也是我们的一个大问题，中心太艰苦，人来一茬又走一茬，专业跟不上。你看一遇到熊猫动大手术，都得往医院送。"罗康成故意摸了摸锃亮的光头："要是中心有您这样的人才，我也不会愁得头发都掉光了。"

叶岚笑了起来："手术也不是我做的。"

"要是做手术的那人真来中心工作，您这头发怕也愁得保不住。"叶岚腹诽。

叶岚回到城里已近中午，连续熬了一天一夜，她除了躺在床上，什么也不想干。

冲了个热水澡，她直接将手机关成静音，连来电振动都不留，上床倒头就睡。

一觉睡醒天都黑了，她梦游般走进厨房，拉开冰箱找吃的，但里面只有一把不知道放了几百年的挂面。

好吧，点外卖。叶岚迷迷糊糊地拿起手机，顿时被满屏的信息吓清醒了。

亲戚群炸了！因为叶岚忘记参加今天中午的一场盛大的聚会——奶奶七十七岁的寿宴。

七大姑八大姨在群里明嘲暗讽，说她不孝，说她漠视亲情，说她有点儿身份地位就忘本。

这大帽子扣得有点儿过头。叶岚扒了扒乱七八糟的头发，琢磨到底是谁的遗传基因，让这一大家子人都这么有表演天赋。

叶岚视若无睹地继续点外卖，但就在这时，手机响了，屏幕上显示的只有一个字：妈。

叶岚顿了两秒，才接起电话，淡淡地"喂"了一声。

常淑宁的语速很快，似乎要显出她的精明强干，但又透着些小心："岚岚，你中午怎么不去呢？你都不知道亲戚们怎么说你。"

"我在群里都看见了。"叶岚语气平静得过头。

常淑宁沉默了一下，欲言又止："要不你补偿一下……"

叶岚不说话。

"也不费多少事，我已经把地方都订好了，你就明天过来请他们吃个饭，免得他们在背后说三道四……"

"您这样活着累不累？"叶岚忍无可忍地打断她："别人的一句话，一个眼色，您都在意得不得了，可他们有谁在意过您的感受吗？"

"是，没人在意我的感受！"常淑宁突然爆发："连你爸，连你，都拿我不当回事，别人凭什么在乎我？"

叶岚无奈："妈……"

常淑宁拖着哭腔："你以为我就愿意去巴结讨好人，你爸当甩手掌柜，窝在山里不出来，我一个人辛辛苦苦把你养大，遇到哪样事不得去求这些亲戚帮忙？现在好了，你出来了，你可以不理他们，别人会骂我忘恩负义，我活的这一辈子哟，怎么就这么苦？"

常淑宁哭得越来越伤心，叶岚无力再挣扎："算了，妈，把饭店地址发给我，我明天去。"

常淑宁挂断电话的同时，哭声一收，脸上露出笑容。

叶岚看了看微信发来的地址，仰面倒在沙发靠背上，望着天花板，郁闷地长呼出一口气。

第二天中午，叶岚准时赴约，打扮得十分潇洒。西装衬衫阔腿裤，本来个子就不矮的她，还穿着一双十厘米的高跟鞋。

进了包房，她矜持地向大家打招呼，果不其然，看见奶奶的旁边，坐着一名适龄男青年。

她就知道，这又是一场变相的相亲宴。

"这是小林，我同事干姐姐的儿子，工作好有前途，和你各方面都合适。"三婶热情洋溢地介绍。

叶岚走过去，居高临下地往小林身边一站，带着微妙的笑意，将他上下扫了一遍。

小林顿时有点儿坐不住，半弯着腰站起来："你好！"

他说完就赶紧坐下了，这一站一坐之间，谁都看得清清楚楚，小林比叶岚矮了半个头。

三婶脸上很不好看："你也不要总穿高跟鞋。"

叶岚淡笑不语，给奶奶送上礼物后，就悠然坐下打开手机。

逮着个机会就给她安排相亲，连逛超市都能安排一场"偶遇"，尤其这位领头的三婶，还发明了一句经典名言：女人三十岁还不结婚就是危险人物。

呵呵。叶岚爬上微博小号写道：女人不结婚，难道就成了危险人物，怎么谁都恨不得抓着你去游街？

她写完又去看了看心爱的白一哲的照片，就在这时，微博提示有新评论。

一个叫"八卦喵"的粉丝在她刚才那条微博下面留言：那是他们无事可做！世界上有趣的事情这么多，为什么非要选择最无趣的婚姻？

叶岚深感遇到了知音，立刻将此人加为好友，顺手一翻更是发现了宝藏，对方的微博几乎只有一个主题——白一哲。

这俩人简直就是失散多年的亲姐妹啊，立刻热火朝天地聊了起来，"八卦喵"表示自己对叶岚充满崇拜，因为她总能搞到第一手明星爆料。叶岚充满神秘地告诉"八卦喵"，那是因为她有特殊渠道。

坐在旁边的常淑宁，突然撞了一下叶岚的胳膊，她抬起头，发现是小林要走了。小林找了个临时有工作的常见借口，匆匆告辞。他前脚刚出门，亲戚们后脚就对叶岚发起了炮轰。

"你这是什么态度，别人坐你旁边，你在手机上聊天聊得笑开了花，把人也气走了！"三婶气呼呼地双手叉腰："你从小学习好，考好学校找好工作，我们多为你骄傲！你再看看你现在，这么大年纪了不找对象不结婚，别人背后都说你是怪胎，是嫁不出去的老姑娘，连我们都跟着你丢人！"

敢情她已经从家族之光，变成了家族之耻。叶岚冷笑，唰地拉开椅子站了起来："我这辈子就没打算结婚，以后就不劳各位长辈费这个心了。"

叶岚扬长而去，留下一屋子人面面相觑。

上了车，叶岚才重新打开微博，看见八卦喵连发了好几条消息：人呢？

叶岚：刚吵完架。

八卦喵：还是为结婚的事？

叶岚：我是坚定的不婚主义者。

八卦喵：我也是。

两人互发了一个拥抱的表情，仿佛在那一刻，真实地感受到了对方的温暖。

离开饭店后，叶岚直接回了西大，一走进学院的大门，就发现来往的人都对她投来复杂的目光，似乎包含着同情，又有几分等着看戏的好奇。

叶岚有些莫名其妙，快步走向电梯，而就在电梯门开的那一刻，她看到了一双和她脚上一模一样的高跟鞋……

03 审美"撞车了"

对方的关注点，显然和叶岚一样，两个人都缓缓把目光从鞋上移到对方脸上。

如果审美水平悬殊，那么是对自己审美的侮辱，但如果势均力敌就会有隐隐较劲的意味。

两人显然都觉得，她们是后者。容貌身高不相上下，而且都散发着一股闲人勿近的气场，彼此眼神一触碰，就似有火花溅出，不动声色地擦肩而过。

当叶岚独自站在电梯里的时候，她觉得有点儿奇怪，以前怎么从来没在学院里见过这号人物，新来的老师还是研究生？

叶岚到了实验室，脱下高跟鞋往柜子里一丢，换上平底鞋和白大褂，转头问研究生小亮："基因样本测完了吗？"

小亮忙打开电脑上的数据图，叶岚看完点了点头："果然和上次是同一只熊猫，把咬节区分再做细一点儿，看里面还有没有混着其他熊猫的样本。"

叶岚正要离开，小亮期期艾艾地问："叶老师，您有没有看到……公示名单？"

"什么名单？"

小亮打开了学院的页面，头条是职称晋升公示名单，而这个名单里，没有叶岚的名字。

叶岚默然转身，走回桌前做实验。

室内一片沉寂。

"这太不公平了。"小亮忍无可忍："您的教学科研水平，在院里都是数一数二的，凭什么三年都升不上教授！"

另一个女生也愤愤不平："就是啊，每次的借口都是您太年轻，但这次学院招了个比您还年轻的直聘教授，隔壁新装修的这三间大实验室就是给她留的，据说她就是家里有背景……"

叶岚笑着打断："嗬，你们的小道消息比我还多，行了，安心做实验吧，早发文章早毕业。"

见叶岚不想多谈，学生们只好闭嘴，但都很郁闷。

叶岚静静地做着实验，从神情上看不出她心里有无波动，仿佛一切都在她意料之中，或者与她无关。

这时，桌上的手机亮了，安娜的微信进来：速来盛京医院急诊科，车祸，重伤！

叶岚拿着移液枪的手一抖，加样加到了离心管外……

叶岚一路赶到急诊科，终于在大厅角落里找到了安娜，她正跷着崴了的脚，笑靥如花地望着医生办公室。

叶岚走过去，戳了戳她的脚腕，她"嘶"的一声把叶岚的手拍开："这可是为了给你追白一哲的车受的伤，你有没有一点儿感恩的心？"

"感恩感恩，"叶岚没好气地冷哼，"你吓得我半条命都快没了，以为你进了重症监护室。"

安娜抱住叶岚的胳膊，向远处努了努嘴："重症监护室哪有这么帅的医生？"

"都成这样了还不忘记撩人，你可真是身残志坚……"叶岚顺着安娜指的方向看过去，顿时一愣。

李江洲？！

叶岚嗤之以鼻："他也叫帅？眼科门诊就在二楼，你要不要顺道过去看看。"

"你才眼神有毛病呢，"安娜托腮欣赏，"以我阅尽娱乐圈帅哥的眼光，他要是去参加那种有素人的综艺节目，搞不好能秒杀明星。"

叶岚面无表情："我建议你去脑外科也挂个号。"

"想挂脑外科哪个医生的号啊？我就是从脑外科调过来的，可以给你帮忙。"李江洲走过来，冲叶岚一笑："这么快又见面了。"

安娜奇怪："你们认识？"

李江洲暧昧地眨了眨眼："前天我们一整个晚上都在一起。"

安娜：？

一直到进了叶岚的家门，安娜还在不死心地追问："你俩真没别的什么关系？"

叶岚咬牙切齿："就是最最普通的医患关系！"

"不对吧。"安娜举起手机，上面是她和李江洲聊了几十条的微信记录："那他怎么一直在打听你的事？"

"你是不是已经把我卖了？"叶岚怒。

"这怎么能叫卖呢?"安娜一摊手:"这么大一帅哥我都拱手相让了,你是不是也应该争气,赶紧把他追到,好打破你的爱情零纪录。"

"那我宁可抱着这个零到死。"叶岚把沙发上的脏衣服扒到一边,总算给安娜腾出了点儿坐的地方。

安娜一脸嫌弃:"你出了门还打扮得人模人样的,回家能不能把你这狗窝也收拾收拾?"

叶岚理直气壮地往沙发上一躺。

"我哪有空啊?一年到头在山里跑,回来还要去学院上班,就算有时间,我也得留着关心我的白一哲啊。"叶岚脑袋凑过来:"哎,你今天不是追白一哲的车了吗,弄到什么生图没有?快给我发几张,我最近更新少,微博粉丝都少了。"

安娜恨铁不成钢地推开她:"我说你这劲头要是放在搞人际关系上,至于三年都评不上教授吗?"

叶岚耷拉着眼皮不吭声。

"你也该收敛收敛你这直脾气,不要那么较真,上到学术界大佬,下到你们教研室主任,就没你不敢得罪的,不给你穿小鞋给谁穿?"安娜痛心疾首:"在这个社会上混,该认输就得认输。"

叶岚抬起头假笑:"我从来就不知道什么叫认输。"

安娜气结:"你就等着以副高职称退休吧!"

"你怎么尽往人痛处戳呢,你知不知道我有多伤心。"叶岚的表情,一点儿也没有伤心的迹象:"快给我几张图片安慰一下。"

"走开!"

"哎哟,消消气消消气,你跟我从小玩到大,又不是第一天知道我是刺儿头,跟我生什么气呢?我想看白一哲……"

叶岚锲而不舍的精神,终于让安娜屈服,给她找照片。

叶岚乐滋滋地打开手机收图,却一眼看见了新朋友添加提示,是李江洲。

果然把她卖了!叶岚敢怒不敢言地偷瞄了一眼安娜,恶狠狠地点了拒绝,想想犹不解气,又在拒绝理由里填上两个字——有病!

一分钟之后,李江洲新的加好友申请又来了,附加栏里写着:你有病没事儿,我是医生呀。

叶岚气得一把将手机扔到沙发上。

李江洲在那边嘿嘿嘿地笑,他终于报了一箭之仇。

叶岚虽然愤而拒绝了李江洲,但没过几天,她就不得不主动加他为好友。

这天叶岚刚给学生上完课,就看到手机上有三个罗康成的未接来电,她赶紧回电话。

罗康成很着急："叶教授,不好意思又麻烦你,上次你从山上救回来的那只熊猫,不小心把手术的伤口挣开了,现在感染很严重。能不能拜托你,请当时的主治医生过来帮忙?"

熊猫力气大又好动,一旦麻药过去疼痛剧烈,就会忍不住抓挠伤口,所以术后护理是件很不容易的事。叶岚理解他们的难处,一口答应下来。

叶岚翻出李江洲之前的加好友申请,点了验证通过:在吗?

但足足等了半小时,仍然没人回。

这人还摆上谱了。叶岚干脆开车直接去盛京医院,准备拉上他就走。

去了急诊科,却没见李江洲的人,叶岚在走廊上逮住黄医生:"李江洲在哪儿?"

"在院长办公室挨训呢。"黄医生给叶岚指路。

院长办公室里,李江洲站在办公桌前,对面坐着的,是盛京医院院长,著名脑外科专家李震。

"你在脑外三天两头消极怠工,我才把你调去急诊,想着能磨炼一下你,但你还是这么吊儿郎当,再这样下去,你就别在盛京干了!"

李江洲坏笑道:"那敢情好,我反正也不想当医生,您还是趁早把我开除。"

"李江洲!"李院长气得一拍桌子:"辛辛苦苦培养你,你怎么就不知道领情?"

李江洲依然在笑,眼神却桀骜不驯:"我领情啊,我不是如你们的愿,一路混到博士,还穿上了这白大褂吗?"

李院长一时之间指着他说不出话来,指尖微颤。

这时,敲门声响起,李院长放下了手,缓了口气:"进来。"

叶岚走进来,刚才门没关,他们的对话她在外面听了个十成十,情形有点儿尴尬。

叶岚看了一眼李江洲,他向她扬了扬眉,以示打招呼。

"李院长,是这样的,李医生前几天给野生动物保护中心的熊猫做了手术,但现在感染了,想请李医生过去处理一下。"

叶岚话音刚落,李院长就瞪着李江洲:"是不是你的手术做得有问题?"

李江洲一笑:"您什么时候能学会信任我?行,出了什么问题我负责到底。"

李江洲拉起叶岚就走,但走到门口,叶岚甩开了他的手,回过头来看向李震:"不是李医生的手术有问题,是术后护理不当。"

李江洲一愣,眼中瞬间闪过一抹复杂的情绪。

叶岚说完径直往前走,走廊上流泻的阳光,将她的背影融成金色,李江洲怔了片刻,快步追了上去……

04 让人心疼

叶岚和李江洲来到停车场，他走向自己的车，竟然是一辆红色跑车。

叶岚淡淡地睨了李江洲一眼，感觉车有些张扬。

他干笑："今儿早上走得急，我的车又坏了，开的我小姑的车。"

"开我的吧，山上路不好，就你这底盘，能剐出花儿来。"

李江洲闻言怪叫："还要上山？"

叶岚懒得理他，径自上了自己的越野车。

李江洲发现，叶岚开车的路子很野。七弯八拐的盘山公路，就算换他开估计都够呛，叶岚却像在平地上跑马，既快又稳。

"看你这技术，像是练过的啊。"李江洲抓紧了车顶的扶手调侃。

"用不着练。"她跑的山路远比平路多。

车刚一停下，就有工作人员小跑出来："罗主任在圈舍里，小熊猫的情况又严重了。"

李江洲和叶岚对视一眼，立刻下车。

熊猫挂着输液瓶，躺在木板搭成的病床上，潘野和罗康成紧张地守在床前，旁边还站着一个小姑娘，一脸张皇。

叶岚和李江洲进去，罗康成松了口气："叶教授，你们终于来了，这位就是李医生吧？"

"现在什么情况？"李江洲卷起袖子，上前检查熊猫的体征。

"高烧，意识不清，已经两天没进食了，身体很虚弱，正在打营养剂。"潘野回答。

"血像查了吗？"

"查了，白细胞和中性粒细胞严重超标。"

李江洲解开绷带，看了一眼伤口，皱紧了眉："缝合的线都开了，伤口还被抓挠过，难怪会感染成这样，你们怎么护理的？"

潘野回头，瞪了一眼那个女孩，她顿时低下头，眼泪汪汪。

"现在最怕的就是败血症，赶紧把细菌指标也查一下，先把抗菌药加上，等病原菌检测结果出来以后再调整。"

李江洲的话，让潘野有些为难："中心条件有限，细菌检测可能做不了。"

李江洲一愣。这些都是最基础的检测。

罗康成尴尬："李医生，让你见笑了，平时我们都是送到学校或者医院做的。"

"我们学院应该可以做，"叶岚接话，"把样品交给我送过去就行。"

"怎么好意思辛苦你来回跑。"罗康成过意不去。

"没事。"叶岚轻轻摸了一下熊猫的头顶："只要它能安全就好。"

叶岚眼神中流露出的温柔，让李江洲微微一怔，但他什么都没说，迅速指挥潘野抽血取组织样。

李江洲把样品交给叶岚，看着她一阵风似的上车，他笑了笑："虽然你技术过硬，但还是开慢点儿。"

叶岚手伸出车窗简短地一挥，踩下油门疾驰而去。

叶岚回到学院，去找动医的金教授，他是临床病理的专家，对这方面熟悉。但学生却告诉叶岚，金教授出差了，要到下周才能回来。

这怎么等得及！叶岚直奔动医办公室，问还有谁能做这个检测。但大家听说患病动物是熊猫，都面面相觑，这是一般人没有接触过的领域。

"我来做。"门口传来一个声音。

叶岚回头，看见了那天在电梯门口和她穿同款鞋的人。

她到底是谁？叶岚疑惑。

"这是我们系新来的陈正雅教授。"一位老师介绍，眼神有点儿意味深长。

叶岚突然明白了，这就是那位传说中比她更年轻的直聘教授。

陈正雅走到叶岚面前，向她伸出手："把熊猫的样品交给我，24小时内出结果。"

叶岚缓缓将手里的液氮罐递给她，一言未发。

她正要走，突然又顿住，望着叶岚笑了笑："你不是我们动医的，对治病不在行吧？"

敢情是说她外行凑热闹。叶岚冷冷一笑："野生动物保护中心那边有医生。"

"专业吗？"陈正雅笑容矜持，却有居高临下的意味："熊猫毕竟是国宝，出了问题可不是小事。"

叶岚心里的火彻底被撩了起来："你一直待在国外，也没什么机会接触国宝吧，那位医生至少给熊猫做过手术，救了它的命。"

两人直视着对方，气氛骤然紧张起来。

办公室的孙大姐见状，赶紧过来拉叶岚："正好你回来了，上次的学科测评表你还没签字呢，赶紧签了我好交到研究生院去。"

叶岚被孙大姐拽着离开，到了僻静处，孙大姐叹了口气："知道你心里窝火，但你别跟人家直接冲突。你知道她爸是谁吗？陈建森！"

陈建森是经济学的大牛，西大的金字招牌。叶岚冷笑："难怪呢。"

"她妈更不得了，靖安集团的董事长。"孙大姐以手掩口，压低声音："给我们学校捐了一栋楼，你拿什么跟人家比？"

叶岚想起了矗立在人工湖边的那栋靖安楼。

是没法比。叶岚自嘲。这岂止是有背景，是其他人都要给她当背景板。

叶岚仰头看向四楼，陈正雅穿着高跟鞋，婷婷袅袅地走向实验室。姿态优雅，盛气凌人。

"转告她，明天的这个时候，结果必须发到我邮箱。"叶岚转身离开，背影挺得笔直，毫无弱势之象。

孙大姐摇了摇头，一个园子里开出两朵带刺的花，争奇斗艳的日子还在后头。

叶岚回到野生动物保护中心的时候，已经是晚上，她走进去，只看到了潘野和那个小姑娘。

"小熊猫怎么样了？"

"李医生给它用了药，现在体温基本稳定下来了。"

潘野的回答，让叶岚安心了些："李江洲呢？"

"李医生睡了。"潘野指了指值班室。

又睡觉？自从认识他以来，他除了嘴欠，另一大爱好就是睡觉。叶岚撇了撇嘴，走近看小熊猫，伤口被重新清理包扎过，还用绷带打了个讲究的蝴蝶结，一看就是李江洲的作风——够无聊。

"有泡面吗？"叶岚问。

"您还没吃饭？"潘野赶紧从柜子里翻出碗面，又特意加了两根火腿肠，这是他们加班的必备食物。

"朱朱，你还愣着干什么，去给叶教授烧水泡面。"潘野瞪了那小姑娘一眼。

朱朱忙去拿壶烧水，却不小心脚下一绊，水泼出来，洒了一桌子。

潘野顿时就火了："你怎么什么事都做不好！前天我有事下山，一个上午不到，你就让小熊猫把伤口扯了，感染成这样！"

"我不是故意的，我就出去给我爸爸打了个电话，谁知道它的动作会这么快，力气这么大……"朱朱小声嗫嚅。

"你当初不是说你喜欢熊猫，才闹着非要来当饲养员吗？"潘野冷笑："那你难道就没了解过你的偶像？它才是真正的百兽之王，力气和速度连老虎都自叹不如，我看你不是真喜欢。"

潘野语气里的鄙夷，让朱朱眼眶红了，一低头，眼泪掉了下来，砸在手背上。

潘野一愣，烦躁地低吼："你别动不动就哭，跟谁欺负了你似的。"

朱朱还是低着头，肩膀随着啜泣微微耸动。

潘野默立了两秒，转身出去，门被甩得重重一响。

朱朱瑟缩了一下，委屈地看向叶岚，希望寻求一点儿女性的温柔安慰。

但叶岚只是埋头吃面，一个字也没说。

这时，值班室的门开了，李江洲懒洋洋地走出来，笑着对朱朱摆了摆手："好了，你也回去休息吧，后半夜我来守。"

朱朱如蒙大赦，立马溜出了这个低气压的地方。

"看把人家小丫头吓成那样，你也不说安慰安慰人家。"李江洲笑着走到叶岚面前："你对动物比对人温柔。"

叶岚抱着碗喝完了最后一口汤，神色淡淡："撒娇没用的，这是她的工作。"

"女人就应该好好利用撒娇这个武器。"李江洲笑眯眯地凑近她："活得太强硬了，不容易让人心疼。"

两个人之间的距离那样近，他的目光灼灼，似乎要望进她心里。

"你还是心疼你自己吧。"叶岚话音未落，李江洲就发出一声哀号，他被叶岚重重踩了一脚。

调戏她？想死。叶岚送给李江洲一个威胁的假笑，出门去扔泡面桶。

山里的夜很静，叶岚今天来回折腾，也真的是累了，靠在桌边不住地打盹儿。

李江洲为表示男女授受不亲，拿了根竹笋戳她："要睡去床上睡。"

"没事，习惯了。"她索性趴在桌子上睡着。

李江洲无语地看着她。这个女人，活得太糙了……也让人有点儿心疼。

天快亮的时候，一声微弱的呻吟，让叶岚陡然惊醒。熊猫的叫声很像婴儿的奶音，清亮娇嗲，但此刻却似乎混着痛苦……

05　纨绔医二代

叶岚急忙起身去看，一旁睡眼蒙眬的李江洲也醒了过来，两人一起冲向病床上的小熊猫。

人刚一接近，粗重的喘息带着滚烫扑面而来，不用测体温就知道它在发高烧。

李江洲查看它因为手术刮掉了毛发的裸露皮肤，发现了几颗脓疱疹。他将听诊器按在它胸口，神色越来越凝重。

叶岚焦急地问："怎么样？"

"皮疹出来了，肺部有湿啰音，"李江洲摸了摸小熊猫的腿部，"关节也开始肿胀了，这是金黄色葡萄球菌感染的败血症的症状，广谱杀菌已经没用了，必须马上换更有针对性的药物。"

"但是细菌培养的结果还没出来。"叶岚迟疑。也没有其他的仪器检查当作佐证，万一判断失误……

"相信我，"李江洲看着叶岚，眼神冷静而自信，"作为一个医生的直觉。"

叶岚一怔，和他对视了两秒，沉稳开口："需要我帮忙做什么？"

李江洲为小熊猫静脉滴药物，叶岚从冰箱里拿来冰袋，垫在小熊猫头下，为它物理降温。两人还每隔一阵就为它擦拭耳后和脚掌，紧张地观测它的生理体征。

就这样一直熬到天光大白，当罗康成他们上山来的时候，小熊猫的病情终于缓和下来。潘野和朱朱接手，叶岚和李江洲跌坐在椅子上，都已经累瘫。

"累坏你们了，"罗康成感激又感慨，"我开车送你们下山，去员工宿舍好好休息一下。"

李江洲摆手："得，我还是守在这儿吧，怕又出什么状况，你让叶岚去好好睡一觉就行。"

叶岚不肯去，李江洲又拿竹笋戳她："快走快走，专业的人来了，你在这儿也帮不上什么忙。"

叶岚又好气又好笑："你老拿竹笋戳什么戳？"

李江洲坏笑："这不是怕近距离接触，又被你踩脚吗？"

叶岚白了他一眼，跟着罗康成离开。李江洲伸了个懒腰，使唤潘野："我去值班室睡觉，没事儿别叫我。"

潘野和朱朱目瞪口呆，刚才舍己为人的职业精神和绅士风度呢？

叶岚一觉睡醒已经是下午，没人打扰就说明没有坏消息，她的心情和精神都放松了许多。

她看了看手机，发现已经到了与陈正雅约定发检验结果的时间，但手机信号不好，她打不开邮箱，只好去罗康成办公室借网。

没有邮件。叶岚只觉得心里一口气堵得上不来。陈正雅这是耍她吗？

叶岚拿起手机就要拨孙大姐的电话质问，就在这时，有人推门进来："罗主任，有人找您。"

叶岚抬头一看，顿时愣住，进来的人是陈正雅。

"你来干什么？"叶岚冷冷地问。

"送检验结果啊，"陈正雅扬了扬手中的文件袋，嫣然一笑，"顺便来看看熊猫的情况，我对你们的水平不放心。"

当着中心一把手的面，说对他们的水平不放心，这人真是嚣张到天上去了。

但罗康成永远好脾气，笑呵呵地接过文件袋："您是叶教授的同事吧？多谢您亲自跑一趟，这么关心熊猫，快请坐。"

"客套就不用了，"陈正雅直截了当，"带我去看病患。"

圈舍里，小熊猫已经醒了，动物和小孩子一样，只要病好一点儿，就又恢复了活泼好动的天性。它两三下就扯散了绷带蝴蝶结。

"你就不配拥有蝴蝶结！"李江洲拉开它的爪子："来人，上钢板，把它给我绑死！"

陈正雅进来的时候，撞见的正是这一幕。

"钢板只能内固定用,怎么能用来当夹板？"陈正雅语气轻蔑,眼神里分明写着：身为医生，你连这个都不知道？

李江洲一本正经："怎么不行？这是熊猫，百兽之王，力气大得能撕了你，不用钢板能控制得住它？"

其他人都一时语塞，觉得他说的似乎也有点儿道理。

李江洲摇了摇小熊猫的爪子，故作凶恶地威胁："听见了没有，再不听话我就要给你上钢板了，到时候你可别哭。"

小熊猫乌黑的眼睛眨巴眨巴，可怜兮兮地望着他。

叶岚忍不住一笑，她就知道，李江洲又在胡扯。

陈正雅也反应过来李江洲在耍人，脸色沉了下来。

罗康成忙打圆场："这位是西大的陈教授，动物医学专家。"

"哦，专家啊，"李江洲立刻一脸笑容，充满热情地来迎接，"请专家指导工作。"

叶岚冷眼瞧着他的变脸绝技，他向叶岚眨了眨眼。

陈正雅派头十足地走过去，看了看挂着的空输液瓶："病原菌结果出来了吗？你就敢直接当金葡菌感染来治？出了问题谁负责？"

一连串的问句逼问过来，李江洲只慢悠悠地回了一句："那你告诉我，检测出来的结果是不是金葡菌？"

陈正雅噎住。

"作为医生，判断病情不只依靠检验结果，也靠实战经验。"李江洲又恢复了平日里的吊儿郎当，似笑非笑地看着陈正雅："专家也要懂得变通，不然等您的检测报告拿来，都发展成心内膜炎了，这小家伙可就要遭大罪了。"

陈正雅的胸脯微微起伏，她从来没有被人这样当面挑衅过，除了叶岚。

这两人肯定是一伙的。陈正雅回头，狠狠瞪了一眼叶岚。

叶岚无辜地耸了耸肩。关她什么事，怪只怪她自己没看清李江洲的本质，他哪里像个惧怕权威的人，分明是个越压越反的弹簧。

"您忙您就回去吧，这儿有我看着，不用您操心。"李江洲又补了一句。

陈正雅气得转身就走，罗康成赶紧追上去送。

"都是教授，她怎么这么大架子，你看你多平易近人。"李江洲顺手拍叶岚的马屁。

叶岚更正："她是教授，我是副教授。"

"难怪你们俩看起来这么不和，是不是你被强权压迫，只能屈居于她之下？"他显然已经想象了一出大戏。

"就你好奇。"叶岚翻白眼。不过托他的福，陈正雅今天肯定气得不轻。

回城的路上，陈正雅心情烦躁，一辆车从侧后方插过来，差点儿撞上，她恼火地一拍方向盘，发出嘹亮的喇叭声。

就在这时，有电话进来，陈正雅不想接，但当她低头瞟到屏幕上的那个名字"韩靖"，顿了两秒，她还是打开了车载蓝牙。

"喂，干什么？"她的语气不怎么好。

对方的声音却低沉温和，还带着笑意："雅雅，回国这么长时间了，怎么不回家？"

"忙。"她回答得简短而敷衍。

但对方仍不疾不徐："那我去看你。"

后视镜里的陈正雅，眼睛里似乎有某种东西一闪而过，沉默了半晌才开口："不用了，你也不闲。"

"这点儿时间总是有的，再说你的生日也快到了，想要什么礼物？"他的语气，似乎在哄小女孩。

陈正雅的手紧紧握着方向盘，猛地反超了刚才那辆车，对方探出头骂了句什么，她毫无所谓地扬长而去。

不知道为什么，她的心情好像畅快了很多。

他还在等她的答案，她戴上墨镜，遮住了眼神："随便。"

车一路往前，伴着音调低沉的爵士乐，飞驰如风。

怕熊猫病情反复，叶岚和李江洲暂时留了下来。对李江洲来说，这也是个放风的好机会，不用天天待在医院里了，他打电话向李院长请了个假，宣称自己要对熊猫的术后愈合问题负责到底。李院长无言反驳，李江洲挂了电话得意扬扬。

"你跟李院长，不是单纯的上下级关系吧？"叶岚问道。没见过敢这么在上级面前找死的。

"他是我爸。"李江洲也不卖关子："就是那个我想跟你学艺回去应付我爸。"

"你已经出师了。"叶岚都能想象，刚才李院长肯定又气得想拍桌子。"你一个医二代，为什么不想当医生？"

李江洲扯了根草叼在嘴里，纨绔气十足："一家门医生，又不缺我一个，谁爱当谁当，反正我没兴趣。"

叶岚无言。其实她觉得，他还是很有几分当医生的天赋的，但没有职业信仰，再有天赋也不过是高技术的。

06　动物比人可爱

没过两天，李江洲就开始后悔自己的决定，宁可回盛京医院。

他看着推车里的饭菜，哀怨地叹气："又吃这个？"

山上的饭，都是每天从山下送上来的，罗康成为了李江洲和叶岚，还特意让食堂尽量变着花样做，但小镇上能买到的，就只有这几种菜。

李江洲一口都不想吃："能点外卖吗？"

叶岚头也不抬地吃饭："可以呀。"

李江洲兴冲冲地拿起手机，但很快就气得直瞪叶岚，山上没信号，根本无法叫外卖。

"这什么偏僻的地方，连信号都没有。哎，我说你们平时上不了微信看不了视频，打个电话都得到处找信号好的位置，是怎么做到在这山上待着不腻的，我现在只想回家！"

"我也想回家！"李江洲的话，让朱朱简直如同找到了知音："我以前觉得熊猫可萌可萌了，以为当奶妈是世界上最幸福的事，才一腔热血地跑到山上来，哪知道它们这么难伺候，拉屎都能一天拉几十斤，还都是青团一样的便便……"

"你别说了，"李江洲摆手作呕吐状，"说得我更吃不下去了。"

叶岚面不改色地吃完饭，站起来去洗碗："李院长这次肯定很满意，把你送到山上来了个变形记，正好治治你这娇生惯养的毛病。"

李江洲对着她的背影龇牙咧嘴。

百无聊赖之下，李江洲只能天天逗熊猫玩。小熊猫好动，总是舔身上的伤口。他不知道从哪里找来一个铁皮桶，敲敲打打卸掉底子，做了个金属版的头颈圈，套在小熊猫头上。无论它怎么挣扎都脱不掉，委屈地望着叶岚呜咽。

"撒娇也没用，"李江洲揪它的耳朵，"照你这么个舔法，猴年马月也好不了，我还下不下山？"

叶岚抱起小熊猫安慰："没关系，丑是丑了些，忍几天就摘掉。"

"没想到你还是个关注外表的人，"李江洲发现了她奇异的关注点，"那你怎么不对我好点儿？"

叶岚一脸认真地望着他："它戴着头颈圈都比你好看多了。"

朱朱"扑哧"笑出声来，李江洲气绝。

真到了要下山的那天，李江洲却有点儿莫名惆怅。

他给小熊猫取下头颈圈，顺了顺它颈上的毛："以后听话点儿，像你这么不遵医嘱的患者，能活下来真是奇迹，干脆你以后就叫奇奇吧。"

所有人都无语地看着李江洲，这好歹是国宝，取名居然这么……随心所欲。

"好，就叫奇奇。"罗康成倒是很捧场："是你和叶教授，实现了这个生命的奇迹。"

"叶岚，"李江洲一直很好奇，"当初你到底是怎么捡到它的？"

"我在山里做样线调查，正好遇到它受伤，洪水快来了，我就把它背下了山。"叶岚回答得轻描淡写，但每个人都能想象得出，当时的情势有多么危急。

李江洲凝视了叶岚片刻，笑着竖起大拇指："女金刚啊。"

"行了，快走吧。"叶岚摸了摸奇奇的头："有空再来看你。"

奇奇似乎也感觉到了离别，留恋地抱着她的腿不放，她眼神不舍。

李江洲揪了揪奇奇的耳朵："我会打电话回来问的，你要是不听话，我就让他们再把圈圈给你戴上。"

奇奇瑟缩了一下，又撒娇地在他手心里蹭了蹭。

等叶岚和李江洲上了车，他忍不住又回望了一眼奇奇，才转过头来，语气有几分感慨："我家里人都有洁癖，从小没养过宠物，对动物也没什么特别的感觉，但现在我发现，动物其实也挺可爱的。"

"动物有时候比人还可爱。"叶岚平视着前方的路，眼中有淡淡的光华，"它们只是不会说话，心里什么都明白。"

李江洲欲言又止，这时，前方遇到陡坡，叶岚一个漂亮的俯冲下去。

李江洲惊魂未定地控诉："奇奇确实比你可爱多了！"

叶岚大笑。

李江洲回到家里的第一顿饭，连吃了两大碗。李院长冷眼旁观："你平时总挑三拣四的，今天怎么胃口这么好？"

"您要是也去山上待上十天半个月的，胃口肯定比我还好。"李江洲又盛了一碗饭。

李院长冷哼："你这种人就该多吃点儿苦头，好改改你娇生惯养的臭毛病。"

李江洲"啧啧"两声："您果然和叶岚一个腔调。"

"叶岚是谁？"李院长疑惑地问："去我办公室找你的那个？"

"您甭问了，我现在只想吃饭。"李江洲又开始埋头吃饭。

李院长摇头一叹，养儿如养猪。

此刻，叶岚和安娜正在吃火锅，她边涮牛肚边讲陈正雅怎么嚣张又怎么被说的无言以对。

"她这么有钱，你居然还能跟她穿同款，你这个败家子。"安娜不愧是娱乐记者，看问题的角度很刁钻。

叶岚义愤填膺："大姐，一年三百六十五天，我有三百天在山里摸爬滚打，好不容易回归城市生活，弄几件贵的好看的衣服怎么了？有错吗？我没有追求美的权利吗？"

安娜投降："行行行，你美你无罪，快把牛肚捞上来。"

就在这时，叶岚的手机上，提示有八卦喵发来的微博新私信：你最近去哪儿了，怎么不见人？

叶岚搁下筷子回复：秘密行动，手机信号被屏蔽了。

八卦喵：难道是和白一哲约会去了？

叶岚：要是有这样的机会，我一定带上你。

八卦喵：哇！

叶岚：在旁边欣赏。

八卦喵发了个再见的表情：不送。

叶岚正聊得眉开眼笑，安娜把牛肚丢进她碗里："再不吃都老了，哎，刚才我说的话你听没听见，我觉得你和李江洲有戏。"

叶岚掏了掏耳朵："和谁？"

安娜白了叶岚一眼："你有什么好嫌弃他的，人长得帅，家里还有背景。你如果和他成了，就也是有靠山的人了，还怕干不过那个陈什么雅，当不了教授吗？"

叶岚笑了笑："我不靠那些东西吃饭。"

台面下的规则，她并非不懂，摆在面前的诱惑她也不是没遇见过。说她清高也好，死心眼儿也好，但骨子里的有些东西，弯不了就是弯不了。

安娜叹了口气，她知道，眼前这人就是个聪明剔透的硬骨头，劝了也没用。

叶岚回学院的那天，正好全员开大会。在会议厅外面的走廊上，她和陈正雅面对面走过来，顿时双双一愣，她们今天拎的包，同款不同色。

孙大姐真的是位热情纯朴的老大姐，不理解穿相同服饰对于两位年轻时髦的女性是什么样的感觉，反而力图借这一点来拉近二人的关系："哟，一模一样的包啊，看看，你们的眼光多相似，都是有品位的人。"

她不说还好，一说其他人的目光也都聚焦过来了，叶岚和陈正雅都下意识地把包往身侧藏了藏，心情尴尬。

　　入场落座，陈正雅有名牌，坐在院领导席。叶岚却和普通老师一样，位置在后排。看着一众领导和陈正雅谈笑风生，叶岚安静地坐下，不动声色。

　　等到宋院长致辞，他一开始就表达了对陈正雅的隆重欢迎："陈教授年轻有为，在动物医学和病理学方面有很深的造诣，她的到来，一定会大幅度地推动我们的动医学科发展！"

　　一片热烈的掌声中，陈正雅站起来，转身对大家点头致意。叶岚抬起手，象征性地跟着众人拍了几下。有些同事注意到了这一幕，暗暗交换眼色。谁都知道，叶岚又一次在职称评定中落了选，眼下又来了个这样的对手，心里自然不服。

　　院长大概也是想到了这一点，接下来的讲话充满安抚之意："当然，我们院其他学科的发展势头也很好，比如保护生物学的青年骨干叶岚老师，近几年发表了多篇高水平的文章，还拿下了国家级重点项目……"

　　陈正雅坐在台下，眼神中有微微的惊讶，她没想到，这个对手还不弱。

　　散会后，宋院长在门口叫住了叶岚，和她一起往前走："小叶啊，你这次职称没评上，有很多主观和客观的原因，也不要灰心，你还年轻，以后还有很多机会。"

　　叶岚没说什么，只是点了点头。

　　院长先走了，叶岚教研室的冯主任从她身边经过，对她嘲讽地一笑。之前因为建金丝猴观赏区的事，她和冯主任闹得很不愉快，现在他自然不会给她什么好脸色。

　　陈正雅不近不远地走在后面，这一幕尽落入她眼中。

　　上了楼，叶岚正要进实验室，听见陈正雅在身后开口："跟直系领导都搞不好关系，情商低大概就是你评职称失败的主观客观原因之一吧。"

　　叶岚转过头，笑眯眯地打量陈正雅："我瞧着这方面你也不比我好多少，不过没关系，你出身好。"

　　叶岚径自走进实验室，陈正雅气得重重一甩包。

　　到底意难平，叶岚越看越觉得这个包不顺眼，要不是想到买包花的钱，真想直接丢进垃圾桶算了。

　　叶岚愤愤地在微博小号上发了条消息：和讨厌的人买同款怎么办？

　　八卦喵的评论似乎感同身受：扔掉！

　　叶岚：算了，穷，再看看，实在不能忍就挂网上卖了。

　　八卦喵：……

　　叶岚收拾东西出门，又和从隔壁出来的陈正雅撞了个正着，两人横了对方一眼，各自攥紧手中的包，走向不同的楼梯口……

07　最严格的考验

李江洲回到急诊科上班，更觉得无聊，竟然有点儿想念在山上的日子。

他三天两头给潘野打电话，让潘野拍奇奇的照片和视频发给他，美其名曰监督奇奇的康复情况。

潘野到最后都无可奈何："哥，你要是实在想它，就回来算了。"

李江洲看看周围应有尽有的繁华街景，再想想那座基础设施几乎为零的山，快快地挂断电话。

李江洲又给叶岚发微信：你和你朋友最近没崴个脚啥的？

叶岚回：你能不能盼我点儿好？

李江洲一乐：不就是想见见你，有空出来一起吃个饭。

叶岚的回复很无情：没空。

这人怎么就是不待见他呢？李江洲只好郁闷地收起手机，晃回科室继续磨洋工。

叶岚是真的没空，她又要进山了，上次因为中途救奇奇，样线调查没做完，还有几个点没跑到，她打算去补齐。

但就在临走的前一天，她接到了师兄齐越的电话，约她聚一聚。齐越和她是同一个导师，她读硕士的时候他上博士，他毕业后就出了国，这么多年再没见过。毕竟有同门之谊，当时他对她也算照顾，她不好推辞，前去赴约。

齐越一身西装革履，很是精英范儿，但还是掩盖不住头顶半秃身材发福的事实。他一坐下就开始高谈阔论，讲他怎么进了世界五百强的企业，怎么过五关斩六将做到公司高层，俨然是事业成功的典范。但话锋一转，他又谈起了他那不幸的婚姻，妻子不理解他，在层次上不能做他的灵魂伴侣。

"小师妹，"齐越的眼神真诚而热切，"从上学时开始，我就觉得你非常优秀，你到现在一直没结婚，是不是也是因为没有找到你的灵魂伴侣？"

叶岚隐隐觉得，这气氛有点儿不对劲，不着痕迹地往后退了退，靠在椅背上："我做科研的时间都不够，没空想这些。"

"怎么能只专注事业呢？女人的青春是有限的，像花儿一样会凋谢。"齐越一把握住了叶岚放在桌沿上的手："你需要绽放，让人看到你的美。"

叶岚甩开了他的手，虽然被握住的只有指尖，但是那股感觉仍然让她恶心。她抽出餐巾纸擦手，冷冷一笑："占便宜就占便宜，还装什么诗人？"

齐越被戳穿，恼羞成怒："你假清高什么呀，不就是个三十岁还没嫁出去的女人！"

"你今天要是把我当作师妹，我还是乐意跟你吃这顿饭的，但你要是想其他事情，那我劝你别费心思了。"叶岚拿出几张钞票放在桌上："这顿我请客。"

齐越脸涨得通红，拂袖而去。

叶岚正打算走，突然有人绕过卡座，在她对面坐下："你真是嘴上不饶人，我看那位先生都快气死了。"

又是李江洲。叶岚无语："你偷听了多少？"

"全程。"李江洲毫无愧意："本来按电视剧里演的，我应该出来把你一搂，说你是我女朋友。不过估算了一下你的实力，我觉得我不需要英雄救美，怕反而成了炮灰。"

叶岚懒得跟他废话，站起身准备离开，却被李江洲拦住。

"就这么走了？你也太不够意思了吧，我约你吃饭你说没空，却跟别人一起吃饭。"李江洲的表情，颇有点儿怨妇的神韵。

叶岚冷哼，准备拉开他，手刚抓住他的袖子，一个年轻漂亮的女孩突然一阵风似的冲进来，指着李江洲的鼻子就开骂："你说跟我分手是因为长辈反对，我还想着再来争取一下，没想到你已经有了新欢，这是带她见家长吗？"

这诡异的形势转换，让叶岚一时愣住。

"不是，"李江洲无奈解释，"你跟我的事，真的是家里人不同意。"

女孩不信，红着眼眶问叶岚："你说，你是不是他新交的女朋友？"

叶岚沉默片刻，幽幽地叹了口气："对不起，我其实和他在一起很久了，但他心软，一直怕伤害你……"

李江洲不敢置信地望着她："嗯？"

"脚踏两条船，你还装什么善良！"女孩哭着端起桌上的水杯，泼了过来。

叶岚立刻敏捷地往旁边一躲，李江洲却结结实实地被泼了一脸。

女孩怔然看了他半晌，流着泪冲了出去，来去如风。

李江洲狼狈地抹了一把脸，头发上还在滴水："你冤枉死我了。"

"拿着家人不同意的借口甩掉人家姑娘，我这是帮她彻底死了这条心，早日解脱。"叶岚冷笑。看他这样儿，就是个花花公子。

两人正在对峙中，李江洲突然瞥见了门口进来的人，他坏笑道："叶岚，我女朋友可不是这么好冒充的。"

她还没来得及反应，就被他搂着转身："大姑，二姑，三姑，你们来了，这是我女朋友叶岚。"

叶岚头皮一炸，这人以牙还牙来得也太快了吧。

她正想辩解，大姑却亲切地握住了她的手："等饿了吧，进去边吃边说。"

叶岚是个吃软不吃硬的人，这样一来反而有点儿拉不下脸，就这么被拉进了包间。

而进去之后，叶岚才发现，亲切只是表象，她简直经历了一场比考研还要严格的面试。

"多大了？"

"三十岁。"

三位姑姑对视一眼："不小了，看起来还算年轻。"

叶岚无言：这算夸还是损？

"做什么工作的？"

"西大副教授，"李江洲抢答，"做野生动物保护的，厉害着呢，还冒着山洪暴发的危险，从山上救过熊猫……"

李江洲一番充满褒扬的介绍，只换来姑姑们的一句评价：工作性质危险，不适合结婚顾家。

叶岚突然有点儿相信李江洲的话了，面对这样挑剔的三位姑姑，有几个人能过得了这一关？

李江洲看出了她的心思，凑到她耳边说："还有个最难搞的小姑没来呢。"

叶岚用同情的眼光看着李江洲，这人怕是要打一辈子光棍了。

姑姑团对这次面试不太满意，但李院长听说李江洲的新一任女友是叶岚时，却动起了心思。他见过叶岚，年纪轻轻却大气沉稳，还能逼着李江洲在山上吃苦磨炼，要是有个这样的儿媳妇，没准儿能镇住这个玩世不恭的浪荡子，把他往正路上引。

"我看叶岚这姑娘很不错，李江洲，你这次给我上心点儿，别再不着四六的，跟人家好好谈，你也老大不小的了，该成家立业了。"李院长严肃训话。

"行，"李江洲嬉皮笑脸，"明儿我就去找她，传达您对她的殷切希望。"

李江洲哼着歌上楼，李院长皱紧了眉指着他的背影："看看，都是你们从小惯出来的，再不赶快找个人管住他，都无法无天了。"

姑姑们低眉顺眼地不作声，这侄儿从小没了妈，怎能让人不心疼，恨不得尽一切努力弥补他，这有错吗？

李院长无奈地叹了口气，走进书房。姑姑们开始窃窃私语地讨论，叶岚到底适不适合李江洲。

第二天中午，李江洲开车去了西大动科院，他打算守株待兔，等叶岚从大楼里一出来，就揪着她去吃饭，看她这次还往哪儿跑。

然而，从十一点等到一点，他也没看到叶岚的人影。他饿得撑不住了，给叶岚打电话，却只听到机械的提示音："您拨叫的用户暂时无人接听。"

这是去哪儿了？李江洲进大楼去找人，但他找到叶岚实验室，却发现大门紧锁。

他又跑到隔壁实验室去问，却看见陈正雅正在做实验。

"哟，陈教授，这是您实验室啊，设备真够高端的。"李江洲热情寒暄："您这么大一教授，还亲自做实验，精神可嘉。"

上次吃过他的亏，陈正雅警惕地望着他，觉得他的话又是在反讽。

李江洲表现得十分友好："我们也算大同行，要和谐相处。哎，借问一下，你今天见到叶岚了吗？"

原来是来找叶岚的。陈正雅松了口气，表情冷漠："没有。"

"那你知道她去哪儿了吗？"

"我怎么知道？"

李江洲坏笑："你们好歹也是隔壁邻居，怎么丝毫没有点儿同事爱呢？"

陈正雅说道："我跟她爱得起来吗？"

说完她又觉得这句话有点儿不妥，懊恼地抿紧了唇。

见气氛尴尬，一个学生小心翼翼地探出头来："听叶老师的学生说，她又进山考察了。"

李江洲失望地"哦"了一声，转身就走，走了两步才想起来，跟陈正雅打招呼："再见了啊，陈教授。"

陈正雅看都不看他，命令学生："把门关好，不要让闲杂人等随便进来。"

架子真够大的。李江洲耸了耸肩，头也不回地离去。

08　保护者

　　叶岚此时已经又到了青塬，她这次找的向导还是老罗。老罗算山民里脑子活络的人，平时除了种地还打零工，给进山的科研人员当向导，也能让他有点儿额外收入。但家里供着一个孩子在外上大学，日子过得还是紧巴巴。

　　他家就在路边，叶岚把车停进院子，刚一下车，那条叫黑子的狗就冲上来摇尾巴。上次叶岚在他们家住了好几天，它已经对她很相熟。

　　叶岚摸了摸它的头，走进厨房，跟正在烧火的老罗妻子打招呼："嫂子，中午吃土豆焖饭，随便在地里摘点儿青菜茄子什么的炒炒就行了。"

　　山里艰苦，离镇上也远。一年四季，只有杀年猪的时候能吃上点儿新鲜肉。熏干的腊肉高高挂在屋梁上，只有招待贵客时才舍得拿下来。叶岚知道他们的艰难，不想添麻烦。

　　但到了开饭的时候，桌上还是摆着一大盘腊肉，还有一盘青椒炒鸡蛋。

　　"闺女要生了，正好攒了些鸡蛋准备隔天送过去，"罗大嫂笑吟吟地给叶岚盛饭，满满一碗冒了尖，用铲子压平，又添上些，"多吃点儿，上山有力气。"

　　叶岚笑了，心里流淌着暖意，每次来山里，她就像回到了家。她大口吃饭，用实际行动表达对罗大嫂手艺的称赞。

　　吃完了饭，叶岚换上迷彩服和登山鞋，和老罗一起上山。车开到山脚下，剩下的路就只能靠步行了。

　　老罗看了一下天，笑着打趣："看这明晃晃的日头，今儿应该不用再跟山洪赛跑了，不过也不怕，反正山洪跑不过你。我跟你嫂子还说，看你就是个文文气气的城里女娃，进了山半点儿不比咱这些本地人差。"

　　叶岚笑了笑，眼中有抹复杂的情绪，似怀念，又似怅然："我小时候也是在山里长大的。"

林子越来越深，也渐渐没了路，两个人根据导航仪上的路线，分开树枝踩着杂草前行。叶岚边走边梭巡四周，看有没有熊猫留下的痕迹。

终于在一丛毛竹附近，发现了熊猫的粪便，叶岚拿出样品袋，戴上一次性手套，捡了六个粪便装进去，封好口后贴上标签纸，注明取样的时间地点。

叶岚又收集了一些带有毛囊的熊猫毛发，做好封存和记录。收拾好样品之后，她正准备招呼老罗继续往前走，站在树丛边的老罗却回过头来，紧张地给她比了个噤声的手势。

她轻手轻脚地走过去，顿时吃了一惊，不远处的山坡上有头羚牛。

羚牛是群居动物，眼下这只明显是落了单。而群居的羚牛一般不伤人，落单的却因为自身的不安和戒备，攻击性极强。

两人静静地藏身树后，尽力不让羚牛发现自己。突然，叶岚看见另一条山路上，有个移动的黑点由远及近，越来越清晰。

是个背着登山包的人，他行走的方向，和羚牛正面相迎。而他正拿着照相机全神贯注地拍鸟，浑然不知危险已经降临。

动物比人灵敏，羚牛已经发现了他的存在。它低下头，僵硬的黑色牛角闪着锐利的冷光，已是蓄势勃发。

叶岚呼吸抽紧，失声大喊："快跑！"

那人终于回过神来，然而此时已经来不及。羚牛庞大的身躯，裹挟着风声，从坡顶直袭而下，向他扑了过来。

千钧一发之际，一只手突然横空出现，将他猛地往旁边一拉，他还未看清对方的面容，两个人便因反冲力而站立不稳，双双滚下陡坡。

羚牛追了过去，却没有见到两人的踪影，不甘心地徘徊寻找。

而此刻的他们，就躲在离它不远的岩石下。叶岚侧身向外，将他挡在里面，有一种强悍的保护者姿态。他望着她的背影，眼神微微异样。

羚牛一无所获，终于没了耐性，往山下跑去。听着蹄声远去，叶岚才终于松了口气，从岩石下爬出来。

"你这人怎么回事，脑子进水了是吗？！你知不知道这是什么地方？这是不许外人进入的实验区，猛兽出没的原始森林！既破坏野生动物的栖息地，又拿自己的安全当儿戏，你这叫探险吗？你这叫不讲规矩不要命！"

叶岚叉着腰大骂，十分泼辣，但因为太激动，她的脸色泛起淡淡的粉红，怒火将眼眸燃烧得晶亮，反而有种娇憨的美。

他突然举起相机，"咔嚓"一声对着她按下快门。

"你干什么？"叶岚惊怒。

"还好，相机没摔坏。"他低头摆弄相机。

拿她试相机？都这时候了还惦记着这个。叶岚冷哼："这相机很值钱吧？"

"不算太值钱，但相机里的东西很值钱。"他望着她一笑。

叶岚发现，他笑起来竟然有几分神似白一哲。爱屋及乌，她终于消了点儿气。

大概又是那种拍照卖给旅游和地理杂志的摄影师，也不容易。叶岚板着脸："记住今天的教训，下不为例。"

他点头，始终笑意温和："多谢你救了我，我叫韩靖……"

就在这时，老罗慌慌张张跑了过来："怎么样，你们没事吧？"

叶岚好笑，老罗这人什么都好，就是太怕死，不过在山里这种复杂的环境下，保证生命安全是第一位的，这无可厚非。

"我们得赶紧下山去报信，落单的羚牛很容易伤人，要通知大家注意防范。"叶岚准备走，韩靖也打算跟上，可刚一站起来，就痛得一声闷哼。

他的相机没摔坏，腿却摔伤了。

叶岚吩咐老罗："你先下山，我带着他慢点儿走。到了有信号的地方，你要第一时间打电话联系野生动物保护中心，让他们马上派人过来，没有专业人员帮忙，肯定制不住这头羚牛。"

老罗匆匆离开，叶岚扶起韩靖走在后面。

韩靖满是歉意："又给你添麻烦了。"

"以后不要再到实验区来了，人类留给动物的地方已经不多了。"叶岚看着前方，眼神凝重："你惊扰了它，它必然会回击你。"

叶岚说完这句话就沉默了，韩靖微微转过头，看着她的侧颜，轮廓清丽，却又透着种坚毅之感。

她一路扶着韩靖，到了路很狭窄的地方，她就先跳下去一步，再伸出双手来接他。这样的肢体接触，换成别的女孩一定会有些羞赧，她却十分坦荡。

韩靖失笑，不知道是自己魅力太小，还是叶岚对待此刻的他，就像对待她所保护的任何一种动物一样。

而此刻，山下却是惊心动魄。最坏的情况发生了，羚牛闯进了村子。村民们还在干农活没回来，羚牛大摇大摆地逛了一圈，最后进了一户人家的大门，吃光了牛棚里的草料之后，就趴在院子里睡着了。

当这家的女主人从地里回来，看见院子里的情形，顿时吓呆了。她才两岁大的孩子，就睡在和羚牛一墙之隔的屋内。

她慌得去喊人，但羚牛凶猛起来能伤人致死，谁敢在它眼皮子底下抢人！众人围在门前束手无策，女主人已哭瘫在地。

一个皮肤黝黑身材微胖的中年妇女，背着背篓挤进来："出什么事儿了？"

有人认出她是毛坪保护站的站长秦芳，她有时候会下山到村里小卖部来买日用品。

"秦大姐，羚牛进院子了，屋里还有孩子。"

"羚牛？"秦芳急忙走过去，趴在门边看，果然见那头庞然大物正卧在院子角落里呼呼大睡。

"这可怎么办呀，娃要是醒了一哭……"女主人害怕得说不下去，又痛哭起来。

"别哭了妹子，你要是把羚牛哭醒了，情况更危险。"秦芳扶起她："听我的，你先到别家去歇着，大姐替你守在这儿。"

女主人犹豫着不肯走。

秦芳掏出手机，给罗康成打电话："杨河村这边出事了，羚牛闯进村民家里了，你们赶紧过来人帮忙。"

"我们已经在路上了，马上就到。"罗康成此刻正在车上，旁边还坐着潘野。

秦芳挂断电话："野生动物保护站的人就快到了，他们是专业的，肯定对羚牛有办法。大家都散了吧，人越多越容易出事，留下几个青壮汉子帮忙，其他人各回各家，把门窗关紧。"

在秦芳利索的指挥下，人终于散去。她搭着梯子悄悄爬上院墙，近距离监视羚牛的动静。

时间一分一秒地流逝，野生动物保护中心的人还没到，羚牛已经有醒转的迹象，秦芳心里越来越着急。

屋内突然传来一声响亮的啼哭，孩子醒了。羚牛一跃而起，朝着屋子冲过去。情急之下，秦芳抓起一个瓦片，砸到羚牛身上。

羚牛受到攻击，立刻掉转头向秦芳袭来，牛角直冲秦芳的心窝。高墙之上，秦芳避无可避。就在她闭上眼睛等待这致命一击时，一支麻醉针破空而来，没入羚牛的身体。

羚牛的冲势骤地一减，跌回地上。潘野端着麻醉枪，冷峻地站在门口。秦芳睁开眼睛，看见了潘野，两人对视之间，都是神情一震。罗康成扔过来软网，困住羚牛，它还在拼命挣扎，他带着几个村民上前将它死死摁住。这时，孩子的哭声再次响起，潘野放下枪，冲进屋里将他抱了出来。

女主人闻讯赶到，跌跌撞撞地跑过来，一把将孩子搂在怀里，哭着就要下跪："谢谢你们了，不是你们娃就没了。"

潘野手忙脚乱地将她扶起，涨红了脸不知该如何安慰。

秦芳怔然看着这一幕，眼神十分复杂，最后默默地顺着梯子下去，捡起地上的背篓离开，背影落寞。

麻药的劲儿上来，羚牛终于彻底不动了。大家合力把它搬上皮卡车的后厢，罗康成才想起来问:"秦芳呢?"

"秦大姐好像已经走了。"一个村民回答。

潘野一言不发地检查麻醉枪。罗康成深深地看了他一眼,叹了口气。

这时,叶岚带着韩靖也赶到了,见羚牛已被制服,她终于放了心。

"多亏你及时让人通知,我们才能赶过来,不然会出大事。"罗康成很感谢叶岚。

"应该的,野生动物保护工作既要保护动物的安全,也要保护人的安全。"叶岚说:"不过这里有个伤员,刚才被羚牛冲撞摔了腿,我山里的工作还没做完,暂时回不了城,你们顺便捎他一路。"

"好嘞,没问题。"罗康成爽快答应。

韩靖上了车,临走前问叶岚:"能不能给我留个联系方式,回头想好好感谢你。"

"感谢就不用了,"叶岚无所谓,"记住这次的教训就好。"

"记住了,以后绝不再进实验区。"韩靖露齿一笑。

真像白一哲。叶岚也笑了起来,跟他挥手告别……

09　我偏要追你

一路上潘野都沉默寡言，罗康成和韩靖有一句没一句地聊天，说起野生动物保护的危险和艰辛，罗康成感慨："这活儿男人都不一定干得了，叶教授这样的姑娘真不容易。"

"她姓叶？"韩靖顺势问道。

"怎么，没要到人家姑娘的联系方式？"罗康成哈哈一笑："那我也不能再多说了，免得以后叶教授怪我泄露她隐私，你们等有缘再见吧。"

韩靖知道再问不出什么，也一笑置之。

到了去中心的路口，罗康成打算先把羚牛送回去，再送韩靖回城。

"不用了，你们赶紧去忙吧，把我放在路边就行，我已经联系了家里人来接，应该一会儿就到。"韩靖坚持下了车，目送他们远去。

没过多久，一辆车从路的另一头过来，转了个弯停在韩靖身边，车窗滑下，露出了陈正雅的脸。

"雅雅。"韩靖笑着坐进车里。

"为什么叫我来接？"陈正雅面无表情。

"不想让爸妈担心，"韩靖回答，"你回来这么久了一直不回家，爸妈也很惦记，爸前几天还说，在学校里都没遇到过你。"

"又不是一个学院，哪有那么容易遇到。"陈正雅神色淡漠："阿姨生意还好吗？"

韩靖笑了笑。他们一起生活了近二十年，他在第一时间就已经改口叫爸，她却至今不愿意叫妈。

车进了城，陈正雅将韩靖送到家门口，却没有下车："学校还有事，我先走了。"

"过几天我去给你庆祝生日。"韩靖没有勉强，伸手拍了拍她的头。她身体一僵，但没有躲开，只偏头瞪了他一眼。

他望着她一笑，下车一瘸一拐地走进院子，身后响起汽车发动的声音。他回过头，看见她的车绝尘而去，对这个地方没有丝毫留恋。

叶岚回到老罗家已是晚上，上山第一天就遇上羚牛，也真是运气太"好"。叶岚匆匆吃了点饭，累得倒在床上不想动。

手机响起，她闭着眼睛摸过来接听，有气无力地"喂"了一声。

"你为什么不回我微信？"对方不满地质问。

叶岚勉强掀起眼皮看了看手机，李江洲。

"没网。"老罗家在半山腰，信号差得接电话都时断时续，哪还能上微信。

"你现在在哪儿？"

"青塬。"叶岚打了个呵欠："有事快说，我困死了。"

如此无情。李江洲咬牙："我就是跟你通报一声，我爸同意我俩谈恋爱了。"

"我不同意。"叶岚翻白眼。谁要跟他谈恋爱？

李江洲气笑了："嗨，你就说说，我到底哪儿不好，你就这么瞧不上我？"

"你哪儿好？我反正没看出来。"叶岚一门心思只想睡觉："谁瞧着你好，你跟谁谈去。"

"我还偏就要追你，追不上我就到山上出家修行去！"李江洲立下军令状。

电话那头一片沉默，半晌都没有回应。

"怕了吧？"李江洲得意扬扬。

"我被熊追都不怕，还会怕你？"那边传来一句迷迷糊糊的呢喃，随即电话被挂断。

李江洲愣愣地看着手机，此刻的叶岚，已在山中的静夜里睡得香甜……

叶岚样线调查的最后一个点，在毛坪保护站附近，她采完样，已是下午两点，干脆去保护站歇个脚吃饭。

这是青塬最偏远的保护站，周围只有寥寥几户人家，叶岚还没进院子，就听见里面传来秦芳中气十足的大嗓门，堪比河东狮吼："说了多少回了，不让上山打猎不让上山打猎，你们又带着狗上去，拿我的话当耳边风是吧？再被我逮着一回，罚你们两百元钱！"

"两百元？秦站长，你是不是罚得太重了，"山民起哄，"我们祖祖辈辈靠山吃山，现在搞得好，连打个兔子野鸡都不行喽。"

"野鸡？那是白冠长尾雉，国家二级保护动物！"秦芳火冒三丈。

眼看两边吵了起来，老罗忙上前把山民拉到旁边，给他发了根烟，让他消消气。叶岚也笑着向秦芳自我介绍，说想在保护站要点儿热水泡碗方便面吃。

"吃什么方便面啊，我去给你擀面条，正好中午和好的面有剩的。"秦芳热情爽朗，拉叶岚进屋，走到门口又回头："我说到做到，再抓住一回罚两百元。"

山民气得直跳脚："秦大虫，你太狠了！"

进了屋，秦芳小声对叶岚说："他们都叫我秦大虫，说我是个母老虎。"

叶岚强忍着笑："那说明你工作严格。"

"严格有什么用？"秦芳一摊手，"我天天挨家挨户的宣传不要上山打猎挖草药，他们还不是照样偷偷去？"

"你别急，普及环保观念总有个过程。"叶岚安慰。

"说到底，还是因为穷。"秦芳沉沉一叹："山里人没什么谋生的手段，光靠种地只能勉强混个温饱，家里都太困难。"

叶岚也叹了口气，陷入沉默。

老罗打发走村民，进屋问中午吃啥，气氛才又活跃起来。

"算你们运气好，我昨天刚下山去黑河村买了油和盐，不然今天你们要吃白水面了。"秦芳笑着把擀好的面条下进锅里。

"昨天在羚牛蹄子底下救小娃的女英雄就是你吧。"老罗比谁都会说话。

"啥女英雄，我自己都是靠别人救呢。"秦芳又想起了潘野射出麻醉针，救她的那一幕，眼神中闪过一抹怅然。

"站上其他人呢？"叶岚四面张望。

"这个站一共就俩人，副站长下山去了，他老婆今天刚生孩子，我让他回家多陪几天，怀孕他都没怎么照顾上。反正我没家没口的，在这守着就守着呗。"秦芳大大咧咧地笑。

叶岚有点儿奇怪，秦芳看年龄至少过了四十，怎么也没结婚。但她没有问出来，和她自己一样，结不结婚都是个人选择，只需要尊重，不必追问。

面下好了，秦芳还端出一碗自己腌的萝卜干："也没什么好招待的，就只能自给自足，你们慢慢吃。"

两个饿狠了的人，吃得特别香。一碗面吃光，叶岚又喝了半碗面汤，心满意足："在深山里还能吃到热汤热面，真是太幸福了。"

"以后再来这边，就到我这来打尖儿，别的没有，面汤管够。"

"还别说，我以后可能真要常来。"叶岚说："青塬的生物多样性保持得非常好，我打算在这里加装一批红外相机，收集各种珍稀野生动物的资料数据，一会儿下午要是你没事，帮我在周边选一选安装点。"

秦芳欣然答应，吃过饭就陪着叶岚进山，指出他们在日常巡逻中，最常遇到动物的地方，叶岚一一做好标记。两人配合默契，直到天黑才告别，约定下次安装相机时再见。

赶回老罗家已是深夜，累得一身汗，叶岚用凉水匆匆冲了个澡，刚洗完就听见手机响了。她忙乱地套上衣服，拿起来一看，又是李江洲。

叶岚没好气地接起："又做什么？"

"你这一天去做什么了，我打了好几个电话。"

"说了山里没信号。"叶岚觉得奇怪，是谁给的他勇气，竟然敢一副老公查岗的口气。

"你别一天到晚乱跑，小心又和上次一样中了六合彩，碰上山洪暴发。"李江洲调侃，但其实今天一直找不到她，他真的想象过，她会不会又遇到了危险。

叶岚察觉到了李江洲话里隐隐的担心，沉默了一下："哪有那么巧，山里天气好得很。"

"那就好。"李江洲说了这三个字，突然不知道接下去该说什么，一时沉默。

而这种深夜里的沉默，似乎带着一丝微妙的暧昧，隔着电话线，在两个人心间细细幽幽地萦绕。

"叶岚……"李江洲刚要开口，电话里却传来"嘟嘟嘟"的忙音。

她竟然就这么挂断了，是怕他向她表露心意吗？李江洲自嘲地笑。可他到底想说什么，自己也不知道，只是似乎有点儿……想她。

叶岚看着自己的手机，窗外狂风大作，信号突然就断了。

断的这个时间点，和刚才电话里的沉默一样微妙。

但也许，断得刚刚好。

10 娃娃亲

接下来的几天，李江洲没有再给叶岚打电话，而她整日里太忙，也顾不上想太多。终于到了回城的那天，她以在山上吃了苦为由，痛痛快快敲诈了安娜一顿大餐。

叶岚吃得正高兴，安娜问："哎，听李江洲说，你半夜挂了他的电话。"

"什么啊，是信号断了。"叶岚警觉："你是不是又在背后给他出什么馊主意？"

安娜嗔怪："你看我像那种人吗？"

"我看你像。"叶岚斜了她一眼："被你出卖也不是第一回了。"

"我还不是为了你好，你天天恋着白一哲那个虚拟的人有什么意思啊？能比得上真实的拥抱亲吻，还有那个啥吗咳咳咳……"

"谁说我们白一哲是虚拟的人，他就是真实存在的好吗？我这次在青塬还遇到个和他长得很像的人呢！"

叶岚的话勾起了安娜莫大的兴趣："可以啊，你在山里还能有这种艳遇，快跟我说说，对方什么样儿啊？"

"你是不是见异思迁太快了点儿，刚才不还举着李江洲的号码牌吗？"叶岚冷哼，"我连那人叫什么都不知道……"

当时老罗过来一打岔，她都没听清他的名字。

"暴殄天物。"安娜痛心疾首，"就你这样，这辈子怎么嫁得出去？"

叶岚回敬道："为什么要嫁？我一个人利利索索，想做什么做什么，不用为谁改变，不用处理那些乱七八糟的家庭关系，有什么不好？！"

"不结婚可以，谈个恋爱总行吧。"安娜让步。

叶岚沉默下来。也许是从小被逼得太独立，她不擅长处理人与人之间的亲密关系，总是不自觉地保持距离。就连安娜，也是经历了三年的初中生涯，才慢慢从同学变成朋友，再到现在的闺蜜。

所以她宁可选择白一哲这样的精神恋爱对象，有距离才有安全感。而现实中的恋爱，总是会侵入彼此的世界，她不想要，也或许，是不敢要。

可当李江洲从安娜口中得知，叶岚那天晚上不是故意挂他电话时，他又再度燃起了斗志，有事没事就招惹一下叶岚。她烦不胜烦，恨不得重新躲回山里去，最好是那种完全没有信号的深山老林。

但这天，叶岚接到了一个陌生号码的电话，她接起来，神情诧异："李院长？"

"小叶啊，"李院长十分亲切，"江洲上次给熊猫治疗的事，我想了解一下后续情况，你要是有空，能不能过来我们谈谈？"

李江洲可以不理，但李院长的面子不能不卖，何况还是谈工作。叶岚去了李院长办公室，一进门就受到热情接待："来来来，快坐快坐，吃水果。"

李院长亲自把切好的橙子递到叶岚面前，她有点儿受宠若惊，老人家还是很慈爱的，李江洲这个不孝子！

"江洲那个手术做得没问题吧？"李院长扯开了话题："他这人性格毛躁，有时候做事不着调，我就怕他给你惹什么麻烦。"

"没有，李院长，他手术做得挺好的，"叶岚解释，"后来去山上，也帮忙把感染的熊猫救回来了，中心很肯定他的医疗水平。"

听叶岚夸李江洲，李院长笑得更慈祥了："你满意就好，他本质上还是不错的，就是从小太娇惯了些，也怪你燕秋阿姨去世得早，我又工作太忙，他全靠几个姑姑带大，难免被宠过了头。"

叶岚这才理解了，为什么上次出面考察李江洲女朋友的，只有姑姑们，原来他从小就没了妈妈。她心里顿时觉得他有点儿可怜。

她的视线无意间投向李院长桌上那张三人合影，李江洲那时候只有七八岁，依偎在父母怀里，笑容灿烂。

突然，她呼吸一窒，盯着照片里那位神情温柔的女子："燕秋阿姨……是不是姓江？"

李院长一愣，点头："你认识她？"

叶岚的心中，如翻江倒海，热腾腾的泪意瞬间弥漫上来。

她怎么会不认识？没有江阿姨，就没有今天的她。

当时她才六岁，父母忙得顾不上她，以为她就是普通的感冒发烧，等发现不对，背着她赶到山下的医院时，已经恶化成急性脑膜炎。

如果不是正好遇到下乡义诊的江医生，如果不是江医生不分昼夜全力抢救，她即使能侥幸活下来，智力也会受到很大损伤。

她记得自己曾经问那个温柔的江阿姨："我以后还能考第一名吗？"

江阿姨笑着抱住她说："多聪明的小丫头，你会永远是第一名。"

之后的两年，她经常会收到江阿姨寄来的邮包，里面是各种书和学习资料。江阿姨还送过她一个漂亮的芭比娃娃，那是她拥有的第一个也是唯一一个娃娃。

泪水在叶岚眼眶中打转，她强忍着不掉下来："李叔叔，阿姨她……是怎么过世的？"

听见她改了口，李院长明白，江燕秋在她心里的位置一定很重，他深深地叹了口气："胃癌，她是医生，却忙得没发现自己的病，等知道的时候已经是晚期。"

翌日的墓园，叶岚静静地站在一座墓碑前，黑色的基石上刻着江燕秋的名字，有种冰凉的陌生感。但她听着耳边风声呢喃，却仿佛又听见了那个带着温柔笑意的声音，叫她小丫头，让她考第一。

叶岚没哭，只轻轻地放下一束小雏菊，这是乡间漫山遍野开着的花，绚烂而强韧，她一定喜欢……

当常淑宁得知江燕秋的事，她百感交集，江医生救了叶岚的命不说，后来还经常跟她通信寄东西，让她不要浪费了叶岚这棵好苗子，要带孩子去看看山外面的世界。也正是因为这样，一直犹豫不决的常淑宁，才终于决定离开大山回城，让叶岚有更好的上学条件。

但也就是回城那一年，江医生却和她们断了联系，常淑宁还曾小心眼儿地想，是不是怕她们娘俩回到城里了给她添麻烦，没想到却是过世了。

常淑宁心里很不是滋味，坚持要请江医生的家属们吃顿饭，表达谢意和缅怀。叶岚虽然觉得这样做有点儿别扭，但拗不过常淑宁，还是给李院长打了电话。李院长爽快同意。

到了两家人吃饭的那一天，叶岚一进包间就发现多了几位不速之客，她的婶婶们。常淑宁急忙给叶岚使眼色，让她不要生气。

"你三婶她们说全家人一起来，显得更真诚。"常淑宁悄声说。

叶岚冷笑。什么真诚，就是正好碰到个攀上盛京医院院长的机会，不想放过。

门开了，李院长进来，后面跟着李江洲和他的三位姑姑，那位最神秘难搞的小姑，还是没有出现。

三婶带队起立迎接，只差没鼓掌热烈欢迎了。李院长平易近人地招呼大家坐下，李江洲毫不客气，一屁股坐在叶岚旁边。对面的李家人，心照不宣地交换了个眼神。

聊了一阵江医生的往事，大家都很感慨。但是常淑宁的一句话，彻底改变了现场的氛围："江医生当时特别喜欢岚岚，还说家里正好有个大她一岁的儿子，要跟我结娃娃亲呢。"

娃娃亲？！这下算是炸了锅。

三婶们如同捡着了宝，既能把家里这个老姑娘塞出去，又结下了院长这门亲戚，这简直是天上掉下来的好机会。

李家人窃喜，两个小儿女本来就在谈恋爱，竟然还有这等渊源，岂不是天作之合？

"江洲，你以后更要好好对岚岚了，这也是你妈妈的心愿。"李院长严厉地嘱咐李江洲，转过头又对叶岚笑得一脸慈祥："岚岚，之前听说你跟江洲谈恋爱，我就特别高兴，现在只希望你能早点儿进门，当我们李家的儿媳妇。"

谈恋爱？！这又是一个重磅炸弹，叶家人面面相觑。

"已经谈上了啊，你这孩子，也不早点儿告诉我们。"三婶抢话，笑眯眯地打量着李江洲："真是一表人才，又这么有前途，我们家岚岚是高攀了。"

呵呵，还要顺便踩她一脚。叶岚垂下眼皮看着桌面，掩饰自己的鄙视。

"咱俩居然是娃娃亲啊，"李江洲嬉皮笑脸地凑到叶岚耳边，"要是不真谈个恋爱，怎么对得起这命中注定的缘分……"

他还在废话，桌子下，叶岚默默提起了脚。

下一秒，李江洲面容扭曲地闭了嘴。

李院长暗中观察他们的互动，觉得叶岚这个儿媳妇真是选对了，一物降一物，只有她才降得住李江洲这个人！

11 现实的距离

　　散了席，两家人分头离开，三婶闹着要叶岚送，碍于常淑宁的面子，叶岚忍着让她们上了车。

　　果然，刚上车三婶就开了腔："你都跟李院长的儿子谈上了，怎么也不早知会一声，怕我们沾你的光啊。"

　　"我跟他没什么关系。"叶岚冷冷地说："你们也别做太多指望。"

　　三婶对家里人总是很横："你怎么说话呢？我们还不都是为了你，好不容易遇到个条件好的，你还不抓紧，你以为你还是年轻小姑娘啊，到了你这个年纪，不是你挑人，是人挑你……"

　　一个急刹车，三婶吓得把后半截话吞了回去。

　　"到地铁口了，这个时段堵，地铁更方便。"叶岚微笑着赶人下车。

　　常淑宁想劝，但到底不敢劝，只能陪着几位婶婶一路叨叨着进站。

　　叶岚开着车在夜色里游弋，像一条自由而孤独的鱼。等红绿灯的时候，手机清脆的一响，她拿起来，蓦地笑了。

　　是微博特别提示的声音，八卦喵刚刚发了一张城市的夜景，万家灯火如星河，璀璨而遥远，和她此时的心情颇有点儿异曲同工之妙。

　　叶岚评论：哪里拍的，这么美。

　　八卦喵：我家阳台。

　　叶岚在照片里，突然发现了这座城市的地标——电视塔。

　　叶岚：我们好像在同一个城市。

　　八卦喵：是吗？

　　叶岚打下几个字"要不要出来见一面"，但犹豫了一下，又慢慢删掉。

八卦喵也沉默了，始终没有提出见面的邀请。

也许就这样最好，远离现实，心反而更近。叶岚不再纠结，发过去一个比心的表情，继续开车向前。

某座高楼的阳台上，有人在黑暗中俯瞰全城，手机放在一边，页面上有一颗完整的爱心图案……

当晚一回家，安娜就打来电话，语气兴奋得好像刚抓住世纪大爆料："你跟李江洲订过娃娃亲？"

"你还说你不是奸细，跟李江洲互通消息是不是太快了点？"叶岚质问。

"我觉得你们真的，是命中注定的缘分。"连说词都是一模一样："谈个恋爱试试呗。"

叶岚果断挂了电话。

安娜又追来一条告密微信：你已经成功激起了男人的征服欲，他现在有越挫越勇之势。

哼，还玩双面间谍呢。叶岚撇嘴。她才不怕他，兵来将挡水来土掩。

李江洲还就不信了，十八般撩妹技能全用上，还不能把女金刚化作绕指柔！

叶岚早上刚到学院，送花小哥就上了楼，一大捧鲜艳欲滴的玫瑰，里面还有一张卡片。叶岚看都没看，直接拒签，理由是花粉过敏。

当送花小哥告知李江洲，他咬牙切齿："我辛辛苦苦想了一夜的词儿，她连卡片都没打开？"

送花小哥："还让我转告您一句话，急诊科医生工资不高，别拿着家里的钱瞎作。"

李江洲颤抖着手将玫瑰送给了路过的护士，换来一串星星眼。他的魅力没问题啊，为什么自信心会被叶岚踩在地上摩擦摩擦？！

到了下班时间，叶岚一出大门就看见了那辆扎眼的红色跑车，李江洲享受着小女生们偷瞄的目光，笑得无比灿烂："带你去兜风。"

"我感冒了，怕冷。"叶岚皮笑肉不笑。

"又是花粉过敏又是感冒，你这个自身免疫力很差啊，"李江洲一副老中医的架势，过来拉叶岚的手，"要不要我给你把把脉？"

叶岚撸袖子："我看你是想正正骨。"

好汉不吃眼前亏，他只能眼睁睁地看着叶岚上了她自己的越野车。他不甘心地开车跟上，但只是一个路口，就被她甩得没了影儿。

他气得拨车载客服电话："你们这什么破跑车，连前车影子都跟不上！"

李江洲没辙，向安娜讨教高招儿。安娜告诉他，叶岚除了工作，最喜欢的就是美食。李江洲半信半疑，在山上看叶岚吃饭不挑啊。

但他还是决定试试，反正吃喝玩乐他最精通，这个难不倒他。

当天晚上，李江洲给叶岚发了一堆美食照片，一句话不说。

过了许久，他看见叶岚回了一句话：这是哪家餐馆？

有戏！李江洲慢吞吞地卖关子：一家小巷子里的私房菜馆，我朋友开的，没有熟客带不接单，明天晚上我们一起去吃？

叶岚有骨气地打算拒绝，可她听到了自己吞口水的声音。

当叶岚坐在私房菜馆里大快朵颐，她深感纨绔就是纨绔，哪怕别的不行，在享受上也是一等一的高手。

李江洲看着她陶醉的样子，有点儿好笑："你对吃这么讲究，山上那些粗茶淡饭你是怎么咽得下去的？"

叶岚瞟了他一眼："那是工作，这是生活。"

"这样的工作，你不觉得累吗？又艰苦又危险。"李江洲一直很好奇，是什么支撑着一个女孩子坚持做野生动物保护这一行。

叶岚不答反问："你救人的时候，有成就感吗？"

李江洲犹豫了一下："谈不上，也许……有一点儿。"

"我有。"不知道是不是灯光反射，叶岚的眼底，仿佛有簇小小的火焰："当我看见那些本来即将在世界上消失的动物，能好好地活下来的时候，成就感爆棚。"

李江洲在那一刻，似乎产生了幻觉，在这个昏暗的餐厅里，他仿佛看见这个女孩在发光。

吃完了饭，叶岚坚持要均摊饭钱，李江洲同意了，只有这样，她才能无愧于心地跟他做个饭搭子。强攻失利，他决定改用迂回战术，不做他女朋友，先从吃友开始也好。

自此以后，叶岚不再拒绝李江洲吃饭的邀约，毕竟跟着他总能找到好吃的。但她经常太忙，李江洲有时候会到实验室等她。两个人难免会遇到陈正雅，但她每次总是高冷地从他们身边走过，多一个眼神都不给。

当又一次擦肩而过，李江洲摇头："瞧瞧，眼睛都长到头顶上去了。"

"你先少说别人，我警告你啊，以后要是再撺掇着我的学生叫你'师公'，你就别来了。"

两人说笑着走远，这些话却顺着风飘到陈正雅耳朵里，她在进实验室之前，回头狠瞪他们的背影。

这天，叶岚拿着申请表去找冯主任签字，想划拨一笔经费用于在青塬安装红外相机。

冯主任却拒绝了："全省的自然保护区好几个，在青塬花这么多钱，其他地方怎么办？"

叶岚耐心解释："省里的保护区我基本都走遍了，青塬开发最少，大部分森林都保持了原貌，物种特别丰富，在那里高密度安装，对后续研究很有利……"

"你不用找这么多理由，"冯主任打断，"项目经费有限，使用都是有规划的，你要讲讲大局。"

又拿这一套来压人，叶岚气愤之下脱口而出："您说的大局是什么，留着钱从山上引猴子？"

冯主任大怒："叶岚，你说话不要这么冲，那都是为了动物福利。"

叶岚不甘示弱："把野生金丝猴引下山，集中喂养供游客参观，这是为谁谋利？"

冯主任气得指着门："你出去，别妨碍我工作。"

叶岚转身就走，关上门之后站在走廊上微微喘气。

"把心思少用点儿在谈恋爱上，工作上也能少挨点儿训。"陈正雅凉凉的声音在不远处响起。

叶岚鞋跟一转，和她面对面。

"陈正雅，"叶岚第一次直呼其名，"你是怎么进来的，到底有多少水平，我都不关心，但有一点，请你学会尊重人，在你没了解清楚全部事实之前，不要对别人指手画脚。"

叶岚心中窝火，说完就扬长而去，径直下楼离开。

她走进停车场的时候，韩靖正好开车过来，他一眼就认出了叶岚，正准备叫她，她的车却已经开走了。

陈正雅接到韩靖的电话，说他已经在楼下，她黑着脸下楼。

"怎么不开心？是不是因为我来得太晚，对不起，腿伤才好。"韩靖好脾气地为她打开车门："总算是赶上了你的生日。"

她的脸色稍微缓和了点："不是因为你。"

"想吃什么，我带你去。"韩靖问："要不要叫上几个朋友，帮你一起庆祝生日。"

"我没朋友。"陈正雅看向车窗外。

"没关系，"韩靖摸了摸陈正雅的头，"你刚回来，时间长了就有朋友了。"

陈正雅瞪他，什么时候才能不把她当作小孩子。

"对了，你们学院有没有一个姓叶的年轻女教授？"韩靖的话，瞬间点燃了炸药桶。

"叶岚？你认识她？！"陈正雅怒目圆睁。

"怎么了？"韩靖惊讶。她虽然不喜欢和人亲近，但也从未见过她对一个人这么恼火。

"没什么。"陈正雅感觉到了自己的失态，重新看向窗外，但从玻璃上倒映出来的人影，还是可以看得出她很生气。

韩靖一笑："能把你惹成这样，也是本事。"

"你！"陈正雅转过头，眼睛快要喷火。

"好了好了，不说了，今天过生日要高兴。"韩靖大笑。

陈正雅望着他的笑容，一时之间有些怔神。

"你的礼物。"韩靖递过来一个盒子。她打开，里面是一条项链，粉钻做成的心形吊坠，简直是小公主标配。

"你以为我今年几岁？"她说道。

"你还小。"他嘴角噙着笑意："女孩子就该被当作女孩子对待。"

陈正雅没再说话，指尖不自觉地轻轻摩挲盒子的边缘。

只有他记得她的生日，项链包包小裙子，他送的礼物没有一样合过她的心意，但只有他，真正把她当作家人对待。

"我想吃麻辣烫，你大学后门的那家。"她两眼看着前方，不看他。

"把你辣哭了的那家？"韩靖笑着调转车头，开往另一个方向……

12　传染病

红外相机的费用没解决，叶岚只好将此事暂缓，先做别的课题。她联系罗康成，想取一些圈养熊猫的样品，比较和野生熊猫的生理差异。

李江洲得知叶岚要去野生动物保护中心，闹着要和她一起去，虽然嘴上不承认，但他确实有点儿想念奇奇。

小熊猫圈舍里，潘野和朱朱正在吵架，一个冷着脸，一个抹眼泪。

朱朱哽咽："反正你就是觉得我什么都做不好，可我也很累呀。在家的时候，我爸妈连超市买东西都舍不得让我拎，在这里我天天要把几十斤重的熊猫搬来搬去，还要干那么多活，我容易吗？！"

"不容易你回家去啊。"潘野直言不讳："去找你爸妈撒娇，说你当初错了，不该这么任性非要来当饲养员，现在又吃不起这苦！"

"回家就回家，我不干了还不行吗？"朱朱哭着往外冲，正好一头撞在刚进门的李江洲身上。

"哟，这是怎么了？"李江洲走过去，搭着潘野的肩膀，对他挤眼睛："你是不是又气人家呢？男子汉大丈夫，你这样是会孤独一生的，本来在这山上找对象就不容易。"

潘野无语望天。这位大哥的思维太发散，他跟不上。

叶岚一看就知道发生了什么事，她指了指值班室的门："去洗把脸，回来继续干活。"

朱朱怯生生地看了叶岚一眼，磨磨蹭蹭地进去收拾哭后的狼狈，没敢再提走的事。不知道为什么，比起潘野，她更怕叶岚。在潘野面前，她偶尔还敢顶嘴耍赖，可叶岚一个眼神，她就觉得气压低得快爆炸。

叶岚走进圈舍，却没看到小熊猫的踪影："奇奇呢？"

"在后面园子里。"潘野带着叶岚和李江洲，从后门进入熊猫的户外活动区。奇奇正瘫在草坪上晒太阳，看见他们进来，无动于衷。

"这么快就不认识我们了，这个小没良心的。"李江洲气哼哼地骂。

"熊猫是靠嗅觉认人。"叶岚走过去，轻轻将手放在它的鼻尖前，果然它嗅了嗅之后，就蹭过来撒娇。

李江洲有样学样去摸奇奇，可没想到，它居然躲开了。李江洲感觉自己受到了莫大的伤害："你为什么这样对我？！"

"你之前看视频说它不听话，让我们给它把圈圈戴上，"朱朱走过来，"我每次戴的时候都告诉它，这是李医生让戴的。"

李江洲顿时觉得，朱朱有什么好同情的呢，就应该让她被潘野骂哭！

李江洲把奇奇拎过来抱进怀里，强行和它培养感情。

"你看看你脏得眼屎一大堆。"李江洲捏了捏它的鼻头，发现异常干燥："平时不是湿乎乎的吗，怎么干成这样？"

"可能是感冒了，"潘野回答，"最近还有点儿咳嗽。"

"难怪无精打采的，没发烧吧，吃饭正常吗？"李江洲在它背上挠了两下，它靠着他蔫蔫地不动。

"不烧，奶量也基本没减。"潘野想了想又补充："就是前两天吐过一次。"

李江洲把奇奇的伤口检查了一遍："伤口基本都已经愈合了，应该不会是感染，最近天气变化快，你们多注意给它保暖。"

潘野和朱朱点头。

叶岚取了奇奇的粪便样，打算再去采集一些成年熊猫的样品，朱朱自告奋勇地带路："下面有只大熊猫跟我也很熟，我换班的时候经常去陪它玩。"

朱朱跟着叶岚和李江洲走了，将潘野一个人留下。临走的时候，朱朱还对潘野皱着鼻子"哼"了一声，她才不想刚吵完架又和他待在一起。

潘野懊恼，在心里抱怨罗康成，怎么找了个幼儿园小朋友跟他搭档！

到了大熊猫圈舍，朱朱拿着竹笋逗那只五岁的母熊猫倩倩，它却趴着不动。

"平时你不是最馋的吗，今天怎么不吃了？"朱朱奇怪，将竹笋又递得更近一些，但它还是没反应。

倩倩的饲养员小林叹气："也不知道它这是怎么了，不爱吃饭不爱动，老周给它量过体温，还有点儿低烧。"

说曹操曹操到，兽医老周从外面进来："叶教授，罗主任让我来协助您采血。"

"罗主任太细心了。"叶岚笑着感谢。成年熊猫野性大，一般人近距离接触会有危险，采血更是困难。

老周一手拿着采血板，一手拿着苹果摇了摇："倩倩，看这是什么？"

倩倩看到她最爱吃的大苹果，终于挪了过来，伸出一只手抓握住采血板。老周让小林给它喂苹果，他在旁边熟练地采血。

"这么听话？居然还会主动配合！"李江洲啧啧称奇。

"这都是经过了长期行为训练的，"叶岚告诉他，"不然平时采血做体检都只能麻醉，打麻药对动物身体不好，也对检测结果有干扰。"

"行为训练是不是和马戏团驯兽差不多？"李江洲的问题，让叶岚眼中瞬间起了怒意。

"完全不一样！驯兽是用饥饿鞭打这些残忍的方式，让动物屈服，给人谋利。行为训练是以动物自愿自发为原则，只诱导不强迫，为的是让它们能更好地生活！"叶岚愤然："我最讨厌动物表演，那不是驯化兽性，那是没人性！"

李江洲望着叶岚，她一向沉稳，往往只有在面对动物的事情时，才会显露出内心的情绪，或温柔，或激烈。在她心上，动物才是第一位的，想到这一点，他竟然莫名地有点儿嫉妒。

采完了血，老周正准备走，被小林叫住："峰仔吃了这么多天感冒药，还是没见好，昨天吃完竹子又吐得厉害，它年纪大了，怕万一有什么毛病。"

几个人走到圈舍最里面那间，峰仔静静地伏在角落里。它已经快二十岁了，相当于人类的古稀之年，一双眼睛仿佛洞悉世情。

在李江洲的帮忙下，老周又给峰仔做了一次检查。峰仔的眼角也有大量分泌物，鼻镜干裂有脓液，低烧37.7℃，但其他方面没有明显异常。

"估计是感冒加重了，也有可能是胃肠道消化功能不好，毕竟这么大岁数了。"老周感慨："动物不像人，有痛苦能说出来，而且它们对痛苦的耐受力比人类更强，检查又不方便，所以很难马上确诊，等到症状明显，有时候又已经晚了。"

身为同行，李江洲很理解："有点儿像婴幼儿疾病，治起来确实不容易。"

样品全部采完，叶岚和李江洲上车离开。老周特意跑过来，加上了李江洲的微信："看得出来您治病经验丰富，以后还要多跟您请教。"

"太客气了，老周。"李江洲摆摆手："我在给动物治病上也是生手。"

车开了，叶岚调侃李江洲："你有时候还挺受人待见啊。"

"就你不待见我，"李江洲得意，"不说别的，我的专业能力那可是公认的……阿嚏！"

"快别吹了，都吹感冒了。"叶岚假笑，扔过去纸巾："擦擦鼻涕，离远些，别传染给我。"

"谁传染……"李江洲狼狈地瞪她，突然愣了愣，"这三只熊猫别也得了流感吧？"

叶岚转过头来："嗯？"

"你想啊，峰仔和情情是一个圈舍的，朱朱又经常过去串门子，造成了奇奇的交叉感染。"李江洲分析："峰仔治了这么久不见好，别是什么新型流感病毒，你不是取了血样和粪便样吗？干脆顺便化验一下。"

"你们医院能做吗？"叶岚问。

李江洲摇头："我们毕竟没怎么做过熊猫的，再说动物和人类的病毒也不见得一样，最好是找搞兽医的人。"

叶岚瞬间想到了一个合适的人选，但她却宁可自己没想起过。

叶岚站在陈正雅实验室外，深呼吸了一口气，才敲响了门。

"进来。"陈正雅的声音从里面传来。

她推门进去，陈正雅在忙碌中抬头一看，顿时脸色沉了下来："你来干什么？"

叶岚调整了一下表情，带上微笑："找你帮忙。"

"你也真是能屈能伸。"陈正雅讽刺。

"为了工作。"叶岚笑得分外优雅，"我不是那种拎不清的人。"

合着她要是不答应，她就成了拎不清了。陈正雅咬牙："说。"

叶岚将样品放到她面前："野生动物保护中心的三只熊猫，疑似患了流感，有一只久治不愈，想请你检测一下，会不会是新型的流感病毒，以防万一。"

叶岚的交代简明扼要，陈正雅的眼神却渐渐凝重起来，熊猫是国宝，出不得闪失。

"行，我尽快。"陈正雅拿起样品，看着上面的标签，叶岚的字飞扬洒脱，连笔画弯钩都透着股不驯的劲儿。

字如其人，嚣张跋扈。陈正雅冷哼："写这么潦草，谁看得清啊？"

"哪里看不清？"叶岚走到陈正雅旁边，俯下身问。

两个人的距离骤然拉近，陈正雅猛地抬头，视线相触的一刹那，仿佛有细微的电流瞬间联通，彼此的心都是一颤……

13　雷暴将至

　　叶岚淡定自若地离开了陈正雅的实验室，陈正雅淡定自若地目送她出门。

　　但就在门关上的那一刻，门里门外的两个人，都开始疯狂地骂自己：错觉，一定是错觉！怎么会感觉和这个人心灵相通？

　　第二天中午，叶岚刚从教学楼出来，就接到了李江洲的电话。

　　"老周刚才告诉我，峰仔今天早上剧烈抽搐，就像癫痫发作了一样，奇奇和倩倩的症状也加重了。"李江洲语气急促："这个病绝不是流感这么简单，我马上去中心，你赶紧去找陈正雅，把现在的情况告诉她，方便她做鉴定。"

　　叶岚立刻冲回学院，刚要去陈正雅实验室，她却从门里出来："我正要找你，三个样本都检出了同一种病毒，但和流感病毒的特征性序列对不上。"

　　"现在的情况更严重了，"叶岚平静了一下呼吸，"有只熊猫出现了癫痫症状。"

　　"癫痫？"陈正雅眉头一皱，脸色骤变："把你知道的所有病情细节，都跟我说一遍！"

　　叶岚仔细回想，将当时的情景一一讲述，陈正雅的表情越来越沉重。情急之下，叶岚一把抓住陈正雅的白大褂袖子："你觉得是什么病？"

　　陈正雅挣脱她的手，转身就走："等结果出来再说。"

　　叶岚怔然片刻，飞快地下楼，往野生动物保护中心赶去。

　　山上，李江洲的红色跑车被随随便便扔在路边，底盘剐花成了什么样，此刻已经没人在乎。

　　李江洲指着峰仔和倩倩的圈舍："马上进行全面消毒和隔离，从现在开始，各圈舍的人员和物品不能再相互流动。"

　　罗康成站在他旁边，沉默了许久才开口："情况已经严重到这个地步了吗？"

"还无法确诊是什么病,"李江洲望着他,目光冷峻,"现在我们能做的第一条,是不要让更多熊猫感染上。"

罗康成缓缓点了点头,大吼一声:"听李医生的,都动起来!"

众人各自奔忙,李江洲站在一片凌乱和嘈杂之中,心底静得要命。仿佛是雷暴来临之前,那一刻的万籁俱寂。

叶岚赶到的时候,李江洲去了小熊猫圈舍。奇奇高烧不退,已经出现了神经受损症状,时不时轻微抽搐。

"它这几天,吐得什么也吃不下。"潘野整个人也瘦了一圈,眼睛里全是红血丝:"好不容易从手术里熬过来了,现在又……"

潘野住了嘴,看着朱朱从栅栏外经过。她低着头,直直地往前走,拿完东西就又一头钻进了值班室,看不清她的表情。

潘野欲言又止,最后叹了口气。

李江洲此刻,也顾不上朱朱的情绪:"奇奇太小,自身免疫力低,虽然感染得晚一些,但很有可能病程更急,现在只能等诊断结果出来,好对症治疗。"

叶岚沉默地站在李江洲身后,想起陈正雅当时的表情,心头如压了巨石。

一个不眠之夜,圈舍的灯光,像山中飘浮的一盏萤火。

没人睡觉,每个人脑子里,都仿佛有一根绷紧了松不下来的弦。

当叶岚接到陈正雅电话的时候,她心头一颤,走到外面去接听。

"告诉中心负责人,"陈正雅的声音前所未有的低沉,"立刻上报,请求支援。"

叶岚急了:"到底是什么病?"

"一种病毒综合征,"陈正雅停顿了一下,"一种熊猫的致死性传染病。"

叶岚觉得血液都冲上了头顶,她有些恍惚地重复:"致死性传染病?"

她身后,朱朱站在圈舍门口,脸色煞白……

办公室里,罗康成不停地接电话打电话,就算在等待的间隙里,他也坐不住,焦灼地在房中走来走去。

隔壁,李江洲正在电脑上飞快地看文献,每篇文献都有相关的关键词。坐在会议桌前的老周,一脸不敢置信:"这不是狗身上的病吗?"

李江洲摇头:"这种病毒是来源于犬类,但是其他动物也会感染,比如雪貂、狐狸、小熊猫、大熊猫,而且在某些种属,致死率比犬类还高。"

叶岚看了一眼李江洲,他的表情告诉她,大熊猫就是"某些种属"的一种。

"有效果好的治疗办法吗?"她低声问。

李江洲沉默了两秒,抬起眼看向叶岚:"没有。"

叶岚的手,蓦地抓紧了尖锐的桌角,指节发白。

"最好的办法是抗体免疫,但目前大多都是犬类疫苗,没有针对熊猫的。"李江洲的视线又转回电脑屏幕上，不忍心再看叶岚，"物种之间的差异，你应该比我更懂。"

室内一片沉寂，仿佛都能听得见窗外树叶落下的声音。

"总会有办法的。"叶岚说。不知道是在鼓励自己，还是在安慰别人。

门被推开，罗康成匆匆进来："疫情已经上报，保护司会马上抽调全国最好的专家小组，过来协助治疗。"

众人都精神一振。

"东北兽研所也联系了，他们那边对这种病毒有研究，让再送一批样本过去，争取能尽早研发出特异性疫苗。"

叶岚和李江洲对视了一眼，目光欣慰。

"我去送，我导师以前跟兽研所合作过，我和那边的人比较熟。"叶岚主动请缨。

"那太好了！"罗康成既高兴又为难："但是血液样品不能带上飞机，从这边过去又没高铁，只有一趟夜里的火车，要坐个通宵。"

"这有什么，火车好歹有顶篷有空调，比我在山里露宿的时候强多了。"叶岚笑着起身："我今晚就出发，现在开始准备吧。"

李江洲也站起来伸了个懒腰："走喽，干活去。"

他们出了门，会议室里只剩下了罗康成一个人，他脸上的笑容渐渐变得怅然，眼中感激和担忧交集。

晚上十一点的绿皮火车，叶岚等在城郊小而破旧的车站里，抱紧怀中装着样品的冰盒。

有电话进来，是李江洲。

"上车了吗？"

"还没有。"

"到了告诉我一声。"

"好。"

对话简短，却给这个初冬的寒夜注入了暖意。叶岚突然觉得，有人牵挂的感觉，好像也还不错。

没有买到卧铺，她在座位上苦苦撑了一夜，第二天早上刚下火车，寒风便裹着鹅毛大雪袭面而来。她行色匆匆，心中如揣着一团火，倒并不觉得冷。

到了兽研所，接待她的是以前熟识的刘老师。她将样品交到他手上，满怀希望。

他却摇头："先不要太乐观，熊猫是特殊物种，疫苗又有明显的个体差异性，到底能不能成功，还是个未知数。最关键的是，研发疫苗是需要时间的，患病的三只熊猫能不能熬过这时间还不一定。"

叶岚心里的火，一点点暗了下去。兽研所已经是全国最高级别的动物医学研究机构，如果他们都没把握……

在这温暖如春的室内，她却感觉到，寒意渐渐将她包围。

"但我们会尽全力。"刘老师的眼中有信念。

"我也是。"叶岚平静心绪，目光坚定："我现在就是中心和兽研所的联络员，有任何需要，都第一时间告诉我。"

此时的野生动物保护中心，全国各地的专家已奔赴而来。当李江洲走进专家组会议室，他看见陈正雅也在其中。她只看了他一眼，便移开了视线，仿佛两人根本不认识。

"这位就是来自盛京医院的李江洲医生，之前的隔离消毒措施都是他安排的。"罗康成介绍。

"做得非常好，"专家领头人姜教授赞许，"及时防止了疫情扩散。"

李江洲汇报了目前的具体情况，专家组讨论后商定，采用"一猫一医"的方式，每只熊猫配备一名兽医，单独隔离。患病的迅速组织治疗抢救，没患病的密切观察是否有疑似症状。

开始分配医生名单，李江洲主动举手："我负责奇奇。"

"不行！"陈正雅的声音随之响起。

众人的目光都投向她，她眼神冷冽："奇奇是患病最重的熊猫，又是不满一岁的幼崽，这样的高危患者，不能轻易交到一个人医手上。"

"都是医生，"李江洲压着火气，笑了笑，"人医和兽医有多大区别？"

"如果是我，当时不会直接判定为流感，会更早地怀疑是病毒综合征。"陈正雅犀利地直视着李江洲："你对动物的疾病，了解不够。"

李江洲张了张嘴，但最终没说出话来。

罗康成站出来打圆场："李医生虽然不是专业兽医，但奇奇从山上救回来以后，他一直是奇奇的主治医生，对它的情况很了解。就算后面在兽医上有什么不懂的地方，现场还有这么多位专家指导，应该不会出什么大问题。"

"万一出了呢？"陈正雅反问。

"那这身白大褂，我就不穿了！"李江洲站了起来，眼神强悍而决绝。

14　懂得爱

气氛凝滞，众人一片静默。

姜教授最终点了点头："好，就由李医生负责，陈教授作为治疗组组长，随时给予督导。"

散了会，李江洲在楼梯口，再次和陈正雅相遇。

"奇奇所有的情况，必须及时向我汇报。"陈正雅站在更高的台阶上，俯视着李江洲。

"没问题，"李江洲扬了扬嘴角，故意拖长语调，"组长——"

李江洲说完扬长而去，陈正雅眼神愠怒。

就在这时，韩靖的电话进来，陈正雅接起："喂！"

"怎么这么大火气，"韩靖笑道，"又是叶岚气的你？"

"这次不是她，"陈正雅没好气，"她去东北了。"

韩靖惊讶："这么冷的天，她去东北干什么？""机密。"陈正雅想起今天会上说的保密原则："你找我有事？"

"妈说有时间一家人吃个饭。"韩靖的话，让陈正雅眼神冷了几分："我忙着呢，不多说了。"

"好吧。"韩靖一叹，随即语气里又满是笑意："最后一个问题，叶岚的手机号应该不是机密吧，能告诉我吗？"

"不能，"陈正雅拒绝得有理有据，"作为你名义上的妹妹，我不忍心推你进火坑。"

陈正雅直接挂断，韩靖以手撑着额，无奈低笑。看来这位救命恩人和他亲爱的妹妹，还真是水火不相容。

叶岚回来的时候，园区已经全面封锁，不许外人出入。所有的道路、圈舍、仓库，甚至办公楼，都到处可见穿着隔离服戴着口罩的人，正在喷射药剂消毒。整个中心已经进入一级战备状态。

在浓重刺鼻的药水味道中，叶岚走进罗康成办公室，向他一五一十地报告了兽研所的研究情况。

"我有心理准备。"罗康成苦笑:"但不管怎么样,我们都要打这一仗。叶教授,感谢你的帮忙。"

叶岚摆手:"罗主任,接下来您就把我当作中心的一个普通工作人员,任何事都不要客气,直接吩咐就行。"

罗康成缓缓点头:"看到你们,我又觉得有信心了些。"

叶岚来到小熊猫圈舍,却被一个陌生的工作人员拦在外面。李江洲和奇奇已经被隔离,他24小时守在奇奇身边,连吃饭都是由工作人员送到门口。

叶岚敲了敲窗户,李江洲抬头看见她,眼睛一亮。

隔着玻璃,叶岚问他:"奇奇还好不好?"

"病情暂时没大的变化,但不知道能坚持多久。"李江洲期待地望着叶岚:"兽研所那边怎么说,疫苗什么时候能出来?"

叶岚不忍心打破他的希望:"快了,再坚持一下。"

"东北冷吧,我看天气预报都下大雪了。"李江洲敲了敲玻璃:"你跑来跑去的,也要多注意身体。"

"你也是。"叶岚本想问,这样关在里面,吃不吃得好,睡不睡得好,但最终什么也没问出口。

李江洲笑了起来:"我们这样,像不像两口子探监。"

"你别以为隔了层玻璃我打不着你,就敢乱说话。"叶岚警告。

"多来看看我……"李江洲偷瞄着叶岚的脸色,找补:"和奇奇。"

叶岚没说话,踮着脚尖又望了望奇奇,看着它蜷成小小一团的样子,心中钝痛。

"我下午再来。"叶岚转身离开,李江洲趴在窗前,默然望着她的背影。

陈正雅顺着道路走上来,正好看到这一幕,冷嗤:"演十八相送呢。"

叶岚望天翻了个白眼,上次检测病毒的时候,她本来觉得这人也还算拎得清。但江山易改本性难移,这刻薄的毛病又犯了。

叶岚假装什么也没听见,绕过她径直下山。等见到了潘野,叶岚才知道在分配医生名单时,陈正雅和李江洲还有那么一出。

"难怪她又攻击性升级了。"叶岚腹诽,随口问:"朱朱呢,她是奇奇的饲养员,怎么没守在圈舍?"

"已经几天没见她了,"潘野垂下眼睛,有些犹豫,"当时奇奇感染,我一气之下说了些重话……"

潘野回想起那天的情景,他怒气冲冲地指着奇奇:"它本来活得好好的,要不是你闲得没事儿乱串门,怎么会得病?如果它真的出了事,都是你害的!"

一向喜欢顶嘴的朱朱,这次却一声没吭,只是低着头,豆大的泪珠一颗颗砸在地上。

从那天以后,朱朱每天都沉默地低着头,不看人,不发一语。

谁都忙得顾不上她,不知道什么时候起,她就不见了。

"还是得找到她,她年纪小,承受能力不好,怕钻牛角尖。"叶岚又宽慰潘野:

"你也是一时着急，别太自责，忙去吧，我找她谈。"

员工宿舍301，是朱朱的房间。叶岚敲门，里面却没人应答，她又连续敲了几次，仍然毫无声息。

该不会真的出事了吧？叶岚心里咯噔一下。

隔壁房间也没人，还好这是走廊最尽头的一间，叶岚从天台跳过去，翻窗而入。

朱朱闭着眼睛躺在床上，一动不动。叶岚的心提到了嗓子眼儿，冲了过去。

但当她看清床上的情景，顿时哭笑不得。朱朱戴着降噪耳机，闭着眼睛在听歌，手机屏幕上显示，还是劲爆的男团摇滚。

她可真是低估了1995年后生人的承受力。

叶岚把音乐按了暂停，朱朱才终于睁开了眼睛，看见叶岚站在床边，吓得连滚带爬地起来，不自觉地立正站好。

叶岚不知道自己是该笑还是该气："你为什么不去上班？"

朱朱低下头，脚尖在地上慢慢地磨蹭，许久才开口："我又……没什么用。"

"然后呢？"叶岚凝视着她："你就打算一直这么在宿舍躲下去？"

朱朱的眼圈红了："我已经跟我爸说了，过两天就来接我回家。"

"辞职不干啦？"叶岚冷笑："就这么扔下奇奇，它是生是死你都不想再看一眼？"

朱朱猛地抬起头来，泪水夺眶而出："你们都怪我，我又不是故意的，我怎么知道会有传染病，我怎么会希望它得病……"

说到最后，朱朱再也控制不住自己，跌坐在床上号啕大哭。

叶岚静静地站在床边，一直等到她哭得用尽了力气，只剩下抽噎，才握住她的肩膀："委屈发泄完了吗？那就去工作吧，奇奇还等着你。"

朱朱神情一震。

"无论你怎么抱怨它调皮，嫌照顾它辛苦，"叶岚的眼神很认真，"它都知道你爱它，动物是有灵性的，它们懂得爱。"

朱朱的眼中，又凝聚起了泪水，她想起以前，奇奇每次翻着肚皮对她撒娇，那是动物对它爱的人、真心信任的人才会有的样子。

叶岚拉着朱朱站起来："去把脸洗干净，不要让奇奇看见你哭，它会心慌的。"

朱朱抹了一把眼泪，走进洗手间。

当朱朱全面消毒，穿着隔离服走进圈舍的时候，潘野站在门外，想叫住她，却最终张了张嘴，没发出声音。

李江洲笑着招呼："嘿，有人来给我做伴儿了。"

"我是来陪奇奇的。"口罩遮住她的大半张脸，但那双眼睛，却笑得弯弯如月亮，里面闪烁着晶莹的水光："它一定很想我。"

李江洲一怔，点了点头："嗯。"

窗外，叶岚和潘野并肩站着，他望着朱朱一步步走向奇奇，低低地说了声"对不起"。

15　时间呀，慢点走

奇奇渐渐支撑不住了，已经彻底无法进食，肺部严重感染，虽然李江洲每天给它打营养剂和抗病毒的药，但只能暂时缓解病情，它仍然眼看着一天天虚弱下去。

叶岚心急如焚，一天几个电话打到兽研所，问疫苗研发进度。当刘老师告诉她，他们终于制备出第一批疫苗，她立刻带着新取的熊猫病理样本，赶赴东北。

下了火车又是天寒地冻，她穿着厚厚的衣服去赶出租车，电话却在此时响起。

是李院长打来的，他刚从国外出公差回来，急诊科医生就找上门告状，李江洲已经好些天不上班，处于失联状态。

李院长打李江洲电话，关机。他又打给妹妹们，但谁都不知道李江洲去了哪儿。

他最后想到了一个人，叶岚。

"李叔叔，野生动物保护中心这边出现了重大疫情，他过来帮忙了。"叶岚看着出租车被别人抢了先，只好招手拦下一辆。

"能跟着你正正经经做事，对他来说也是好的，"李院长顿了一下，眼中有不悦的情绪，"但还是要提前告诉我一声，医院也有医院的安排。"

终于又等来了一辆出租车，叶岚急得去追："不好意思，李叔叔，以后一定注意，我这会儿有事先挂了，回头再跟您聊。"

她匆匆挂断电话，李院长皱紧了眉。能上进是好事，但因此耽误主业，就有些过了。

叶岚上车坐定，想着联系李江洲，转告李院长的话。但这时候才想起来，他被隔离在没信号的小熊猫圈舍里，手机已毫无用处。

接下来的一系列忙碌，让叶岚忘了这件事。当她风尘仆仆地回到中心，所有人都像看到了新希望。专家组立刻安排，给患病熊猫接种疫苗。

看着药液被注入奇奇体内，李江洲轻声说："会好起来的，宝贝儿，不要怕。"

叶岚在玻璃窗外，注视着这一幕，也在心里轻轻说：会好的，加油。

当晚，李江洲通宵未合眼，担心奇奇会起免疫排斥反应。然而，什么都没发生。在欣慰于奇奇没遭受痛苦的同时，李江洲也隐隐担忧，疫苗会不会没起作用。

事实证明，李江洲的直觉又一次对了。

奇奇的病情并未缓解，仍然持续恶化。就在几天后的深夜，它突然剧烈抽搐，口吐白沫地躺在地上，不自主地点头。

紧急警报拉响，正在宾馆休息的陈正雅，连外套都没来得及穿，急忙赶到山上。

"这是病毒造成的神经严重受损，"陈正雅的手在身侧握成拳，"说明病情已到了晚期。"

"晚期"两个字一出来，朱朱就再也忍不住，"哇"的一声哭了："那是不是没救了？"

"谁说的？"李江洲大吼一声："必须救！"

陈正雅深深地看了李江洲一眼，沉默不语。

罗康成连夜召开专家组会议，商讨奇奇的治疗方案。作为奇奇的主治医生，李江洲和陈正雅却再次发生了分歧。

"病情到了这个关口，只能奋力一搏，我建议采用冲击疗法，大剂量注射犬类免疫球蛋白的同时，针对症状进行输液缓解。"陈正雅率先发言。

"我有不同意见，"李江洲眼神沉郁，"奇奇年纪太小，相当于人类的婴幼儿，冲击疗法虽然疗效显著，但对于未发育完全的各项脏器，会有严重损害。还是应该采用相对柔和一点儿的方式。"

"现在还来得及用柔和的方式吗？"陈正雅冷声反问："如果不是你一心等待特异性疫苗，也许病情还不会延误到这个地步。"

"那你当时有更好的方法吗？"李江洲挑眉："无论人还是动物，都有个体差异，疫苗不起作用也有可能，如果特异性疫苗都没用，犬类的免疫球蛋白又能起多大作用？"

双方僵持不下时，叶岚从门外走了进来。

"我已经把现在的情况告诉了兽研所，他们希望尽快提取动物的血清送过去，分析疫苗无效的原因，好进一步改进。"叶岚神情平静："虽然没有一次性成功，但任何事情，有波折有起伏都是正常的，何况这在全世界都属于空白领域。"

陈正雅眼神不服，抿紧了唇不说话。

"给他们时间，"叶岚的语气低缓下来，包含着痛苦和诚挚，"也请你们尽力治疗，给奇奇时间。"

李江洲站了起来:"我现在就去取血清样。"

陈正雅缓了几秒,抬起头来,眼神倔强:"我还是建议采用冲击疗法,极端情况下,只能用极端办法。"

叶岚换上了隔离服,第一次进入病区,她蹲下身,轻轻地抚摸奇奇的头:"等着我。"

朱朱背转身去,眼泪簌簌而下。

李江洲将血清样交到叶岚手上,紧紧地握了一下她的手:"我们会等着你。"

叶岚提着冰盒,头也不回地离开圈舍,走进一片风雪……

在陈正雅的坚持下,还是对奇奇采取了冲击疗法,李江洲为它进行多点注射之前,抬起头看了一眼陈正雅:"你是组长,我可以服从你的安排,但对你的治疗方案,我保留意见。"

陈正雅眼神一滞,正要反驳,他却已经开始专心做事。她的话到了嘴边,又咽了下去。

时间一分一秒流逝,朱朱突然惊喜地叫了起来:"它醒了。"

正在配药的李江洲冲了过来,果然看见奇奇睁开了眼睛。

"我就说冲击疗法有效。"陈正雅的声音从身后传来,她神情倨傲:"对动物,我比你了解。"

李江洲没说话,只揉了揉奇奇的耳朵。

奇奇的状况好转,大家都松了口气。峰仔和倩倩也借鉴这个疗法,暂时稳定了病情。

中心上上下下对陈正雅一片赞赏,连朱朱都悄悄地对李江洲说:"虽然这位陈教授一副看不起人的样子吧,但还真有点儿本事啊。"

李江洲不置可否地笑了笑:"奇奇今天排了几次尿?"

"从早上到现在,"朱朱掰着手指头数了数,"六次。它最近喝水特别多,总是尿频。"

李江洲伸手摸了摸奇奇的肚子,又分开毛发看了看它的皮肤:"把潘野叫过来,让他把血样和尿样拿去送检。"

一提到潘野,朱朱的脸色就别扭了起来,磨磨蹭蹭地不肯动。

"去呀,"李江洲催她,"俩小孩儿吵架还没完了,赶紧和好呗。"

"谁要跟他和好!"朱朱嘟着嘴站起来:"我去让送饭的人给他带话。"

潘野还没来得及吃午饭,就急匆匆地赶了上来。朱朱打开门,将样品交到他手上,扭头就走。潘野一时僵立在门口。

李江洲笑起来,一语双关:"你看这小丫头,一句话不说,人家知道你要他怎么做啊?"

朱朱转了个身，声音如人工智能语音："哦，李医生说了，让你拿去化验肝肾功能。"

"还有呢？"

"什么？"

潘野认真地望着她："你要我怎么做，才能不再生我的气？"

李江洲暗笑："孺子可教也。"

朱朱一时脸涨得通红："我……我……我……"

"一顿火锅加五根棒棒糖可以吗？"潘野挠了挠头："你知道的，我工资就那么多。"

"十根。"朱朱眼皮都不抬，嘴角却悄悄翘了起来。

"成交！"李江洲帮他们拍板："赶紧都给我干活去！"

看着朱朱像只小蝴蝶一样，开心地在圈舍里飞来飞去，李江洲突然有点儿想念叶岚。

而此时的叶岚，正守在兽研所的实验室外。墙上的时针一圈圈地转，她希望时间快点走，让疫苗能赶紧被研发出来，却又怕时间走得太快，奇奇它们等不及。

当李江洲拿到潘野送来的结果，脸顿时黑了下来："陈正雅在哪儿？"

16　一定要等着我

摆在陈正雅面前的化验单，各项异常指标被李江洲用红笔鲜明地圈了出来。

陈正雅的脸色微微发白，指尖不易觉察地轻颤。

"峰仔和倩倩……没出现这种情况。"她勉强镇定自己。

"成年人和婴幼儿，成年熊猫和幼崽，物种是不同，但生理差别是一样的。"李江洲指着奇奇："峰仔和倩倩能承受的治疗强度，它未必能承受！"

"但是……"陈正雅犹豫。

"别但是了，再拖下去就是肝肾衰竭了。"李江洲斩钉截铁："必须马上换治疗方案。"

专家组会议上，李江洲提议用胃管和静脉交替给药的方式，缓解奇奇的代谢压力。同时注射促肝细胞生长因子和奥普乐治疗肝肾损伤。

陈正雅全程一言不发。

李江洲的方案通过，潘野被调去给他当助手，看着他们配合默契地为奇奇治疗，陈正雅一时之间，觉得这个地方，似乎已经没有她存在的位置。

就在她打算默默离开时，李江洲突然叫住了她："陈教授，奥普乐是兽药，剂量我把握得不是太准，你帮着定一下。"

陈正雅一怔，回过头望着李江洲，他却又已经忙碌去了。她默立片刻，走过去加入其中……

在李江洲的精心治疗下，奇奇的肝肾损伤终于缓解。但他知道，他们现在能做的，只是尽力让它的生命，维持得久一点儿。但如果等不到特效疫苗，它仍然危在旦夕。

叶岚也同样清楚这一点，她陪着刘老师的团队日夜颠倒地加班。当她熬了个通宵，昏昏沉沉走出兽研所的时候，才发现手机上有未接电话，来自于一个陌生的号码。

担心是有关熊猫的事，她马上回拨，响起的却是一个似曾相识的声音："是叶岚吗？我是韩靖。"

心里的一口气松下来，她软软地坐在路边的长凳上，声音疲倦："是我。"

"你好像很累，"韩靖觉察，轻声问，"怎么了？"

叶岚并不觉得，和他的关系近到了回答这个问题的程度："你怎么会知道我的号码？"

"查的。"韩靖一笑："我有朋友在你们学校工作，恰好认识你。"

叶岚没兴趣追问是谁，淡淡地"哦"了一声。

"只是想好好感谢你。"韩靖微笑。看来他的确是没魅力，她大约从未想过再见他。

果然，叶岚回答："我那天就已经说过，不用了。"

"你先忙，"韩靖停了一下，"保重。"

电话挂断，他看着对面的照片墙，有静谧的山河，有灵动的雀鸟，而在最醒目的位置，是一张放大的人物照，叉着腰姿态泼辣的女孩，脸上却有种娇憨之美。

他那天不是为了试相机，只是因为那一刻的她，太动人。

等她回来吧。韩靖走出摄影房，熄灭了灯。

叶岚并不知道，有另一个人准备等待她，只把这当作一个无聊电话。没什么好谢的，如果那天被羚牛攻击的是一只野兔，她也同样会救。

奇奇最终还是挺不住了，抽搐的频率和强度急速上升。看着它一次次痛苦的痉挛、僵直，李江洲却无能为力。

他想起八岁的时候，他妈妈到了癌症晚期，任何药物都无法止住她的痛苦。一家都是医生，甚至连妈妈自己都是医生，却只能眼睁睁地看着她在床上挣扎、嘶吼，最后在无限痛苦中死去。

过去的回忆和现在的画面重叠在一起，他觉得心口痛得窒息，霍然站起来往门外走去："我出去透透气。"

其他人惊诧地望着他的背影，但奇奇的呻吟声，很快又拉回了他们的注意力。

李江洲走出圈舍，看见了扔在路边的那辆红色跑车，他突然想脱下这身白大褂，开着车逃走。这时，他的手无意中碰到口袋里的手机，一怔之下，急切地将手机打开。

无数条电话和微信记录涌了进来，但他什么也不管什么也不看，径直拨通那个号码，艰涩开口："叶岚，奇奇不行了……"

他再也控制不住自己，捂住脸，泪流了下来："我们家都是医生……却救不了我妈……我也救不了奇奇……当医生没用……我没用……"

他哽咽得语无伦次，她却什么都懂了。

"你已经做得很好了，因为有你，奇奇才能坚持到现在。"她的声音柔和而坚定，像一股脉脉暖流，流进他心里："你是个好医生。"

"我是吗？"他有些茫然地问。

"当然。"她毫不犹豫："以前我认为你只是个强悍的技术工，但现在你的脆弱，反而让我觉得，你成了一个真正的医生。你对你的病人有感情。"

李江洲的心中仿佛发生了地震，有什么东西震成了碎片，却又重新拼接起来，成为更完整的一块。

"新的疫苗今天出来，我一拿到就马上往回赶。"叶岚微微停顿了一下："你要坚持住。"

"好，等你。"李江洲轻声说，挂断电话，转身往圈舍走去。

一天一夜，生死攸关。李江洲和陈正雅奋力抢救奇奇，它在惊厥中，一口咬上他的胳膊，他痛得剧烈一颤。

"赶紧抽出来。"陈正雅急忙说。

李江洲摇头："现在抽出来，它会咬伤自己的舌头。我没事，你赶紧给它注射苯妥英钠。"

陈正雅心中恻然，默默地为奇奇打针。

奇奇的抽搐终于平息下来，松开了口。陈正雅看见，李江洲的胳膊上已经一片鲜血，但他只是用棉球简单地擦拭了一下，就又继续工作。

陈正雅望着李江洲，眼中情绪复杂。

病区内，是战场。罗康成透过玻璃，注视着这一幕幕，当有人看见他的时候，他会露出鼓励的笑容，但一旦对方视线移开，他的眼中便又浮现起痛楚。

于他而言，每一只熊猫，每一个动物，都是他的孩子，他的亲人。如今看着它们挣扎在生死线上，自责像一把利刃，直刺他的心脏。

朱朱打开门："罗主任，天太冷了，进来待着吧。"

他摆了摆手："就不给你们添乱了，赶紧去忙，有事就叫我，我随时在。"

漫漫寒夜，他伫立在窗外，像一尊沉默而悲伤的雕塑。

叶岚从火车上一下来，中心的车就已经等在门口，上车立刻出发。

她坐在后座，脸上没有任何表情，只是将冰盒死死抱紧，仿佛抱着最后一点希望。

她不敢问奇奇怎么样了，她知道有人正和她一样，拼了命也要救它。

车径直开到小熊猫圈舍外，看见叶岚下车的刹那，罗康成全身力气一松，趔趄了半步险些摔倒。

工作人员急忙上前要扶，他却自己站稳，笑着向叶岚走过来："都等着你呢。"

一句话，让叶岚提着的心终于放下。奇奇还等着她，他们坚持到了她回来。

叶岚亲手将疫苗，交到了李江洲手上，完成了这场接力。两个人什么话都没说，但眼神中的汹涌，却又将一切说尽。

奇奇接种疫苗之后，发起了高烧。所有人都胆战心惊，现在的奇奇，已经虚弱得什么都经不起。

"应该是免疫反应。"李江洲观察着仪器上的生理数据变化，镇定的神情，为其他人打了一剂强心针。

"刘老师也说，接种后可能会有发热等现象，但起效后就会好的。"叶岚也补充了一句。

陈正雅也平静下来，让潘野和朱朱取来冰袋，为奇奇物理降温。

日出又日落，众人不眠不休地守在奇奇身边。

"烧退了。"朱朱欢呼起来。

看着奇奇睡得神态安详的模样，李江洲和叶岚默契地对视一眼，其实一开始，他们也没有绝对的把握，只是为了让大家安心。

李江洲笑眯眯地举起了手，和叶岚击了一下掌，潘野和朱朱也跑过来，开心地击掌。陈正雅犹豫许久，把手揣到了口袋里："一个个的都没洗手，脏不脏？"

叶岚突然以迅雷不及掩耳之势，将陈正雅的手扯了出来，强行一击。

陈正雅恼得要发火，叶岚哈哈大笑，众人也都跟着笑了起来。陈正雅瞪了叶岚一眼，垂下睫毛，遮住眼底深处的那抹暖意……

17　谈个恋爱

奇奇的病好了起来，不仅如此，因为它的免疫效果特别好，兽研所用它的血清做样本，研发出了更新一代疫苗。峰仔和倩倩因此痊愈，园区其他熊猫也都进行了预防接种。

"奇奇啊，你简直就是个吉祥物。"李江洲揪着它的耳朵："瞧瞧，还是我当初名字起得好，奇奇奇奇，实现生命的奇迹。"

其他人："呵呵，你当初可不是这么说的。"

但不管怎么说，这场关乎生命的硬仗，他们打赢了。

罗康成组织召开了一场大型表彰会议，感谢参与这场战役的所有人。

"感谢各级领导部门的鼎力支持，感谢专家们的悉心指导，感谢工作人员的辛苦付出。"罗康成深深地鞠了个躬，直起身来时，眼圈已发红："是我们所有人众志成城，才挽救了这场危机，挽救了这些可爱的熊猫们的生命，感谢你们！"

这些天的一幕幕画面，仿佛在每个人心中回放。曾经的汗水和泪水，喜悦和悲伤，在此时都化作了如雷的掌声。

"我还要特别感谢两个人，"罗康成的目光，投向叶岚和李江洲，"西大的叶教授，和盛京医院的李医生，你们自愿自发地给予了中心太多帮助，我在这里，想由衷地对你们说一声，谢谢！"

所有的视线，都聚焦在两个人身上，叶岚有些不自在地微低着头，李江洲却十分享受这种明星般的感觉，甚至在摄像机转向他时，还特意展现了一个完美的笑容。

这人不狂傲不行。叶岚拿白眼瞪他。

朱朱坐在陈正雅身旁，凑过去悄声说："陈教授，我觉得也应该表扬表扬你。"

陈正雅神态高冷："我是专家组成员，这些志愿者跟我不是一个层次。"

叶岚和李江洲齐刷刷地转头瞪她，她正襟危坐，丝毫不为所动。

这渗进头发丝儿里的优越感，真是没救了。叶岚撇嘴。

会议结束，大家各自准备离开，李江洲突然提议："再去看看奇奇吧。"

叶岚和李江洲回到山上，奇奇正在后院里玩耍，病愈的它又变得和以前一样调皮，在草坪上撒着欢儿滚来滚去。

他们没有打扰它，只是在围墙边静静观看。

"我终于明白你说的那种感觉了。"李江洲低声开口。

叶岚一愣："什么？"

"成就感爆棚。"李江洲凝视着奇奇，眼神温暖明亮："看见它这样好好地活着的时候。"

叶岚看了他半晌，转过头来一笑。冬日的阳光铺洒在他们身上，和煦如春。

回去的时候，李江洲死赖着要坐叶岚的车："就我这技术，要是回去的路上再刮上一遍，这车的底盘得报废。"

"那你这车怎么办？"

"让我小姑花钱找人来拖呗，反正她的车她心疼。"

如果她是他小姑，当场就把他揍一顿。叶岚上车，李江洲也忙不迭地挤进副驾驶。

"你看我熬了这么多天，这精神状态你敢让我开车吗？"李江洲开始使苦肉计："你就行行好，把我捎回去。"

叶岚看了看他的熊猫眼，没再反对。

"都臭了，"李江洲扯起衣服闻了闻，一脸受不了，"待会儿我去你家洗个澡。"

叶岚眼皮一跳："你去我家洗什么澡！"

"你看看我这样儿，要是就这么回家去，我几个姑姑还不得哭死，以为我遭了多大罪呢。"李江洲誓要把苦肉计用到底："就让我先去你家收拾一下。"

叶岚瞟了他一眼，在圈舍里关了这么久，让他全身染上了一股邋遢的流浪汉气质，确实和平时的浪荡公子哥形象不相符。

两个小时后，叶岚看着在她家沙发上睡死过去的李江洲，十分后悔自己当初的心软。这人太缺觉了，倒下就睡，完全不拿自己当外人。

叶岚自己也困得眼皮打架，她踢了踢李江洲没反应，只好自己也去睡觉。想了想，为了安全起见，她把卧室的门又加了一道锁。

暮色降临，李江洲终于醒了，发现叶岚还在睡，悄悄地想去一睹睡容。

推了一下门，没开。又推了第二下，还是没开。他正打算再推的时候，门突然被打开，叶岚一副"你果然有奸贼之心"的表情，站在门口。

"我就是饿了。"李江洲立马随机应变："能给口饭吃吗？"

"没有"。她毫无做饭的天赋，也不打算为求表现强行露一手。

当两人坐在餐桌前，每人面前摆着一碗方便面时，李江洲很感慨："以前我觉得几个姑姑也不怎么贤惠，只能做到把饭菜弄熟的水平。但没想到人外有人山外有山，居然有些人家里的天然气只是洗澡用的，从来都不开火，那你装修厨房干什么呢？"

"我穷，买的二手房，买来就有。"叶岚十分坦然。

"看来以后结了婚，我还得学做饭。"李江洲很扼腕。

叶岚一记冷飕飕的眼刀飞过去，李江洲乖乖地闭上了嘴。

两人"吱溜""吱溜"地吃着面，他突然停了下来，望向叶岚："你真的……没打算和我谈个恋爱吗？"

叶岚的动作慢了下来，用叉子绕着碗里的面："我从没想过要和人谈恋爱。"

"为什么？"李江洲坏笑："你有亲密恐惧症？"

一语中的。叶岚不知道他是猜的还是撞的，但她感觉到心慌。

李江洲从桌子那一头绕过来，坐到她身边。

"我觉得，咱俩挺合适的。"李江洲表情严肃，眼睛里还有难得一见的认真："就像我爸说的，你镇得住我。"

在他乱了阵脚的时候，是她给他的心里，注入了力量。

"又不是宝塔镇河妖，"叶岚站起来，假装收拾面碗，走进了厨房，"吃完了就赶紧走吧。"

李江洲望着她的背影半晌，也站了起来："好，你要是什么时候想谈恋爱了，记得第一个找我。"

关门的声音在身后响起，叶岚有些发怔。

谈恋爱吗？她可以吗？他又……可以吗？

那个晚上叶岚没睡好，梦里反反复复都是李江洲的影子，纨绔的，脆弱的，温暖的……

这段时间实在太累了，叶岚决定在家里歇两天再去上班，提前关掉了闹铃。但李江洲可就没这么好运了，一大早被姑姑们从被窝里拎了起来。

他一下楼就发现是三堂会审的架势，坐在正中央的李院长，显然是主审官。

"你这么不声不响地走了个把月，是不是应该给我们个解释？"李院长的话里，压抑着怒气。

"我去干正事儿了，爸。"李江洲笑得有点儿小得意："您是没看昨天的新闻，搞不好还有我的特写呢，野生动物保护中心的罗主任，还专门对我提出了表扬。"

"都上新闻啦。"大姑有点儿惊喜，但看着李院长的脸，又把这惊喜憋了回去，语重心长："那你也不能耽误正常工作呀。"

"说真的，经过这一次，我都想转行去当兽医……"

李江洲的话还没说完，李院长就大吼一声："你敢！你要是转行，我打断你的腿。"

李江洲脖子一梗："怎么就不行？还不都是当医生。"

"兽医那是给动物看病！"

"动物怎么了？"李江洲犟起来："动物就比人低一等？您不是常说，在医生面前，生命都是平等的吗？"

李院长一时被顶得说不出话来，随即更加震怒："你少给我强词夺理。"

"强词夺理的是您吧，"李江洲冷笑，"您就是觉得我们搞临床的，比人家搞兽医的档次高，告诉您吧，有些动物的病，您都不一定治得了。"

"你！"李院长气得要追打李江洲，几个姑姑急忙去拦，既怕这浑小子吃亏，又怕老大犯了高血压。

"李江洲，我的车呢？"一道红色的身影，从楼上风风火火地冲下来："我刚买的新车，你非要借去开，现在居然给我撂山上了！"

李江洲干笑，对这位集娇媚与骄横于一身的小姑李瑜，采取怀柔政策："我这不是技术不好，怕对您的爱车造成二次伤害吗？"

"你开上山的时候怎么不想想呢？"李瑜不吃他这一套："我告诉你，拖车费你出。"

"哎哟，爸。"李江洲立刻往李院长背后躲："您快跟她说说，我们医院的工资标准是什么样的，出了拖车费，我这个月得喝西北风。"

"我管你喝西北风还是东南风，哥，你给评评理，这钱他到底该出不该出。"李瑜也扯着李院长的袖子不放。

这个最小的妹妹，就大李江洲一岁，两人从小打到大。李院长可不想搅进他们的糊涂账，借口要上班，匆匆走人。三个姑姑也跟着出门。

李瑜在沙发上坐下涂指甲油："帮你解了围，打算怎么谢我？"

李江洲想了想，如壮士断腕："拖车费我出一半吧。"

"呸，"她生得美，随意一个眼波，都尽是风情，"你也注意点儿，谈恋爱归谈恋爱，别闹得不务正业。我们家祖上三代都是名医，你要是敢转行去当兽医，那可辱没了祖上名声。"

"你尊老爱幼行不行？做你的生意赚你的钱去吧，李老板，我的事你甭操心。"李江洲转身走上楼梯，打算再去睡个回笼觉。

"哎，记得把一半拖车费转给我。"李瑜扬声喊。

"果然是奸商！"李江洲义愤填膺："连苍蝇腿上的肉都不放过。"

"那是，"李瑜回眸一笑，"不然怎么买得起跑车让你造呢？"

李江洲无话可说，快快上楼，李瑜哼着歌继续涂指甲油。

18　粉丝滤镜

李江洲回到房间，哭哭啼啼地给叶岚发微信：我挨训了。

叶岚被提示音惊醒，梦里是李江洲，醒来又是李江洲，她头皮发炸：活该！

这女人怎么没有半点同情心。李江洲生气道：你就不问问我为什么挨训？

叶岚：爱说说，不说……

她总算给了他几分面子，没有直接把"滚"这个字说出口。

李江洲：我爸说如果我转行当兽医，就打断我的腿。

叶岚突然想起来李院长那个电话：他给我打过电话，说你当时没告诉他一声就跑了。

李江洲：我那不也是为了我们伟大的野生动物保护事业，我还真有点儿想转行了。

叶岚一时沉默，李江洲如果能当兽医，对野生动物保护来说真的是好事，但改变职业生涯不是小事，更何况他是这样的家庭背景。

李江洲也沉默下来，话说出口，他才发现内心有这样的意愿，但究竟强烈到什么程度，他现在也摸不准。

他转移话题：在山上熬了这么久，今晚去吃大餐吧，不过这次不均摊，你请客，我的钱都拿去出拖车费了。

叶岚不禁又骂了一句：活该！

转行的话题，先放一放吧。叶岚心想。他的人生，只能由他自己做主。

晚上的饭局，不只是李江洲和叶岚两个人，还加上了安娜。

经历了前一晚的梦境混乱，叶岚单独面对李江洲多少有点儿尴尬，于是以好久不见十分想念为借口，拉安娜作陪。

李江洲却表现得坦荡荡，完全是一副纯饭友的样子，叶岚也自在起来，三个人快乐地吃吃喝喝。

"我说你俩怎么前段时间都跟人间蒸发了似的，原来是一起去参加秘密行动了。"安娜抱怨："这么好的新闻素材，怎么不早告诉我？"

"你一个娱乐记者，管这干什么？"叶岚不以为然。

"我也是有梦想的，好吗？！"安娜表情沉痛："我一个传媒大学的毕业生，曾经梦想着拿普利策奖，现在却沦落为娱乐记者，你还要侮辱我的自尊，你于心何忍？"

"我哪敢啊，"叶岚为她拍背顺气，"我还得求着你给资源呢。"

"给什么资源？"李江洲好奇。

"你知道她为什么看不上你吗？"安娜落井下石："因为她有一个精神恋爱对象。"

李江洲撸起袖子："嚯！是谁？！"

叶岚忍不了他们演的二人转："别无聊了行吗？赶紧吃，别仗着我请客就浪费。"

没有人理她，安娜翻出白一哲的照片，让李江洲鉴赏。

"长得还不如我啊。"李江洲摸着下巴。

"你要谦虚点儿！"诋毁她偶像，叶岚不高兴了。

"好吧，就算他帅，这见不着摸不着的，有什么用呢？"李江洲的口气，和安娜如出一辙："还是真实的恋爱那什么……啊！"

李江洲向安娜挤眼睛，安娜默契地点头呼应。

两个思想不纯洁的人，叶岚不屑与他们为伍："谁再提白一哲一句，今晚的饭钱谁出。"

李江洲和安娜立刻对视了一眼，打了个哈哈，大家继续和乐融融地吃饭。

晚上回家，李江洲搜出白一哲的照片，举着手机照镜子，两相对比："是没我帅啊，她的粉丝滤镜也太厚了吧。"

正在浴室吹头发的叶岚，猛地打了个喷嚏，手一抖，被吹成了梅超风……

叶岚刚去上班，就遇到了不速之客。当韩靖敲响她实验室的门时，她抬头的一瞬间有点儿发蒙，他笑起来实在太像白一哲了。

她的语气不自觉就软了几分："找我有事吗？"

"报恩。"韩靖脸上笑容未减："你救了我一命，不表达感谢我真的过意不去。"

像李江洲那种厚脸皮固然生厌，但太知礼节也让人头疼。叶岚无奈："你想怎么报？"

韩靖递过来一张邀请函："我们协会想邀请你举办个讲座，为我们科普一下野生的动物珍稀性和危险性，还有景区和实验区的划分范围，这样既能保护旅游者自身的安全，也能让大家遵守规则，不去惊扰动物的生活。"

这种报恩方式倒是特别，又合情合理，叶岚不好拒绝："我想一想。"

韩靖也不多打扰："那我等你的消息，上次那个手机号你应该没存吧，我再给你拨一次。"

他可真了解她。当面拨号，叶岚只能保存他的电话，他便顺势加了她的微信。

韩靖走后，叶岚才反应过来，这人看起来有礼有节，其实云淡风轻地就把她套路了。

韩靖刚下楼就遇到了陈正雅，她怀疑地打量他："你来找我的？"

"来找叶岚。"他很坦诚。

"反正我已经提醒过你了。"陈正雅冷笑："别以后又后悔。"

韩靖一怔，陈正雅已径直进了电梯。她上了四楼，路过叶岚实验室的时候，不自觉地停住脚步。

"你出来一下。"陈正雅冷着脸。

叶岚不知道自己又是哪里招惹这位公主，走到门口："干什么？"

"既然已经有主了，就不要再招惹别的男人。"陈正雅抬高下巴："脚踏两条船不道德，你知道吗？"

说完她就进了隔壁，叶岚丈二和尚摸不着头脑，她这又是哪根神经搭错了？！

当叶岚回了自己的实验室，走廊另一头，有人才姗姗而来。黑色的丝缎裙摆带起波浪，一抹红唇美得惊心动魄。

李瑜在叶岚门口停了两秒，又向陈正雅实验室走去。刚才她在楼梯口，将她们的对话听得一句不漏。

李瑜是来跟陈正雅谈设备的，她想卖给陈正雅一台流式细胞仪。

"不贵，也就两百万出头。"李瑜说得轻描淡写，仿佛不是两百万元，而是两百元。

陈正雅淡淡地看着李瑜，她妩媚得不像是来谈生意的："你的报价，可比别人都要高出一大截。"

"你这样级别的实验室，需要的当然是高端设备。"李瑜笑着将实验室扫了一眼："这台超速离心机，也不会低于八十万吧，按这个配置，流式花两百多万，一点儿都不贵。"

"同类型的价格上限也不到两百万，你的利润空间是不是太大了些。"陈正雅并不买账。

"利润自然是要留出空间的。"李瑜眼波一转，声音变低："实验室总会有一些费用不好处理，我会帮您争取十个百分点当备用金。"

陈正雅的脸色冷了下来："这是你们的行规？"

李瑜一愣。

"我买的是专业的仪器和服务，但你现在的态度，让我觉得太不专业了。"陈正雅将李瑜的产品手册推还给她："我找别家再谈谈。"

李瑜将手册按在了桌上，眼神和笑容发生了改变，先前的妩媚一扫而空，变得冷静理性："那我为您讲解一下，应该选择这台仪器的理由。"

没有看任何内容，所有技术参数都烂熟于心，和竞争对手的优劣势对比，她分析得全面而客观，最后静等陈正雅做决定。

陈正雅手中的笔，在桌上轻轻地敲了两下："好，招标会上见。"

李瑜笑着点头，伸出手和她相握，彼此眼中都有欣赏之色。

李瑜离开陈正雅的实验室，想了想，敲响隔壁的门。

"这是我们公司的产品介绍，"李瑜笑着将手册递给叶岚，"有需要可以联系我。"

叶岚翻了翻价格，直截了当："经费有限，买不起。"

李瑜漫不经心地看了一眼这间狭小的实验室，笑着告辞离开。

"唉，现在连卖仪器的都有点儿瞧不起人。"小亮感慨。

"我们和隔壁自然是没法比。"另一个学生凑过头说了一句，又有点儿担心地看了看叶岚的脸色。

叶岚无所谓地笑了笑。比什么比，这人生在世呀，还是知足常乐比较开心。

没过多久，更开心的事来了，安娜打来电话，说她利用职权以公谋私，帮叶岚弄到了两张白一哲见面会的门票，还是最核心的位置。

叶岚捂住嘴，在心里爆发出尖叫。

"不过我估计去不了，那天有采访任务。"安娜遗憾地建议："要不让李江洲陪你去吧。"

"他配吗？"叶岚横眉冷对。居然无耻地宣称他比白一哲还帅。

"好的，那你拿去微博抽奖吧，说不定还能帮你上个热搜。"安娜直接微信把二维码发给了她。

叶岚上了微博，以无比激动的心情呼唤八卦喵：快出来，快出来。

过了十分钟，八卦喵才上线：刚才在忙，怎么这么兴奋？

叶岚很深情：为了你，我放弃了一个上微博热搜的机会。

八卦喵：啥？

叶岚亮出门票信息截图，八卦喵顿时惊呼：我的天，白一哲见面会！！

叶岚：还是前排席位。

八卦喵对叶岚的崇敬和爱慕无以言表，直接发过来满屏的玫瑰图标。

叶岚：咳咳，也就是说，三天后我们就要见面了。

八卦喵：为了白一哲，我愿意。

但真正到了见面会前一天晚上，叶岚却又纠结了。

她害怕幻想破灭。无论是对白一哲，还是对八卦喵。

一个是寄托幻想的偶像，一个是相知不相识的好友。走进现实，是否真的和想象中一样，如果不是，以后又该将那些情感投注何处。

叶岚半夜给安娜打电话："我有点儿不想去了。"

安娜恶狠狠地威胁："我千辛万苦才弄到这两张票，不去我跟你绝交。"

迫于安娜的威胁，叶岚只好去参加，但一到见面会现场，她就彻底后悔了。

满眼都是青春美少女，唯独她显得格格不入。

八卦喵该不会也是 2000 年后生人吧。她突然打了个寒战，小心翼翼地往约定的见面地点走去，打算见势不妙就溜号，说自己是送侄女来追星的。

然而就在此时，她看到了另一个进错片场一脸茫然的人，四目相对之下，双方瞬间僵住。

19 命中注定

隔着人群，叶岚和陈正雅遥遥相望，仿佛宿命般的相遇，但两个人的心都在瑟瑟发抖。

难道……不是吧……不要啊！

可是命运果然采取了最诡异的走向，当两个人站在核心位置，拿着不知道谁塞给她们的灯牌，无力地摇晃的时候，都恨死了台上的白一哲。都怪他，不然她们怎么会相遇？！

见面会结束，叶岚和陈正雅默契地大路朝天，各走一边。各自上车后的第一件事，就是取消关注对方微博。叶岚本想也删了私信记录，但指尖滑了滑，不知道怎么，最后还是关掉了页面。

不看不就行了，难道我这点心理承受能力都没有吗？叶岚这样说服自己。

陈正雅看着私信里自己发的那一大串玫瑰热吻，羞耻得只想找个地缝钻进去。

她居然对叶岚示爱？以后哪还有脸见人！陈正雅开始考虑，是换个工作还是干脆回国外。

叶岚回家还没坐定，李江洲的微信就来了：见到你的精神恋爱对象，惊喜不惊喜？

她有气无力：别提了，简直是世纪大惊吓。

李江洲：我就说你的粉丝滤镜太厚了，见面铁定幻想破灭，你还是多考虑考虑现实中的人，比如说——我。

叶岚：我见到陈正雅了。

李江洲：不会吧，她也是追星的一员？

叶岚：还是我微博上的精神闺蜜。

李江洲愣了几秒，爆发出惊天动地的大笑：哈哈哈哈你们俩审美情趣这样一致，以后该不会喜欢上同一个男的吧。

叶岚郁闷死了：反正不会是你。

她扔掉手机倒在床上，望天长叹了一口气。这命中注定的孽缘！

第二天，当叶岚和陈正雅在走廊上相遇，彼此都当作没看见对方，昂首挺胸地走进自己的实验室，但一坐下就泄了气。

这抬头不见低头见的，以后的日子怎么过呀。两人同时在心里哀嚎。

李江洲还看热闹不怕事大，专门来了一趟，先招呼完叶岚，又去惹陈正雅："听说你昨天也去见偶像了？"

他站在两道门的中间，叶岚和陈正雅都想出手把他扔下楼去。

就在这时，叶岚的手机响了，屏幕上显示的名字是"韩靖"。

李江洲无意中瞟见："韩靖是谁？"

"一个……"叶岚不知道该怎么定义和韩靖的关系："认识的人。"

陈正雅从鼻孔里发出一声冷哼。

又招她惹她了。叶岚莫名其妙地接起电话："喂，我想了想，可能还是去不了。"

"啊？"韩靖的语气里充满了失望："我们还联系了附近的小学，打算让小朋友们也听听动物知识呢，他们都很期待。"

叶岚本就没找好拒绝的借口，现在又不忍心辜负孩子们的希望，犹豫了半晌才开口："那好吧，你把时间地址发给我。"

"到时候我来接你。"韩靖笑意盎然："那边路不好找。"

叶岚接完了电话一回头，李江洲睁大眼睛盯着她，她吓了一跳："干什么，吓死人。"

"你要跟人约会？"李江洲哀怨。

"约个鬼的会，"叶岚没好气，"我去做科普讲座。"

陈正雅又从鼻子里发出一声哼。

"你哼来哼去的到底要干什么？"叶岚忍无可忍。

"你自己知道。"陈正雅"砰"的一声关上门。

叶岚叉腰："嘿，我知道什么？"

"算了算了，不跟她一般见识，"李江洲拉走叶岚，眼睛里闪着贼亮的光，"你去搞讲座的时候，我陪你一起吧，我深感自己也需要增长一下知识。"

叶岚无语。这老公查岗式的盯人架势，他的底气究竟是哪里来的。但无语之余，她心里又有一丝莫名的甜意。

可是人算不如天算，李江洲在那天下午，恰好要上一台手术。

他在进手术室之前千叮咛万嘱咐，讲座结束后一定不要留下和韩靖吃饭，他今晚带她去吃全城最好吃的，只有他找得到的私房菜。

叶岚哭笑不得。

韩靖没有骗她，真的是在小学里做演讲，看着礼堂里那些纯真的孩子们，叶岚心中柔软。她耐心地为他们讲解动物保护的知识，回答他们各种奇思妙想的问题。

"阿姨，"有个孩子举手，"为什么动物不生活在动物园里呢？可以得到更好的照顾呀。"

"它们也有家的。"叶岚温柔地笑："它们和你们一样，都希望在自己的家里，自由自在无拘无束地生活。"

叶岚滑动鼠标，屏幕上出现了一片大森林："这里才是它们真正的家，有蓝天，有绿树，还有可爱的花儿和小草。希望我们能像保护自己的家一样，也保护它们的家。"

她的眼睛里，盛满了光，仿佛看到了一片更远的未来。韩靖悄悄拍下了这一刻。

结束的时候，孩子们给她戴上了红领巾，她也正正规规地向他们行队礼，约定下次再见。

"学校领导希望你定期来为他们举办讲座。"韩靖说："还打算向其他小学推广。"

"这是件很有意义的事情，生态保护就是要从小抓起。"叶岚认真地想了想，"但我不一定总是有时间，我可以介绍我的同行或者学生来讲。"

韩靖笑着点头："嗯，不过我还是有点儿私心，希望能听你多讲讲。你很有感染力。"

"嗨，哪有什么感染力，"叶岚低头看手机上的时间，"我得走了，今晚还有事。"

"不一起吃个饭吗？"韩靖将失落掩饰得很好，仍然显得客气温和："我总该请救命恩人吃顿饭。"

"可别再提这碴儿了，"叶岚挥手，"不然以后连讲座我也不来了。"

"好吧。"韩靖又笑了起来："那我送你回去。"

"不用了，"叶岚摇了摇手机，"我刚才已经叫了车。"

叶岚上车离开，韩靖站在路边，目送那辆车远去消失，蓦然一笑。

他今天，又多了一张叶岚的照片，多了一个对她动心的时刻。

李江洲所谓的私房菜馆，就是巷子深处的一家烧烤摊，叶岚觉得自己上当了："早知道我还不如留下和别人一起吃饭。"

"我现阶段就请你吃得起这个，"李江洲一脸落难贵公子想当小白脸的表情，"要不你出钱，我们去吃好的？"

"做人要勤俭节约，"叶岚立刻道德家上身，"这是几千年的优秀文化传统。"

两人互相鄙视地看了一眼，坐下开吃。等菜上来，叶岚才知道李江洲所言非虚。

茄子烤得软烂，上面密密麻麻撒着花生碎葱花辣椒，没入口都已经感觉到了那香味。还有酥脆的烤馒头和香喷喷的麻辣小土豆。大冬天的，叶岚吃得鼻尖都沁出了汗珠。

李江洲扯了张纸巾递过去："给，擦擦你的汗，还有口水。"

在她擦汗的空当，他将茄子一点点从皮上撕下来，放进她的碗里。

叶岚突然发现，他刚才根本没怎么吃，一直在为她服务，连烤鱼都是剔好了刺才给她。

她从来都是自己照顾自己，从未被人这样细致地对待过。

叶岚有些发怔："你怎么不吃？"

"看你太馋，让你先吃。"李江洲一笑，看她怔然望着自己，怕她过意不去，又补充："反正我也不饿。"

做了一下午手术，怎么可能不饿？叶岚低头慢慢拨着碗里的菜，突然开口："李江洲，我答应你，如果我想谈恋爱了，一定第一个找你。"

李江洲愣了，叶岚也脸红了。她也不知道，自己为什么会鬼使神差地冒出这句话。

他靠近了点，看着她的眼睛坏笑："这是不是说明，你对我动心了？"

叶岚拿眼睛瞪他，耳根却悄悄发烫。

吃完了离开，李江洲牵起叶岚的手，她挣扎："你别得寸进尺啊。"

他把她的手放进自己的大衣口袋里："怕你冷。"

瞬间的温暖，让叶岚心里一软，放弃了挣扎。

李江洲轻轻摩挲着她的指腹："跟我想的一样，都是茧，在山里受了不少苦吧？"

叶岚不知怎么，鼻尖就有点儿发酸。

"我知道你很坚强，什么都顶得住，"李江洲声音低沉，"但我就是心疼你。"

叶岚神情一震，不自觉地握紧了他的手。

两个人就这样手牵着手，沉默地走出这条长长长长的小巷，却又觉得还不够长，只想回转过去，再走一遍，两遍……无数遍。

20 心上的人

　　李江洲那天回到家时，一想起今天和叶岚的牵手，就觉得心情特别愉悦。他吹着口哨进门，还没开灯，就听见黑暗里传来声音："谈个恋爱这么高兴？"

　　他吓了一跳，忙把灯打开，看见李瑜窝在沙发里，很显然又喝多了。

　　李江洲给她倒了杯水："爸他们呢？"

　　"加班的加班，回自己家的回自己家。"李瑜喝了口冰水，呛了出来："大冬天的你想冻死我？"

　　"让你清醒清醒。"李江洲冷哼："就算是谈生意，也有不喝这么多酒的谈法。"

　　"女人做生意不容易，"李瑜指着自己的鼻子，"尤其是我这样的女人。在酒桌上喝死，总比被人在别的地方占便宜好。"

　　李江洲沉默了一下："那就少赚点儿呗，人又不是非得开跑车才能过日子。"

　　"但我这人就是要强。"李瑜大笑："我不能活得比别人差。"

　　李江洲知道她的心结，没再往下劝："赶紧上楼睡觉去，不然等爸回来看见了，有你好受的。"

　　李瑜摇摇晃晃地站起来，摇摇晃晃地上楼，爬到一半又回过头来："你也长个心眼儿，别哪天被人要了，才发现自己就是个备胎。"

　　"不会！"李江洲自信地一挥手。叶岚答应的事，不会反悔。

　　"你就这么喜欢她？"李瑜趴在楼梯扶手上一笑："我倒是觉得，她隔壁那个陈正雅不错，家世容貌情商智商，没一样不好，配你可以了。"

　　"你这是王婆卖瓜，"李江洲非常谦虚，"把你侄子我看得太高了，什么叫配我可以了，那叫我高攀不上。"

　　"得了吧，"李瑜看穿了他的心思，"你就是喜欢叶岚。"

李江洲没作声。他是喜欢叶岚，不管什么条件不条件的，就是跟她看对了眼。当然，目前基本还算是他单向看对眼，但他有耐心等她回应的那一天。

"年轻真好啊。"李瑜看着他沉浸其中的神色，幽幽地叹了口气，走上楼去。

"你也还没老，"李江洲喊了一声，"别活得跟灭绝师太一样。"

一只拖鞋砸了过来，李江洲跳着躲开，靠在冰箱上贼笑。

叶岚那晚又是翻来覆去睡不着，半夜给安娜发微信：被人心疼是什么感觉？

安娜从梦里被吵醒，恨不得顺着电波爬过去打叶岚，但看清微信内容又怔住。

叶岚从小是怎么长大的，她最清楚。沉默的小小少女，每天自己带着钥匙上学放学。下了晚自习的黑暗巷子，别人都有父母来接，她却是独自一人走进去，有种让人怜惜的孤勇。

"就是，有人把你放在心尖上。"安娜回的这句话，让叶岚眼中一热。

心尖上。叶岚想着那个吊儿郎当的人，嘴里永远说着浑话，看着对什么都满不在乎，却把她放在了心尖上吗？

叶岚的手，下意识地捂住自己的胸口。她的心呢？什么时候才能彻底为他敞开……

失眠了一晚上，叶岚顶着黑眼圈去上班，但冤家路窄，一进电梯就遇到了陈正雅。

电梯门像镜子，照出了她们的鲜明对比，一个光鲜靓丽，一个狼狈憔悴。

"左右逢源挺累的吧？"陈正雅的眼神，在镜面里都能清晰地看见嘲讽。

"陈正雅，你到底什么事儿跟我过不去？"叶岚挑眉："莫非是以前对我太崇拜了，现在觉得丢人？"

这下算是碰到陈正雅的心坎了，她的脸涨得通红，电梯门一开，她就气哼哼地冲了出去，过了一会儿又气哼哼地折回来，站在叶岚面前："以前是我瞎了眼！"

叶岚偏着头看她，突然觉得她有点儿可爱。

陈正雅进了实验室坐下，心里乱七八糟，忍不住鬼鬼祟祟地打开叶岚的微博，看她有没有说自己。

叶岚果然在一分钟之前发了条微博，图片是一个气鼓鼓的小包子，脸上还带着两团小红云，配文是 Q。

Q 是什么意思，可爱？说谁可爱呢？她还是叶岚自己？

陈正雅想东想西，最后烦恼地拿着手机趴在桌上。如果是以前，她肯定会在这条微博下面问：是说我可爱吗？

但是现在，什么都不行了。她不知怎么，就感到很委屈。为什么偏偏是叶岚呢？她那么喜欢的朋友。

这次病毒综合征的事，让叶岚反思，圈养的熊猫会得传染病，难道野生熊猫就不会吗？青塬是野生大熊猫密度最高的地区，而秦芳说过，山民们会带着狗上山，如果犬类病毒传播到熊猫身上，就会引起严重的后果。

叶岚再次去找冯主任，申请在青塬加装红外相机，更严密地监控熊猫的状况。

听叶岚叙述完理由，冯主任仍然不同意："这不是我们该管的事，熊猫生病那得找兽医。"

"野生动物保护本来就是一个整体的系统，"叶岚坚持，"作为其中的一分子，我们就算不能顾全所有的方面，至少应该在力所能及的事上，尽量做好。"

"你以为你是谁，野生动物保护总指挥？"冯主任抬起眼皮，从眼镜后射来两道冷光："你就是个搞科研的，踏踏实实做好你的本职工作就行了。就像前段时间，熊猫疫情虽然是大事，但你又不是动医专业人员，能帮上多少忙？急着去掺和什么，出风头吗？"

叶岚笔直地站着，但细看之下，背影却因为压抑着愤怒，微微发抖。

门突然被敲响，陈正雅进来："冯主任，有点儿事情想跟您商量。"

冯主任笑容满面："坐，坐，小叶你先出去，回头再谈。"

叶岚什么话也没说，转身就出了门。陈正雅自始至终，没有看过叶岚一眼。

过了两天，冯主任突然通知叶岚，同意给她批经费。叶岚惊讶。

"陈教授那天说了，这种病毒的危害确实很大，作为动医的学科带头人，她也打算在这方面给予一部分资金支持，以后可能还要跟我们联合申请项目，所以你就当先去打个前站吧。"

冯主任的话，让叶岚更加诧异。难道那天陈正雅去找冯主任，是为了给她帮忙？

叶岚上了四楼，转了一圈，还是走进了陈正雅的实验室。

"青塬的事，"叶岚微微停了一下，"谢谢。"

"在工作上，我也不是拎不清的人。"陈正雅拿着笔在资料上做记录，不看叶岚。

叶岚笑了："对，其实你这人除了心气高爱面子，别的也没什么大毛病。"

陈正雅立刻对她怒目而视。

"夸你呢。"叶岚眨了眨眼："傻喵。"

陈正雅突然觉得血液一凝，这是叶岚在微博上经常叫她的称呼。

"行了，不打扰你了。"叶岚出去给她带上门。

陈正雅一口气上不去下不来，恼羞成怒。

这人干什么？调戏她呢！什么傻喵，谁允许她在现实里叫的？讨厌！

就在这时，微博提示有新粉丝，她点开一看，居然是叶岚。

她犹豫了很久，最终还是点了关注的加号。她们谁也没说话，但那个互相关注的双箭头，却仿佛穿过实验室的墙壁，连接起了两个人。

罗康成也同样在想关于病毒的问题，这次的事至今让他心有余悸，他也萌生了一个想法——建立一支专门进行野生动物应急救援的精英队伍。

叶岚和李江洲同时接到了罗康成的邀请，叶岚欣然答应，但李江洲那边，可就没这么容易了。

"你别再给我去搞七搞八的，"李院长发火，"好好在医院上你的班，再这样下去，连急诊科都不要你了。"

"不要了正好啊，"李江洲顶了回去，"我就去当兽医。"

李院长气得站起来又要追打李江洲。

"爸您别追了，十岁起您就跑不过我了。"李江洲吊儿郎当地坐在沙发上："要不我今天不跑了，让您打一顿出出气，然后给我准假去野生动物保护中心。"

李院长捂着额头，觉得自己高血压又要犯了。

大姑拍了一下李江洲的背："多大了还这么熊，看把你爸气成什么样了。"

二姑和三姑把李院长扶着坐下，也向李江洲投来责怪的目光。

李江洲不再说话，看着自己的脚尖。

李瑜趿拉着拖鞋，从楼梯上慢悠悠地走下来："江洲，这次确实是你的不对。"

她很少用这么正经的口气跟他说话，李江洲抬起头来。

"我之前就说过，谈恋爱归谈恋爱，别不务正业。"李瑜在他对面坐下："你偶尔陪陪女朋友做一下志愿者，可以。但为了这个彻底荒废掉正事，你扪心自问，对不对得起我们对你的希望？"

"我没打算彻底荒废掉。"李江洲辩解："罗主任说了，这是个机动队，平时不要求常驻中心，就是有事的时候才集合。"

"就这几个月来看，他们有事的时候可真不少。"李院长冷笑："你这么三天两头旷工，干脆辞职去算了。"

"爸，这可是您说的啊。"李江洲也恼了："那我今天就去跟罗主任说，把我的人事关系调去中心。"

李院长一拍茶几："你看我批不批！"

"随您的便。"李江洲站起身："我现在就走，这次也不借谁的车了，让叶岚拉我过去。"

李江洲拎起背包就出了门，李院长指着他的背影手发抖："你们看看，他打算征求谁的同意了吗？早就把行李准备好了。你出了这个门就别回来！"

最后的这句台词，反正李江洲从小到大已经听了无数遍，他潇洒地挥了挥手："好嘞！"

21 我想留下来

李江洲见了叶岚，活灵活现地给她描述了这场家庭大战。

叶岚听得直叹气："你好好跟李叔叔说话不行吗？万一把他气出病来怎么办？"

"没用。"李江洲摇头："我爸骨子里，比我还犟，他认为对的事儿，别人说一火车皮的好话都白搭。"

"我看他人挺和气的。"叶岚这么觉得。

"那是你还没进我们家的门。"李江洲坏笑："等你过门了你试试。"

叶岚白了他一眼。从上次牵过手，他对她的态度，就跟她已经答应了他求婚一样。

"说真的，我也快受不了了。"李江洲看着后视镜里倒退的景象，目光中有些迷茫："从小到大，什么都是安排好的，连高考志愿都是他们盯着填，一溜儿的医科大。上完本科上研究生，一路逼着我读到博士毕业，然后进盛京。"

李江洲沉默了半晌，似乎在回忆什么。

"我想做什么，都不重要。反正路都给我铺好了，只管走就是了。"李江洲自嘲地一笑："这可是别人想走都走不了的康庄大道，我还有什么好挑三拣四的呢？"

叶岚无言。就连她，一开始都觉得无法理解，李江洲这么好的条件，怎么不想当医生。

"你呢？"李江洲觉得他的事说多了太沉重，转移话题："像你这么独立，肯定是想干什么就干什么吧。"

"是没人逼过我。"叶岚点头："上哪个学校找什么工作，都是我自己选的。"

李江洲向她投过去羡慕的目光。

"因为没人管我。"她笑了笑："我爸从我出生起就待在山里，我上学回城后，一年能见到他的时间不超过十天。我妈呢，要忙着养活我和她自己，所以摆地摊开餐馆，每天我还没起她就走了，我睡了她才回来。我就自己管自己。"

她说得很平静，但李江洲却心里一疼。这孩子是怎么长大的，是没人逼过她，但她的独立，都是被逼出来的。

正好红灯亮起，他去握她的手，她的指尖在他掌心里蜷着，他第一次发现，她的手和他的相比，竟然这么小。

她总是让他生出保护欲，哪怕他知道她不需要保护。

变换成了绿灯，她轻轻抽出手："开车了，注意安全。"

他的温度，还留在她的指尖，虽然车窗外下起了雪，心里仍然是暖的。

中心到了，罗康成来迎接的时候满是歉意："我应该先看看天气预报的，下雪天还让你们跑一趟。"

"就当雪中约会了。"李江洲说。叶岚用手肘撞了撞他，示意他在人前别乱说话。

罗康成却早就把这点心思看得一清二楚："看来奇奇成了你们的媒人。"

叶岚脸一热，李江洲已经接过话去："到时候喝喜酒，我把它请去当特邀嘉宾。"

叶岚突然就理解了李院长，她也想满屋了追着他打。

玩笑开完，大家转入正题。李院长之前说这种病毒综合征的时候，上级部门拨了充足的专项资金，节余部分让中心自己处理，做后续的动物防治工作。

"回顾前面的这些事，我觉得除了医疗条件之外，还有一个最重要的因素，就是人。"罗康成感慨："只有高素质的专业队伍，才能做好防治和救援工作，所以我才请你们二位来，做这支队伍的主心骨。"

"过奖了，罗主任，您才是真正的主心骨。"叶岚知道，在病毒综合征事件中，他看似指挥若定，其实内心承受着巨大的压力和痛苦，只是一路挺着，因为他一倒下，整个中心就没了精神支柱。

"一定支持您。"李江洲也表态，拍了拍自己的背包："我把行李都带来了，准备常驻呢。"

罗康成吃惊："医院那边同意吗？"

"没事儿，我爸……我们院长都把我赶出来了。"李江洲大大咧咧："安排宿舍的时候，记得把我和叶岚放在隔壁。"

叶岚在桌子下面踹他。

"没问题，"罗康成爽朗大笑，"我就是准备给你们留出两间宿舍，不然总让你们睡圈舍多不好意思。"

大家都笑了起来。散会后，趁着李江洲去卫生间，罗康成私下问叶岚："李医生是不是因为中心的事，和医院发生矛盾了？"

"也没有，"叶岚斟酌着话语，"就是家里有点儿意见。"

罗康成理解地点头："我们这里的工作条件，毕竟和盛京医院没法比，放心，会尽量少麻烦到你们，只要有空的时候过来做做顾问就行。"

"那可不行。"李江洲不知道什么时候，已经走了过来："我是真想把这当正事做的。"

当他来到中心，想起之前奋战的时光，他心中当兽医的意愿，越来越强烈。

"人类的医生，多我一个不多，少我一个不少。"李江洲拍了拍胸脯："但我觉得，动物们需要我。"

罗康成和叶岚望着他，心中澎湃。像李江洲这样有天赋的医生，如果真的能来做兽医，那是动物们的幸运。

"如果你能加入，热烈欢迎。"罗康成拍着李江洲的肩膀。但转行涉及方方面面，他不能贸然鼓励。

李江洲明白罗康成的顾虑："那就当借调呗，给我个试用期。"

"先上山去看奇奇吧。"叶岚拉着李江洲走，给他们双方都留下考虑的空间。

他们到的时候，奇奇正在玩雪，像个流出了馅儿的芝麻汤团，在雪白的糖粉里打滚，软软糯糯的让人恨不得把它一口吃掉。

"奇奇——"他高声叫它。它好像听见了什么，扭着头东张西望："嗯，嗯嗯！"

"这小笨蛋。"李江洲笑骂，眼睛里充满眷恋："我真的想留在这儿。"

"你舍得下外面的花花世界？"叶岚问。

李江洲转过头望着她："有你在就是花花世界。"

"情话说得一套一套的，"叶岚转身背着手走开，"看来以前女朋友没少交啊。"

"我发誓，"李江洲追过去，"对你说的话，以前从来没对别人说过。"

"信你的嘴，不如信世上有鬼。"两个人说笑着走进圈舍。

李江洲给朱朱带了一大盒巧克力，立马把小姑娘哄得心花怒放。李江洲教育潘野："学着点，哄女孩儿要主动。"

叶岚淡淡地瞟了他一眼，他火速澄清："我也是从电视上学的。"

潘野一脸耿直："哥，你一看就实战经验丰富。"

李江洲塞了块巧克力过去，堵住他的嘴。

而此时，罗康成桌上的办公电话响了，他接起。

"请问是野生动物保护中心吗？我想找一下罗康成主任。"

"我就是。"

"我是盛京医院的院长，"对方顿了顿，"也是李江洲的父亲，李震。"

罗康成愣住。原本他就觉得李江洲转行的事棘手，现在才知道还有这样的背景，他顿时从心底生出一股失落，看来是没希望了。

"江洲呢，能帮上你们的忙，我也很高兴。"李院长语气和蔼，但带着隐隐的威势："但我们对他的未来和前途，也有自己的安排。他脾气倔，我可以同意他暂时借调过去待一段，不过最终还是要回医院的。"

李院长的话，说得很明白了，罗康成也不好再说什么："感谢您的理解和支持，我会尽快安排完事情，不占用李医生太多时间。"

李江洲从山上一下来，就找罗康成要宿舍："我住哪间？"

"去招待所吧，我已经让人开好了房间。"罗康成的回答，让李江洲知道，他还是没打算让自己留下来。

李江洲笑笑，拎着背包就走了。罗康成深深地叹了口气，对叶岚说："李院长刚才打电话过来了。"

叶岚顿时什么都明白了。

"当父亲的也不容易。"罗康成苦笑："好不容易把孩子培养出来了，要是真来我们这么苦的单位，谁都舍不得。"

叶岚叹息着点了点头。

"我们尽快把工作梳理一下，就算以后李医生不能经常参加，先帮我们立个章程也好。"罗康成提出了折中的办法。

"行，"叶岚也干脆，"我们稍微休整一下，晚上加班开会。"

叶岚到了招待所，看见李江洲躺在床上怏怏不乐地玩手机。

"起来，"她踢了踢床沿，"我们去街上找点吃的。"

"在这种地方，吃啥还不都一样。"李江洲没什么劲头。

"这就嫌苦啦，那你还说舍得外面的花花世界。"叶岚调侃。

"我不嫌苦也没用啊，"李江洲自嘲，"别人又不让我留下来。"

叶岚沉默了一会儿才开口："罗主任也是为你考虑，转行不是件小事，甚至不是你一个人的事，他如果直接拍板让你留下来，那才是对你不负责。"

"我对我自己负责。"李江洲从床上坐起来，直视着叶岚："将来是什么样，后不后悔，我自己承受。"

叶岚看着李江洲，他此刻的眼睛里，仿佛有火苗在跳动。她仿佛听见他的一颗心，也在怦怦跳动。

她有种说不出来的感觉，手不由自主地抬了起来，放在他的额上，像要抚平什么，又像要鼓励什么。

肌肤相触的感觉，让李江洲也愣了，怔然望着叶岚……

22　情不自禁

"叶岚姐，江洲哥……"朱朱突然冒冒失失地闯了进来，看见此情此景，张大了嘴站在门口。

叶岚慌忙放下手，无措地找补："你头发几天没洗了，油得都沾灰了。"

李江洲低下头，偷偷地笑。叶岚刚才那一下，是情不自禁吧。

他向朱朱投去一个怨念的眼神，要不是她，说不定还会继续情不自禁下去。

朱朱假装什么信号也没有接收到："罗主任说了，安排人换班，让我和潘野陪你们吃饭去，好好聚一聚。"

"潘野呢？"叶岚急忙接过这个话头，好化解尴尬。

"他去洗头啦，"朱朱笑得很无辜，"免得沾灰。"

整条街上最好吃的餐馆，朱朱说的。十几平方米的店面，四五张桌子，因为下雪，更是没什么生意。

不过老板倒是热情，菜量也足，热气腾腾地上了一大桌。李江洲拆开了一次性消毒的碗盘，先放到叶岚面前，又把她的那份拿过来继续拆。

朱朱鬼头鬼脑地"啧啧"两声："潘野，你是该向江洲哥多学学。"

潘野拿了根筷子，"噗"地把包装戳了个洞："你自己抠吧。"

朱朱气得鼓起脸："你这样的人，活该相亲总失败！"

叶岚拿起筷子吃菜，一个字也没说，但悄悄地望了一眼李江洲，却发现他正含笑看着她。

她急忙收回目光，耳根又烫了起来。

吃完了饭返回中心办公室，李江洲和罗康成都默契地没再提转行的事。

开始讨论具体安排，罗康成宣布初步选定的小组成员："叶教授和李医生负责专业高度上的指导性工作，潘野和朱朱……"

话还没说完，朱朱就惊喜地跳了起来："还有我啊。"

大家都望着她笑。

"在上次的病毒综合征事件中，你的表现很不错。"罗康成肯定了她。

朱朱有些不好意思地看向叶岚，只有叶岚知道，她当时是什么德行。

叶岚一笑："你成长得很快。"

朱朱的眼泪，瞬间漫了起来，眼圈发红。

"爱哭鬼。"潘野撇嘴："高兴不高兴你都只知道哭。"

朱朱推了潘野一把，擦干眼泪绽开笑容："我一定努力把工作做好！"

"好，加油！"罗康成笑着让朱朱坐下，转而望向李江洲："李医生，上次的治疗全过程，你最清楚。帮忙总结一下，中心在以后的工作中，还有哪些方面要加强。"

"我说话可不怎么客气啊。"李江洲先打预防针。

"要的就是不客气地提意见。"罗康成鼓掌赞成。

李江洲开始一条条列意见：硬件设施差，基础医疗设备都不齐全；人员专业素质需要提高，要加强疾病的防控意识；园区和居民区相隔太近，最好将易感染动物搬到更远的圈舍，进行严格管理……

罗康成一条条详细记录，最后竖起大拇指："李医生指出的，个个都是痛点！"

李江洲伸了个懒腰："我都想破了头，感觉脑容量已经不够用了。"

"今天就到这儿，"罗康成大手一挥，"散会，休息。"

叶岚和李江洲走在回招待所的路上，李江洲有点儿自我陶醉："我这个专业能力啊，还真是不错的。"

"我这还没夸你呢，你又骄傲上了。"叶岚无语。但她也不得不承认，他在认真工作的时候，真的是有那么……一点点人格魅力的。

叶岚抬头望着夜空，嘴角有微微的笑意。

李江洲瞥见了她的表情，贼贼地凑过来："哎，如果那个时候朱朱没闯进来，会发生什么？"

叶岚一愣，随后一巴掌拍在他头上："像这样，让你清醒点。"

李江洲气得翻白眼："你就嘴硬！"

叶岚笑抽，但其实有点儿心虚，她自己都不敢想，会发生什么。

就在第二天，李瑜去学院给陈正雅送仪器合同，聊完了正事，她状似无意地问起："隔壁的叶老师不在吗？"

"没注意。"陈正雅淡淡地回了句。

"那可能真和我们家江洲去了野生动物保护中心。"李瑜像是在自言自语。

陈正雅一愣："李江洲是你的……"

"侄儿，"李瑜一笑，"虽然只比我小一岁。"

这家人的相貌，倒是都挺不错。陈正雅在心里客观评估，随后突然抓住了另一个点："叶岚和李江洲又去野生动物保护中心干什么？"

"听说要组织一支精英救援队，"李瑜表情讶异，"怎么，没人通知您？"

陈正雅心里瞬间冒火，为什么通知了叶岚和李江洲，却没通知她？难道她配不上"精英"两个字?

"合同您先看看,有什么问题随时沟通。"李瑜观察着陈正雅的神情,不动声色地告辞。

当天下午的中心会议室,大家正讨论得热火朝天,门突然被推开,陈正雅站在门口。

气氛一时凝固,所有人都望着陈正雅,罗康成忙迎上前:"陈教授,您来了。"

"不欢迎吗?"陈正雅接过话去,环顾全场,语气里带着几分讥诮:"这就是精英小组的成员?"

这又是来找什么茬?叶岚无奈地托起腮,望着陈正雅。

她被叶岚的目光一激,心里更是有股发不出来的火:"病毒综合征事件里,我也没少出力吧,这么大的事,告都不告诉我一声,是不是不太合适?"

"没有没有,"罗康成笑意吟吟,"我们这就是预筹备会议,想着先草拟个章程,再去找您指导把关,您可是省内知名的动物医学专家,请都请不来,哪有不欢迎的道理?"

一席话说得陈正雅气顺了点,罗康成又特意将她让到首座,她瞟着在座众人,颇有点儿睥睨天下的气势。

李江洲嘴里叨着笔,也斜看着她,觉得这位陈教授八成又要发动炮轰。

果然,陈正雅一开口,就把之前李江洲提的章程批了个狗血喷头。

"这些都太不严谨了,一看就是不懂动物医学的人说的外行话。"陈正雅定性,其他人都不作声。

一片沉默中,突然响起了打呼噜的声音,所有人的目光瞬间聚焦,只见李江洲靠在椅背上,已经睡着。

陈正雅脸色铁青,众人只能以强大的意志力憋住不笑。

陈正雅拿着资料,往桌子上重重一拍。李江洲惊醒过来,揉着眼睛:"会开完啦,那我回去睡觉。"

他起身就要走,陈正雅也猛地站了起来,和他对峙:"你到底认为自己有什么了不起?你是救了奇奇,但除了这个病例,你还给什么动物治过病,又对动物医学了解多少?拿着人医的经验来做兽医,不是总行得通的,你连动物的基本生理知识都不懂,这条路能走多远?"

李江洲又缓缓坐了下来,突然对陈正雅一笑:"你说的也有道理。"

陈正雅没想到他是这个反应,一时之间接不上话来。

"病毒综合征事件中,我也发现自己在兽医上,是有不足。"李江洲很坦然:"我现在既然想转行,肯定要把这个短板补起来。在座各位,都可以当我的老师。"

罗康成用欣赏的眼光看着李江洲。这个小伙子是真的了不起,该自信的时候绝对自信,有问题的时候直面问题。如果只出于私心,他真的想把他留下来,成为野生动物保护的一员，可惜……

接下来的会议，气氛出奇平和，陈正雅似乎也没了找茬的力气，大家都客观地讨论问题。

谈到熊猫防疫的事，叶岚提出了自己的担忧："圈养的熊猫还可以打疫苗，野生熊猫如果感染了怎么办？熊猫是独居动物，又生活在广阔的原始森林，对生人还有攻击性，根本没办法集中起来打针。"

这的确是个现实的难题，大家商量来商量去都没个结果。

"可以给狗打针啊。"李江洲突然冒出一句。

大家都齐刷刷看向他。

"病毒不是从狗身上来的吗？"李江洲挠头："那只要保证狗没病，不就保证熊猫不被感染了吗？"

这是个很清奇的思路。众人一时哑口无言。

陈正雅沉吟了一阵："反向推理一下，这倒是个可行的方法。既然是犬类病毒，那么控制了源头，就能阻止它传染。"

叶岚点头："可以把周边山民养的狗都集中起来打疫苗。"

"只要形成了病毒隔离带，山里的熊猫和其他易感动物就安全了。"罗康成也赞成这个想法。

"现在市面上的犬类病毒疫苗很杂，"陈正雅说，"我考察一下，看哪种效果最好。"

"正好我最近要进山去安装红外相机，顺便调查一下山民养狗的情况，等开春就可以去做防疫了。"

叶岚的话，李江洲只抓到一个重点："这么冷的天，你又要进山？"

"冬天很多动物会下山觅食，可见度更高。"叶岚看了看李江洲："去不了多久。"

朱朱搞怪地抬了抬眉毛，叶岚不想在工作时间太多涉及私事，转开了话题。

一散会，李江洲就拉着叶岚问："你什么时候走？"

"还要一段时间准备。"叶岚看了下周围，陈正雅飘过来一个凉凉的眼神，扬长而去。

"能赶回来过年吗？"李江洲根本不管其他人眼色，一个劲儿追问："山里的雪肯定更大，又不好走，你去会不会有危险？"

"不会的，"叶岚无奈，"我又不是第一次冬天进山，对干我们这行的人来说，这是家常便饭。"

"等回城了我去给你买厚羽绒服，"李江洲继续叽叽歪歪，"可别冻着了。"

"你有钱吗？"叶岚十分冷静地击中他的痛点。

李江洲怪叫，叶岚转过脸去，笑容温暖……

23　真实的恋爱

基本章程定好，众人准备离开，李江洲晃到罗康成面前："领导，我先走了，等我搞定自己的事，再回来报到。"

罗康成拍了拍他的肩，心中无限感慨。

回去以后，叶岚忙碌地准备进山事宜，李江洲却天天来她实验室报到。

"你不用上班吗？"叶岚扶额哀叹。

"反正我爸给我批的借调假还没休完，我干脆准备准备，明年去考个兽医执业执照，"李江洲亮出手中的书，"以前是帮忙，以后真要干这一行，我总不能非法行医啊。"

看来他是打定主意要转行了，叶岚也没有理由再劝下去："那你就不能在家看吗？我这里又不是你的自习室。"

"我在家看兽医？他们还不给我把书撕喽。"李江洲凑过来："再说，这里不还有一位现成的导师，可以帮我答疑解惑。"

"动物生理学的问题，"叶岚故意拔高声音，"你最好是去请教陈教授。"

隔壁马上传来了关门的声音。

但李江洲这种脸皮比城墙还厚的人，根本不知道"闭门羹"三个字怎么写，一遇到问题，他就长驱直入闯进人家办公室。

陈正雅烦不胜烦："你是给我钱了吗？我还要给你开个辅导班？"

"您是知名动物医学专家，对我这样求知若渴的未来兽医，难道不该无私地给予指导和帮助吗？什么钱不钱的！"李江洲把书推到她面前："来，这一题。"

李江洲终于走了，叶岚下楼买了杯热饮，放到陈正雅面前："口渴了吧？"

"不要！"陈正雅赌气："讲了一天的题，一杯饮料就能把我打发了？"

她现在的样子，就像一只炸了毛的猫。

叶岚好笑地哄她："那我请你吃饭行不行？"

"谁跟你吃饭？"陈正雅话音未落，已经被叶岚从椅子上拽了起来。

一路进了电梯，陈正雅好不容易才甩脱叶岚的手："少拉拉扯扯的，不知道的人看见了，还以为我跟你关系有多好。"

叶岚憋着笑："嗯，不好不好，傻喵。"

陈正雅顿时又像被消了音，她为什么总是叫她傻喵？！

陈正雅觉得叶岚这个人真的很无语，居然一杯啤酒下去就醉了，还嚷嚷着什么"我觉得在你家阳台上看风景，肯定很美。"

更无语的是，她不知道脑子哪儿抽了，居然就这样将叶岚带回了家。

"真的可以看到电视塔哎！"叶岚趴在阳台栏杆上开心地喊。

陈正雅望着夜色，淡漠地抿了抿红酒："嗯。"

"我也要喝。"叶岚扑过来。

"你够了，"陈正雅端着杯子躲避，"都喝成这样了！"

但陈正雅还是没抢过，叶岚硬拉着她的手，把酒喂到自己嘴边，灌了一大口。

"真不卫生。"她嫌弃地咕哝，却还是将那杯酒全部喝完。

这下又多了一个发酒疯的人。

两个女人坐在卧室的大床上，痛诉衷肠。

"我啊，我，"陈正雅指着自己的鼻子，"别人都说我是走后门进来的，但是，我没有！"

"可你爸是著名教授，你妈给学校捐了一栋楼。"叶岚醉眼蒙眬地指出事实。

"那不是我妈！"陈正雅激动："是阿姨，我八岁的时候她才跟我爸结的婚。"

叶岚愣了愣，就开始抱着陈正雅哭："好可怜，宝宝你好可怜……"

"谁可怜，我有你可怜？"陈正雅推开她："评教授评了三次都评不上。"

叶岚哭着直点头："对对，第一次我最后一轮投票没过，最后一次我第一轮投票都没过！"

"没关系，"陈正雅豪气万丈地拍叶岚的肩膀，"以后有我罩着你！他们谁要是敢不给你投票，我就，我就……"

她就睡着了。

叶岚眼神发直地推了推她，没反应，于是"咚"地一下倒在她旁边睡着。

次日清晨，阳光从落地窗外照进来，陈正雅揉着眼睛清醒，一看旁边，顿时尖叫出声。

叶岚也醒了过来，两个人看着对方，面面相觑。

她们是怎么就发展到了同床共枕的地步？！

两人手忙脚乱地爬下床，一个躲进了浴室，一个逃出了门。

而记忆力太好的两个学霸，即使断片儿了，也没断了记忆的逻辑链。

那些羞耻的画面一幕幕浮现在脑海中，二人不约而同，决定对昨晚的事守口如瓶。

实在是，太丢人现眼了！

叶岚要进山了，李江洲赶来，给她送上了新买的羽绒服。

她看了看牌子："这衣服不便宜吧，你哪来的钱？"

李江洲笑："动用了我的秘密存款。"

"你还有存款？"叶岚怀疑地眯起眼："一看你就是个半月光族，工资半个月就能花光。"

"你管我那么多，"李江洲冷哼，"上山了必须穿，拍照片给我证明。"

叶岚笑着正要上车，李江洲蓦地从背后拉过她，将她紧紧拥入怀中。

"注意安全，嗯？"他在她耳边开口，声音低哑。

她的身体一时之间僵住，心尖上仿佛爬了只小蚂蚁，有种酥酥的麻："好。"

有车驶进停车场，雪亮的车灯打破了这个拥抱，叶岚和他分开，上车远去。

他望着空荡荡的地库出口，突然有点儿后悔，他刚才应该吻她的，他好想吻她。

叶岚在车上，想起了安娜曾经说过的话，真实的恋爱才会拥抱亲吻咳咳咳……

她在想什么？！叶岚羞恼地拍了一下自己的脑袋，脸色已绯红。

就在这时，手机清脆一响，进来了微博私信。

保重。那只傻喵说。

叶岚笑了，抽着排队等车流的空隙，给她回了一朵玫瑰。

山里果然是大雪纷飞，路上结了厚厚一层冰，叶岚给车轮上绑了防滑链，一路小心翼翼地开到老罗家。

黑子又迎了上来，叶岚摸摸它的头："下次来要给你打针了哟。"

"打啥针？"老罗媳妇把她迎进屋，让她到暖和的炕上坐。

叶岚大概将给狗免疫的事说了一遍，老罗摇头："那可不容易，山里头的人住得散，有的一个山头才住一户人家，这要是想全打上针，你们还不得跑断腿。"

"跑断腿也得打啊，"叶岚开着玩笑，眼中有思虑之色，"不过你说的这确实是个问题，人住得太深，对动物有影响，自己生活也不方便，要是能搬出来就好了。"

老罗叹气："搬出来靠啥糊口？"

说到底还是秦芳说的那个字——穷。叶岚也深深地叹了口气。

吃过了饭，叶岚就准备步行上山，她换上了李江洲买的大红色羽绒服。她平时很少穿这么鲜艳的颜色，但照了照镜子，却发现竟然分外好看。

叶岚到院子里，让罗大嫂帮着照相，她平时不太习惯拍照，姿势有些僵硬，但脸上的笑却是真的。

连不上微信，叶岚用手机彩信把照片发了过去。

皑皑白雪间，穿着红衣的女孩笑容灿烂。李江洲的指尖，在屏幕上轻轻抚摸，最后将这张照片设成了手机桌面。

真美。李江洲回短信。

叶岚：接下来几天可能就没信号了，等下山了再联系。

李江洲心中不舍：一定要注意安全，我等你回来过年。

叶岚笑着收起手机，和老罗背着包出发。

毛坪更是大雪封山，叶岚深一脚浅一脚地走到保护站，跟秦芳一起去安装红外相机。

秦芳在附近找了几个人帮忙，其中就有上次和她吵架的那个山民杨叔。

"秦大虫，好事不找我，要下力的事就找我了。"杨叔翻着眼睛骂她，干活却很扎实，一点都不惜力气。

"他们就是嘴上凶。"秦芳悄悄对叶岚说。

叶岚点头，这些山民其实都是古道热肠的好人。

一天下来，大家都累得够呛，叶岚要给杨叔他们工钱。杨叔不要，说大雪天反正也没事干，在家闲着也是闲着。

叶岚私下把钱给了秦芳，让她开春帮忙给他们买些种子。

"还是要想办法，从根本上改善这些山民的生活。"叶岚感慨。

"地方上也做了不少事，"秦芳一叹，"但青塬在深山区，交通毕竟不方便，经济很难发展起来。"

"也就能搞个旅游业。"老罗插嘴："这里动物多，让人来看动物。"

但这又是和保护区建立的初衷相违背的，叶岚沉默。

灶里的火苗一跳一跳的，映出三张忧思重重的脸。

李江洲每天除了等待叶岚的消息，就是看书。叶岚不在，他也没劲再天天去实验室。一本书彻底看完，将想问的问题一次总结好，他才去找陈正雅。

陈正雅看着纸上密密麻麻的字，只感到绝望："李江洲，我不觉得自己跟你有什么交情，要这样为你服务。"

"请教授指导，等我考过了，一定给你办个谢师宴。"李江洲毕恭毕敬。

陈正雅满含怨念地看题，却意外地发现，李江洲虽然刚开始学兽医，但思考之深入、思路之灵活却不是一般人所能及。

"你人品不怎么样，脑子倒还算不错。"陈正雅慢吞吞地评价。

"怕了吧？"李江洲得意地笑："等我做了兽医，你这知名动物医学专家的帽子，就要送给我了。"

正说话间，李瑜来了，见李江洲居然在陈正雅办公室，眼睛一亮："你怎么在这儿？"

李江洲不想暴露自己在学兽医，回答得轻松随意："都是朋友，过来聊聊天。"

陈正雅没有戳穿他，不动声色地将那张写满问题的纸收好。

"看来你们交情不错啊。"李瑜心中暗喜。

"毕竟一起战斗过。"陈正雅笑了笑。

"合同修改好了，"李瑜把文件袋放到陈正雅桌上，"就不打扰你们了。"

李瑜离开，李江洲松了口气："还好没被发现。"

"你家里人这么反对，你何必呢？"陈正雅垂下眼睑看题。

"我这人有个毛病，别人越反对我就越起劲儿。"李江洲搬来把椅子在她旁边坐下："赶紧讲题，免得我小姑又折回来了。"

两个人开始解题，时而争得面红耳赤，时而又有种棋逢对手的默契。

李江洲走的时候，扭头冲陈正雅一笑："我以前吧，觉得你是靠走后门当上教授的，现在发现不是。"

陈正雅挑眉："在你没考上兽医执照之前，没资格对我评价。"

李江洲假装害怕，对她作了个揖，吊儿郎当地离去。

陈正雅心里，有种前所未有的轻松愉悦。

而就在那天晚上，李家又爆发了战争，因为大姑收拾房间时，发现了李江洲的考试复习资料……

24　你们不合适

桌子上散乱地摊着一堆书，李院长气得指着李江洲："你这是铁了心要去干兽医？"

"我怎么想的，您早就知道。"李江洲平静地回答。

"我说过了，不准！"李院长摇头，神情沉痛："你怎么就不能听话？我们这是害你吗，这是为你好！"

"从小到大，只要我想做点儿什么你们不愿意的，就搬出这句话压我。"李江洲自嘲地笑："我知道，你们都打算好了，先让我读个博士毕业，然后进盛京工作上几年成为骨干，没准儿最后还能培养我当个院长副院长什么的，对吧？"

"这样有什么不好？"大姑忍不住开口："江洲你别身在福中不知福。"

"是没什么不好，可我没激情。"李江洲懒洋洋地往沙发上一靠。

"你去野生动物保护中心就有激情了？"李院长大怒："那里能比盛京好？"

"不是，"李江洲摇头，"中心条件苦得要死，连外卖都点不了，可我在那里，心里有的是劲儿，动物们需要我。"

"我看是叶岚需要你。"李瑜冷冷的声音插进来。

李瑜走到李院长身边，俯视着李江洲。

"小姑，你这是彻底站到我的对立面了啊。"李江洲的语气里，半是玩笑半是认真。拿什么事跟他逗都行，但是说叶岚不行。

"要不是叶岚在边上乱吹风，你能一门心思抛弃大好前途，去做什么野生动物保护？"李瑜嗤笑："我还不了解你？从小吃不了苦，可别谈了个恋爱就鬼迷心窍，有你后悔的时候。"

二姑也深以为然，转头埋怨李院长："当初我们就觉得她跟江洲不见得合适，你非说这姑娘好，现在人没镇住，反而往歪路上引……"

李江洲再也忍不下去，骤地站起身来，正色看着众人："我选择这条路，是受了叶岚的影响，但那是因为我从她身上，看到了光。理想的光，信仰的光，你们不懂吧，我以前也不懂。但我现在明白了，人活着，总是要有点儿精神在的，我不想天天窝在急诊科偷懒睡觉，我就想好好做点儿自己想做的事！"

李江洲把桌上的书一收，径直上了楼。

李院长重重地喘气，良久才慢慢平息下来："我找叶岚谈谈。"

但李院长怎么都联系不上叶岚，响起的永远是提示音："您拨叫的电话无法接通。"

"又上山了吧？"李瑜一笑："大姐不是说了吗，江洲当时还吹，叶岚冒着山洪暴发的危险从山上救熊猫呢。"

"你说这女孩子，自身工作已经这么危险了，还撺掇着江洲去跟她当同行。"三姑气愤："这也太自私了。"

李院长沉默着不说话。他对叶岚，一开始的印象是极好的，一个姑娘家，却有着大将风范。但现在看来，也许正是因为她自身的信念太强大了，才会让李江洲向往追随。如果是别人，他会赞赏这种革命伴侣，但这是他寄托了太多希望的儿子，他做不到放手。

叶岚在山中，并不知道因为她，引发了一场"地震"。在毛坪待了十来天，算着日子快过年了，她才下山，为了遵守和李江洲的那个约定。

到了青塬县城，叶岚先去了保护区管理局，商量开春后给狗免疫的事。他们很支持，说到时候会提前派人去通知山民，约定时间将狗带下山集中打疫苗，减轻叶岚他们的工作负担。

叶岚很感谢，又聊了些保护区管理的事，就告辞出来，准备开车回城。但她走出大院，却看见自己的车旁站了个人。

韩靖微笑："果然没认错，就是你的车。"

"下这么大的雪，你怎么又进山了，不安全。"叶岚皱眉。

"没关系，"韩靖的眼神中有骄傲，"我可是登上过珠峰的人。"

"是吗？"叶岚有些惊讶："你怎么这么喜欢探险？"

韩靖的目光，望向远方覆满了雪的山顶："也许是因为，人生中不能行差踏错的时候太多了，所以反而特别渴望冒险。"

这一刻的他，像个谜。叶岚笑了笑："你的想法很有意思。"

"你现在是准备回去了吗？我能不能搭个顺风车。"韩靖拍了拍登山包："其他的伙伴继续登山去了，车得留在这里等他们，但我想回家过年。"

临近年关又路上结冰，青塬连班车都不通了。叶岚不好拒绝他的要求，同意他上车。

一路上，两人话不多，叶岚只是专心开车。

"上次在小学作了科普讲座之后，我产生了一个想法。"韩靖提起了话题："办一些中小学生的科普训练营，在假期的时候，进山里认识动植物，体会生态保护的意义。"

"亲眼所见，肯定比只在课堂上听讲效果更好。"叶岚认真思索："不过这肯定需要专业人员带队，第一是保证孩子们的安全，第二是提供科学的指导。"

"到时候想请你和你的同行们，来当带队老师，费用方面你尽管放心。"韩靖很诚恳。

"这种公益性的活动，我们都乐意做，不用谈其他的事情。"叶岚婉拒："我倒是有点儿好奇，你到底是做什么的？"

无论是小学科普讲座，还是训练营，都是需要出钱出力，还要有一定的社会能量的。她感觉，韩靖并不像是一般户外爱好者那么简单。

"做点儿小生意，认识几个人，"韩靖笑道，"就这样而已。只不过之前你在野外救了我，我也亲眼看到了野生动物保护这个行业的不容易，所以想帮着出力。"

"要是你这样的人再多一点儿就好了。"叶岚笑着从后视镜里看了他一眼："谢谢。"

两人一路讨论开办训练营的细节，不知不觉就已经快进城。

李江洲的电话打进来了，叶岚按下蓝牙耳机，声音不自觉地就柔了两分："喂？"

韩靖微微一怔。

"你到哪儿了？"李江洲急吼吼地问，"我去接你。"

"还没进城呢，我一会儿先回家放东西。"叶岚补充，"你在吃饭的地方等我就行。"

刚一进县城，李江洲的短信微信就进来了满满一屏，问她下山了吗，问她什么时候回来。

那种被人牵挂惦记的感觉，格外的美好。等她告诉他，今天就回城，不到五分钟，他就发来了餐馆信息，说今晚要好好补偿她在山里吃的苦。

这个人呀，总让人感觉窝心的暖。叶岚的眼睛里，装满了笑意。

韩靖转开视线，看向车窗外，目光中有淡淡的怅然。

一进城，韩靖就主动要求下车，说自己的家就在附近。

叶岚将他放下，临走时笑着挥手："新年快乐。"

"新年快乐。"他默默地目送她远去，然后招手打车。

叶岚刚到楼上，电梯门徐徐滑开，她看见了李江洲微笑的脸。

心瞬间漏跳了一拍。她强装镇定："不是让你去餐馆等吗？"

"多一秒都等不及，就想见到你。"李江洲张开双臂："过来。"

叶岚害羞又紧张地左顾右盼："邻居……"

话音未落，李江洲已经将她拽进怀里，他的脸埋在她的头发里："你总算平平安安回来了。"

"就你想得多。"她红着脸抱怨，手却忍不住，悄悄抓紧了他的衣襟。

她从未担心过自己的安全，也许是习惯了，也许是安天命，但此时此刻，她却发现自己的平安，在别人眼中这样珍贵。

"你的头发，是不是有好多天没洗了？"他猛地抬起头呼吸。

叶岚恼羞成怒地在他胸口捶了一记："你真烦人！"

李江洲大笑，拉着她去开门："一会儿我帮你洗。"

李江洲真的硬磨着帮她洗了头发，外科医生的手，修长而有力，按摩起来舒服得让叶岚不禁闭起了眼睛。

"是不是至尊级服务？"李江洲捏了一下她的耳垂，她立刻警觉过来："洗头就洗头，你不要有其他的想法啊。"

"什么想法？"他故意逗她。

叶岚说不出口，将手中的泡沫抹了他一脸，他也不甘示弱，追着要抹回来，浴室里一片狼藉。

当叶岚开始轻松地吹头发的时候，李江洲还在苦命地擦地板。

"明明是你先动的手，"他哀怨地瞪她，"为什么要我打扫？"

叶岚拿着吹风筒当枪，对准了他："不服？"

他的头发被吹成了鸡窝："服，谁敢不服？！"

收拾利索了去吃饭，李江洲恨不得点尽菜单上所有的菜，叶岚叹气："你不要太夸张了。"

李江洲笑看了她一眼："就想宠着你，怎么地？"

"宠"这个字，很微妙，就像当初的江阿姨给她寄芭比娃娃，她比收到书的时候，更多了一层开心，那种甜到心底的开心。

"你和你妈妈，都很好。"她轻轻地说。

"她要是还在，现在肯定很高兴。"李江洲提起母亲时，并不伤感，只有怀念："她会希望我和你一起，去走我想走的路。"

李江洲想到不久前的那场大战，眼神黯淡了几分。

叶岚察觉："怎么了？"

"可能我家里的人，"他迟疑了一下，还是选择了如实相告，"对你会没以前热情，但你别往心里去，都是因为我的事儿，他们才对你有点儿误会。"

"因为你转行？"叶岚很快悟了过来，"是觉得我把你带跑偏了吧？"

她神情爽朗，并无芥蒂。李江洲终于放下了些心。

"李江洲，"叶岚郑重地看着他，"无论你选择加入野生动物保护，还是留在医院，都不用顾忌我怎么想，我也不会给你什么建议，因为这是你自己的人生。"

任何一个人，任何一种关系，都没有资格侵入和控制另一个人的人生。

李江洲愣了半晌，随即释然。叶岚这样做，不是距离，是尊重。

他举起酒杯，和她相碰。她想了想，笑着换上茶杯，一仰而尽。

她可不想再发一次酒疯。

25 过　　年

　　而此时，在这城市的某个角落里，还有另外一场相聚。

　　小小的酒馆，低沉的爵士乐，有韵味而又不过分喧嚣。韩靖和陈正雅坐在窗边的小桌上，一人面前一杯酒。

　　"叶岚回来了？"陈正雅低呼。

　　她眼中的惊喜太明显，韩靖讶异："你们关系好了？"

　　"没有。"陈正雅立刻又冷下脸。

　　韩靖笑着拍了拍她的头："有朋友也很好。"

　　朋友。陈正雅喝了一口酒，微微眯起眼。她的字典里，几乎没有这个词，但那个人，算是吧。

　　韩靖凝望着她，眼神欣慰，过了一会儿，又变得有些怅然和小心："向你打听件事。"

　　"什么？"陈正雅抬起眼。

　　"她是不是……有男朋友了？"

　　韩靖的问题，让陈正雅一愣，心里不知怎么有点儿失落。

　　"是的，盛京医院的李江洲，他们……很合适。"

　　两个人都沉默下来，伴着酒的，只有歌手沙哑的嗓音。

　　没等到打烊，他们就离开了，在分别的时候，韩靖把外套的帽子给陈正雅戴上："过年回家吧，哪怕只吃顿饭。"

　　陈正雅没有回答，转身走向自己的车。

　　第二天，陈正雅特意一大早就去了学院，但隔壁实验室的门还没开。她停了一两秒，走进自己的办公室。

半个小时后，她的门被敲开，叶岚进来，将一个罐子递给她："山里没什么可买的，给你带了瓶土蜂蜜，养养颜。"

"我需要吗？"她高傲地扬起脸，却伸手接了过去。

天气太冷，蜂蜜已经凝固，最上面是一层白色的晶体。

陈正雅用勺子刮了一点儿，加到咖啡里，在苦味中尝到了那点儿沁人心脾的甜。

没过两天就放寒假了，但叶岚一直坚持到大年三十的上午才回去。

路过安娜家的时候，她特意进去坐了一会儿，送了份过年礼。

"你这孩子，每年总这么客气。"安娜的妈妈给她削苹果。

她只是笑，上高中寄宿的时候，他们给安娜送饭菜，总不会忘记给她也捎上一份。

从安娜家热热闹闹的气氛里走出来，越接近那个熟悉的楼道，她的脚步越慢。

过年的这几天，也是一年之中，她唯一能见到父亲叶向林的日子。

常淑宁会把积攒的委屈和怨恨都发酵起来，变着花样地闹。

所以每次过年，对别人来说是过节，于她是过劫。

果然，一打开门，叶岚就又听到了常淑宁的哭骂声。但这一次，是对着电话，那个总是像木头桩子一样，沉默地杵在那里任她骂的人不在。

他今年压根儿就没回来。

吃了一顿并不团圆的团圆饭，很烦琐的菜式，很鲜亮的颜色搭配，拍照发在朋友圈里很体面。

这是常淑宁想要的效果。

但一半是凉的，一半只图好看，几乎没有可口的下饭菜，热来热去能一直剩到正月十五。

这是他们家真实的日子。

晚饭是到奶奶家，一大家子人一起吃。常淑宁坐在人堆里，欢天喜地的说叶向林今年值班守林，单位表彰发了五千元钱奖金，他一分没留全寄回了家。

别人都恭维她有福气，叶岚静静地坐着不说话。

所有人都催着她结婚生子，但家庭生活，却日常对她进行恐婚恐育教育。

他们也不是没恩爱过，她看过他们年轻时的照片，依偎在一起笑得神采飞扬。

但生活却将他们磨成了怨偶，从小到大，常淑宁最常说的一句话就是：要不是为了你，我和你爸早离婚了。

婚姻这袭袍子，底下爬满了咬人的虱子。

吃完了饭回去，看着无聊的春晚，叶岚有一搭没一搭地刷手机。

她发了条微博：春节回家了，但是不开心。

八卦喵回复：我也是。

陈正雅今天也回了趟家，韩明月对她客气得像客户，另一位陈教授除了工作情况，其他一句也没问。

像开学术会议一样吃完了一顿饭，她就直接走了，留下韩靖继续陪他们演合家欢。

叶岚：要不要出去一起喝杯酒？

八卦喵：算了，你酒品不好。

叶岚：你也很差。

两个人都笑了起来，正好电视里放起了烟花，那"砰"的一声爆响，让她们仿佛看见城市的夜空上，也炸开了烟花。

她们在看同一场烟花。

叶岚和陈正雅同时向对方发送：新年快乐。

跟陈正雅聊完天，叶岚的心情好了许多。常淑宁已经撑不住去睡觉了，叶岚也换上了睡衣睡裤，躺到床上。

但就在这时，她突然接到李江洲的电话："下来。"

她疑惑地走到窗边，看见他正站在楼下，挥舞着手机，像粉丝挥舞着荧光棒。

叶岚随便穿了件外套，跑下楼去："你发什么疯，这么晚了过来干什么？"

他笑眼弯弯："和你一起去跨年。"

"那我上去换件衣服。"叶岚看了看自己的睡裤。

"不用了，你穿什么在我眼里都跟没穿一样。"

"大过年的，我本来不想打人的。"

李江洲大笑着将叶岚揽进怀里："外面冷，去车上再揍我。"

两人一起游车河，李江洲一只手开车，一只手伸过来，握住她的。

"有什么特别的跨年仪式吗？"叶岚问。

"没有，"李江洲摇了摇他们握着的手，"就想像这样待着。"

执子之手，与子偕老。叶岚突然想起这句话，转头看了他一眼，蓦地一笑。

逛到最后，他们还是去看了午夜场的电影，算作小小的仪式感。

除夕夜的影院，没什么人，连售票员都无聊得直打瞌睡，叶岚和李江洲基本是包场。

吃着爆米花，看着贺岁片里的人要宝，不知道什么时候起，叶岚手里还拿着颗爆米花，就这样沉沉入睡。

她均匀的呼吸声，比电影中的嬉闹声更清晰，李江洲小心地将她移过来，靠在自己怀里。

他的下巴搁在她的头顶，过了几分钟，又低下头来，轻轻在她额上落下一吻。

她似乎感觉到了什么，往他的怀抱更深处钻去……

在常淑宁醒来之前，李江洲把叶岚送回了家。她蹑手蹑脚地进门，像去参加舞会，和王子在一起太开心而忘了时间的灰姑娘。

但常淑宁还是没放过她，才大年初二的早上，就催着她去李家拜年。

她倒是乐意去，但别人未必乐意见到她。叶岚心里想。

常淑宁不管那么多，硬是将她和东西一起推出了门。

去就去吧，按礼节也是该去的。叶岚给李江洲发了条微信，但他没回。好在她以前送过他回家，认路不是问题。

叶岚按了半天门铃，才有人来开门。叶岚终于第一次见到了李江洲传说中的小姑，李瑜。

而这不是真正的第一次见了。叶岚想起来，她就是那个给她和陈正雅送手册的仪器商。

原来那次是试探？叶岚一笑。那这次看来就是下马威了。

叶岚打量着李瑜，一身睡袍，分明不是待客之道。

"大哥有事去医院了，江洲去大姐他们家拜年了，你随便坐吧。"李瑜自己，往沙发里懒懒一歪，看样子连茶都没打算泡。

这顿闭门羹，吃得可真结实。叶岚把东西放下，客客气气地微笑："既然大家都不在，那我就先走了，祝新年大吉大利。"

看叶岚准备走，李瑜叫住她："我不是在吗？来都来了，干脆坐下来聊聊。"

叶岚想了想，走过来在李瑜对面坐下，背挺得端端直直。

"江洲呢，虽然说是我侄子，但我们年纪也差不了多少，算是打小一起长大的。"李瑜的眼角微微上翘，风情中带着点儿挑衅："我对他，应该比你了解。"

叶岚笑了笑："嗯。"

"他虽然没了妈，但从来不缺人疼，脑子又好，生活学习工作，没一样吃过苦头。"李瑜拨弄着指甲，斜斜地看向叶岚："可能也就是这样，你和你的职业，才让他觉得有挑战性。"

总结起来，就是富家公子哥安逸的日子过腻了，图新鲜想吃点儿苦头。叶岚并没有被激怒："他能想着走出自己的舒适圈，也不是什么坏事。"

李瑜坐正了身体："这人的一辈子呢，说到底就是个圈，你看着走得远，说不定只是在绕路，绕了一大圈，最后还是回来了。"

"你说话挺有哲理的，"叶岚淡淡一笑，"不过就连动物都是有方向感的，绕昏了头的是少数。"

李瑜恼了："不带这么说话的吧？"

"和你一样，打个比方而已。"叶岚笑得很亲切，"急什么呢？怎么走不都是江洲自己的事儿吗？"

就在这时，门被打开，李江洲急急火火地冲进来。

"刚才三个姑父拉着我打麻将，没听见手机响。"他走到叶岚身边，用眼神询问她：没事吧？

叶岚假装没看见，站起身来："家里人还让我回去吃中午饭，就不多坐了。"

李瑜这次没留她，看着李江洲维护她的样子，气得眼睛里冒火。

李江洲送叶岚出去，悄声问："我小姑没欺负你吧？"

"你看我这样的人，有谁能欺负得着吗？"叶岚很随意："你小姑的生意做得不错啊，但我不是她的目标客户。"

论实验室装备，她没钱买仪器。论当李家儿媳妇，她不算好欺负。李瑜估计会把她从目标名单里，彻底剔除。

果然，李江洲送完叶岚一回到家，李瑜就下了结论："我告诉你，她进不了我们李家的门。"

"人家还不见得稀罕进呢。"李江洲环顾四周道，"再这么下去，连我都想出去了。"

李瑜转身上楼，拖鞋踢踢踏踏地踩在地板上的重音，显示了她的愤怒。

26　看你看过的风景

叶岚回到家，常淑宁诧异地问："怎么没留你吃饭？"

"我学校还有事。"叶岚收拾了一下自己的东西："那我就回去了。"

常淑宁在后面追着她："你三婶他们几家，你还没去拜年呢。"

叶岚没说什么，该过的年，她已经过完了，再耗下去除了吵架，没别的好处。

趁这几天清净，叶岚整理这半年收集的数据，写文章。每天宅在家里写写写，饿了就吃点儿泡面，日子过得也还算惬意。

她没有去打扰李江洲，他们那么热热闹闹的一大家子，过年期间总会有很多人情往来。每次李江洲问她在干什么，她要不说睡觉，要不说拜年，省得他担心。

到了初七，叶岚去实验室，她以为自己会是学院最早的一个，却发现陈正雅已经在加班。

"劳模啊。"叶岚调侃。

陈正雅没看她："你不是开春就要去打疫苗吗？"

叶岚一愣，才知道陈正雅是在忙着制备新疫苗。

"原来是为我加班啊。"叶岚坐到她旁边："那我今天给你打下手，有事尽管吩咐。"

实验室的学生都还没来，陈正雅一个人的确忙不过来，叶岚跑前跑后，给她帮了不少忙。

一直忙到晚上十点，值班的门卫上来，请她们赶紧走了好关门。

两个人走出大楼，春天才刚从冬天的怀抱里探出头，夜风依然冷。

但她们谁都不想回家，也不说话，就这么在校园里漫无目的地走。

到了人工湖边，看到了对面的那栋靖安楼，叶岚拢紧外套，缩了缩脖子："捐栋楼其实也没什么了不起的。"

"那你也捐不起。"陈正雅斜了叶岚一眼。

叶岚哈哈大笑，伸手将陈正雅肩膀一攀。

"喂！"陈正雅用眼神警告她。

"没有这栋楼，你也会是陈教授。"叶岚的眼睛，在湖边的路灯下，那样明亮。

"冲你这句话，今年评职称的时候，我投你一票。"陈正雅回答。

两个人在夜色里相视而笑。

李江洲过完年上班的第一件事，是找到李院长，将辞职书放到了他的桌上。

李院长低头办公，仿佛什么都没发生。

李江洲看着他，尽管每隔一段时间都会去染发，但鬓间还是有零零星星的白发掩不住。

"爸，"李江洲有些艰难地开口，"我知道您对我抱的希望很大，但是，我还是想……"

"工作给你留着。"李院长突然打断了他："你想什么时候回来都行。"

李江洲没再说话，深深地叹了一口气，转身出去。

李院长把那张辞职信重重揉成一团，扔进了垃圾桶。

"我辞职了，虽然我爸还没批。"李江洲给叶岚打电话，"我打算今天就去野生动物保护中心报到。"

"好。"对他的决定，她没有过多评价："我进山前也会过去一趟，商量防疫的事。"

"嗯，等你。"李江洲没再多腻歪，他知道叶岚每次在进山之前，都是最忙的时候。

当罗康成在办公室里见到李江洲的时候，他很惊讶，正月十五都没过完，怎么就又来了。

"我来报到。"李江洲大大咧咧地往罗康成面前一坐，"罗主任，是不是该跟我谈谈工资待遇了？"

罗康成哭笑不得："大过年的谈钱，多不好意思。"

"我已经正式决定在医院辞职了，"李江洲向前趴在桌上，"这以后吧，就要请领导多关照提拔了。"

罗康成沉默了好一阵，重重地拍了一下李江洲的肩："好小伙子！"

潘野和朱朱既高兴又发愁，李江洲一来，他们就多了个强悍的上司，问题是，这上司实在不怎么靠谱。

"我跟你们说啊，"李江洲一副指点江山的架势，"罗主任说了，以后要成立个专门的兽医院，我就是院长，你们都得听我的。我要是吃不好，潘野你就得下山去给我买吃的，就朱朱上次说好吃的那家馆子。"

"作威作福。"朱朱小声嘀咕。

"还有你，"李江洲指着朱朱，"以后不许动不动就哭，要哭也找潘野哭去，我这样军纪严明的人，不相信眼泪。"

朱朱和潘野：呵呵。

李江洲跷起二郎腿："瞧我爸，瞎担心什么呀，离开了盛京，我照样能混个院长当当。"

朱朱和潘野：……

等叶岚到野生动物保护中心，李江洲已经混得如鱼得水，学习过动物生理学之后，他的治病范围已经从大熊猫扩展到小熊猫、金丝猴、羚牛……俨然无所不能。

叶岚觉得，别的病能治，这人骄傲的毛病是没治了。

"疫苗已经准备好，接下来就是打针了，保护区管理局那边，会协助我们以每个保护站为单位，将山民的狗集中，这样工作量能减轻一些。"叶岚看向罗康成："罗主任，您看这次派哪个兽医过去帮忙？"

"潘野吧。"罗康成思忖："他的野外经验丰富一些。"

"也让我去锻炼锻炼啊。"李江洲叫道："以后要搞野生动物保护这一行，总不能永远不进山。"

"青塬的路可不好走。"叶岚提醒。

"你能走我有什么不能走？"李江洲笑着："带我带我。"

罗康成最后决定，免疫工作上以李江洲为主，潘野也跟着去给他当助手。李江洲毕竟是第一次进山，他还是不太放心。

三个人开车进山，照例是到老罗家吃午饭，黑子不知道是不是闻到了李江洲身上的药水味，竟然一反平时的亲人，对着他汪汪直吠。

李江洲做了个打针的手势，威胁："你叫得越凶，待会儿我打得越疼。"

吃饭的时候，看着一桌子土菜，他没有表现出挑食，埋头苦吃。罗大嫂高兴地又给他盛了满满一大碗饭，他苦了一下脸，但还是硬生生吃完。

出来的时候，他摸着肚子："好撑。"

"爬爬山就消化了。"叶岚把登山包背到背上，顺手将他手里的医药箱也提了过去。

"我自己提。"李江洲不好意思。

"只要你待会儿不要我背就行了。"叶岚对他很轻视。

为了男人的自尊，李江洲咬着牙拼命爬山，叶岚走在他前面，脚步轻松得让他嫉妒。

上山还好，下坡的时候李江洲两腿止不住地发颤。潘野在他身后评价："哥你这腿力，还不如半岁的野猪。"

李江洲觉得这帮搞野生动物保护的人，损起来简直不是一般人。

一条河横亘在前面，河上只有独木桥。叶岚轻松地到了对岸，他哆哆嗦嗦不敢走："山里这么多木头，干什么这么节约，多弄几根难道不行？"

"我看是你不行。"叶岚鄙视，走回来向他伸出手："我拉你得了。"

李江洲倒是想逞强，可没那个底气，抓住了叶岚的手，横着一步步挪。

"嗬！"潘野故意突然出声，吓得李江洲一个不平衡，差点儿从桥上栽下去。

李江洲气急败坏，叶岚和潘野对视，笑得很嚣张。

李江洲脚程太慢，拖了整个队伍的进度，往常天黑前就能到毛坪，这次却只走到半路。

眼看着天黑了，李江洲兴致勃勃地建议："我们今晚露营吧。"

"你确定？"叶岚瞟了他一眼。这个不知人间疾苦的大少爷，大概以为这和公园露营一样好玩儿，但这里可是原始森林。

在潭边的空地上支好帐篷，众人坐在河滩上，就着凉水啃面包。李江洲咀嚼了半晌，看着叶岚："我终于知道你在中心的时候，为什么能吃那么香了，跟山里相比，那伙食够好的了。"

"哥你就满足吧，冬天我们上山的时候，渴了就直接抓把雪塞嘴里。"潘野一口把面包塞进嘴里："我去捡柴火。"

潘野离开，李江洲挪过去，和叶岚坐在一起。

幽深的潭水，倒映出皎洁的月色，山里的夜，有种城市夜景没有的静美。

"我觉得这样也挺好。"李江洲一笑："看你看过的风景，走你走过的路。"

叶岚一怔，缓缓转过脸来看他。

"你不知道，你进山失联了的时候，我心里是什么滋味。"李江洲回想着那些情景。

看完一个病号，他赶紧抽着去洗手间的空隙看手机，没有她的微信。

回家累得瘫在床上，他闭着眼睛给她拨电话，永远都是提示音。

半夜睡不着又翻坐起来，期盼她回到有信号的地方，能给他回个电话，但又是失望。

"上班的时候，吃饭的时候，睡觉的时候，我都在想，你走到哪儿了，遇到了什么人什么动物，会不会运气不好，又碰上山洪雪崩……"李江洲苦笑："我那时候就在想，你要是不做这个工作多好啊，可我知道你不会放弃。但没关系，现在我来了，我陪着你。"

叶岚怔怔地看着李江洲，月色仿佛润湿了她的眼，一片朦胧的水光。

"我爱你，叶岚。"他声音低哑，慢慢将她拉近……

27　生死绝望

　　直到树枝折断的声音响起，才打断了这个绵长的吻。叶岚和李江洲睁开眼睛，看见了潘野仓皇离去的身影。

　　"他肯定什么都看见了。"叶岚羞得捂住自己的眼睛，仿佛这样就可以当一切没发生过。

　　李江洲拉开她的手，好奇地和她对视："你这么害羞，不会还是初吻吧？"

　　叶岚沉默了良久："……不至于。"

　　"肯定就是！"李江洲大笑着再次把她拉进怀里，压低声音："没事，我教你。"

　　即使是在接吻这件事上，叶岚也是个好学生，很快就反守为攻，让李江洲无力抵挡。

　　好不容易分开，他附在她耳边说："你再好学一点儿，今晚就不只到此了。"

　　叶岚的眼神，突然定定地看着李江洲身后的某处："蛇！"

　　李江洲毛发倒竖，瞬间弹跳了起来，叶岚迅速闪开，笑得弯下了腰。

　　"又要我！"李江洲咬牙切齿地去抓她，笑声在树林间回荡。

　　潘野绝望地背靠在远处的大树上，哀叹自己刚才为什么要吃面包，明明干粮都吃不完。

　　第二天上午，他们终于赶到了毛坪保护站。秦芳巡山去了，叶岚和李江洲在院子门口等，潘野闲不住，在旁边的村子里转悠。

　　秦芳回来的时候，刚绕过一堵矮矮的土墙，就和潘野撞了个正着。

　　两个人都愣住，潘野的脸色瞬间变得阴沉："你就在毛坪？"

　　他一直不知道，叶岚口中的秦大姐，就是秦芳。

　　秦芳的神色里，有种慌乱的不知所措："你……你来是……"

　　潘野狠狠地盯着她片刻，突然掉头就走。到了保护站门口，他将自己的背包一提："我有急事，要下山。"

　　叶岚和李江洲面面相觑，不知道怎么就这么一会儿工夫，潘野就突然改了主意要下山。

秦芳此时，从后面急急忙忙地追过来："潘……"

她似乎不敢叫他的名字，又停了下来，低着头眼圈发红。叶岚那一刻，都有点儿无法相信，这居然是平日里天不怕地不怕的秦大姐，山民们口中比母老虎还凶的"秦大虫"。

"到底怎么了？"李江洲忙把潘野拉到一边："还没开始打疫苗呢，你就撂挑子不干了？"

"跟这人一起，我干不了。"潘野拧着脑袋。

秦芳默默地走进里屋，再没出来。叶岚也走到潘野跟前，看着他的眼睛："为什么？"

潘野咬紧了牙，颈侧青筋暴出，却抵死不说话。

气氛一片凝滞。最后，叶岚缓缓点头："好，你走吧。"

潘野一愣，抬头看向叶岚。

"这里电话不通信息不畅，你们俩看样子也都不会说，我没办法了解你们之间到底发生了什么。"叶岚拿过潘野的背包："你人可以走，把里面的药品留下，其他人还要干活。"

李江洲也没再说话，一言不发地从潘野包里取出医疗物品，再将自己包里剩下的干粮都装进去，递还给他。

潘野呆站着没有接，过了半分钟，把背包狠劲拽过来："一天内打完，不然我就走。"

叶岚和李江洲对视一眼，都微微松了口气。

晚上，秦芳做了饭端上桌，自己默默地盛了一碗，端到院子里吃。而潘野没吃饭，仍然固执地啃干粮。

这样鲜明地划清界限的方式，让叶岚和李江洲叹气，不知道这两人究竟有什么过不去的仇怨。

第二天，山民们如约把狗牵下山，在保护站外集中。李江洲和潘野负责打疫苗，叶岚和秦芳做后勤服务。

几十条狗跑的跑叫的叫，有的还想咬人，打针很不容易。忙到傍晚才算结束，众人正打算坐下歇口气，一个山民突然牵着狗急匆匆地跑进院子："后山有熊猫被铁夹子伤了。"

叶岚心头一紧，率先冲了出去，李江洲也抓起医药箱跑在后面。秦芳和潘野此刻也顾不得其他，赶紧跟上。

半山腰上，一只成年大熊猫倒在林子里，脚上套着一个捕兽夹，已经血肉模糊。

受伤的熊猫戒备心极强，看见人接近，凶猛地一蹿，就要扑过来。

潘野眼明手快，射出了麻醉针。大熊猫吭吭哧哧几声，最终缓缓倒在了地上。

李江洲过去检查伤势："还好骨头没事，就是感染有点儿严重，干脆就地手术，一次把创面清理干净。"

这样最好，治好后可以直接将熊猫放归山林。叶岚同意："那就手术吧。"

没有手术室，天地之间搭了个临时帐篷，就直接动刀。这是李江洲第一次做这样的手术。但他就好像已经做过了无数次，沉着冷静的神色，让所有人都安下心来。

叶岚看着他手中的手术刀，觉得自豪又幸运，她遇到了这样的爱人，动物们遇到了这样的医生。

两个小时后，李江洲利落地打好最后一个结，手术结束。所有人都沉浸在欣喜中，没有人注意到，危险已悄悄临近，一条花色斑斓的蛇从草丛中蜿蜒而来。

"好了，潘野，剩下的事就交给你了。"李江洲此时已精疲力竭，放松地往后一坐，正好砸在了蛇身上。

李江洲突然觉得腿上一疼，随即胸口发紧，缓缓地倒了下去。

叶岚惊呼一声，扑到李江洲身边扶住他，看到了那条溜走的蛇，顿时脸色惨白。

那是秦岭里最毒的蝮蛇，只要四个小时，就会让中毒者心力衰竭而亡。

叶岚闭上眼睛又睁开，硬生生逼回了即将夺眶而出的泪水，声音里有抑制不住的颤抖："必须马上送他下山。"

潘野迅速对伤口做了简单的处理，叶岚随即将李江洲的胳膊搭在她肩上，要背他起来，他挣扎，她轻柔地命令："别动。"

"我来吧。"潘野想帮忙。

但叶岚已经背起李江洲往山下冲。秦芳见状，急忙回保护站去找人帮忙。

李江洲伏在叶岚背上，看着她发间沁出的细密汗珠，心疼地苦笑："我到底还是让你背了。"

叶岚不说话，死死忍住泪水。

杨叔和几个山民抬着担架赶来，叶岚才终于将李江洲放下，他躺到担架上的那一刻，轻轻地握了一下叶岚的手："我没事儿的，你不要慌。"

"我没慌。"叶岚镇定地说。

山民们抬着李江洲在前面跑，她跟在后面，时不时看一眼手机。

终于有了信号，她第一时间联系保护区，请他们派车来支援。随后，叶岚停顿半晌，拨通了另一个号码。

"李叔叔，"她的喉咙仿佛被扼住了一般，开口艰难，"江洲被蛇咬伤了。"

"你说什么？"李院长的声音，骤然拔高了八度。

叶岚深呼吸一口气，还是将情况尽量叙述清楚："他来青源工作，被蛇咬了，是秦岭的剧毒蝮蛇，四个小时内不救治，就会引发心衰。"

说到最后，她眼睛里还是止不住泛起了泪光，紧紧咬着唇，想平静自己。

那边一片沉默，却听得见愤怒的喘息声。

"李叔叔，请您救他。"这句话一出口，眼泪再也控制不住，滑了下来。

"我当然会救我儿子！"李院长"啪"的一声，重重挂断电话。

叶岚紧握着手机，看向前方，他们已经将她落得很远。她狠狠擦干眼泪，向前追过去。

到山下的时候，保护区的车已经等着了，李江洲被抬上车，叶岚和潘野跟着上去。秦芳追着车喊："到医院了一定要给我来个信儿啊。"

潘野从车窗看向她，表情里有嫌恶，似乎又有些别的什么。

叶岚守在李江洲身边，他此时脸已经没了颜色，全身冷汗涔涔。

她脱下外套包住他，又半伏在他身上，将他抱住："冷吗，江洲？"

"不冷了。"他勉强微笑："有你在呢。"

叶岚不想哭的，可泪水就仿佛有自己的意识一样，硬是滴了下来，滚烫地落在李江洲胸口。

"我昨晚不该骗你说有蛇的，"叶岚哽咽，"不然今天怎么会发生这种事……都怪我……"

说到最后，她已是泣不成声。

"你一个唯物主义科学家，怎么能这么迷信呢。"李江洲用力抬起手，给她擦眼泪。她以前从来不哭，可这一次，却因为他，哭得像个犯了大错的孩子。"我没事儿，真的，我是医生，什么情况心里有数。"

叶岚失声痛哭。他在生死边缘，却还在逞强安慰她，这一切，让她心如刀绞。

她突然后悔，她为什么要把他带进山，带进这种危险的境地。他就该待在明净亮堂的地方，好好地过他的日子。

"对不起。"她低低地说。

李江洲一愣，随即揽住她的背："不是你的错，是我自己要来的。"

潘野不忍心再看他们，转头望向窗外，神情怅然。

还没进城，盛京医院的救护车就已经赶到，随车而来的还有李江洲的大姑。

已经昏迷的李江洲被转移到救护车上，叶岚也要跟着上去，大姑却冷漠地挡住了她："你跟着有什么用。"

随即将门"轰"地一拉，将叶岚彻底隔断在外。

救护车拉着警报走了，叶岚站在路边，神情有从未有过的迷茫和无措。她不知道自己该干什么，能为他做些什么。

潘野过来拉她："岚姐，我们也去吧。"

他们上了车，也往医院赶去。叶岚一路沉默不语，眼中有静止的悲伤。

28　如果没有遇见你

李江洲一到盛京医院，就直接被送进了急救室，李院长已经做好一切准备，在等着他。

当看见不省人事的李江洲被抬进来，李院长的身体不易觉察地摇晃了一下，但仍然沉着地下令，全力抢救李江洲。

抢救室外的走廊上，急促的脚步声由远及近，李瑜飞一般地冲过来，攥住大姐的袖子："江洲怎么样了？"

"大哥正在里面做抢救。"大姑的眼中满是泪。

李瑜瘫软地跌坐在旁边的长椅上，眼眶赤红。她和李江洲从小一起长大，是姑侄亦是挚友，这份感情无人可替代。她慢慢地弯下腰去，泪水滴落在浅色的裙摆上，渐渐晕开成一团。

这时，走廊另一头传来人声，叶岚和潘野到了。李瑜抬起头来，看见叶岚的一刻，眼中迸发出愤怒，冷笑着站了起来，款款走到叶岚面前。

"你现在还觉得，带着江洲走出他的舒适圈是对的吗？"李瑜笑得妩媚而凌厉："是，他的路都是我们给他安排好的，但那条路上可没有被蛇咬，没有被送进急救室，他是因为遇到了你，才会遇到这种危险！叶岚，你就滚得远远的吧，别再来招惹我们家江洲了，他不是你这样的人，他受不起！"

此时，有护士从抢救室出来拿药，李瑜急忙拉住她："怎么样了？"

护士有些担忧地看了她们一眼，犹豫着开口："蝮蛇毒性太强，路上的时间又长，现在造成了多个脏器的急性损伤……"

她没敢说完，但所有人都已经明白，李江洲此刻，处在多么危险的境地。

大姑的身体摇摇欲坠，李瑜急忙扶住了她，对叶岚投去充满怨恨的一瞥。

叶岚突然不发一语，转身就走。潘野愣了一下，想要追过去，她却已经进了电梯，迅速关上了门。

出了住院部，阳光温暖微风和煦，叶岚却觉得冷得发抖。她走进了当初给奇奇做手术的小楼，即使是白天，这里仍然没什么人，安静阴森。

走廊最尽头，就是那间手术室，她和李江洲第一次相遇的地方。她轻轻地推开门，却看见两三个学生正在里面做实验，他们讶异地抬起头，看着她的到来。

要是这里，一直是这样多好啊！

她没有遇见过李江洲，他们在同一个时空里，过着各自不同的生活，能让他平平安安地生活。

叶岚关上门，无力地蹲靠在墙脚，泪如雨下。

罗康成赶到的时候，李江洲正从急救室被推出来，转往重症病房。李院长走在最后，步履迟缓而沉重，李瑜和三个姐姐不敢惊动他，更不敢去惊动李江洲，就这么站在原地流泪。

气喘吁吁跑进来的罗康成，看着这一幕，刹住脚步。停顿了半晌，他才慢慢走过去："请问是江洲的家属吗？我是……野生动物保护中心的罗康成。"

李院长回过头来，眼神冷沉，甚至连一句客套话都没说："还没脱离危险期，就不要打扰他了吧。"

罗康成张着嘴，却什么也说不出来，就这样看着他们将李江洲推走，消失在楼梯的拐角。潘野走到他旁边："主任……"

他缓缓摆了摆手，沉默了好一阵才问："叶教授呢？"

潘野摇头："不知道去了哪儿。"

罗康成沉沉一叹。

陈正雅知道李江洲的消息的时候，已经是第三天，李瑜答应了来送设备的，却毫无音信。

"对不起，"电话里，李瑜的嗓子仿佛被火燎过，声音沙哑得几乎听不清，"江洲出事了，我这两天顾不上别的。"

陈正雅心里剧烈一跳："他出了什么事？！"

陈正雅赶到医院，透过病房的玻璃，看着里面的人，几乎不敢相信，那是她认识的李江洲。平时那个嚣张霸气却永远生机勃勃的人，此刻却躺在一堆冰冷的仪器之间，仿佛没有一丝活气。

"心里真疼哪，"李瑜站在她旁边，红着眼圈自嘲地一笑，"以前每次吵架的时候，我都骂他去死，但现在，我宁可躺在那里的人是我。"

陈正雅微微侧过脸去，不让李瑜看见自己眼中的泪光。

她的心里也疼，曾经那些找不到原因的失落，现在她知道了答案。只是她不能说，因为他们之间还横亘着另一个人。

"叶岚呢？"她低声问。

"从当天走了，就再没来了。"李瑜咬牙："来了我也会把她赶走，江洲怎么样，她不配关心！"

李瑜身上弥漫的恨意，让陈正雅语塞。她陪着李瑜坐下，在一片沉寂中凝望李江洲，医生护士进出查看，他却什么都不知道，就那样悄无声息地躺着。

陈正雅到傍晚才走，临走时站在玻璃外，在心中对里面的人说：你要醒过来啊，你还欠我一顿谢师宴呢。

回家的路上，她拨叶岚的电话，铃声响了几遍，却始终没有人接。

车拐了弯，直接停进最近的停车场，她给叶岚发微博私信：要喝一杯吗？

许久许久，才有人回：好。

半个小时后，陈正雅拎着一袋子啤酒，出现在叶岚家门口。

"你确实穷。"陈正雅环顾着她家。

"跟你比不得。"叶岚一笑，接过她手中的啤酒，打开一罐，盘腿窝进沙发里。

陈正雅捡开沙发上乱七八糟的东西，在她身边坐下。

电视忽明忽暗的光影，映出叶岚红肿的眼睛，两个人都盯着电视看，却谁也不知道里面说了什么。

过了良久，叶岚才开口："你刚才去看过他了吗？"

陈正雅轻轻地"嗯"了一声。

叶岚仰起头，啤酒一饮而尽，她捏扁了罐子扔进垃圾桶，又去拿第二罐。

陈正雅直觉想阻止，但抬起的手在半空中悬了两秒，最终没有，转而拿起另一罐，为自己打开。

叶岚已微醺，望着天花板笑："我只能每天半夜去看他，他家里人不在的时候。"

陈正雅静默无言。

叶岚又猛灌了一大口酒，呛出了眼泪："我也知道，应该滚得离他远远的，但就是忍不住，哪怕只看上他那么一眼。"

陈正雅突然拉了叶岚一把，叶岚猝不及防，歪倒在她肩上。

"哭吧，这件衣服我不要了。"她脸上没什么表情，眼底却有一抹隐藏的温柔。

叶岚怔了两秒，转过脸伏在她肩头，发出一声低低的噫叹："傻喵，你真好啊。"

透过衣料，陈正雅感觉到了滚烫的湿意，但她没动，就这样一直撑着。

电视里依旧欢声笑语，将所有悲伤的声音掩盖。不知道过了多久，叶岚的身体渐渐松了下来，她终于睡着。

这是她三天来睡的第一个觉，醒来的时候已是凌晨四点，她身上盖着毯子，陈正雅已经走了，只在微博私信里留下一句：有事随时找我。

叶岚看着手机笑了，眼中泛起温暖。她去浴室洗了把脸，整了整凌乱的头发和衣襟，换鞋出门。

深夜的病房寂静无人，值班的两名护士打开病区的门，看见又是叶岚，不由得相互对视一眼。

李医生的事，盛京上上下下都知道了，对他的这位女朋友，她们既和李家人同仇敌忾，觉得是她连累了他，但看着她每天午夜这样来探望，又有种说不出的复杂情绪。

叶岚低声道谢，走到玻璃墙外看着李江洲，她的目光专注而沉静，仿佛这个世界上，只剩下了这个人。

没有人知道她在想什么，就这样过了一个小时，仿佛是一张凝固的剪影。

临走的时候，她又轻轻地对护士们说了句"谢谢"。她知道，是她们一直帮着保密，才让她每天有了这么一小会儿和他相处的时光。

住到第七天，李江洲才终于醒了过来。首先映入眼帘的，是父亲熬红的双眼和满头的白发。

李院长陪他熬了整整七天，组织各科专家抢救和会诊，终于将他从死亡线上拉了回来。

"爸，"李江洲努力地抬起手，拍了拍李院长的胳膊，"怎么不染染头发呢？"

"你个小混账！"李院长虎起脸骂："闯了这么大的祸，我哪来的时间染头发！"

"等我好了，"李江洲脸上又浮现起熟悉的坏笑，"我带你去城里最时髦的店染。"

父子俩对视，眼中都泛起了泪光。

李江洲被转入普通病房，李瑜风风火火地赶来，一见面就指着他的鼻子骂："你知不知道你耽误了我多少钱的生意，你后半辈子全给我打工都还不完。"

"你就当我又毁了你一辆跑车。"李江洲浑不在意："反正你又不结婚，将来所有的钱还不都得留给我这个法定继承人。"

"咱俩谁走在前头还不一定呢……"李瑜突然刹住话头，转眼间眼圈就红了。

"哎哟可别哭，"李江洲扯她的袖子，"你骂我我还舒坦，你一哭我又觉得心脏疼起来了。"

他捂着胸口，一副马上要毒发身亡的样子，李瑜呵呵的笑了出来："你讨厌。"

李江洲含笑看着他骄横的小姑，这才是她该有的样子。

剩下的三个姑姑，不是抱着他哭天抹泪，就是极力施展她们并不擅长的厨艺，给他各种熬汤进补。

喝得他双手合十恳求护士："就说我打葡萄糖和能量太多，营养已经过剩，经不起这么恶补。"

护士探头看了一眼他碗里汤的成色，同情地点头："你先求李院长给你开个诊断证明吧，我一护士，扛不过您家那三位大夫。"

"行吧，不为难你，那能不能帮我另外一个小忙。"李江洲掐着手指，表示这个忙真的只有一点点小："帮我弄个手机用用。"

他的手机被姑姑们没收了，说要让他好好休养，于是他这两天成了真正的卧床静养，简直都快与世隔绝了。

可是他想叶岚。

他醒来了这么久，却一直没能再见到她，没有她的任何消息。

护士看着李江洲的眼神里，含着一丝他没察觉的叹息。从他醒来的那个晚上起，她就再也没有来过了。他并不知道，之前她每个深夜，都会赶来守护他一小时。

而她们，对这所有的一切，都只能选择保密。

29　放弃他

"这个……我们也做不了主。"护士拿起装药品的托盘，匆匆离去。

李江洲长叹一声，又躺回枕头上，无聊地望着窗外，同时等待着下一刻，推开门的是那个他想念的人。

此时，李院长办公室里，正坐着罗康成。

"这次江洲的所有医药费，由中心来报销。"罗康成很恳切。

李院长喝着茶，淡淡地瞟了罗康成一眼："他又不是你们的人，为什么要你们来报销？"

罗康成表情一滞，过了两秒才开口："但不管怎么样，我们都把他当作自己人。"

"那就放过他。"李院长放下茶杯，凝视着罗康成，眼神沉痛："这是作为一个父亲的请求。"

罗康成打开办公室门走出去的时候，刺目的阳光瞬间直射过来，让人眼睛生疼。

他半眯着眼，摸了一下铮亮的光头，苦笑着往前走。

到了李江洲的病房，他看见罗康成的到来，万分惊喜："可算是来人接头了，我还以为组织已经把我抛弃了。"

罗康成笑着和他握手："还不是想让你这位同志好好养身体，革命也需要本钱。"

"叶岚呢？"他问出了这个最迫切的问题。

"她跟潘野进山做防疫去了，工作总得继续做完。"

罗康成的答案，可以算是在李江洲的意料之中，但他又有点儿失落。工作还是比他重要。

罗康成看在眼里，忍住内心的感慨，拍了拍他的肩："你也别多想，好好休息，身体才是第一位的。"

罗康成坐了一阵走了，李江洲独自躺着，回想着他的话，却又渐渐咂摸出些别的味儿来。

他忘不了出事那天，叶岚痛哭的情景。他没法相信，她会舍得这样丢下他，心无旁骛地去工作，哪怕她的确是个工作狂。

而罗康成，今天说的都是安慰人的片儿汤话，却一句也不提以后的工作安排，似乎那些工作，已经与他无关。

他突然觉得有点儿恐慌，中心是不是放弃他了，叶岚是不是……也放弃他了？

就在这时，李瑜提着保温桶进来："今天大姐值班，让我把鸡汤送来。"

"小姑，"他蓦地抬头看向她，"在我病的这些时候，你们没对叶岚说什么吧？"

李瑜一愣："我们能说什么。"

"那她为什么不来看我，直接就进了山？"李江洲反问。

"这你问她啊，"李瑜冷嗤，"问问你在她心里，到底重几斤几两？"

"真没说？"李江洲盯着她，眼神犀利，"不会把我这次出事儿，都怪到她头上吧？"

"不该怪她吗？"李瑜再也忍不住，声音骤然高了起来："你要不跟着她胡闹，能差点儿在阎王手里走一遭，让我们一家人都跟着要死要活？李江洲，摸着你自己的良心想想，你跟她认识了几天，我们疼了你多少年？！"

李江洲绷紧的背，慢慢垮塌下来，他没再说话。这是他至亲的人，他无法反驳。

李瑜也不说话，怒气冲冲地把鸡汤从保温桶里盛出来，放好勺子搁在床头柜上，随即转身离去。高跟鞋跟敲击着楼道的声音，仿佛敲在人心上。

李江洲慢慢端起碗，喝完了那碗汤，眼神怅然。

她总有回来的时候，他总有将一切说清楚的时候。叶岚，委屈你了。

叶岚此刻在山里，和潘野在各个保护站之间跑，给狗打疫苗。每天累得精疲力竭，沾床就能睡着。但叶岚觉得这样很好，可以不用再想李江洲。

潘野看着叶岚这样日复一日地奔忙，最终还是憋不住了，犹豫着开口："岚姐，你没事儿吧？"

"什么事儿？"叶岚的语气，仿佛潘野问了一个莫名其妙的问题。

潘野噎了一下："江洲哥他……"

"他平安了就好。"叶岚直接打断他："这两个站的狗的数量有点儿超标，你去统计一下，疫苗还够不够。"

潘野明白叶岚不想再说，只好走开。

叶岚继续干活，动作却不自觉地渐渐慢了下来。

那天当她从陈正雅口中得知，李江洲已经苏醒，她第一时间冲去了医院。但到了病区门口，却又停下了脚步。

她如果此时出现，会不会又引发他们家的"地震"，会给他带来怎样的困扰？

她知道，李江洲骨子里，其实是一个叛逆的乖小孩。

就像李瑜说的那样，虽然他自幼失去了母亲，却从不缺爱。家人给了他满满的爱，而他亦以同等的爱回报。因此尽管他不喜欢，却仍然按照他们的希望读博从医，就连以前谈恋爱找女朋友，也要考虑他们的意见。

她的出现，是他人生的意外，他渐渐偏离了家人们为他设定好的轨迹，甚至差点儿让他们就此失去他。

他们承受不起再一次失去他的可能性，如果她此刻出现，就是在逼着李江洲，在她和他们之间做选择。她不想让他陷入这样的为难。

所以叶岚主动请命，来到这信息不通的深山里，和他隔绝在两个世界里。

但现实却并不遂人愿，三婶的女儿小晴护校毕业了，想进盛京工作。她打听着想给李院长送礼，却打听到了李江洲住院的事。

三婶马上去找常淑宁抱怨："你说岚岚这孩子，跟怕我们占了她多大便宜似的，当初谈恋爱不说，现在李院长的儿子住院了，也是吱都不吱一声儿。"

"江洲住院了，怎么回事？！"常淑宁惊得叫了起来。

李江洲嘴甜，逢年过节都会打电话问候她，让她觉得这位准女婿简直比女儿都孝顺。现在听说他住院，她委实心疼，马上买了水果营养品，准备去医院探望。

三婶正想和李院长攀关系，硬蹭着跟常淑宁一起去。但她们刚走到楼道门口，就碰上了大姑和李瑜。

"哟，这不是大姐么。"三婶亲亲热热地贴上去："听岚岚说江洲住院了，我们特意过来看他，这孩子真叫人心疼。"

她又上下打量了一眼李瑜："这位就是小妹吧？年轻又漂亮，一看就是有本事的人。能跟你们结亲家呀，真是咱家的福气，个个都是人中龙凤。"

"谁跟你们是亲家？"李瑜一句话，就将三婶噎得张口结舌。

大姑暗中扯了扯李瑜的袖子，示意她多少留个面子。

李瑜并未收敛，反而变本加厉："回去也告诉你们家叶岚，不是一路人，进不了一家门。该做什么就去做吧，别上赶着。"

最后这句话，戳中了三婶的痛处，她恼羞成怒，圆胖的脸涨得通红："谁上赶着？别仗着你们家出了个院长，就瞧不起人。"

李瑜也不说话，双手环抱在胸前，斜睨着她冷冷一嗤。

三婶气得拽过常淑宁就走，冲下了楼又清醒过来，想到这下算是得罪了李家，她女儿工作的事也没戏了，顿时把一肚子气都撒在了叶岚头上："你看看你那宝贝闺女，都三十岁的老姑娘了，好不容易找着个不错的对象，又不知道干了啥气人的事儿，跟李院长家闹成这样，还连累了我们。她事业成功有什么用啊，就知道祸害人！"

"祸害"两个字，把常淑宁也彻底惹恼了："你这话说得太过分了吧，你们家小晴毕业了找不着工作，又不是岚岚的错！"

常淑宁本来就因为李瑜的一席话心烦意乱，不想再搭理三婶，说完就径直走人。

三婶从来没被常淑宁这样顶过，一时之间愣在当场，过了一会儿才反应过来，狠狠地骂："这一家子，都一个样！"

青塬的防疫工作基本完成，叶岚刚下山没多久，常淑宁的电话就打进来了："岚岚，你是不是和江洲家闹崩了？"

三婶那天被常淑宁顶撞过后十分不忿，到处说他们一家子都不会做人，叶向林是个不顾家的闷葫芦，常淑宁脑子又拎不清，生了个女儿叶岚更不得了，仗着自己有点儿本事，把谁都不放在眼里。这不，好容易攀上了李院长家这根高枝，门都没进呢就被人赶了出来，这辈子嫁人算是无望了。

叶家人听见这话，都觉得叶岚和李江洲的这门婚事，算是黄了。有些个原本起着沾光心思的，更是跟着三婶一起，在常淑宁跟前冷嘲热讽。常淑宁想还嘴又不敢，心里憋屈得慌，所以抱着最后一点儿侥幸，接二连三地给叶岚打电话，直到今天才终于打通。

见叶岚没回应，她又急急忙忙地催："岚岚你说呀！"

叶岚沉默了两秒："嗯。"

这一声"嗯"，彻底击碎了常淑宁的希望，她愣了半晌，突然就哭了出来："你这孩子……你这孩子怎么就这么不懂事呢？好好的一门亲事，就被你这么搅黄了，叫我以后在亲戚跟前，面子往哪儿搁？"

常淑宁最讲究的就是面子，可没有个踏实的里子，还是没活得好到哪里去。

她和李江洲到了现在，怕是也不能有个好里子了，要面子又还有什么用？

叶岚默然听完母亲的哭骂，挂断了电话。

叶岚回城的那天，李江洲也出院了，但四个姑姑把他关在家里继续"静养"。

"算我求求你们了，"李江洲耍赖，"我养得身上都快长蘑菇了，放我出去晃荡晃荡晒晒太阳吧。"

李瑜"唰"地一下拉开落地窗的窗帘，阳光泻了进来："我看你就在这儿晒也挺好。"

李江洲往后一倒，躺在床上装死。

等其他人走了，李江洲趁着在客厅里值守的二姑打盹的工夫，悄悄溜进李瑜的房里找手机。

不出他所料，这种事果然只有李瑜干得出来，他在抽屉里翻出了久违的手机。

开了机，一条叶岚的记录都没有，干干净净。

这么绝情。李江洲撇嘴。

他回到自己房间，躲进厕所去给叶岚打电话，但铃声响过几遍，最后回答他的，只有那个甜美的女声："您拨叫的电话暂时无人接听。"

但李江洲是什么人，他是一个十分具有锲而不舍精神的人。叶岚不接他就继续拨，一直拨到接为止。

到底是没人抗得过他的耐性，叶岚终于接了起来，淡淡地"喂"了一声。

30　那一晚的月色

"我出院了哟。"李江洲很开心。

"嗯。"

"你们在山上把疫苗打完了吗？"

"嗯。"

"现在回城了？"

"嗯。"

她所有的回答，都只有机械简单的一个字。李江洲故意把手机举高："是谁在跟我说话？"

叶岚沉默。

都没幽默感了。李江洲感叹："叶岚，我的小岚岚，你是不是生气啦？不是我不跟你联系，是家里人为了让我好好休息，把我手机给收了，我刚刚才偷回来，就马上给你打电话。"

叶岚："哦。"

"可算换了个字儿了。"李江洲逗她："想我了吗？也只用回答一个字。"

叶岚垂下眼睛，声音平静无波："没想过。"

"喂！"李江洲气得一下子站了起来，马桶盖被带翻，"啪"的一响。

二姑听见了动静："江洲，你怎么了？"

李江洲忙捂住话筒："没事儿，不小心撞了一下。"

但二姑还是急忙过来敲门："不严重吧，出来我看看。"

李江洲无奈，只好压低了声音对叶岚说："等会儿再打给你。"

电话挂断了，叶岚握着手机呆坐半晌，突然站起身来，走到隔壁推开门。

"今晚能不能陪我吃饭？"叶岚定定地望着陈正雅。

"可我已经约了人，"陈正雅迟疑了一下，看了看叶岚的神情，"我打电话看能不能取消。"

韩靖接到陈正雅电话的时候，正在摄影室整理照片，一张张孩子们的笑脸，天真烂漫。

"晚上不能和你一起吃饭了，"陈正雅说，"叶岚心情有点儿不好。"

韩靖一愣："她怎么了？"

陈正雅犹豫着没回答。

"作为一个喜欢她的人，我希望能有一些知情权。"韩靖笑着轻叹。

陈正雅怔了怔，最终还是将叶岚和李江洲的事告诉了他。

叶岚是个保护者，即使对素昧平生的他，都能奋不顾身地相护，这一次却没能保护好她爱的人。她心中是怎样的自责，可想而知。

"能将今晚吃饭的机会让给我吗？"韩靖顿了顿，又补充："放心，只是作为朋友的身份，我不会在这个时候落井下石。"

陈正雅告诉叶岚，晚上的饭局推不掉。叶岚笑了笑："你先忙你的吧，我没事。"

陈正雅轻握了一下她的肩膀，转身离开。叶岚的情绪又低落下来，静静地看书，却许久都没翻过一页。

突然，门被敲响，出现在门口的，是韩靖那张酷似白一哲的笑脸。

"这是孩子们的愿望书。"韩靖将一本册子放到叶岚面前。

她翻开，是一张张孩子的照片，每张照片下，都有一行歪歪扭扭的幼稚笔记。

"我想去看熊猫宝宝。"

"我想跟孔雀学跳舞。"

"我想和猴子一起荡秋千。"

……

叶岚终于露出了这么多天来，第一个真心的笑容。

"他们的愿望虽然不可能全部实现，但带他们去亲眼看看动物，还是可以做到的。"韩靖微笑："我正在筹划第一期训练营的事，要不我们找个地方吃饭，边吃边谈？"

叶岚点头同意。

韩靖选的是一家高级西餐厅，菜品精致，叶岚却没什么胃口，只是一直在谈训练营的事。

"第一期就去青塬吧，我去了两次，觉得那个地方很美，而且听当地居民说，很容易看到动物。"韩靖思忖："即使看不到，光是追寻动物行迹的过程，都会让孩子们很兴奋，也让他们体会到野生动物保护工作的辛苦。"

"这确实是一种难得的体验。"叶岚也赞成。

"我刚刚还想到，以青源为试点，建一所森林学校。"韩靖谈他的畅想，眼睛熠熠发光："每年定期开班，由像你这样的专业人员当老师，结合实地体验，来给他们讲各种生态保护的知识。"

"这当然好啊。"叶岚提醒韩靖："但是这件事必须跟当地政府和保护区管理局商量。"

"所以还要拜托你，帮我写一份申请书，从你的专业角度，来讲述这个项目的可行性和重要意义。"

叶岚发现，韩靖在做事时思路很清晰，每个步骤都安排得有条不紊。

"我感觉你不像做小生意的人，"叶岚笑道，"倒像是个干大事的人。"

"那是你太过奖了，"韩靖招呼叶岚，"只顾着谈事，你都没吃什么，牛排都凉了吧，要不要再点些别的？"

韩靖正要让服务员拿菜单，叶岚忙阻止："不用了，我今天也不太有胃口。"

不知道为什么，明明是这么讲究的菜品，叶岚却觉得，还没有那晚的烧烤有滋味。

叶岚眼中的怅然，被韩靖准确地捕捉到，他沉吟片刻才开口。

"叶岚，你是个责任感很强的人。"韩靖深深地凝视着她："但是有时候，你不要把所有责任都揽到自己一个人身上。"

叶岚怔了怔，抬头看向韩靖。

他笑容和煦："要不要来一份甜点，虽然我不吃甜食，但听说这里的蛋糕很受女孩子欢迎。"

而那天晚上，陈正雅也并没有落空，接到了另一个邀约。

李瑜俨然已经和她有种亲如一家的感觉，请她去的是她们公司楼下的餐厅。

"这里就像是我的食堂，"李瑜笑着说，"除了江洲有时候过来蹭饭，日常就是我一个人来吃。"

"李江洲他现在还好吗？"陈正雅问。

李瑜促狭地眨了眨眼："你很关心他啊，住院的时候天天发微信问他的情况。"

陈正雅笑了笑没说话。不可否认，她也关心李江洲，但那个时候，她更多的是为叶岚问的。她不想让叶岚就那样空落落地等待李江洲的消息。

"其实我觉得，"李瑜悄然观察她的神色，"江洲跟你，比跟叶岚合适。"

陈正雅附在玻璃杯上的指尖，微微弯曲了一下。

"我没这样想过。"她笑了笑："叶岚才是他的女朋友。"

"马上就不是啦，"李瑜摊手，"或者说，现在已经不是了。我们家不同意他俩在一起。"

"他自己呢？"陈正雅扬起眉："我不觉得他们会分手。"

李瑜以为，陈正雅是担心李江洲会和叶岚纠缠不清："你放心，以前江洲也不是没谈过别的女朋友，但家里人不同意，散了也就散了。"

"拿亲情去绑架爱情，并不好。"陈正雅看着李瑜："再说，我也不是落井下石的人。"

硬生生碰了个钉子，李瑜却并不恼，反而更觉得她做人磊落，暗自下决心，一定要帮李江洲追到陈正雅，让她成为他们李家的儿媳妇。

韩靖那天晚上，坚持将叶岚送到了小区门口，但没有再往里开，仍然让她保留了住哪栋楼的隐私。

他总是有礼有节地保持距离，也从未流露出一丝暧昧，让叶岚觉得，这是个可以交的朋友。

"谢谢。"叶岚挥手告别："申请书我会尽快写好。"

"不急，你有空再写。"韩靖看着她一路走进小区，才开车离去。

而李江洲这一天，再也没机会给叶岚打电话。从马桶圈事件之后，二姑就紧张地守在他身边，寸步不离。等二姑要走的时候，李院长又回来了。这样无缝连接的 24 小时轮班，让李江洲忍不住在心里说道：他现在简直比国宝熊猫还金贵。

想到这里，他就又想起了奇奇，想起了潘野和朱朱，想起了中心那些可爱的动物伙伴们。也不知道，他们想不想他。李江洲哀叹。

当听见李瑜进门的声音，他立刻盖上被子装睡，免得偷手机的事露馅儿。

李瑜推开门往里看了一眼，自言自语地嘀咕："这么早就睡了？"

她关上门下楼，去和李院长聊天。李江洲松了口气，翻了个身蹬掉被子。

"哥，知道我今晚跟谁吃饭了吗？"李瑜兴致勃勃："西大做动物医学的陈正雅。"

"又是西大的？"李院长淡淡地瞥了她一眼。

"她和叶岚可不一样。"李瑜嘴角一翘："海外引进的青年人才，一进学校就直接给了教授。家世也好，她爸是经济学教授，妈妈呢，是靖安集团的老总。这样的姑娘，才配得上我们家江洲。"

"但是动物医学，"李院长皱起了眉，"那不还是做兽医？"

"人家主要是在实验室做研究，又不像叶岚满山里跑，安全着呢，也不会把江洲带坏。"李瑜极力鼓动李院长："这女孩儿是真优秀，人长得也漂亮，人品也好。"

李院长望了望楼上李江洲的房门，发出一个来自内心深处的疑问："她能看得上江洲？"

李瑜："……哥，你也不要太妄自菲薄了。"

李瑜翻出手机上和陈正雅的聊天记录："你看看，她多关心江洲，住院那会儿天天问呢。以前有一次我还碰见江洲去找她，看样子关系很不错。"

　　李院长终于点了点头："有发展空间就好。"

　　楼上的李江洲，浑然不知楼下正在规划他的终身大事，一心只想等着他们都睡了，好给叶岚打电话。

　　终于等到了万籁俱寂的时刻，李江洲拨通了叶岚的电话，却没人接。

　　他本想继续打，但看了看时间，又怕叶岚已经睡了，不忍心吵醒她。

　　他翻来覆去很久，给她发微信：我真想你。

　　留完言，李江洲把手机塞到枕头底下，望着天花板长叹一声。

　　而此时，叶岚其实并没有睡，只是她不知道，接了电话又能说什么。当这条短信进来，她的心瞬间一颤，几乎是下意识地回：我也想……

　　写到第三个字，她又停了下来，慢慢一个字一个字地删掉。

　　叶岚握紧了手机，看着窗外月光如水，又想起了那一晚，潭中倒映的月色……

31 怕失去你

失眠了大半夜，快到天亮李江洲才勉强眯了一会儿，但睡着没多久，身上的被子就突然被人一把扯走。

他迷迷糊糊地睁开眼，看见了李瑜恼火的脸，心里"咯噔"一下，立刻清醒了。

"干什么呀，这一大清早的。"他嬉皮笑脸地。

李瑜不吃他这一套，手往他面前一摊："手机呢？"

"什么手机？"他悄悄挪动身体，压住枕头。

但从小打到大，他这点儿小动作哪瞒得过李瑜，她立刻扑上去掀开枕头，找到了罪证。

"果然给叶岚打电话了！"李瑜看到通话记录，火冒三丈："李江洲，你长不长点儿记性，那女的害你害得还不够吗？"

李江洲原本笑着的脸，一点点冷了下来，他直视着李瑜："上不上山，是我自己的决定，和叶岚无关。我害你们担心了，这是我的错，但你不要把这错怪到叶岚头上，这对她不公平！"

"别说得这么冠冕堂皇！"李瑜冷笑："没遇见她，你能选择这样的路，出这样的意外？！她就是罪魁祸首！"

李江洲霍地站了起来，他的身高，瞬间给李瑜形成了压迫感，她呼吸一滞。

"小姑，"他的声音低缓却又强势，"你们是我的家人，所以无论做什么，我都当你们是为我好，忍着受着。可这不是你肆意妄为，侮辱叶岚的理由！"

李江洲冷冽的眼神，强烈刺痛了李瑜的心——在他眼中，叶岚已经比他们这些家人都重要了吗？

她攥紧手机，无意中触动了开机键，那张叶岚在雪地里穿着红衣的照片，赫然出现在屏幕上。

李瑜狠狠地将手机砸在了地上，屏幕瞬间碎裂成蛛网。

李江洲默然弯腰捡起手机，在那张已经被碎片覆盖的脸上，轻抚了一下，随即转身就走。

"你去哪？"李瑜大吼。

"去找叶岚。"李江洲头也不回地离去。

叶岚同样是一夜未眠，当门铃声一遍又一遍地响起，她捂着被子都挡不住，几乎想骂人。

她气冲冲地去开门，想看看到底是谁不要命了，敢一大早吵她睡觉。

但门刚一打开，她就落入一个温暖的怀抱。

"看到昨晚的微信了吗？"李江洲紧紧地抱着她，在她耳边低语："我真想你。"

叶岚僵硬地站着，垂在身侧的手慢慢抬起，却不知道是该回抱，还是推开他。

但最终，她还是推开了他，神色淡漠："你怎么来了？"

"还生气呢。"他伸手去捏她的脸，她却往后退了一步，拉开了和他的距离。

李江洲一愣，试图解释："对不起，我知道我小姑她们……"

"这不是她们的问题。"叶岚静静地望着他："是我和你的问题。"

李江洲心里一沉，但还是装出轻松的口气："我俩是天作之合，能有什么问题？"

"你不害怕吗？"叶岚望着李江洲："你这次，差一点儿就丢了命。"

李江洲耸肩："嗨，都过去了，我现在不是好端端地站在你面前吗？"

他摊开双手转了个圈，展示自己安然无恙。

"这次过去了，下一次呢？"叶岚反问："你能保证，次次都这么走运吗？"

李江洲语塞。

"你不适合干这行。"叶岚垂下眼睛："你和我，不是同一种人。"

李江洲慌了："瞎说什么呢？谁天生就适合干野生动物保护，你总要给我个适应的过程。"

"可是我害怕。"叶岚没有看他，眼眶发红："如果因为我，你的人生出了什么无法逆转的意外，我担不起这个责任。"

"谁要你担责任了？"李江洲急得上前一步，握住她的双肩："我早就说过，无论将来遇到什么，后不后悔，我都自己承受。"

可我怎么承受得起，失去你的痛苦？叶岚又想起了李江洲在一片死寂中，躺在病房里的样子。

她每次站在玻璃墙外，眼睁睁地看着他生命垂危，却又无能为力的感觉，太绝望了。仿佛她的人生已经没有白天，只剩下这些冰冷的夜晚。

"你还是回盛京吧。"叶岚抬起眼的时候，目光已经变得冷静："那才是你该待的地方，至于野生动物保护，还是由真正适合的人来做。"

"你就这么给我判了死刑？"李江洲火了："奇奇的手术，病毒综合征事件，我做得不好吗？我不配给动物们当医生吗？"

叶岚咬紧了牙关，沉默不语。

在工作上，她可以拍着胸脯问心无愧地说，她从无私心。可现在，她想把这唯一的私心，留给他。他是个好医生，但她希望他一生平安。

叶岚的沉默，在李江洲眼里是默认，原来他的努力和坚持，在她眼里这么不堪一击。他愤怒之下脱口而出："你是不是觉得，我也不适合你，配不上你？！"

所以才不接电话，不回微信，连抱着她也会被她推开。

叶岚的手在身侧握紧成拳，强迫自己镇定地开口："李江洲……"

他看着她眼神中复杂的情绪，突然没勇气听她的答案，蓦地松开她转身离去，重重关上了门，将一切犹豫和拒绝，都隔断在身后。

叶岚站在原地，望着那扇紧闭的门，怔然失神……

李江洲回到家，看见李院长正坐在沙发上看报纸："爸，您还没去上班？"

"等你一起啊。"李院长从报纸上方，凉凉地瞟了他一眼："我看你生龙活虎的，可以回医院上班了。"

"我不是已经辞职了吗？"李江洲干笑。

"我批了吗？"李院长冷冷一挑眉："也不用去急诊科了，回胸外科吧。"

这敢情好，放在眼皮子底下就近监视。李江洲哀怨地看了一眼楼上，深知又是他那位小姑告的状，从小到大每次干架，到最后吃亏的都是他。

回到胸外科，李江洲受到了明星式的待遇，大家都对他给予了异常亲切的关怀。

估计是怕他又跑了。李江洲暗自说道，歪在医生办公室的椅子上打瞌睡，想起早上叶岚的态度，又觉得怅然，忍不住拿出碎了的手机，看上面她的照片。

这女人，心怎么就这么狠呢。他叹气。

以前在病房照顾过他的护士小林，进来拿病案，看他愁眉苦脸，探过头来看了一眼："哟，心疼成这样，这手机特贵吧？"

就在这时，她看见了屏幕上的叶岚，顿时一愣，把剩下的玩笑话咽了下去。

李江洲察觉了她的异样："干什么，你认识我女朋友啊？"

说着他又忍不住叹了口气，也不知道以后还是不是他女朋友。

小林看着他的神色，欲言又止，最后轻轻地说："你女朋友，真人比照片还漂亮。"

她说完就拿了东西匆匆离去。李江洲回想着这句话，越想越觉得不对劲。

按家里人的说法，叶岚从他入院那天起，就再没来过，病房的护士怎么会认识她。

中午，小林交完班准备回家，在楼道口被李江洲堵住。

"闲着也是闲着，一起吃个饭呗。"李江洲笑嘻嘻的。

"可别，"小林看了下四周，"要让别人看见，还以为你想追我，我惹不起这烂桃花。"

"别搞得像地下党接头似的，"李江洲一副咬定青山不放松的架势，"走走走，今儿不请你吃顿饭，我不放你下班。"

在李江洲的威逼利诱下，小林最后还是扛不住，把叶岚每天半夜来病房探望的事，告诉了他。

李江洲久久沉默，久到让小林惴惴不安："你可别说是我说的啊，我可惹不起您家里那几位大神，怕被穿小鞋。"

"放心，我们家人在工作上都是高风亮节。"李江洲心不在焉地应付她，脑子里却全都是今天早上，他跟叶岚发火的情景。

他真浑蛋！李江洲想抽自己。他还怪叶岚对他无情，却没体会过，她当时是怎样的担心和痛苦。

她说她害怕。她其实不是怕担责任，她是怕失去他。

李江洲再也坐不住，起身把钱放到桌上："我有急事得走，你慢慢吃。"

看着李江洲一溜烟地冲出餐厅，小林托着腮笑了笑。万一穿小鞋就穿吧，至少让世界上少了一对怨偶，没准儿月老念她的功德，给单身的她也牵条红线呢。

李江洲冲到叶岚家，但这一次无论他摁多少次门铃，都没人应。

最后隔壁家的狗都叫了，邻居出来："叶老师早上班去了。"

李江洲又来到学院，小亮却遗憾地告诉他，叶岚上午来过实验室之后又走了。

"她去哪儿了？"李江洲急忙问。

"没说，"小亮摇头，"就说要过几天才回来。"

李江洲扶额哀号，陈正雅从门口经过，听见他的声音，停下了脚步。

她上下打量了一眼李江洲："你这么快就好了？我还以为那顿谢师宴，至少要拖到明年呢。"

"怎么会呢，随时可以请。"李江洲凑过去："你知道叶岚去哪儿了吗？"

"不知道。"陈正雅面无表情。她没说，就在两个小时前，她看见叶岚上了韩靖的车。

她不想在他们之间节外生枝。

32　对不起

"你这又是准备去哪儿？"李江洲看见陈正雅拎的是行李包。

陈正雅犹豫了一下："野生动物保护中心。"

"又出事了？"李江洲立刻紧张起来。

"没有。"陈正雅淡淡地说："去给熊猫做人工授精。"

"哎哟，"李江洲兴奋地一拍手，"这么大的事，怎么不告诉我？我二姑就是搞生殖医学的，我跟着她看都看会了，带我一起去！"

"你想越狱也别找我，"陈正雅直接拒绝，"我可不想被你小姑挤对。"

"她怎么会挤对你，她喜欢你着呢……"李江洲一路追着陈正雅下楼，但陈正雅可不是小林，无论他怎么死缠烂打，最后仍然开着车绝尘而去。

李江洲快快不乐地坐在路边，想想叶岚，又想想中心，感到无限惆怅。

此时的叶岚，正和韩靖一起前往青塬。

韩靖今天早上联系保护区管理局，提到会找专家写训练营申请书，对方一商量，让他干脆直接将专家请来，开现场论证会。

到了会场，新上任的吴局长过来跟叶岚握手："老早就听说了叶教授的大名，今天第一回见到。"

他衣着朴素，脸庞黑红声如洪钟，就像一个普通的山民。

"我也听秦大姐提到过您，"叶岚微笑，"说在她之前，您守了毛坪十来年。"

"秦芳啊，她也不容易。"吴局长语气里，似乎有诸多感慨："自打那年进了山，她这辈子就再没走出来过。"

叶岚一怔，直觉这里面隐隐含着某些故事，但这个场合，她也不好多问。众人很快步入正题。

韩靖首先详细讲述了训练营的规划,演示文件做得简洁清晰,他说话也是条理分明,吴局长听得频频点头。

"整个计划是不错的,我们可以考虑将部分实验区开放,做科普游。"吴局长看了看韩靖和叶岚:"但是要保证两点:第一,不能破坏生态环境和动物的正常活动。第二,确保参与者的安全。"

"您放心,森林学校的建设和运营,我会严格按照无污染标准来做。"韩靖补充:"而带队和授课的事,则交给叶教授这样的专业人士。"

"我们会事先按动物出没的情况,来规划安全路线。"叶岚接过话来:"既不让孩子们和危险动物正面接触,但又能寻找到一些动物的痕迹,勾起他们的学习兴趣。"

"好,就按你们科研的路数走,我放心。"吴局长爽快答应,"不过我能不能提一个建议?"

韩靖笑着说:"您请讲。"

"我们青塬穷啊,叶教授你也是知道的,"吴局长叹气,"政府虽然也努力,但毕竟资金有限,而且为了保护生态,有些事儿我们也不能做。但能给老百姓争取的,咱还得争取。所以你们看在这个森林学校的建设上,能不能优先考虑用当地的人力物力?"

"没问题。"韩靖一口答应。叶岚也很赞成,如果还能给山民们增加收入,那就是两全其美了。

随后,韩靖和叶岚准备进山去选址,上车之前,叶岚看了一眼手机,顿时怔住。

李江洲发来了三个字:对不起。

叶岚正心绪杂乱间,吴局长和韩靖已经走了过来,她只好将手机匆匆收起。

到了老罗家,他一听说要搞科普游,脑子马上就活泛了起来,乐得一拍腿:"正好啊,我开个农家乐,以后你们把人都领到我这里来吃饭,照顾我生意。"

他正美滋滋地想着以后能挣多少钱,叶岚却开口:"不行。"

"怎么不行?"老罗开玩笑一瞪眼:"就准你在我这吃饭,不准别人来吃,那不是浪费了你嫂子的手艺。"

"我是说不能开农家乐。"叶岚严肃地说:"你家这个地方,已经是实验区和缓冲区的交界了,开农家乐必然会造成污染,破坏动物的栖息地环境。"

老罗的脸黑了下来:"你说的这些文绉绉的话,我也听不懂。我们山里人,没你们城里人挣钱的路子多,你不愁吃不愁穿,可以站着说话不腰疼,我不行,我还得养家糊口供娃上学,没钱不行!"

老罗站起来,把锄头一扛,丢下一屋子人就出了门。

罗大嫂追出去想拉住他,他却一甩手走了,她尴尬地笑着在围裙上搓手:"我家这口子，就是这狗脾气，领导们别见怪。"

一句领导们，硬是拉出了生分的距离。叶岚知道，罗大嫂嘴上不说，心里对她也是有怨气的。她也有些难过，来来往往这么多回，他们已经像亲人，现在却闹成这样。

韩靖将一切都看在眼里，没有多说什么，离开时却特意给了两倍的钱。罗大嫂不好意思地接下来，眼里心里总算有了些熨帖的笑意。

离开老罗家，韩靖和叶岚并肩走在最前面，他才低声安慰："刚才的事，别太放在心上。"

"没有，"叶岚摇头苦笑，"他们只是太困难了，我一直在想，能不能为他们做点什么。"

韩靖看着她眼中的自责，觉得不忍："我可以再捐助一些……"

"你的钱又不是从大风里刮来的，"叶岚阻止，"这也不是仅仅靠个人力量就能解决的事。"

两个人沉默地并肩往前走，韩靖思忖良久之后开口："既然个人的力量不够，那可以靠公众的力量。"

叶岚一愣，看向他。

"现在不是流行众筹吗？"韩靖说："可以成立一个基金会，向公众募捐，筹集的资金专门用来解决这些问题。"

"基金会？"这是叶岚从来没有想过的问题。但韩靖这一提，却让她的脑子仿佛开了闸。

山民没有别的谋生手段，就只能靠山吃山，无论是开农家乐还是挖草药，都会破坏生态。

另外还有打猎，上次李江洲在山上做手术的那只熊猫，就是因为中了捕兽夹。

要想让动物有真正安宁的栖息地，首先要解决的，就是山民们的生计问题。

当他们不需要再以破坏环境的方式来谋生，动物便也不会再受到干扰。

"有了资金，就可以做一些其他的事。"韩靖背着手，看着周围的山林："比如种药材，市场有需求，这里又有这么好的地理环境，不是正好因地制宜吗？"

叶岚看着韩靖，突然笑了起来，他诧异地回头："怎么，我说错了吗？"

"不，恰好相反。"叶岚凝视着他："我越来越发现，你是个很有眼光和大局观的人，你不会是某某微服私访吧？"

"那不至于。"韩靖大笑："我只是以生意人的头脑来想问题。"

"那你到底是做什么生意的？"叶岚问。

"嗯……什么赚钱做什么吧，"韩靖继续背着手像个老干部，"修修房子，卖卖东西，你看现在我办森林学校，没准儿将来还能搞搞旅游。"

"哦!"叶岚作恍然大悟状:"原来你打的是这个主意啊。"

两人边说笑,边继续向前走。

接下来的几天,叶岚忙得团团转,一方面为森林学校选址,另一方面也在考虑山民谋生的具体问题。

山里的信号不好,叶岚在闲暇时间,只能翻出李江洲发的那三个字,看了又看,在心里揣测了无数遍。

是为那天早上的吵架道歉,还是终于决定放弃她,所以才说"对不起"。

而李江洲始终联系不上叶岚,就知道她又去了山里。一入山林,就像和他到了两个无法连通的世界,李江洲沮丧。

除了在胸外科百无聊赖地混日子,他唯一的乐趣,就是骚扰陈正雅。

当正在开会中的陈正雅,又一次接到李江洲的视频连线要求,饶是优雅如她,也忍不住翻了个大白眼。

罗康成也无奈:"江洲又打电话来了?"

"他恨不得视频指导我怎么做人工授精!"陈正雅愤然:"算了,你把他叫来一起做吧。"

"我倒是想啊,"罗康成叹气,"但是李院长那边,我开不了这个口。"

潘野和朱朱也低下了头,对那个不靠谱的领导,他们还是很想念。甚至连奇奇,每次在它面前播放李江洲当时搞怪的视频,它都会安静好一阵。

"继续开会。"陈正雅把手机倒扣在桌上,打开静音。

大家默默地收起心思,继续工作。

散会以后,陈正雅回到了宾馆房间,给李瑜打电话。

"李总,有事想请你帮个忙。"陈正雅很客气。

"都是自己人,这么见外干什么?"李瑜热情回应:"有事尽管说。"

"是这样的,我在野生动物保护中心这边,做熊猫的人工授精,急需一个精通生殖医学的帮手。"陈正雅笑了笑:"所以,想跟你借一下江洲。"

33 四角关系

李瑜哽住，之前答应得太利索，这下卡在那里，左也不是右也不是。

"要是实在为难就算了。"陈正雅轻叹："我也确实是没办法了，才开口找你帮忙。"

舍不得孩子套不着狼。李瑜一咬牙："行，我帮你去做工作。"

李院长一听李瑜的话，就直接拒绝："他好不容易才安生了几天，又去什么野生动物保护中心？"

"可是陈正雅在那儿呀！"李瑜坚持："这不正是个培养感情的好机会吗？还是她主动开的口。"

"万一江洲又混在那里不回来了怎么办？"

"正雅给我保证了，她走的时候，一定把江洲稳稳当当地带回来。"这句话是她自己加的，她也相信陈正雅一定会这么做的，陈正雅可不是叶岚那等不靠谱的人。

当李瑜把车钥匙扔给李江洲的时候，他还有点儿不敢相信："你不会又给我下什么套吧？"

"不要还给我！"李瑜伸手往回抢。

李江洲立刻将钥匙揣进了兜里，拔腿就跑。管他怎么样，先去了中心再说。

当李江洲出现在野生动物保护中心的会议室门口，所有人都惊呆了。

潘野和朱朱跳了起来，跑到他跟前。

"哥……哥你……你活啦。"潘野激动得有点儿结巴。

李江洲一巴掌拍在他脑门上："刚见面能不能说几句吉利话？"

"可把我们担心死了。"朱朱噼里啪啦得像打机关枪："我们都想去看你，可潘野说你家里人连罗主任都不让进，我俩也没这个胆，每天趁吃饭时间下山一趟，就给护士站打电话，问你醒没醒。你出院的那天，我为了庆祝，都给奇奇多喂了两盆奶。"

"敢情我出个院，奇奇还得便宜了。"李江洲坏笑，眼神却有些温柔："它还好不好？"

"都好着呢。"罗康成走过来，大力拍着李江洲的肩："都等着你。"

李江洲望向坐在桌边岿然不动的陈正雅，对她拱了拱手，她只挑了一下眉，什么也没说。

有了李江洲的野生动物保护中心，就仿佛天宫闯进了孙猴子，气氛活泼是活泼了，但也被他烦得不行。

"你以为我真需要你指导是吗？"陈正雅没好气："我只是给你提供放风的机会。"

"恩情归恩情，"李江洲公私分明，"但你这个操作，我觉得不行。"

"哪里不行！"陈正雅大骂："你当初求着我给你开辅导班的时候，怎么不说我不行呢？！"

朱朱趴在门口，对旁边的潘野说："我发现这位陈教授，平时骄傲得像只白孔雀，只有两个人能让她失控。"

潘野赞同地点头："一个是岚姐，一个是江洲哥。"

"但是这种失控呢，"朱朱眼中闪烁着好奇的目光，"又有那么一些不一样。"

"什么不一样？"潘野愣头愣脑地问。

朱朱瞟了他一眼，摇了摇头："你这种没恋爱过男士，是不会懂的。"

选址的事情定了下来，叶岚和韩靖下山回到局里，和吴局长道别。

终于等到一个单独相处的机会，叶岚问吴局长："您是秦大姐的老上级，不知道能不能跟您打听一件事？之前野生动物保护中心有个叫潘野的小伙子，好像跟秦大姐有点儿过节，但两个人都犟着不肯说。我也是想了解一下情况，方便以后工作。"

吴局长沉吟了良久才开口："潘野的父亲潘纪年，是秦芳的老师，后来为了救她，死在了这座大山里头。"

叶岚一时之间无法消化这句话里的信息量，愣在当场。

"其他的事，你等有合适的机会，问你们罗主任吧，他最清楚。"吴局长颇有深意地望了叶岚一眼，踱步而去。

直到回城的路上，叶岚仍有些走神，她没想到潘野和秦芳之间，竟然有这么深的渊源。

"想什么呢？"韩靖笑着问她："基金会的事，你考虑好了吗？"

"我还是有点儿怵，毕竟以前没做过，完全没经验。"

"我可以帮你。"韩靖转过头看着她："只要你需要。"

"谢谢。"每次韩靖都在说请她帮忙，但其实他已经帮了她许多忙。"顺路送我去一趟野生动物保护中心吧，我想跟罗主任也商量商量。"

"没问题，"韩靖点头，"我也正好顺路看一看中心的内部环境，毕竟离市区近，说不定以后可以发展个周末科普游。"

"你可真是一脑门的生意。"叶岚调侃。

叶岚和韩靖到了野生动物保护中心，工作人员告诉他们，罗康成正在圈舍里看人工授精的情况。

"这是好事啊。"叶岚很高兴："我们这个熊猫亚种的数量少，就是要加强繁育。"

两人一起赶往手术现场，但刚一进门，叶岚就愣住了。他怎么也在这里？

李江洲抬起头来，也看见了叶岚，还没来得及惊喜，却突然看到了站在她身边的韩靖，顿时僵住。

"你发什么愣呢？"陈正雅正埋头工作，见李江洲久久不动，打算提醒，转过头来却看见了韩靖和叶岚，顿时卡住。

这复杂的四角关系。朱朱眨巴着眼睛，想和潘野交流心得，却发现这个人对周遭的一切浑然不觉，仍旧专注于他的繁育事业。朱朱没有知音，寂寞地叹了口气。

还是罗康成老到，打着哈哈缓解了尴尬："这不是羚牛那次遇到的韩靖兄弟吗？怎么，这次又遇到啥危险，被我们叶教授救啦？"

"这次是帮忙。"叶岚已经平静下来，淡淡一笑："我们刚从青塬回来，想在那里办一座森林学校，做中小学生的科普训练营。"

"这是好事啊。"罗康成热情地和韩靖握手："中心主要是因为前一阵病毒的事，处于封闭状态，等将来恢复好了，也可以考虑给你们提供场所。"

"我今天来，也是这个意思。"韩靖笑着点头。

李江洲在一边冷眼旁观，视线从叶岚身上，扫到韩靖身上，又扫回来。随即冷冷一笑，低下头继续工作。

叶岚佯装没看见，但其实心中一刺。

虽然没人介绍，但韩靖已经直觉地意识到，那就是李江洲，叶岚喜欢的人。

他依然温文尔雅，但谈话间投向李江洲的目光，带着审视，和微微的敌意。

所有的来回交锋，陈正雅都没漏过，她眼中的光黯淡下来，默默地配合李江洲，做完了整套流程。

陈正雅站起身来："就剩下倩倩的没做了，你不是想练手吗？那就交给你。"

她走到韩靖面前，仰起头望着他："哥，我们先走吧。"

众人目瞪口呆，惊诧地望向韩靖和陈正雅，他们是兄妹？！

叶岚脑中一片空白。突然她想起韩靖以前说过，他会找到她，是因为认识她的同事。

这个同事，就是陈正雅？原来湖边那栋靖安楼，是韩靖的靖。

而她还来不及对这个事实做出反应，陈正雅已经直接拉着韩靖走人了。

李江洲看着这一幕，勾起嘴角坏坏一笑："原来是靖安集团的太子爷啊，不简单。"

他拎起医药箱，跟叶岚擦肩而过，看都没有再看她一眼。

叶岚的指尖慢慢收拢，攥紧成拳……

车上，韩靖沉默许久，才叹了口气："你为什么非要这个时候说？"

"你还打算瞒着她到什么时候？"陈正雅挑眉反问。

韩靖无言。

陈正雅的指尖，轻轻敲着方向盘的边缘："一朝被蛇咬，十年怕井绳，但你放心，叶岚不是像她那样的人。"

又提起了旧事，车内一片沉寂。

"我从一开始就知道，叶岚不是那样的人。"韩靖低声说："我只是怕吓跑了她。"

她从后视镜里，看着他忐忑的神色，忽然一笑。

"有生之年还能看到你这种样子，我觉得挺好。"陈正雅撇了撇嘴："我讨厌四平八稳的你，故作老成。"

"都像你这样任性就好了？"韩靖伸手去拍她的头。

"你怎么老跟我的头发过不去，"陈正雅大叫，"发型都被你弄乱了。"

韩靖大笑起来，陈正雅静静地看着他。

她曾经看过，他更加肆意飞扬的笑容，像塑造人物形象后的白一哲。

但白一哲是白一哲，他终究是他。

而此刻的野生动物保护中心，笼罩着黑云压顶的低气压。

朱朱恨不得连走路都蹑手蹑脚，好不容易溜到圈舍外，她捂着胸长出了一口气，对潘野抱怨："这岚姐和江洲哥谈恋爱闹矛盾，害得我们都要跟着连坐。"

"谁说不是呢？"潘野懊恼地甩着手里的竹枝："谈恋爱可真麻烦，我这辈子都不想谈。"

朱朱踢了他一脚走了，留下他一脸蒙，他又哪儿招惹她了？

但瞟了一眼屋内对峙的两个人，潘野也决定走为上，谁知道等下这两人打起来，会不会先砸了他这电灯泡。

闲杂人等都退避，圈舍里只留下叶岚和李江洲，穿堂而过的风，此刻都仿佛凝固了，仿佛只要谁丢下一个火星，就能瞬间炸开……

34 我们分手吧

李江洲慢条斯理地给医用器具消毒，镊子夹着针头放进白色的托盘，发出清脆的一响，打破了这一室沉寂。他抬起头来，看着叶岚冷冷一笑："你说我不适合，原来适合的人是他。"

叶岚顿时心口一滞。

"对，他财大气粗，能投资你的野生动物保护事业，又是资深户外旅行者，有陪你走南闯北的本事。"李江洲语气里带着自嘲："而我，哪样都不行。"

叶岚忍不住想阻止他说下去："李江洲！"

但此刻的李江洲，却已经不管不顾，只想一股脑地将心里的憋屈全吐出来："我说错了吗？我到处找你，你呢？你却和他单独在山里待了七天！"

"我没有……"叶岚想解释，但在他此刻的愤怒下，她的解释似乎也变得那样无力："只是工作。"

"工作？"李江洲扬眉冷笑："他是在找借口追你，你看不出来吗？"

叶岚愣住。

"叶岚，"李江洲将手中的托盘一扔，各种器具相撞，乱哄哄地一响。他走到叶岚面前，逼视着她："以前小姑让我小心，不要成了你的备胎，我还不信。现在看来，你还真是在二选一，我还是没胜算的那个。"

叶岚想反驳，却觉得自己嘴唇冰凉，即使张开口，亦是讷讷不成语。

李江洲却当这是默认，更加怒火冲天："没话说了？我天天盼着你给我回短信，想着你能原谅我，施恩见我一面，我见到的，却是你跟别人成双成对。叶岚，以前我说你绝情，那都是开玩笑，今儿我才知道，你是真做得绝啊！你之前对我不理不睬不闻不问，也是为了用冷暴力逼我知难而退吧，这样你就可以毫无愧疚感地跟别人在一起……"

冰凉的寒意，从脚底一寸寸漫起，叶岚只觉得全身都仿佛被冻僵了般，只能站在那里，眼睁睁地看着他的嘴一张一合。而她耳边嗡嗡作响，已经听不清他到底说了什么。

在这一刻，从小到大父母吵架的场景，仿佛又浮现在眼前。常淑宁极尽讽刺，咄咄逼人地责骂，叶向林像个无言的罪人，不知道该如何为自己辩护。而她站在一边，全身冰凉，只能拼命压抑着心中的尖叫："你们离婚吧！"

到了今天，这句话终于冲口而出："我们分手吧。"

李江洲整个人一震，仿佛瞬间哑了般，怔怔地盯着叶岚。

而她也再没有勇气待在这里，转身冲出了圈舍。

她急急地往山下走，几乎是小跑，走到半中央，她的脚步又慢慢缓了下来。

要镇定，不能哭，还有工作。她这样告诉自己，一点点忍回眼中的泪，平息心里的疼痛。

当走到办公楼前的那片竹林旁边时，她脚步略停，又深呼吸了一次，确定自己能正常地见人，才缓步走向大门。

会议室内，朱朱和潘野偷偷地瞥着叶岚，见她平静如常，才渐渐放下心来。

罗康成洞察一切，但不动声色，只是和叶岚讨论基金会的问题："这是件好事情，中心会全力支持，我建议啊，基金会以熊猫为名片。熊猫是旗舰动物，在国内甚至国际上都有强大的影响力，号召保护熊猫栖息地，能引起公众更多的关注和支持。"

"对，"叶岚点头，"保护好它的栖息地，也就保护了这个生态环境中的所有物种！"

朱朱眼珠一转："可以让奇奇当代言熊，它正好是你从青塬救回来的，又是个咱中心的吉祥物，沾一沾它的好运气，没准儿一举成名。"

其他人对视一眼，觉得这个点子倒是很有几分道理。

朱朱见众人赞同，更是兴致勃勃地开始当策划："就跟打造网红一样，我们每天拍一些奇奇的照片和视频上传，岚姐，把你那个有十万粉丝的微博小号贡献出来……"

"等等！"叶岚装傻："什么小号？"

"别装了岚姐，"潘野直言不讳，"江洲哥早就把你卖啦。"

一提到李江洲，叶岚心中刺痛，但她不想破坏会场气氛，还是勉强笑道："我那是平时没事，用来追星玩玩的号，用来做基金会怎么合适？"

"有什么不合适？"朱朱豪气地一挥手，颇有意见领袖的架势："岚姐你懂吗，要把粉丝转化为流量，你现在开一新号，从零粉丝做起，光养号得养到什么时候……"

当叶岚准备交出自己的账号密码时，不禁感慨，1995年后生人的思维能力真是可怕。

但当她瞄见私信列表上的八卦喵时，她又猛然警醒："我先处理一下私人的事情，回头再给你。"

"谁呀，有什么秘密？"朱朱鬼头鬼脑地凑过来。

叶岚立刻关掉了页面，要是她敢把陈正雅的事情泄露出去，那人得抓狂。

见叶岚这样护着对方，朱朱更加好奇想看，正在笑闹间，门口突然传来一声吼："潘野，你没事儿了吗？倩倩的授精还没做，你在这里闲磕什么牙？"

众人都转过头，看见李江洲正站在门口，脸色阴沉得快要滴下水来。

"还不走！"李江洲的眼神划过叶岚，利得像刀锋，随即转身大步离去。

他到底放不下担心，一路追了过来，却看见她跟没事人似的谈笑风生。

原来"分手"两个字，伤的只有他。

叶岚静静地垂下眼睫，记录今天的讨论内容，仿佛什么都没发生，笔尖却一次次发涩，在纸上留下凝滞的墨点。

朱朱向潘野使了个眼色，他挠着头，无奈地出去顶包，充当李江洲的出气口。

罗康成洞察一切，不动声色地在心中感慨，然后快速切换另一个话题："我改天去厅里的时候，把基金会的计划也跟领导汇报一下，他们肯定也很支持，到时候看能不能让各个保护区也配合宣传。"

叶岚也回过神来，重新进入工作状态，开始讨论整个计划的细节。

李江洲此时，还在倩倩的圈舍，他已经反复试了几次，但就是找不到倩倩的宫颈口，无法完成人工授精。

他懊恼地扯下一次性手套，抬手半掩住脸，重重地呼出一口气。

"哥，你别焦躁。"潘野小心翼翼地提醒。

倩倩的脚抖了一下，麻药已经有过劲的迹象。李江洲逼着自己镇定下来，又重新换了一双手套，半闭上眼睛，仔细摸索宫颈口的位置。

潘野屏住呼吸，连大气都不敢出，怕干扰了他。

李江洲的手终于停了下来："找到了。"

潘野这才放下了心，将输精器递到他的手上。等李江洲操作完，倩倩正好苏醒。他站起身来："你收拾一下。"

李江洲匆匆走出圈舍，潘野知道，他肯定是去找叶岚。

潘野望着他的背影，摇了摇头，再次坚定了自己的结论——谈恋爱可真麻烦。

当李江洲磨磨叽叽地走进会议室，里面却只剩下朱朱一个人。

"你找岚姐啊？"朱朱一眼就看穿了他："她已经走啦。"

李江洲顿时泄了气，一屁股坐在椅子上。

朱朱撇了撇嘴："我一直觉得吧，你比潘野情商高多了，没想到你也有这么愣的时候，你听没听说过一句话？"

"什么？"李江洲翻白眼。

朱朱笑得很甜美："欺负女朋友没有好果子，更何况你的女朋友，还是岚姐这样的女强人。"

朱朱飘然而去，李江洲砸了砸自己的脑袋。其实当时气话一出口，他就后悔了。叶岚是什么样的人，他最清楚。她就算选择韩靖，也绝不会因为对方是靖安集团的太子爷，但现在，极有可能会因为……他太小心眼儿。

叶岚回到城里，就直奔学院，上了四楼，没进自己实验室，推开了隔壁的门。

陈正雅好整以暇地等着她："回来了？"

"为什么一直不告诉我，你认识韩靖？"叶岚单刀直入。

陈正雅摊手："我以为，我已经暗示得够明显了。"

叶岚想起，陈正雅的确曾经几次在韩靖找她时，说过一些莫名其妙的话。

"你那么阴阳怪气，我哪知道是暗示？"叶岚无语。

"其实，重要吗？"陈正雅歪着头看她："他的身份。"

"重要的是他骗我。"叶岚冷笑："他这么做的目的是什么？富二代对平民女的考验？"

"这你应该去问他本人。"陈正雅的眼神里，有些难言的情绪："他那么了解你，你也应该试着去了解一下他。"

叶岚一怔。

当叶岚和韩靖坐在咖啡厅里，她透过落地窗，望着对面那栋高耸的靖安集团大楼时，不禁一笑。

她曾开玩笑地问韩靖，是不是微服私访，竟然一语中的。

韩靖看着她的神情，沉默不语。

叶岚转过头来，看向韩靖："你是不是真的在追我？"

35 心中的缺口

韩靖讶异，他没想到，叶岚竟然这样直接地问出这个问题。

"也可以这么说。"他斟酌着语言。

"连去青塬建森林学校也是？"叶岚盯着他："如果是这样，没必要的。"

如果是这样的初衷，森林学校的意义便也变了味儿，她宁可用其他方式去实现。

"一开始请你去小学演讲的时候，的确是为了接近你。"韩靖坦然承认："但当我看见孩子们的愿望书的时候，我真的动了心思，觉得做这件事的意义，不只是为你。"

叶岚从韩靖眼中，看到了某种异样的光彩。

"韩靖，"叶岚微低下头，拿着小勺慢慢地搅动咖啡，"有件事我必须向你说明，我只把你当朋友，没有其他任何别的可能性。"

"你这个断言，下得我有点儿伤心。"韩靖温和一笑："但我也感谢你，能明明白白地将这句话说出口。"

不拖泥带水，不把别人的心意，当作利用别人的筹码，这才是他认识的、欣赏的叶岚。

韩靖将一个信封推到叶岚面前，她一愣，挑眉："支票？"

"抱歉，让你失望了。"韩靖大笑："是你的照片。"

叶岚打开信封，看到了那两张照片，她叉着腰站在山顶大骂，以及笑容柔和地回答孩子们的问题。

鲜明的反差，却都异常生动。抓拍的人，摄影技术很好，而且明显用了心。

叶岚一时之间，不知道该说什么好。

"我一开始对你隐瞒，是怕以你的性格，知道以后连做朋友的机会都不给我。"韩靖深深地看着她："后来我发现这样很好，跟你在一起，我可以抛却其他的东西，只做韩靖。"

叶岚怔神，她想起当时在青塬遇到韩靖，她问他为什么喜欢探险。

他说："也许是因为，人生中不能行差踏错的时候太多了，所以反而特别渴望冒险。"

他这样的人生，又何尝不是负重前行？他曾说她是个责任感很强的人，其实他也一样。

"我原谅你了。"她蓦地笑起来，眼神明亮。

"那就好，"韩靖向她伸出手，"还希望叶老师不计前嫌，继续支持我们的森林学校。"

叶岚和他握手，相视一笑，在彼此的眼中，看到了相同的信念。

而李江洲那边，只能用一个"惨"字形容。他给叶岚发微信，得到的回复是"对方已开启好友验证"，他被拉黑了。

他不甘心地打电话，永远是那句"您拨打的电话忙，请稍后再拨"。估计连手机号都被屏蔽了。

李江洲无计可施，只好找外援，给陈正雅发微信：叶岚最近怎么样？

等了半天，那边来了一句：正常上下班。

她倒是没受任何影响，李江洲沮丧：那什么，她把我拉黑了，你能不能帮我联络联络？

陈正雅慢悠悠地回：我为什么要帮你这个外人？

李江洲吐血。他忘了，陈正雅和韩靖才是一家子。

叶岚随后收到了八卦喵的微博私信，里面正是她和李江洲的聊天截图。

八卦喵：悲情牌都打到我这里来了。

叶岚：甭理他！对了，以后别发私信了，这个号要充公了。

八卦喵：充什么公？

叶岚：反正我现在对白一哲也没多大兴趣了，这号留着也没什么用，还不如拿来搞基金会。

八卦喵：不是还有我吗？！

叶岚：咱俩都见过面，有事拉开门喊一声不就得了？实在不行，我去你家喝酒聊呗。

八卦喵：讨厌！

解决完了和八卦喵的私情，叶岚放心地将账号密码给了朱朱，让她每天定时上传奇奇的视频。

往日不发言的那些粉丝，都站了出来，纷纷问道："博主怎么了？"

一部分粉丝愤怒地取消了关注，另一部分暗中观望。而八卦喵则一马当先，成功地扮演了伪路人角色：哎哟，这是哪里的熊猫啊，好萌好可爱哦！

叶岚顺水推舟地介绍，这是她从青源救回来的熊猫奇奇，现在在野生动物野生动物保护中心。而她其实不是一名娱乐博主，真实身份是一名正经的科普博主。

八卦喵再次发出崇拜的惊呼：原来你是卧底在娱乐圈的女科学家！

这个清奇的人生经历很吸引人，而奇奇也实在可爱，叶岚的粉丝总数在经历了一开始的掉落之后，竟然稳中有升。

朱朱私下感慨：这八卦喵，可真是一位优秀的捧哏演员。

叶岚：嘿嘿嘿。

在网上进展顺利，但叶岚在学院却并没有获得支持。

宋院长说得很委婉："你要为野生动物保护做点儿事情，这个想法是好的，但执行起来有难度。你的身份又是大学老师和科研人员，以后怕招来非议。"

冯主任则直白地向叶岚演示了什么叫做非议："你一个大学老师，搞这个干什么？是为了圈钱还是出名？别败坏我们广大科研人员的名声！"

叶岚窝火地从冯主任办公室出来，看见李江洲正在走廊上等她。叶岚把他当成一团透明的空气，与他擦肩而过，却毫无情绪波动。

"叶岚！"他在她身后喊。

叶岚充耳不闻地上楼，让他见识了什么叫做真正的冷暴力。

接下来，叶岚开始跑基金会的事，各种申请各种手续，忙得她焦头烂额。

李江洲又来找过叶岚几次，但不是被她无视，就是压根儿没见着她的人。

陈正雅目睹李江洲一次次踢铁板，对他深表同情："要不你放弃吧，我觉得叶岚将来当我嫂子也挺好的。"

李江洲恨不得躺在动科院四楼撒泼打滚，大哭一场。

叶岚在百忙之中，接到了安娜的电话："我安汉三又回来啦。"

从过年之后，安娜就去了北京，进行封闭式培训。她异常勤奋刻苦，就算偶尔和叶岚联系，也是像革命同志一样，汇报她的学习态度和学习情况。

"行吧，"叶岚仗义地表示，"虽然我现在日理万机，但今晚还是会抽出时间，给你接风洗尘。"

安娜订的地方环境风雅，相邻的卡座之间，都隔着纸质的屏风，朦胧又神秘。

叶岚惊叹："你居然也能找到这么有情调的地方。"

"好歹我也是记者，对这城市总比你了解得多。"安娜眼神一闪："听李江洲说，你俩分手了，什么时候在一起的啊，怎么感觉我就走了小半年，你们都已经日月换新天了。"

"我看你的语文水平也该去培训培训，"叶岚漫不经心地翻着菜单，"日月换新天是你这么用的吗？"

"别打岔，"安娜在桌下踢了叶岚一脚，"给我一五一十地，老实交代。"

叶岚经不起安娜的严刑逼供，只好大略讲了一下整个过程。当提起韩靖时，安娜惊呼："天哪，你可真是身在福中不知福。韩靖才不是什么太子爷，人家是正牌皇上，他妈就是个退居二线的皇太后。"

什么跟什么？叶岚无语。

"现在靖安集团真正掌权的人是他，只不过他太低调，把抛头露面出风头的事都让给了韩明月。又有能力又高尚，长得还像白一哲。"安娜托腮臆想，对叶岚推心置腹："我现在理解你了，换我也选韩靖。"

隔壁卡座传来勺子掉到桌面上的声音，安娜又正襟危坐："不过李江洲吧，人也挺不错。"

"我跟他分手，不是因为韩靖。"叶岚笑笑。

"那是为什么？"安娜不解。

这时，侍应生过来点菜，打断了她们的对话。等他离开，安娜立刻又追问："说呀。"

"和他吵架的时候，我想起了我爸妈。"叶岚淡淡地说："我不想我们和他们一样，从刚开始相爱的两个人，最后变成一对怨偶。"

安娜一愣，沉默下来。

叶岚家里的情况，她最清楚。那是缠绕在叶岚心底的梦魇，挥之不去，也是她曾经对感情望而却步的原因。

"也许李江洲以前说得对，我有亲密关系恐惧症。"叶岚定定地望着手中的玻璃杯，眼圈有些微微发红："我害怕跟人走近，但我更怕的是，好不容易敞开心扉接受的人，最后却要彼此争吵、撕扯、怨恨。我变得不像我，他变得不像他，这是远比分手更痛苦的事。我承受不起，宁可永远孤身一个人。"

安娜伸手越过桌子，紧紧握住叶岚的手。

侍应生到隔壁卡座，问是否要点单，对方却一片沉默。

"菜上来了。"叶岚稳定情绪，轻轻抽出自己的手，对安娜一笑："快吃吧。你看单身多好，随时随地可以出来和闺蜜大吃大喝，一个人上山也无牵无挂。"

安娜也配合叶岚的演出，没有再提李江洲一个字。

到了结账的时候，安娜坚持买了单，说这次从北京回来没给叶岚带礼物，就当是补偿。

从餐厅出来，叶岚要顺路送安娜回去，却被她拒绝："你走你的，我还有约。"

"谁呀？男朋友？"叶岚好奇："难得啊，你去了北京这么久，居然还没换人。

我倒是想留下来看看，是何方神圣，居然能让你这么长情？"

"去去去，别妨碍我叙旧。"安娜推着叶岚上车。

当叶岚终于离开，有人走到了安娜身后，她扬起发票："行动经费你给报销啊。"

这是李江洲安排的饭局，他就坐在屏风后。

"李江洲，"安娜转过身来，和他面对面，"你什么都听到了吧？"

李江洲默默点头。

"叶岚外表强悍，其实心里缺了一大块。"安娜正色看着他："你要是能帮她填满，那就好好爱她，如果不行，就别去招惹她。"

安娜说完，到路边招手打车离去，留下李江洲，一个人站在夜风里。

叶岚说的话，一句句回响在李江洲耳边。

"我害怕跟人走近，但我更怕的是，好不容易敞开心扉接受的人，最后却要彼此争吵、撕扯、怨恨。我变得不像我，他变得不像他，这是远比分手更痛苦的事。我承受不起，宁可永远孤身一个人。"

李江洲的心里越来越疼，最后觉得喘不过气来，狠狠地在胸口捶了一记。

他真是个混账！她从小缺爱，所以就像个倔强的孩子，即使想要眼前那块糖，也会把手牢牢藏在背后，不会主动去要，因为怕被拒绝，怕受伤。

而他，硬是拉过她的手，把糖塞进了她的手心里，却在她刚刚试着想品尝的时候，他又亲手打掉了那块糖，也打掉了她甜蜜的希望。

36 永远并不远

那天晚上，李江洲一夜未眠。他思考着和叶岚的感情，决心由他引发的问题，由他自己来解决。

第二天清晨，李院长下楼的时候，看见李江洲正在等他，旁边还放着行李箱。

李院长皱眉："你这又是干什么？"

"爸，我要走了。"李江洲站起来："去野生动物保护中心，这次是真的不回盛京了。"

"没好上几天，你又开始犯浑！"李院长大怒。

李江洲没说话，眼神毅然决然。

父子俩对峙，李院长的心里一点一点变得无力，最后长叹一声："江洲，我就只有你这么一个儿子，你不要让我失望。"

李江洲沉默片刻才开口："爸，您还记不记得2002年非典的时候，您要去疫区，我哭着不让您走，说我已经没了妈妈，就只剩下您这个爸爸了。可您……到底还是去了。"

李院长愣了愣，恼火起来："你是拿这事来回敬我吗？你现在是以牙还牙？"

"不。"李江洲深深地凝视着他："我只是想说，当初您做出那样的选择，是因为您作为一个医生，那是您必须去做的事。而我现在，也有我必须去做的事情。"

李院长心中震动。他想起当时，儿子抱着他的腿哭泣的时候，他何尝不心痛。但最终，他还是拉开了那双稚嫩的手，走向了危险的救亡第一线。

那是医生的职责，也是医生的信仰。谁都曾有过满腔热血的时候，他抬起头望向李江洲，仿佛看见了年轻时的自己。

李江洲看到了父亲眼中，那一刻的泪光，他慢慢走过来，拥抱了父亲。

这是自他成人以来，父子俩的第一个拥抱。李院长恍惚间发现，儿子竟已长得这样高了。仿佛他才是那个可以支撑世界的大人，而他自己，却一天天老去，不再自信无所不能。

良久，他抬起手，重重拍了两下李江洲的背，什么也没说，随即松开手，转身进了书房。

李江洲目送着他的背影，消失在那扇门里，才轻声一叹，提起箱子离去。

李瑜起床的时候，没看见李江洲，餐桌旁只有李院长一个人。

"江洲呢？这么早就上班去了？"李瑜坐下吃早餐。

"他回野生动物保护中心了。"李院长看着报纸，慢条斯理地回答。

李瑜将手里的油条一放："野生动物保护中心？您怎么能由着他胡闹！上次我让他跟陈正雅一起去，都后悔死了，听说在那里他又碰见了叶岚！"

"他已经大了，"李院长异常平静地看着她，"真想做的事，无论是谁都拦不住。"

李瑜怔然。

李院长将报纸折好，起身去上班，走到门口又回过头来："你也老大不小了，别总这么单着，找个能照顾你的人。"

"我需要谁照顾？"李瑜嘴上很硬，心里却有种莫名的滋味。

父母去世得早，是大哥撑起了这个家，而对她这个最小的妹妹，他一直如兄亦如父。但他向来强硬，极少表达自己的感情，今日却说出这样的话。她既温暖，又心酸。她知道，一直为她们遮风挡雨的他，到底也渐渐老了。

叶岚并不知道李江洲回了野生动物保护中心，她此时全副精力都扑在众筹的事上。

她撰写了一份详细的项目书，首先从专业的角度，分析保护熊猫栖息地的重要性和紧迫性。其次配上她拍摄的山民们生活的照片，讲述他们的纯朴和困苦，希望大家看到他们的生存困境。最后拿出生态种植的具体实施方案，呼吁大家筹款，让山民们能够找到环保的谋生之道，解决人与自然的矛盾。

当她把项目计划书交给众筹平台，对方说出发点很好，但所需资金数额大，又不涉及到经济收益，所以筹起款来会有一定困难，除非事件热度够高。

而叶岚的微博号，毕竟算不上多热门，即使粉丝有热情，也还是力量有限。募捐到的数额远远不够，叶岚每天一筹莫展，唯一放松的时刻，就是看朱朱发过来的视频。

"做视频的功力有长进啊。"她夸朱朱。以前只是单纯的拍片段上传，现在竟然还有了剪辑和字母，倒是妙趣横生。

朱朱哼哼哈哈地接了这表扬，却不敢说这都是某人帮的忙。

李江洲每天除了给动物治病和体检，业余时间几乎都扑在了视频上，他只想多为叶岚做点什么。

这天，一个账号为"岁月静好"的评论刺痛了他的眼睛：什么科学家，成天不是拿山民卖惨就是拿熊猫作秀，还不就是为了骗钱。

而这条评论，竟然还有十几个人点赞。

李江洲怒道：你除了在网络上说风凉话，又做过什么？是上山救过熊猫，还是把山民当亲人，为他们忙前忙后？不要用你的那点小肚鸡肠，去度量别人的胸怀，人和人不一样！

岁月静好恼了：你谁啊，她的托儿吧？

李江洲：对，我就是她的托儿，一辈子的托儿！我爱她敬她崇拜她，她干什么我都支持，去哪儿我都追随，怎么地？！

这下算是点着了火，很多人跑来围观，纷纷猜测李江洲的真实身份。

李江洲见势不妙，偷偷遁了，怕叶岚看到发飙。

叶岚忙完一天上来，发现评论有上百条，她正欣喜于热度上来了，却发现根源是一场骂战。当她看到李江洲的那些话，心中五味杂陈。

许久，她才给朱朱发微信：提醒一下他，不要在评论里乱说话。

朱朱为李江洲抱不平：他那也是为了维护你。悄悄告诉你，岚姐，这些天的视频都是江州哥剪的，潘野说他宿舍里的灯，每天晚上都亮到三四点。

叶岚愣了半晌：他又回中心了？

朱朱：嗯呢，而且说已经搞定了家里人，再也不走了，以后就专注于野生动物保护事业。

她想了想，又自作主张地加了两个字：和你。

叶岚没有再回话，朱朱献宝地把手机拿给李江洲看："我可是帮你好话说尽，这义气至少值两顿火锅吧。"

"没问题。"李江洲挥手，但还是有点儿忐忑不安，毕竟叶岚最后没有回复，不知道她到底心情如何。

到了晚上，李江洲还在追问朱朱，叶岚有没有回微信，朱朱不堪其扰地在睡前最后一次截图，那句话之后的聊天页面，依旧是空白。

李江洲悬着一颗心，继续熬夜剪视频，当他给奇奇配完一段段逗趣的旁白后，呆望着话筒，突然有一吐为快的欲望。

叶岚是第二天早上收到那段视频的，但她照例忙到晚上回家才打开看。

奇奇永远那么萌，但现在她才知道，这种萌里，有李江洲在为它加分。

他默默地帮她，维护她，为她离开家人投身野生动物保护，让她心里有种难言的感动。她曾经想再也不谈恋爱了，但昨晚朱朱的话，却又让她有些动摇，甚至无措。

"叶岚。"她突然听到了他的声音，她一愣，以为是幻觉，随后才发现，是从视频里传出来的。

"对不起，今天又给你闯祸了，可我见不得你受委屈，就想护着你。"他顿了一下，又自嘲地笑了笑："但是，最让你受委屈的人，是我。明知道我上次受伤以后，你承受了多少压力和痛苦，我却还是控制不住自己瞎吃醋，说了那么多伤你心的话，真的对不起。"

他再次道歉，喑哑的声音里饱含着愧疚。叶岚望着窗外的夜色，眼中湿润。

"原谅我，好吗？以后我再也不会和你吵架了，无论你错我错，我都第一时间认错道歉。万一你真的有那么一点点错，也等先哄好了你，后面再慢慢跟你算账。"

"什么人哪，真是。"叶岚忍不住自言自语地嘀咕，嘴角却有了一丝笑意。

"你心里缺了的那一块，我会用一辈子的时间，为你补齐。我也不会给你任何牵绊，会百分之百地信任你，支持你。你随时随地，可以去做你想做的事，去你想去的地方。能和你一起，我就陪着你，不能，我就等着你。"他顿了顿，斩钉截铁："我李江洲，这辈子爱定了叶岚。"

叶岚怔然握着手机，泪水悄然滑落。

就在这时，手机铃声忽然响起，她接起来，朱朱在那边紧张得结结巴巴："岚……岚姐……那个……我今天发视频的时候没仔细看……直接把江洲哥给我的……发上去了……"

叶岚脑中顿时轰地一响，如同炸开了烟花。

全世界都知道了李江洲爱叶岚。

这段熊猫视频后的真情告白，引起了广大吃瓜群众的热切关注，粉丝量阅读量评论转发数"噌噌噌"上涨。

叶岚不知道自己该喜还是忧。

而刚加回微信的某人，还恬不知耻地发来祝贺：托我的福，你上了热搜。

叶岚：我呸！

李江洲继续沾沾自喜：网友们都夸我是情话小王子。

叶岚脸上有点儿发烫：滚。

李江洲：不要这么暴躁，快开门。

叶岚莫名其妙：开什么门？

下一秒，门铃响起，叶岚怔神片刻，才慢慢走过去。

李江洲手插在裤兜里，吊儿郎当地站在门外，眉梢眼角尽是笑意。

叶岚和他对视的那一刻，觉得自己快要沉溺进那笑意里，她有些不自在地转开眼神："你这么晚跑来干什么？"

深夜从中心过来，至少两三个小时，还有山路，就他这开车技术……叶岚既嗔怪，又有种说不出的温暖。

李江洲长腿一跨挤了进来，反手将门关上，和叶岚几乎脸贴着脸："来亲眼看看，你原谅我了没有。"

骤然的亲密相触，让叶岚耳根发烫，她下意识地往后退，他却进一步逼近，将她抵在了玄关的柜子上。

"说，原谅我了。"他环住她的背，低低地笑着诱导她。

她望着他的眼睛："对不起。"

李江洲一怔。

"以后，我会勇敢一点儿。"叶岚抬起手，轻轻抚摸他的脸。

她也会学着在亲密关系中，不要一有问题，就下意识地往后退。眼前的这个人，这样勇敢和温暖，她应该把他当作伙伴，而不是对手。

"无论遇到什么，我们一起解决。"他懂她的心意，将她拥入怀中。

这对她而言，已经是艰难的进步。他知道，更觉得珍惜。

"叶岚，"他在她耳边说，"你不要怕，人生虽然长，只要一天一天好好地过，永远也并不远。"

"嗯。"

春夜里，氤氲的花香仿佛酿成了酒，让人微醺。叶岚仰起头，主动吻上他的唇。他初时愕然，随即猛烈地吻了回去。

第二天早上，叶岚醒来的时候，家里已经只剩下她一个人。

买好的早饭放在桌上，下面压着一张纸条，字迹潦草得有如医生开的门诊单：我回中心上班了，工资少，再扣考勤就养不起你了。

谁要你养？叶岚撇嘴，心里却甜甜蜜蜜。

她穿着宽大的睡衣，趴在窗口，看这个晨曦中的城市，阳光勾勒出她窈窕的身段。

漆黑的瞳仁里，透出自心底而来的，明亮温暖的光。

37 最美时光

因为上了热搜，那天叶岚的微博仍然处在持续轰炸中，有明星大V看到了她写的青塬的帖子，主动转发扩散，热度更是一路攀升。还有人发现叶岚是白一哲的粉丝，特意将这条微博艾特了他。

"白一哲居然给我点赞了！"叶岚兴奋地拿着手机去隔壁找陈正雅。

"哦，那挺好。"陈正雅却神情淡漠，见到她就站起了身："我要去实验中心一趟，先走了。"

陈正雅连白大褂都没脱，直接离开。叶岚有些发愣，不明白她这是怎么了。

陈正雅快步走进了电梯，关上门的一刹那，眼神黯淡。

前天她也看到了那条骂叶岚的评论，正打算顶回去，却被李江洲抢了先。看到他说的那两句话，她觉得自己已经没必要开口。

昨晚，她更是全程围观了李江洲对叶岚的表白。她真羡慕叶岚，能够找到一个这样爱她的人，可他偏偏也是她放在心上的那个人。

她不知道该如何面对叶岚，只能逃避。

出了大楼，她却觉得自己似乎没地方可去，最后打电话给韩靖："你在干什么？"

"怎么了？"韩靖的声音里，永远带着让人安心的笑意："想见我吗？"

陈正雅不说话，脚尖下意识地在地上轻轻地磨。

"我等一下还有个电话会议，这样吧，你直接过来，我开完会带你去吃饭。"

带你去吃饭。这是哥哥的口吻。

陈正雅没有再犹豫："好。"

当陈正雅走进韩靖的家，环顾四周，这是一套布置简洁的大平层，鲜明的单身男人风格。

"我还以为你跟他们住在一起。"

"毕竟不方便，父母也要有他们的二人世界。"

还二人世界。陈正雅冷哼了一声："你怎么在家里办公？"

"不是特别必要的时候，我不喜欢去公司。"韩靖回答。

陈正雅点头："也是，阿姨喜欢当女强人。"

"小刻薄鬼。"韩靖笑着拍了一下她的头："我要去开会了，想吃什么想喝什么，自己冰箱里拿。"

韩靖进了书房，陈正雅从冰箱里拿了罐啤酒，边喝边慢慢在房中转悠。

当她无意间推开摄影师的门，顿时愣住。满墙的照片中，叶岚的那两张特别醒目，那是一片山水花鸟中，唯一的人像。

等韩靖开完会出来，发现客厅里空无一人："雅雅。"

没有人回答，他看了看周围，发现摄影室的门开着，怔了一下。

他走进去的时候，她正坐在墙对面的柜子上，凝视着叶岚的照片。

"看来，你是真的很喜欢她。"陈正雅转过头，望着韩靖笑了笑。

韩靖微怔，一时无言。

"昨晚……"陈正雅微微垂下眼："李江洲在微博上对叶岚表白了，说这辈子爱定了她。"

韩靖其实也看到了那个视频，从叶岚的微博转成熊猫科普号之后，他就找到了她，一直悄悄匿名关注。他知道，叶岚从明白他的真实心意后，终究还是有了忌讳，甚至连众筹受阻，都一直没有开口向他求助。

陈正雅看着韩靖了然又怅惘的表情，叹了口气："你总是这样，为别人担心，怕别人为难，你自己呢，不难过吗？"

"你也难过吧。"韩靖看向她，眼神温柔："你是不是喜欢李江洲？"

陈正雅愣住，半晌，突然觉得委屈，轻轻地叫了一声："哥。"

韩靖什么也没说，微笑着拍了拍自己的肩膀，她怔了一下，轻轻靠了上去。

夜色初起，夕阳未落，两个人就这样静静地靠着，一动不动……

那天晚上回到家，陈正雅才终于有勇气再次打开微博，一条私信跳了出来：你怎么了，是不是有什么事不开心？

陈正雅心中一暖，慢慢地打字：我没事，实验有点儿不顺而已。

叶岚应该是一直在等着她，秒回：实验慢慢来，别心急。

陈正雅：嗯。记得删记录，我可不想被别人发现我的小号。

叶岚回了个咧嘴大笑的表情，陈正雅看着看着，也笑了笑。

她放下手机，走到阳台上，望着远处的电视塔，深深地叹息一声。

因为热度激增，越来越多的人关注熊猫栖息地保护，众筹项目进行顺利。第一笔款项很快筹措到位，正好叶岚之前装的红外相机也到了每季度更换数据卡的时候，她准备前往青塬。

李江洲借口回访疫苗隔离带的情况，非要一起去。罗康成知道李江洲的心思，慷慨批准。但叶岚一想到上次李江洲出意外的事，还是有心结，一路上话都不多。

到了中途休息的时候，李江洲嬉皮笑脸地拉住叶岚的手："你放心，这次别说是蛇，我看见绳子都躲得远远的。"

"你别当玩笑开，上山遇到什么事都是有可能的，你……"叶岚的话还没说完，李江洲突然俯身过来，在她唇上啄了一下，她顿时哑了。

"我总要上山的，"李江洲的眼神很郑重，"不仅仅是为了你，野生动物保护也是我打算一辈子做下去的工作。"

他的坚定，让她紧绷的心慢慢舒展开来，她终于点了点头："好。"

李江洲笑了，在退开之前，又抓紧时间亲了叶岚一口："我发现，这种让你闭嘴的方式，特别有效。"

叶岚撸了撸袖子："我还有种更有效的方式，你要不要试试？"

李江洲立刻规规矩矩地坐好，望着窗外贼笑。

到了青塬，主管领导热情接待了他们，并决定将出配套的资金和政策，全力支持药材种植，改善山民们的生存环境。

开会讨论完实施事宜，叶岚和李江洲从保护区管理局出来，准备先去老罗家歇一站，然后进山去毛坪。

但刚走进院子，一股刺鼻的装修气味就扑面而来，叶岚皱起了眉。

房子翻新了，墙面上的油漆还没干，老罗正爬上爬下准备挂招牌，上面写着"罗家大院"。

"这是要开农家乐？"叶岚冷声问。

老罗一愣，从梯子上慢慢爬下来："赚两个钱，给娃们读书。"

"上次就说过，这里已经快进缓冲区，不能开。"叶岚强忍住怒气。

老罗不耐烦地大手一挥："啥区不啥区的，都是你们说的，我就知道这是我家，我想开啥就开啥。"

"你这是违法违规的，"叶岚的火也上来了，"开了也得关停！"

"你说关停就关停？花了这么多钱，家底子都快被掏空了，关停了谁赔？你赔？！"老罗越骂越暴躁，直冲向叶岚："你就是不顾咱穷苦人的死活！"

叶岚正好站在墙脚，眼见老罗已经抡起了胳膊，却避无可避。

"当家的！"罗大嫂刚走到门外，见状急得大喊，却也来不及冲过来阻拦。

就在这时，一只手猛地架住了老罗，李江洲硬生生地挡在叶岚身前，护住了她。

"有话说话，动手就不对了。"李江洲仍然笑眯眯的，眼中却一片冷峻："你知道她这次是为什么来的吗？她想尽了办法筹钱，就是为了让你们能种药材，多条谋生的路。"

老罗一愣："真的？"

"种苗都已经在路上了，政府还请了技术人员，过两天就来教你们种植。"李江洲深深地看了老罗一眼："都拿你们当亲人，谁会不顾你们的死活？"

老罗的脸涨得通红，转身往门外走去，瓮声瓮气地吩咐罗大嫂："人家来这半天了，还连口水都没喝上。"

"好好好，我这就去煮茶。"罗大嫂总算松了口气，也跟着出去。

屋里只剩下叶岚和李江洲，他表情一垮，惨兮兮地甩着手："山里人力气真不是一般的大，刚才那一下，把我虎口都震麻了。"

"就你娇气。"叶岚笑骂，慢慢给他揉手。

刚才他保护她的姿态，异常伟岸。

这个男人，总是在关键时刻，给她踏实的安全感。

到了毛坪，杨叔正在跟几个山民说话，认出李江洲就是上次被蛇咬的医生，围上来问长问短："好啦？身体没啥事吧？那天可把我们急死了。"

他们质朴的关心，让李江洲温暖，他突然觉得，自己对这片山林也有了归属感。

叶岚边和秦芳在院子里聊天，边看着这和乐融融的一幕。

"你跟李医生是一对吧？"秦芳笑着说："我上回就看出来了，你眼光不错，他顶得住事，待人又好。"

叶岚有些不好意思，忽然想起之前吴局长说过的秦芳的往事，她之前一直没找到机会问罗康成，可看当时潘野和秦芳的情形，她直觉事情可能比她想象得更复杂。

"秦大姐，你这么多年，一直都没出过山吗？"叶岚试探地问："山外……就没什么人让你牵挂？"

"我父母过世得早，唯一的亲人……"秦芳仿佛回忆起了什么，停顿很久才慢慢地说："也不在了。"

秦芳说完这句话，就快步往厨房里走："我去做中午饭。"

她转身的那一刻，叶岚看到了她眼中的伤感。叶岚没有再去追问，只是怅然眺望这辽阔的山林，不知道二十年前，到底发生了什么刻骨铭心的故事。

吃过了饭，叶岚就去取红外相机的数据卡，除了秦芳和李江洲，杨叔他们也主动跟着去帮忙。

看叶岚操作了两次，老杨就学会了："林子大，咱得分头干，你放心，上次安装的地方我都记得，包在我身上。"

李江洲跟老杨聊得投机，也闹着跟他们一起走了，留下叶岚和秦芳组成了娘子军。

　　叶岚若有所思："我们科研人员，毕竟不可能时刻进行野外监控，你们保护站也就一两个人，巡护起来也不容易。你看杨叔他们学东西快，对这里的地形又熟悉，以后这些日常的仪器维护和动物监控的事情，其实可以交给他们来做。这样的好处是，既可以让他们有主人翁意识，对栖息地的态度，从被动保护变成主动保护，另外我们科研项目都有劳务费，也可以给他们解决收入问题。"

　　"这个想法好。"秦芳赞许地点头："我也向局里汇报一下，看能不能给他们做个专业培训，还有发放部分津贴的事。"

　　"赶紧走吧，不然落后他们一大截了。"叶岚和秦芳说笑着，一起走向密林深处。

　　接下来的日子，叶岚忙着药材和数据卡的事，李江洲一路跟着她，寻访还有没有山民养的狗漏打了疫苗。

　　两个人都忙得不可开交，但每天能朝夕相处，一起看晨曦看晚霞，牵着手走在开满了花的山路上，他们还是觉得，这样的时光真幸福。

38　不能心动

忙了大半个月，他们才回去，叶岚把李江洲送到中心，主动亲了他一下，就把他赶下了车。李江洲哀怨，出了山就翻脸不认人。

但叶岚确实也没时间再腻歪，从山上带回来的红外相机数据统计，是一项工作量巨大的工程。

叶岚带着学生们，废寝忘食地分析相机视频，不时有人发出惊叹声。

"熊猫出现的频次真是高啊，这里算种群密度最大的地方了吧。"

"叶老师叶老师，你看，还有红腹锦鸡，以前可从来没拍到过。"

"没拍到过的多了，这次的数据简直刷新纪录了。"

正如叶岚当初所料，青塬的生物多样性保护得太好，因为相机安装密度高，拍到了很多珍稀动物影像，还发现了几种以前从未真实见过的物种，这对生态研究有很大的科学价值。叶岚很兴奋，尽管每天忙得颠三倒四，却仍然连走路都带风。

冯主任虽然不得不承认，叶岚当初的决定是对的，但心里还是疙里疙瘩，总觉得叶岚这人太倔不服管。他一句表扬的话也没有，反而还是冷不丁地就出言打压她。

叶岚浑不在意，反正科研就是科研，有人支持她要做，没人支持她照样要做，就算冷板凳坐穿，她只要认准了方向，还是会一头扎进去干。

而此时，她在网上的热度也越来越高，奇奇成了明星熊猫，吸引了一大票粉丝，他们也同样粉上了奇奇背后的这位非典型性女科学家。她的学识，她的恋情，连她追星的爱好，都被粉丝们挖了出来，津津乐道。

就这样成为半公众人物，叶岚有点儿不习惯。安娜却说，公众热度正好是优势，一个标杆式的人物，才能让更多的人来关注这件事情。

叶岚想想也是，为了栖息地，牺牲点个人隐私也不算什么，反正她的人生如此简单而贫乏，想扒也扒不出个花儿来。

她是坦荡，可学院里的其他人，却未必这样认为。有些人在背后，说她是"科学＋明星"，这个"＋"号别有一番深意，饱含着对她的冷嘲热讽。

甚至在有一次大会上，冯主任公开发言说，有些科研人员爱好出风头，把自己捧得跟明星一样，有失风骨。

台下一批人，心神领会地暗自交换眼色。叶岚那天有事没参加会议，陈正雅却出席了，看着这些人的样子，皱紧了眉。

开完会出来，她给叶岚发消息：评职称又快开始了，你注意影响。

但想了又想，她还是删了这条私信。这件事叶岚做得并没有错，而负面影响来自复杂的人心，这不是叶岚能控制的。

当叶岚终于梳理好数据，写完 SCI 投出去，还没来得及松口气，就接到了韩靖的邀请——森林学校正式开班了。

李江洲一听说叶岚要和韩靖进山，就小心眼儿地表示他也要去。

叶岚以手撑额说道："某人的求复合宣言里怎么说的来着，会百分之百地信任我，支持我……"

李江洲泄气："我这不是想去观摩一下盛大的开学仪式吗？"

"我会帮你拍下来的。"安娜进来，在叶岚身边坐下，对她抛媚眼："我好不容易调进新闻部，给我搞些好素材呗，顺便也帮你们宣传一下。"

安娜立志继续她伟大的新闻事业，在北京进行了艰苦的培训之后，就毅然转为调查记者。

叶岚无奈："这得韩靖同意才行。"

"这么好的事，他有什么不同意的啊？"李江洲十分希望安娜加入进去，打破叶岚和韩靖单独相处的格局，极力撮合："安记者，好好写，你离普利策奖不远了。"

当叶岚带着安娜和韩靖见面时，韩靖很客气，但含蓄地表示，希望新闻报道的焦点集中在森林学校上，不要强调他的个人身份。

"可惜了，真是可惜了啊。"安娜私下摇着头对叶岚感叹："这样又帅又多金又低调又高尚的男人，你怎么就错过了呢？"

叶岚不语，她对韩靖始终有几分愧疚，所以就算当时众筹资金困难，也没找他帮忙。她不能仗着别人对她好，就肆无忌惮地利用他。

开学仪式很朴素，没有领导讲话，没有张灯结彩，而是安排了城里的孩子们，和山里的孩子们见面，相互行队礼交朋友。

"这是你们的小伙伴，也是你们的小老师。"韩靖微笑着为大家介绍："他们懂得可多了，会根据树叶和星星认路，知道动物们都爱走哪条道，你们可要手拉手，跟他们一起走。"

"好！"孩子们声音响亮。

韩靖又介绍叶岚："这是你们的总指挥，美丽又凶悍的叶岚姐姐，包括我在内，所有人都要听她的命令，服从她的一切安排。"

叶岚哭笑不得，这是给了她一个什么样的定义，女土匪吗？

安娜双手合十，痴迷地望着韩靖："看看，还这么幽默。"

叶岚：……

真正带着孩子们进山，并不是一件容易的事，旺盛的好奇心是他们最大的优点，也会让他们分神。所以作为领队，叶岚除了教授生态知识，还要时时刻刻提着一颗心，注意他们的安全。

幸亏山里的小朋友们尽职尽责，在玩耍之余照顾着城里的伙伴，给叶岚帮了不少忙。安娜悄悄跟在队伍里，拍下了这暖心的一幕幕。

走了一天，回到宿营地，孩子们都睡了。安娜着急看今天拍的素材，也先回宿舍了，剩下韩靖和叶岚沿着操场散步，谈这一天的带队心得。

聊完了工作，一时之间似乎也没有其他话可说，气氛安静下来，就不自觉的有点儿尴尬。

"那我就……上去了。"叶岚指着宿舍楼。

"叶岚，"韩靖叫住她，"你不需要对我有什么愧疚感。"

叶岚一愣，停住脚步。

韩靖笑容温润："我喜欢你，那是我的心意，你不喜欢我，并不代表你欠了我什么。感情归感情，我们仍然是朋友。"

叶岚一直到睡前，仍在回想韩靖的这句话，叹了口气："安娜，我认同你的观点，韩靖的确是个完美的人。"

为别人着想，对待感情的态度成熟而理性，的确配得上做万千女性的理想型。

只可惜，缘分就是缘分，非要不早不晚，恰好赶在那一刻遇见的人，才能成为伴侣。

"要不我上吧。"安娜迷迷糊糊地嘀咕了一句，翻身睡去。

无论最后你遇见的那个人是谁，祝福你，韩靖。叶岚也沉沉入梦。

叶岚在森林学校忙得不可开交，李江洲此时也没闲着。人工授精的那四只母熊猫，按理说已进入待产期，却迟迟没有动静。

"今天还是食欲和活动都正常，没有妊娠反应。"李江洲向罗康成汇报。

"我们这是个小种群，繁殖率一直不高，"罗康成蹙紧了眉头，"今年本来看着适龄的母熊猫多了，想着有希望的，唉。"

"再等等，我看文献说，有的熊猫妊娠反应会延时。"李江洲宽慰罗康成，其实自己也很心焦。

陈正雅也很关心这件事，但每天打电话过来，得到的回答都是"没有"。

这天早上，当李江洲走进圈舍，发现倩倩趴在地上一动不动，而面前的盆盆奶也几乎没喝的时候，他马上便开始给倩倩检查身体。

"终于有妊娠体征了。"李江洲的话，让所有人都精神一振。

倩倩被转移进了空调房，而在它的笼子后面，还架起了一张床。李江洲和潘野开始轮流值守，等着它生产。

陈正雅得知这个消息，也赶了过来，但她郁闷的是，为什么她亲自经手的三只熊猫，却没有任何反应。

"我那天就说了，你的操作不太行。"李江洲沉浸在倩倩怀孕的喜悦中，说话直言不讳。

陈正雅受了打击，脸色也沉了下来："难道就一定是我的操作问题？"

"那为什么只有倩倩怀了？"李江洲反问："总得找出问题，不然繁育效率提高不了。"

陈正雅没再说什么，转身出去。朱朱看了李江洲一眼，欲言又止。

"我不是故意打击她，只是在工作上就事论事。"李江洲说。

"别人批评可能还好，但你的批评，她未必受得住。"朱朱腹诽，却没说出口。她擅长小道消息，但有些小道消息，只能埋在心里。

而陈正雅在听了李江洲的话之后，也钻进了牛角尖，一遍又一遍回忆当时授精的细节，既想证明自己的操作没问题，却又不由自主地越来越陷入自我怀疑。

李江洲则紧张地等待着倩倩生产，全力备战。然而，越等越蹊跷，倩倩在经历了短期的食欲活动减退之后，竟然又开始恢复正常。

"乳头和外阴肿胀也开始消了。"李江洲检查完倩倩的生理体征，跌坐在椅子上。

"假妊娠反应。"陈正雅冷冷的声音，在门口响起："倩倩根本就没怀孕。"

李江洲抬起头，和她对视。陈正雅的眼神里，带着点挑衅："看来并不是我一个人的操作问题。"

李江洲望着她沉默半响，扯了扯嘴角："陈教授，你的面子太值钱了。"

陈正雅心里一刺，昂高了头："李医生，我也是就事论事。"

自这天后，两个人互不搭理，却又较起了劲。

李江洲查阅各种熊猫繁育的资料和文献，找曾经亲眼见过熊猫产子的老周等人去问，看自己到底是哪一步出了纰漏。

陈正雅则是利用自己在行业中的人脉，跟其他做繁育的专家去讨论。

"排卵期……精子活性……遗传生育障碍……"李江洲正在纸上一条条列影响繁育的因素，陈正雅走进了会议室，彼此目光一触，又迅速分开。

"陈教授，问遍了全世界的专家，找到原因没有啊？"李江洲一笑。

"你呢？"陈正雅冷嗤："你说的这几条，所有文献上都这么写吧，没告诉你具体怎么解决？"

两个人又陷入了对峙，就在这时，潘野匆匆忙忙跑进来："倩倩又不吃饭了。"

李江洲和陈正雅同时一愣。

到了圈舍询问饲养员，倩倩果然从昨天开始食欲消退，也不爱动了。

"妊娠反应又回来了。"李江洲检查之后，笑着调侃倩倩："我还以为你是想装怀孕蹭空调吹呢。"

陈正雅站在不远处，没什么表情，眼神中却有抹掩不住的难堪。

她输了。

李江洲无意间瞥见她的神色，微微一怔。

这里反正已经没她什么事了。陈正雅憋着一口气，准备离开。正要上车，李江洲却从院子里出来，望着她挑眉："就这么走啦？"

"留下来等你得意够？"陈正雅冷笑。

"我不得意。"李江洲走到她面前："倩倩怀孕，说不定是侥幸。"

陈正雅一怔。

"四只母熊猫，只受孕了一只，怎么看都有问题。"李江洲看着她："我想跟你一块儿，找出这个问题。"

他的嘴角仍然挂着惯常的坏笑，但他的语气，却是将她当成伙伴一样邀请。

陈正雅犹豫了，李江洲一把扯过她手中的行李，扔进车里关上门："什么时候解决完，什么时候再走。"

这人经常有种理所当然的霸道，但奇怪的是，她内心并不厌烦，反而有点儿暖。

李江洲和陈正雅一起，核对四只熊猫人工授精的全过程。

"倩倩的发情最明显，并且恰好是赶在它发情后 24 小时内，进行人工授精。"陈正雅拿着笔，在桌面上一下一下地敲："会不会就是这个排卵期的掌握问题，影响了受孕？"

"精子活度也得测，"李江洲思忖，"包括解冻精子时用的缓冲液，都要做比较，看会不会影响精子的活力和数量。"

陈正雅点头："人工授精是个复杂的系统过程，和母体自身的生理环境也有关系，需要全方位监测。"

"中心的硬件设施还是不行。"李江洲发愁："要是像医院里那种设备条件就好了。"

"自然是比不得盛京的，但可以想办法改善。"陈正雅提出："我可以以专家的身份，协助中心一起申请经费，多添置高精尖设备。"

"好!"李江洲拍手："我回头也去找找我那个奸商姑姑，看能不能便宜点买一批好东西。"

两个人聊完，都如释重负，陈正雅站起身来："这回我可以走了吧?"

"倩倩还没生呢，到时候还有育幼的事儿。"李江洲意图挽留。

"都交给你，我放心。"陈正雅一笑："明年我们再来，争取妊娠率达到百分之百。"

"好大的雄心壮志。"李江洲也笑了起来："但我觉得，只要我们好好挣上一把，也不是不可能。"

"嗯，你守着倩倩，我先把精子样品带回去研究。"陈正雅比了个有事打电话的手势，转身离开。

等出了门，她又忍不住回头望了一眼，他正看着纸上的记录沉思，专注的神情让他的侧影分外好看。

陈正雅强行压住那股心动，默然远去。

39　你就是个骗子

训练营结束，叶岚和安娜来到中心的时候，正好赶上倩倩产子，而且还是双胞胎。

大家都很惊喜，安娜更是兴奋："一个好素材接一个好素材，看来我转新闻真是转对了。"

但惊喜很快变成了担忧。倩倩生的两只幼中，老大很健康，老二却只有五十八克的超轻体重，体质虚弱。而倩倩是第一次当妈妈，并不适应，对老大还肯哺育，对老二却直接遗弃。

李江洲看着保温箱里的小小幼，心焦如焚："这样不行，熊猫和人一样，母乳的营养价值是最高的，小的这个本来体质就差，再吃不上母乳，自身免疫力只会越来越低。"

"这也是动物的生存本能，"叶岚摇头，"在竞争残酷的大自然里，只有强壮的幼崽才能平安长大，抵御风险。母亲喂养能力有限，所以也会顺应物竞天择的趋势，只选择最有可能活下来的那一只哺育。奇奇当时那么小就独自生活，最后被猛兽袭击，大概也是这个原因。"

一想到奇奇，李江洲就更觉得小崽可怜："一定得想办法让它吃上奶,活下来。"

叶岚用倩倩最爱吃的牛奶和苹果引诱，让它放松警惕。李江洲趁机将老大和小崽互换，好让倩倩给小崽喂奶。

但小崽实在是体形太小，连母亲的乳头都含不住，最后从倩倩身上掉落。李江洲怕倩倩一不小心，会翻身将它压死，只好又将它抢了出来。

"只能人工育幼了。"叶岚叹息："等它大一点儿，再看倩倩能不能接受它。"

此时的小崽，已经处于严重脱水状态，李江洲神情凝重："按人类早产儿的方式来护理，各项条件都要严格控制。"

保温箱内 36℃，室内湿度 70%，环境保持安静洁净，消毒措施要到位。李江洲一一检查确定。

他和叶岚一起，趁倩倩分散注意力的时机，挤出母乳。李江洲用注射器给小崽喂奶，叶岚则模仿母熊猫对小熊猫的行为，用手掌轻轻覆在它的身上，为它缓解低体温。

两个人不眠不休地守着小崽，时不时用温水为它擦拭身体，一遍遍测量体温，帮它手动排便。在他们的精心护理下，小崽终于渐渐好转，开始学会主动吃奶。

"感觉我们，好像当了一次父母。"李江洲凝视着保温箱里的熊猫宝宝半晌，转头对叶岚一笑。

叶岚一怔，心中也有了这种奇妙的感觉。

他将来，应该是个好爸爸吧。她突然想到，然后又飞快地脸红起来。

"你在想什么？"李江洲坏笑着凑过来。

"我在想，它又该拉便便了。"叶岚一本正经地走开。

看着叶岚红透的耳根，李江洲没有揭穿，眼中却笑意狡黠。他猜刚才那个瞬间，她应该是在想为他生孩子的事。

小崽出生后的第十二天，终于在和哥哥轮换之后，成功吃上了母乳。看着倩倩充满母爱地将它搂在怀里喂奶，众人心中都流动着脉脉温情。安娜拍下了这动人的画面。

安娜将森林学校和熊猫产崽，做成了一个特别专题报道，一经发布就引起了热烈关注。而贯穿其中的叶岚，更是成为了公众目光的焦点，被誉为"最美野生动物保护女专家"。

此时，新一轮的评职称也开始了，学院组织教授委员会投票。

一进会议室，水产的杨教授就打趣冯主任："叶老师现在很突出啊，等过几年你退了，就可以让她接班了。"

冯主任哼哼哈哈应了两声，背转身就沉下了脸。

陆陆续续人到齐，开始对候选人们进行投票，轮到叶岚的时候起了争议。

一部分人鼎力支持："叶老师的名气这么大，已经成了学院乃至学校的一张名片，都这样了还不让评上教授，怎么说得过去？"

另一部分人却觉得叶岚出风头太盛，对她很看不惯。

"她现在走的是什么路线？"冯主任恼火地拍着桌子："搞众筹基金会，办学校上新闻，哪一样和学术沾得上边？还什么最美野生动物保护女专家，我们评教授，评的是优秀的科研人员，不是哗众取宠的炒作明星！"

会议室里鸦雀无声，众人在心里衡量，天平渐渐偏向冯主任一边。

"我听说，"陈正雅突然不紧不慢地开口，"她写青塬生物多样性的那篇文章，已经被《Nature》的子刊接收了。"

冯主任顿时卡了壳，其他人面面相觑。

"这影响因子可不低啊，"宋院长顺势接过话去，"破了我们院保护生物学的纪录吧。"

没人再有话说，一片沉默中，大家都在评选单上叶岚的名字后，划上了勾。冯主任的笔尖提起半晌，最后也狠狠地打了一个勾号。

叶岚全票通过。而她也从办公室的孙大姐口中，得知了这一场评选会上的波折。

在楼梯上，叶岚叫住了陈正雅："谢谢。"

"最美野生动物保护女专家，"陈正雅居高临下地睨着她，"言过其实了吧，把我往哪儿摆呢？"

叶岚笑出声来，拍了她一把："一起喝个酒？"

"你家还是我家？"

"我喜欢你家的阳台。"

夜风徐徐，叶岚和陈正雅靠着阳台的栏杆喝酒，电视塔璀璨的灯光，成了她们的背景。

都已经有些醉了，陈正雅迷蒙地看着叶岚："你长得真好看。"

叶岚捏了一把她的脸："你也很漂亮。"

"没你好看，"陈正雅摇了摇头，"不然李江洲喜欢的为什么是你？"

叶岚愣住，酒顿时醒了一半。

陈正雅也回过神来，意识到自己说错了话，急忙掩饰："我喝多了瞎说什么呀，我去洗个脸。"

陈正雅匆忙就要走，却被叶岚从背后拉住了胳膊："你是不是……也喜欢李江洲？"

陈正雅闭上眼睛，轻叹一声。这是不该让她知道的秘密。

女人之间的友情，既深厚又脆弱，而往往最惨烈的破碎原因，就是爱上同一个男人。

突然，她被拉进一个怀抱，叶岚在她耳边低低地说："对不起。"

她神情一震。

叶岚把她抱得更紧了些："这段时间很伤心吧？"

"嗯。"不知怎么，眼泪就流了出来，好像所有的委屈和难过，都在这一刻释放。

许久，她终于平复情绪，自嘲地笑："我这是什么神奇的失恋方式，居然在情敌怀里哭了一场？"

"我不是你的情敌，"叶岚笑着递给她纸巾，"我是你最好的朋友。"

"我说过吗？"陈正雅很高傲："你自封的吧？"

叶岚眨了眨眼："我听见你心里说了。"

陈正雅深深地望着叶岚："帮我保密，尤其是对李江洲，单恋是件太丢面子的事儿。"

"好。"叶岚答应。她知道，固然有自尊的因素，但更重要的，是陈正雅不想对他们的感情造成困扰。

女人的友情并不脆弱，真正的闺蜜，有时候甚至是超越爱情的存在。

那天晚上，两个人再次同床共枕，仿佛有说不完的话，虽然谁也不记得到底说了什么。直到清晨电视塔的灯光逐渐熄灭，她们才沉沉睡去……

叶岚评上了教授，又成了名人，常淑宁再次扬眉吐气起来。安娜悄悄地告诉叶岚："你妈现在在我们小区里，见谁都要扯着话头说你的事。"

叶岚不作声。好了拿她炫耀，坏了骂她丢人，这样虚荣的母女关系，她不想评价。

三婶还给她发过短信，拜托她借自己现在的人脉关系，给表妹小晴找份好差事。她只回了四个字：我没人脉。

转眼已快入冬，山民们种的天麻到了收获的季节，她每天操心着销路问题，不打算浪费时间，去应付这些无聊的事。

叶岚在微博上发布了天麻丰收的消息，希望大家支持购买。从不求人的她，还一家家联系各大药企，恳请合作。

功夫不负有心人，终于有一家药企被打动，同意购买天麻。叶岚立刻飞了过去，代表山民们签下了购销合同。

网友们也纷纷表示要买天麻，不管是药补还是食补，都要为栖息地的保护出一份力。朱朱帮叶岚建了个微商店铺，线上网友下单，线下安排发货。老罗主动提出，由他负责青塬那边的发货，叶岚想着他脑子活络又能干，答应了下来。

一切进行得有条不紊，销售量节节攀高。叶岚很欣慰，想着山民们今年终于可以宽宽裕裕地过个好年。

但好景不长，有粉丝在评论里说，买到的天麻质量不好。

"指不定是黑子，之前不还有那个叫什么岁月静好的人骂你么？"朱朱不在意。

叶岚还是觉得不放心，私下联系那名粉丝询问情况，对方发来一张照片，上面的天麻的确品相不好。

叶岚打电话去找老罗，问他发货之前怎么不仔细检查一下，老罗还理直气壮："不就是大小个头不一样，药效是一样的，这又不影响吃。"

"你发货一定要注意，不同品相的天麻价格是不一样的。"叶岚强调。

老罗一口答应："放心放心。"

可就在几天后，那家药厂突然找到叶岚，说天麻出了严重问题，让她马上过去面谈。

当品管人员将那批天麻呈现在叶岚面前时，她惊呆了，不仅仅是大小参差不齐，甚至还有大量天麻因为没完全晒干，腐烂变质。

"湿的比干的重，这个赚钱方式很不道德啊。"当初负责和叶岚签合同的陈经理，一脸严肃："叶老师，我们是看在您的声誉和山民的不容易上，才同意购买天麻。但你们不能仗着我们的善意，就做这样的欺骗行为！"

叶岚无地自容。

从公司出来，叶岚在一路疾走中打电话："老罗，是不是你？"

老罗心虚地支支吾吾："我怎么了？"

"在青塬给我等着！"叶岚挂断电话，眼睛里满是怒火。

等叶岚杀到青塬，老罗却不见了。罗大嫂畏畏缩缩地坐在炕边，摆弄着针线筐笸，不敢正眼看叶岚："他出门打工去了。"

"眼看着就快过年了，他去哪打工？"叶岚紧盯着她。

"那我不知道。"罗大嫂嗫嚅。

叶岚冷笑，转身出去。堂屋、灶房、阁楼，一个地方都不放过地找，罗大嫂跟在后面惊慌地喊："你干啥，你在找……"

她的声音猝然卡住，叶岚推开的柴房门里，地上还摊着一对对没来得及收拾干净的天麻。

叶岚捡起一块，在手里掂了掂："留着这么多水分，一斤至少要重三两吧，你们没顺便称称，自己的良心有几斤几两？"

罗大嫂在叶岚的逼视下，再也撑不住，哭了起来："当家的说先前搞装修亏了钱，天麻卖得又好，他一时糊涂就……"

叶岚气结："这可不是一时糊涂的事，这叫商业欺诈，合同上规定违约是要赔偿的。"

一听"赔偿"两个字，罗大嫂哭得更凶："叶教授，你看看这家里哪有一样值钱的东西，咱全卖了也赔不起。"

叶岚看着痛哭的她，再无话可说，慢慢跨过门槛，走出了这个曾经给她留下过温暖回忆的地方。

当她渐渐到达有信号的地方，手机上各种信息也一条接一条蹦了出来，让人没有喘息的空间。

微博爆了，越来越多的网友控诉天麻太差，留言带的一张张照片里，质量问题触目惊心。当控诉达到高潮后，开始有人对叶岚喊出了那个词——骗子。

一呼百应，无数条评论转发涌出来，骂叶岚是"骗子"。

最美野生动物保护女专家的形象彻底崩塌，沦为靠着山民和熊猫炒作，沽名钓誉赚黑心钱的骗子。

叶岚站在空旷的山野里，心如这冬季的树木一样萧索。

回到学校，无论走到哪里，周围都有停留在她身上的目光，带着探究和鄙视。

她的手机已经关了，强撑着去教学楼，上她本学期的最后一节课。

讲完了课，叶岚问学生们："马上就要考试了，大家还有问题要问吗？"

以往气氛热烈的课堂，此刻却寂冷无声。

半晌，一个男生慢悠悠地举手，叶岚对他点了点头。

他站了起来："我想请问一下，您关于青塬多样性的那篇文章，可以当作真实的参考吗？"

"你什么意思？"叶岚只觉得血液冲上了头顶。这是说她数据造假？

男生昂起头，眼神讽刺而不驯："网上都说，您拿着青塬的事骗钱，所以我想知道，生物多样性的研究会不会也是个幌子？"

叶岚走出教学楼的时候，腿都在微微发抖。

作为老师，被学生看不起。作为研究者，被质疑学术造假。这就像一个人被扒光了骂成小偷，是对人格的莫大羞辱。

而当她走回学院时，等待她的，还有另一场惊涛骇浪。一群记者堵在学院门口，如果不是宋院长和保安们阻拦，肯定早就冲了进去。

宋院长显然也已经气急攻心，当看见叶岚过来，直接指着她："叶岚回来了，有问题你们直接问她！"

记者如潮水般涌了上来，长枪短炮直冲到她面前。

"天麻的事情你能解释一下吗？你是不是借着自己的名气进行商业欺诈？"

"是不是从众筹开始，这就是一场策划好的骗局？"

"以熊猫当作你的炒作工具，作为一名野生动物保护工作者，这算不算严重渎职？"

此起彼伏的问题，无数张急切又轻蔑的脸，叶岚站在这个包围圈里，头脑一片空白，耳边似乎只有话筒尖锐的鸣叫声。

叶岚不知道自己说了些什么，也不知道自己是怎样走出重围的，当她回到家关上门，只想永远隔绝外面那个嘈杂的世界……

40 回到原点

采访叶岚的视频，很快便在网上传开。看着叶岚一脸茫然地回答"我不是……没有……"，直到最后就那样呆站着，再也说不出一个字，李江洲心疼得快碎了。

他找到罗康成："能把我这一年积攒的假一次性全休了吗？"

罗康成沉沉地拍了拍他的肩："去好好陪着小叶。"

叶岚的电话早已关机，李江洲直接到了她家，一遍又一遍按门铃，无人回应。

李江洲拍门大吼："叶岚，你给我把门打开！"

门终于开了，叶岚神色平静地像什么都没发生过："我一直在睡觉，没听见门铃。"

但李江洲看见了她苍白的脸色，眼下的乌青，还有已经疲惫到极点却仍然强撑着的清醒眼神。

"你哪里睡过觉？"他将她拉入怀中："别逞强，至少在我面前。"

如同一叶孤舟，终于看到了港口，叶岚僵硬的身体，终于渐渐放松下来，软软地靠在他身上。

他将她抱起，在沙发上坐下，让她坐在他膝上，和她平视。

"不要怪自己，好不好？"他语气坚定："你没有错。"

叶岚沉默，眼眶却微微发红。这是出事后，第一个说她没有错的人。

李江洲的手指，穿过叶岚的发丝，轻轻给她按摩："你现在第一件要做的事，就是好好睡一觉。"

"我睡不着。"叶岚叹气。

"我可以给你开安眠药。"

"你现在是兽医了，没有人类处方权。"

"我有只针对你的特效药。"李江洲神秘地笑。

一个长吻过后，叶岚终于闭上了眼睛，在李江洲怀中睡去。

从中午到黄昏，李江洲抱着叶岚，也睡了长长的一觉。但当他醒来，却发现怀里空了。

他心里一慌，立刻起床找她，发现她正坐在客厅里看手机。

"别看。"李江洲想从她手中拿走手机，她却反握住，摇了摇头。

"就算关上了手机，也并不是外面的世界就不存在了。"她笑了笑："我又不可能真的人间蒸发。"

接下来的几天，仍然是坏消息不断。

叶岚再次上了热搜，但这次她是被骂上去的，还有层出不穷的各种扒皮爆料，连她自己看了都快不认得她是谁。

那家药企的高层震怒，要求按照违约条款，由合同签订人叶岚进行赔偿。

而最痛的一击，竟然是来自青塆的山民，因为天麻滞销，他们急了，闹着非要叶岚当面给个交代。

去青塆的路上，叶岚始终沉默，李江洲紧紧握着她的手，但她的手心仍然是一片冰凉。

到了村里，聚集的山民黑压压地站在她对面，而她身后，站着的只有李江洲一个人。

各家出的都是青壮年男人，仿佛只有这样才能显出足够的威势。婆姨们抱着娃娃站在远处，躲躲闪闪地围观。

就像是一场公开的审判，而她是站在被告席上的罪人。

"天麻现在已经卖不出去了，你准备怎么办？"领头的山民上前："这个事是你弄出来的，你要负责！"

他指着叶岚的鼻子，气势汹汹。其他人也跟着对叶岚怒目而视。

叶岚微微低着头，看不清她的表情，但李江洲看见，她垂在身侧的手，指尖在微微地颤。

"这是她的错吗？"李江洲怒从心头起："她做的哪一件事，不是为了你们？"

领头人哽了一下，随即又咆哮起来："不是她的错是哪个的错？不是她，我们能不种庄稼，把田腾出来种天麻？现在怎么办？天麻没人买，粮食也没收到一颗，连这个年都过不去了，更不要说明年的粮食，家人们的花销了！你叫我们怎么活？！"

听了他的话，山民们群情激愤，不知道是谁大吼了一声："你就是个骗子！"

"骗子！""骗子！"更多的人喊出了这个词。

叶岚闭上眼睛，颤抖的手指合拢，蜷缩在掌心里握紧。

李江洲揽住了她的肩膀，想让她不要觉得自己只有一个人，那么冷。

"到现在还谈情说爱咧，"一个山民怒骂，"你们反正过得好，一辆车的钱都够我们挣三辈子，天麻亏了，在你们看来没几个钱，对我们来说那就亏的是命！"

众人的目光都聚焦在了叶岚的车上，仿佛此时已经成了某种命运不公的象征，他们的眼睛里生出熊熊烈火来，不知道谁领的头，所有人顿时冲了上去。

李江洲看着潮水般涌过来的人群，死死将叶岚护在了身后。

"你们想干啥！"一声大吼突然炸响，吴局长带着秦芳，大踏步地走了过来："打人还是砸车？！你们还懂不懂法，守不守法！干的这叫什么事！"

山民们被震住，相互对视一眼，慢慢地退了回去。

吴局长暗中对李江洲和叶岚打手势，让他们先离开。

是秦芳听山民们说漏嘴，才知道叶岚今天要来，她怕出事，赶紧去找了吴局长反映情况。

"这会儿他们的情绪太激动，说啥都没用。"秦芳劝叶岚："你俩先走，这里有吴局长安抚。"

李江洲点头，拉开车门，硬是将叶岚推了进去。

车开了，经过那些村民的时候，叶岚还是清晰可见他们眼中的怨愤。

李江洲在这一刻，真想蒙住叶岚的眼，让她不要看见这样的景象，不要心寒。

"全世界都骂我是骗子。"叶岚望着窗外一笑，眼底一片悲凉："是我高估了自己，高估了人性。"

就在此时，叶岚的手机响了，陈正雅的电话打了进来。

"对不起，"她的声音疲惫暗哑，停顿了半晌，"我没能保住你。"

今日的学院，也同样爆发了一场大战。

教授委员会召开，讨论的主题是将叶岚停职。

"我早就说过，她这样沽名钓誉恶意圈钱,迟早会惹事。"冯主任义愤填膺，"现在不光是她一个人的名誉受损，甚至整个西大都被她连累了，一颗老鼠屎，坏了一锅汤！"

盛极必毁，当初公众是怎样将叶岚推上去的，现在就会怎样将叶岚拉下来，甚至加倍回踩。处在愤怒中的人们，已经辨不清对错，只顾着将这一腔愤怒，都发泄在处于旋涡中心的人身上。这种威力如同巨大的龙卷风，不仅能毁了那个人，甚至能连带损坏她周遭的一切。

宋院长缓缓开口："叶岚老师的事，的确给学院、学校，以及整个科研队伍的形象，带来了极大的负面影响，但毕竟是我们院的人，我也想过冷处理保一保她，但现在已经到了不得不发声的地步了。"

此话一出，立场明确，现在就是要丢卒保帅，和叶岚划清界限，才能保住大局。

开始表决，冯主任率先举手，其他人陆陆续续跟随，到了最后，宋院长也慢慢举起了手。

"我不同意。"全场唯一没举手的人，站了起来。

所有人的目光，都瞬间投向了她。

"她做错了什么？"陈正雅环顾全场："是保护熊猫栖息地错了，还是给山民们谋福利错了？"

"就权当她出发点是好的吧，"冯主任双手一摊，"但现在的结果你看到了呀。"

"说她沽名钓誉恶意圈钱，她把卖天麻的钱装自己兜里了？"陈正雅因为激动，脸色已涨红："费尽心思募捐筹款，一趟趟往山里跑送种子送资金，那么心高气傲的她，拉下面子到处求人买天麻。这样吃亏不讨好的事，不说多的，在座的各位有谁做过，站出来我看看！"

室内一片静默，但冯主任还是不愿示弱："我们是没做过，但做科研有做科研的本分，扶贫的事跟她有关系吗？需要她去逞这个能？"

"冯主任，"陈正雅冷笑，"您身为保护生物学的头儿，有没有想过野生动物保护的根本问题是什么？是人！人过得好了，自然才会好，自然和谐了，那些珍稀的物种才能存活下来。就算从科研格局来说，您也不如叶岚！"

冯主任怒火中烧，却又不敢得罪陈正雅："陈教授，你到底年轻气盛，你的父亲老陈教授跟我也有交情，就算是看在他的面子上，今天的事，我也不跟你计较。"

"用不着看谁的面子，"陈正雅挺直了背，"今天得罪人就得罪了，该说的话我也照样要说。我相信叶岚的为人，坚决地站在她这一边！"

场面一片僵持，宋院长想打个圆场，可一时之间也不知道该向谁偏一偏才好。

这时，孙大姐过来，说宋院长办公室的电话响了，他匆匆忙忙出去。

等他再回来，先为难地看了一眼陈正雅，才开口："刚才校办打电话过来，说叶岚的事，已经不需要学院层面再做什么，上面的处分决定已经下来了，暂时停止她的一切工作，以后……看情况再定。"

陈正雅猛地拍了一下桌子，冯主任瞥了她一眼，目光里隐隐有得意之色。

宋主任艰难宣布："那就这样，散会吧。"

众人散去，陈正雅站在一片惨淡的阳光里，伫立许久，拨通了叶岚的号码……

"没关系，"叶岚轻声说，"谢谢你了，傻喵。"

陈正雅的眼泪骤然滑了下来。

挂了电话，叶岚一直定定地望着前方的路，两只手交叠着放在膝上，指尖无意识地绕。

仍然是那片熟悉的山水，她却仿佛已经不认识了，星星点点的雪花，渐渐迷了眼前的路。

她觉得心里，好像也是这样白茫茫空荡荡的一片，找不到来时路，也看不清要去的方向。

她曾经从未动摇过自己的信仰，一直坚持做着自己认为对的事，可是现在，她却开始怀疑，自己是不是真的错了。

她的一己之力，能改变这个世界什么？最终反而让她在这个世界里，失去了栖息之地。

从开始到现在，一直没有哭过的她，渐渐哽咽起来，到最后用手遮住眼睛，哭出了声。

李江洲在漫天大雪中，停下了车，将她紧紧抱在怀里……

回到城里的时候，已是晚上，但电梯门滑开，他们看见常淑宁就站在叶岚家门口。

"阿姨，等多久了？"李江洲打招呼："我们出去有事才回来。"

"新闻都报了，"常淑宁盯着叶岚，"你工作停了，还被处分。"

叶岚静静地看着她，突然一笑。

"又让您在三婶他们面前丢人了吗？"叶岚走近两步，和常淑宁脸对着脸："我替您骂，不争气，没本事，和我爸一样，不能让您脸上有光，只会让您没面子。您这辈子真是受累了，我和我爸对不住您！"

说着，叶岚给常淑宁猛地鞠了个躬，常淑宁倒退两步，背抵在墙上，就这么眼睁睁地看着她进屋，重重关上了门。

"她怎么，她怎么……"常淑宁指着门，眼睛里有不敢置信的泪水和愤怒。

李江洲这一次，没有安慰她，沉默了许久才说了一句话："阿姨，她是您的女儿啊。"

常淑宁全身一震，手僵在半空中，半晌才慢慢地落下……

叶岚在家里，昏天黑地睡了三天。李江洲没有叫醒她，但她每一次迷迷糊糊地睁开眼时，他都陪在她身边。她便又继续睡，至少在他这里，她有种不会被丢下的安全感。

她最后一次半迷半醒时，发现李江洲不见了，如同突然失重般，她在梦里一脚踏空，彻底清醒了过来。

空气里有米粥的香味，她才惊觉自己肚子饿了，光着脚走出去，看见了厨房里忙碌的李江洲。

她也不出声，就这样倚在门边看他的背影。他一回头，吓了一大跳："你干什么呢，鬼鬼祟祟地站在我背后，怎么不穿鞋，地板这么凉。"

"我不冷。"叶岚笑了笑。因为有人给她熬粥，看着那层白茫茫的热气，她就觉得心里温暖。

李江洲把粥盛出来，居然还准备了小菜，他苦着一张脸："看吧，我就说以后结婚了得我做饭。"

叶岚但笑不语，只是一口口喝熬得糯软的粥，吃清爽可口的小菜。

一碗见了底，她才抬起头来："是不是你们做外科医生的，连做饭都拿捏得特别精准。"

"你这个夸奖让我很舒心。"他揪了揪她的脸："作为奖励，我带你出去玩吧。"

"去哪儿玩？"

"保密。"

直到出门上了车，叶岚仍然不知道要去什么地方，李江洲就像个人工导航，指挥着叶岚出城，一路向北。

高速上的路牌，一个个滑过，当"宁川"两个字映入叶岚的眼帘，她突然觉得有点儿不对："你到底要带我去哪儿？"

"相信我，往前开。"李江洲深深地看着她。

一个岔路口就在前方，叶岚想转向下去，但手握着方向盘许久，最终还是选择了直行。

那个地方，已经在她梦里盘桓了多年，她没勇气回去，心底深处，却又想再去看一眼。

车开上盘山公路，两边都是笔直的白杨和蓬勃的雪松，枝头结满了晶莹剔透的冰花。

渐渐地，路到了尽头，天似乎离人特别近，山顶都没入了云海之中。

李江洲下车，背起登山包，拉开车门向叶岚伸出手。

她犹豫了一下，终于拉住他的手，跳下了车。

仍然是那条山路，叶岚想起多年前的那个夜晚，父母背着发高烧的她往山下冲，直到遇见李江洲的妈妈，才捡回了一条命。

叶岚看了一眼身边的李江洲，轻轻地叹出一口气。命运的羁绊，总是开始得猝不及防。

越往上走，林子越茂密，叶岚的眼中，渐渐露出惊讶的神色。当那座小屋出现在她的视野里时，她停下了脚步。

是这里，却又不是这里。记忆里和梦里的不同场景，让她困惑混淆。

曾经满山青翠，溪流绕在林间走，鸟儿迎着朝霞鸣唱，半夜黑熊悄悄摸到屋后偷蜂蜜。

但也有过那样一个曾经，这里剩下的只有光秃秃的树桩和石头，像一张被涂坏了的黑白照片。

而今日，到处都是白茫茫的大雪，却仍有松柏的那点青翠，硬是从枝丫间冒出头来。

　　"走啊。"李江洲笑着拉起她的手，继续前行。

　　到了小屋外推开门，里面空无一人。叶岚抑制不住地有点儿淡淡的失望。

　　李江洲把包扔在桌上，在火炉边搓了搓手，又拿暖了的手，去捂叶岚冰凉的脸："先暖和暖和，我们去找叶叔。"

　　叶岚没吭声，看着火炉边隔着的一双湿透了的旧棉鞋，里面的毛已经被压平，鞋跟也磨得不像样。她心里突然就有点儿酸楚。

　　她站了起来，低声说："走吧。"

　　进了后山的林子里，他们远远望见有个身影，佝偻着背，正在往树干上刷白。

　　一声"爸"卡在喉咙里，叶岚叫不出来，反倒是李江洲，欢快地大喊："叶叔——"

　　叶向林似乎有点儿疑惑，不相信这冬日寂静的山林里，还会有人声。他慢慢转过身来，看见了叶岚和李江洲，顿时愣住。

　　"岚岚……"他难以置信地看着久未谋面的女儿。

　　李江洲硬拽着叶岚，向他跑去。

41 连成满天星

"叶叔，"李江洲是个天然的自来熟，"我是叶岚的男朋友，李江洲。"

"哦，哦。"叶向林连忙要和李江洲握手，可看到自己像树皮般粗糙冻裂的手，又讪讪地往回缩。

李江洲却主动握住叶向林的手："冷吧，叔？怎么不把手套戴上？"

"干活方便。"叶向林小心翼翼地看了一眼叶岚："你们怎么来了？"

"她想你了，来看你。"李江洲抢先一步，替叶岚回答。

叶岚还没来得及开口，就看见叶向林的眼中泛起了浑浊的泪光，她最终什么也没说。

"我帮您干活，"李江洲从叶向林手中拿过工具，"您和岚岚这么长时间没见了，多聊聊。"

李江洲拎着桶，去给树刷涂白剂，叶岚和叶向林落在后面，空气中弥漫着沉默。

"去年下雪少，天气太干怕着火，我就……我就没回去过年。"叶向林怕叶岚还在为去年的事生气，喃喃地解释。

叶岚却冷不丁冒出一句："树以前不都砍光了吗？"

就在她回城的那一年，这里开始大面积开山采石。轰隆隆的机器像怪物一样，闯入这座山。参天大树一棵棵倒下，山被从中间劈开，留下的横断面像一道道野蛮的伤口。

清澈的溪流，变得像浑浊的眼泪，那只偷蜂蜜的黑熊，从此不见了踪影。

她就这样站在山坡上的小屋前，看着那些人毁了她的家园，毁了那些陪伴她度过童年的动物朋友们的家。

所以，她是抱着决绝的心痛进城的，除了在梦中，再也没有回来过。

"我种的!"叶向林的神情里带着惋惜,也带着几分骄傲:"当时为了种树的事,我去告状,还和开矿的人打了一架。"

叶岚深深地看着叶向林,无法想象这个老实巴交、连被骂都一个字也不敢还口的人,竟然会去和人打架。

"后来国家的政策下来了,矿山被停了,我就又重新开始种树。这些年,就这么看着这些小树苗苗,一天天长大。"叶向林轻轻地抚摸着身边的树,仿佛那是他的孩子。

他突然又回过神来,想起了自己的女儿,顿时愧疚难当。

"岚岚,这些年……爸爸对不起你。"他为了守住这片树林,却亏欠了她那么多时光。

"我不怪你了,"叶岚转过头看向别处,眼中湿润,"我和你,是一样的人。"

执着,倔,哪怕一条道走到黑……也要等待黎明。

以前她从未意识到,她的骨子里,竟和父亲如此相似。

他坚持了二十年,即使连家人都轻视他冷落他,他仍然留在这寂寞的深山里,将那片焦土,变成了森林。

她呢?信仰真的从此就崩塌了吗?曾经向往的那个未来,从此就不要了吗?

叶岚的心中,似有热浪在翻涌,那些本已被现实冷却的理想,再次被点燃。

她又听见了鸟叫声,抬起头,看见一只小小的山雀,正停在落满雪的枝头,银灰和淡绿相间的羽毛,在冬日的阳光下,那样鲜亮动人。

渐渐地,她仿佛看见枝头冰雪融化,树木抽出新芽,最后漫山遍野,都开满了花。

她站在这一片绚烂的花间,泪落了下来,笑容却又回到了脸上,还有心里。

晚上,有着老年人规律作息的叶向林,早早地睡了。剩下两个夜猫子,坐在火炉边烤红薯吃。

"知道红薯怎么最好吃吗?"叶岚拿着火钳,给灰堆里的红薯翻面:"生吃。"

"嗯?"李江洲惊讶地看着她。

"我小时候啊,是个成日里满山跑的野姑娘,有时候玩得饿了,就从田里翻出个萝卜或者红薯,拿到冰冰凉的溪水边洗干净,"她闭了下眼,似乎还在回味,"那滋味,脆甜脆甜。"

李江洲刮了一下她的鼻子:"原来从小就是个好吃的人。"

"那可不,"叶岚大笑,"因为黑熊偷我的蜂蜜,我气得还和它打了一架,但我打不过它,被追得跑了几条沟。"

他突然想起以前叶岚说过的那句话:"我被熊追都不怕,还会怕你?"

李江洲无语至极,他到底爱上了个什么女人,从小就这么彪悍。

"其实它也是让着我，换别人早被它撕了，"叶岚怀念地笑，"它是我的朋友。还有小鸟、兔子，有时候到溪边喝水的鹿，都是我的朋友。"

她的童年太孤独，唯一的朋友，就是这些动物们。是它们陪伴着她，度过了朝朝暮暮。

李江洲静静地看着叶岚，小时候的她，就像那颗孤独星球上的小王子，陪伴小王子的是那些玫瑰花，而陪伴她的，就是那些可爱的动物们。

"所以你后来才会去做野生动物保护吧？"他问。

叶岚点头，眼神坚定而温柔："我希望它们，也能有一个不用怕失去，永远充满安全感的家。"

第二天早上吃过了饭，叶岚和李江洲就准备下山。

叶向林不知道该怎样表达自己的不舍，只是埋着头，一个劲儿往他们背包里塞煮好的玉米和红薯："路上吃。"

叶岚默默地站在旁边，没有阻止，临走前拎起沉甸甸的包，转过头望向他："爸，今年把山里的事安排好，就回家过年吧。"

"哎！"叶向林重重点头，眼圈通红。

走过了两道岗，叶岚回过头时，看见那道身影，仍然远远地伫立在山坡上。

她又举起手，用力地挥了挥。李江洲看着这一幕，蓦地一叹："我突然也有点儿想我爸了。"

"回城了你去看看他。"叶岚握住他的手。

"你也去看看常阿姨，"李江洲转头望着她，"这一次能来这里，多亏了她。"

叶岚怔住。

那天，她们吵架后，李江洲在楼下和常淑宁谈了很久，回来时叶岚已经昏昏沉沉地睡着，所以她并不知道。

当常淑宁听李江洲讲完叶岚最近的遭遇，她坐在石凳上，一头染成棕色的短发被风吹得凌乱，露出夹杂的几根银丝。

"我真对不起她。"许久许久，她才说了这样一句话。

在女儿的世界就要土崩瓦解的时候，她却还上去加了一脚。

她是个自私的母亲，也是个自私的妻子，永远在计较自己的得失面子，却从未想过，真正去理解她的家人。

她想起了荒野里的那片绿洲，想起她每次去进山货时刻意路过，只为咬牙切齿看一眼的那个人。

她又想起了在叶岚小时候，她看到那些废弃的作业本上，角落里画满的那些熊、小鹿、兔子。

"带她……回山里看看她爸吧。"常淑宁的眼睛里噙满泪水："也许能让她好起来。"

"所以我就带你来了宁川，"李江洲凝视着叶岚，"我想，这应该是你梦开始的地方。"

是啊，梦开始的地方。她的母亲，远比她想象中，要更理解她和她的父亲。

他们是相互恩爱的一家人，可心里最深的那个处所，又何尝没有爱。

叶岚突然很盼望今年的过年，那应该会是一个安宁祥和的除夕……

回到城里，背包一放下，叶岚就开始翻箱倒柜地找东西。

李江洲看着一地狼藉："你找什么呢？"

"房产证。"

"你找房产证干什么？"

叶岚埋着头继续翻："我的存款不够赔偿的，拿房产证再去贷点款。"

李江洲愣住。

"别找了，"李江洲过去把她拉起来，"我有钱。"

银行里，叶岚狐疑地看着李江洲："你哪来的钱？"

李江洲挠着头嘿嘿一笑："我上博士那会儿，有个朋友开私立医院，每次碰到什么疑难杂症，就找我去帮忙，我就存了些。"

叶岚瞟了一眼余额："你存得可真不少。"

"平时每月工资花完就算了呗，反正我又不缺蹭吃蹭喝的地方。"李江洲耸肩："再说了，我总得留点儿本钱，成家立业娶媳妇儿。"

李江洲取出卡，交到叶岚手上："密码是你生日。"

叶岚犹豫了一下才接过："算我借的。"

李江洲把她拦腰一搂："嗨，用不着，我赚钱还不都为给媳妇儿你花。"

"谁是你媳妇儿？"叶岚斜了他一眼，脸颊飞红。

"你害羞的时候，特别好看。"李江洲坏笑，附在她耳边低语。

下一秒，换来一声哀号，他幽怨地看着前面走得英姿飒爽的某人，无比痛恨高跟鞋的发明创始人……

叶岚在微博上发了公告，凡是买到问题天麻的人，不用退货，直接无条件退款。她随即飞往外地，当面和那家药企清偿了违约金。

最后，她和李江洲一起，再次来到青塬。她将剩下的钱全部交给吴局长和王副县长，委托他们分给山民们做补偿。

他们却坚决不要，说山民们的亏空，再想办法，绝不能让叶岚这样真心帮忙的人寒了心。

叶岚感动，但还是悄悄地上山，挨家挨户地送去一份过年钱。之前那些围攻叶岚的山民们，都羞愧难当，汉子们红着脸说不出口道歉的话，女人们拉着娃娃，一定要留叶岚吃饭。

叶岚笑着婉拒，说吃饭的地儿早已经订好了，然后带着李江洲，来到罗大嫂家。没了顶梁柱的家里，一片凄凉，两个儿女也懂事地留在城里，找地方打工挣学费生活费。

"嫂子，中午能给做顿土豆炕饭吗？"叶岚问，仿佛还是什么事都没发生的那个时候，她进山便来这家打尖儿。

罗大嫂慌得手都没地方放，在围裙上揩了又揩："哎，哎……"

叶岚跟着她去旁边的地里，掰已经被雪冻住的白菜，"咔嚓"一声响过，罗大嫂的眼泪也滴了下来，在袖套上偷偷地抹。

"日子总要过的，"叶岚轻声说，"让大哥也别躲着了，回家过年吧。"

罗大嫂呆了一下，扔下镰刀号啕大哭。

叶岚眼睛也湿了，山里的人并不是有多坏，只是在生活的重压下，他们才做出了那样的选择。这是人性，换了别人处在这样的环境下，也未必会比他们做得好。

但也正是因为人性，所以真实的愧疚和感动，更让人深刻地相信，这个世界是在错误中成长的，总会慢慢变好。

临走的时候，叶岚塞给罗大嫂一个厚厚的红包："这是给孩子们的压岁钱。"

罗大嫂死活推拒着不要，叶岚没再坚持，跨出门槛，悄悄地塞在了屋檐下的玉米篓子里。

今日的一切，李江洲都是一个默默的旁观者。他看着叶岚做这些琐碎而又温暖的事，感到这一生最好的运气，就是遇见了她，一个总在风雪中行走，心里却开满了花的姑娘。

就在回去的路上，叶岚接到了朱朱的电话，她兴奋得不能自已："岚姐岚姐，有家药厂在微博上联系了，说急需天麻，问能不能把剩下的全卖给他们？"

还有这种事？叶岚立刻去查了一下，发现这是一家正规资质的企业，而且主营业务就是中成药。她立刻将这个好消息告诉了吴局长他们，大家都惊喜莫名。

这家药厂也是速战速决，第二天就派代表过来签约，青塬政府立刻组织收天麻发货，过程十分顺利。当所有的货款都结算清楚，叶岚悬着的那颗心，终于彻底放了下来。但她接下来，还要做一件事。

叶岚将众筹以来的所有进出账明细，发到了网上，每一笔收入和支出的来龙去脉，都清清楚楚。她还发表了一篇长微博，这是自出事以来，她第一次正式发声。

"亲爱的网友们，所有曾经支持过栖息地保护项目的朋友们，这是我给你们的交代，也是表达对你们的谢意。今年收的，是一年生的天麻，后面我们还会种三年生、五年生、十年生的药材，发展更多副业，这是一个长长久久的过程，我不会放弃，也会坦然接受过程中所有的质疑和争议。

"我曾经失落过，觉得一己之力改变不了这个世界什么，但现在我想明白了，即使我的努力只能改变这个世界上的小小一角，我也要坚持下去。个人之力如萤火，但如果许许多多的力量聚集起来，就会连成满天星。感谢你们，成为了其中的一颗星，给栖息地带来温暖和希望，也愿这光芒永不散，最后凝聚成太阳！"

微博发出后，评论区悄无声息。叶岚直接关机睡觉，如释重负的她，一沾枕头就直接睡着。然而李江洲却没这么好命，手机的振动一波接着一波。

评论区保持着非常一致的队形，全部都是大拇指点赞，似乎不知道，该再说些什么好。后来有一个粉丝乱了队形，她只发了一张图，漫天星光下，有一只熊猫坐着的背影。

叶岚一觉醒来，看见李江洲顶着两个黑眼圈，哀怨地瞪她："你倒是睡得香，我刷了一夜评论。"

叶岚："……骂我的很多吗？"

李江洲沉重地点头："你又上了热搜。"

"好吧。"叶岚翻身下床准备去洗脸，并不打算去看评论。无愧于心，也就无所谓了。

但李江洲还是把手机页面放在了她眼前，她看到了那张星光下的熊猫图，顿时眼眶一热。

"朱朱刚才发微信过来，说平台那边的捐款又增加了。"李江洲从背后抱住她："大家都很支持你。"

"嗯。"他们都是她的星光，照亮前路。

42　偶　像

"陈教授也来电话了，让你回学院上班，"李江洲眯着眼睛摇头，"她可真够虎的，听说居然闹上了校长办公会，为你申诉。"

叶岚想着那只扮老虎的傻喵，想笑，又想哭。

"安娜还准备出一篇特别报道，名字就叫'那个最美野生动物保护女专家，形象真的崩塌了吗？'。"

"拿我蹭热度，她给钱了吗？"叶岚瞪眼。

一个早上，在消息轰炸中度过，叶岚还没来得及消化完，身边的人已经睡着。

叶岚俯下身，轻轻地在他唇上一吻。也很谢谢你，自始至终牵着我的手，陪我穿过这一场龙卷风。

叶岚回到学院，曾经在她离职的事上投过赞成票的人，见到她都有些讪讪的。但冯主任仍然坚挺，在走廊上撞见叶岚，从鼻孔里发出一声冷噱："以后长点儿记性，别再给我们科研工作者丢人。"

俨然他才是科研工作者的代表。叶岚懒得跟他计较，径直走人。

陈正雅站在走廊的那一头，盯着冯主任，一脸"呵呵"的表情。

叶岚朝着陈正雅走过去，张开了双臂。陈正雅见势不妙，转身就想钻进实验室，却被叶岚硬拖出来，紧紧抱住。

"大庭广众之下，你能不能注意影响！"陈正雅挣扎："不要搞得别人以为我跟你有什么关系。"

"就你这个护短的劲儿，现在还有人相信我跟你没关系吗？"叶岚狠狠抱了她一下，才放开了手。两个实验室的学生们，都趴在门边，偷看两位美女老师。

"听李江洲说，你当时为了赔偿都打算卖房子，你怎么不找我借钱呢？"陈正雅一副财大气粗的样子。

"怕你放高利贷我还不起。"叶岚耸肩:"还好最后有药厂把天麻都买了,总算是解了围。"

陈正雅欲言又止,似乎想说什么,但最终还是只拍了拍叶岚的肩膀:"一个好汉三个帮。"

在她眼里,她就是条汉子。叶岚在心里说道,顺便再男人一点儿,又逗了陈正雅一阵,才把快恼羞成怒的她放回实验室。

工作回归了正常轨道,也已经到了年关,叶岚忙到过年的前一天才回家,叶向林也在这个晚上赶了回来。

没有吵架,没有摆样子的饭菜,一家三口安安稳稳地吃了顿年夜饭。而隔天一大早,李江洲就拎着东西上门拜年。常淑宁是越看这个准女婿越喜欢,悄悄问李江洲,准备什么时候和叶岚办婚事。

下午出去逛花市的时候,李江洲提起常淑宁的话:"你觉着,我是不是该正式向你求个婚了?"

"只谈恋爱不好吗?"叶岚拿着花枝,望着李江洲一笑:"我觉得现在这个状态就很好。"

"你是不是还是因为叔叔和阿姨的事,所以……"李江洲试探地问。

叶岚摇了摇头,叹气:"也许每对夫妻,都有自己的相处方式,我现在也不好多加评论。但是,结婚不仅仅是两个人的事,还是两个家庭的事。"

剩下的话,她没说出口。但李江洲已经明白,他家里还有四个难缠的婆婆。而且就在昨天的年夜饭上,她们说起叶岚仍毫不留情,李瑜甚至公开宣称,从来没有接受叶岚的打算。

也许,现在的状态真的是最好的吧,但他心里还是有种莫名的遗憾。

但他选择尊重叶岚,如果真的没到那个时机,就先不提吧。他更希望,叶岚能开开心心地和他在一起。

年假结束,李江洲回到中心上班,罗康成已经给了他和叶岚足够多的相处时间,不能再耽误工作。而事实上,罗康成不仅仅是给了李江洲充足的假期额度,在叶岚复职的事上,他还专门找了赵副厅长去帮着说情。再加上陈正雅那振聋发聩的一闹,才把事情顺利扳了回来。

是朱朱一时说漏了嘴,叶岚才知道了这一茬,特意在初七跟李江洲一道过去,给罗康成拜年。表达完了谢意,叶岚又和罗康成聊起了工作。

"奇奇过完年就大一岁了,两岁是熊猫野化放归的最适年龄,我在想,有必要开始对奇奇进行一定的生存行为训练了。"

叶岚的话,让罗康成一愣:"奇奇……一定要放回去吗?它虽然出生在野外,但后来基本是在人工圈养条件下长大的。"

"正是因为它这种特殊的身份，我才想到，它应该是最适合进行野化放归的。"叶岚轻叹："毕竟大自然才是它真正的家。"

罗康成叹着气点头："动物救助后进行迁地保护，但最终还是应该放回原地保护的。"

当朱朱得知对奇奇的野化放归计划，情绪十分抵触："我可舍不得！"

想了想，她又补充了一句："它的粉丝们也不会同意的。"

叶岚默然。她知道，网上对野化放归这个问题，一直存在着很大的争议。

但每一个能推动濒危动物保护的变革，都总要有人去尝试。

正在叶岚着手准备奇奇的野化训练时，宋院长一个电话，把她召了回去。学院发生了一件大事，冯主任那个引金丝猴下山的项目，被人匿名举报了。

叶岚刚进会议室坐定，冯主任就冲了进来，怒火冲天地指着她："是你举报的吧？就因为上次停职的事，你报复我！"

叶岚站了起来，冷冷一笑："我从不公报私仇。"

她眼中的轻蔑，谁都看得分明，也知道是在暗指冯主任上次的行径。冯主任气结，却又无话可说。

"但我今天也在这里公开表明我的态度，"叶岚掷地有声，"对金丝猴的项目，我反对。"

"这项目没有违规的地方！"冯主任抢着解释："冬天山里面食物不足，引金丝猴下山，是为了补饲。"

"补饲不能解决根本问题，野生动物有自己的生存规律。"叶岚反问："而且冬天补饲，夏天呢？为什么还是不把猴子放回去？"

冯主任愣了一下，强辩："就算有人工饲喂，也没有对动物造成伤害，这还是增加了动物福利。"

"是吗？被聚集起来供人参观，也是动物福利？"叶岚眼神犀利："而且野生动物这样贸然集中，还会增加种群内传染病发生的概率。"

"岂止是种群内，"陈正雅慢悠悠地开腔，"冯主任，您不知道吗？第一例埃博拉病毒，就是从猩猩传染到人身上的。人类和猿猴本就是同宗同源，有些疾病是可以相互传播的，您让金丝猴和人近距离接触，这风险可不小。冯主任，您作为一个先进的科研人员，做出这么不符合科研规律的事，不大合适吧？"

陈正雅句句话直指冯主任，叶岚突然有点儿好笑。

她不会公报私仇，可陈正雅会。她预感，冯主任今天恐怕下不了台了。

不出她所料，陈正雅又添了一把火："要我说啊，您也别追究是谁举报的了。这个人一定是本着科研精神和人道主义，才做出这样的明智举动。您还是以此为鉴，不要再做这些惹人嫌疑的事，踏踏实实做科研吧。"

当初冯主任说叶岚的那些话，都被陈正雅还了回去。冯主任脸上青一阵白一阵，最后气得拂袖而去。

陈正雅人如其名，即使骂人也保持得十分优雅，直到和叶岚进了电梯，才绷不住眼中的得意。

叶岚转头看了她一眼："那个举报的人，该不会是你吧？"

陈正雅翻白眼："我才没那个闲工夫。"

"你的火力真够凶猛的啊。"

"那当然，我早就说了，以后你在学院，有我罩着。"

叶岚撞了一下陈正雅的肩膀，两个人都大笑起来。

没过多久，冯主任就查出了那个举报者的真实身份，是他实验室的一个博士，之前因为留校问题，两个人闹得很不愉快。学校的最后处理结果是各打五十大板，那个学生自然没留成校，但冯主任的项目也被叫停了。

叶岚还被升成了副主任，学科点的事情，实际上都交给了她管。向来意气风发的冯主任，像是被突然抽走了精气神，一下子老了十岁。

叶岚看着冯主任佝偻下来的背影，还是有点儿不忍，但冯主任却更视她为眼中钉，连平时碰面她打招呼，他都装作没看见。

叶岚此时，还在忙着奇奇的事，除了日常训练，为了最后能成功放归，还需要有条件适宜的野化基地。叶岚积极联系其他繁育基地有野化放归经验的专家，共同探讨和撰写项目申请书。

就在这个时候，宋院长突然找叶岚谈话，当她走进院长办公室，发现冯主任也在场。

"小叶，听说你在准备申请野化放归的项目？"宋院长笑容和蔼。

叶岚看了一眼冯主任，这个听说，估计就是听他说的，毕竟同行圈子里消息传得快。

"对，野生动物保护中心的熊猫奇奇，打算训练以后放回青源。"

叶岚话音未落，冯主任就开了口："我不赞成。我们省从来没有做过熊猫放归，一无经验二无硬件设施，这不是胡闹吗？"

"经验可以学，设施也可以建，总要尝试着往前走。"叶岚平心静气。

"人工圈养的熊猫，放归有意义吗？"冯主任冷笑："它们跟野生熊猫根本就不同。"

"我们做人工繁育，不就是因为野外熊猫濒危，所以才要借由科学的手段来增加种群数量。"叶岚直视冯主任："何况奇奇原本就是野生熊猫，由它来进行放归探索，是合适的。"

"你就是爱盲目冒进！"冯主任看向宋院长："这可是国宝，奇奇还是引起了这么大关注度的明星熊猫，到时候万一出了问题，怎么收得了场？"

宋院长也很犹豫，之前天麻的事虽然说最后澄清了，但过程中摧毁式的影响力，到现在他想着都还有些后怕。熊猫放归更是举国关注的大事，不敢轻举妄动。

"小叶，我建议这个事情，你还是先放一放，多考虑考虑。"宋院长安抚叶岚："还有其他很多事可以做的。"

冯主任冷冷地瞧着她，就等着她发火惹怒宋院长。

叶岚却什么也没说，只是点了点头，就告辞出去。这种节骨眼上，她不想硬扛，她脾气是爆，但为了做成事，该忍住的时候还是会忍住。

这天恰好李江洲回来了，听叶岚讲完白天的事，他摇头："这位冯主任，怕是会跟你斗争到底，毕竟你提前成了他的接班人。"

"我又不稀罕当这个主任，"叶岚冷哼，"我还嫌行政事务太多，耽搁我做科研呢。"

"你这么想，别人可不这么想。"李江洲揪她的耳朵："在冯主任看来，没准儿你反对金丝猴事件，就是为了拉他下马。"

叶岚无语。

"好了，先别多想了，我好容易进一次城，总得去吃点儿好的。"李江洲给叶岚拿起外套，催她出门。

到了恒悦饭店门口，叶岚让李江洲先进去订座，自己去停车。而就在她找好车位还没来得及停进去的时候，她看见了从电梯出来的两个人，顿时愣住。

最后购买天麻的那家药厂的周总，正和韩靖有说有笑地走过来，看样子相熟已久。

叶岚一直觉得，之前的合作顺利得超乎寻常，仿佛是天降的幸运。现在看来，这幸运或许并非从天而降，而是有人在暗中帮忙。

进了餐厅，叶岚没在李江洲面前提这事，他是个超级大醋桶，现在真实内情也还没确定。

周日送走了李江洲，就像送走一个高中必须寄宿的孩子，他几乎是一步三回头，手里还拎着一大袋零食。叶岚感叹，自己还没结婚，就直接当妈了。

回去的路上，她发微信给韩靖：明天有空吗？

第二天，叶岚和韩靖还是约在靖安集团对面的那家咖啡馆。

"好久不见。"韩靖笑着走过来，坐到她面前。

从去年的暑期训练营之后，他们就很少再见了，寒假因为山里雪太大，为了孩子们的安全问题，没有办冬令营。

"天麻的事，是你帮的忙吧？"叶岚说话仍然是直来直往的风格。

韩靖愣了一下，准备装傻："嗯？"

但叶岚没给他机会："我前两天在恒悦，看见你和周总了。"

"我也没做什么，"韩靖只好承认，"只不过正好一个想买，一个想卖，我恰好两边都认识，就顺手牵了个线。"

"你这个顺手，可是帮了我的大忙。"叶岚望着韩靖："你这样，会让我更不好意思。"

"说了让你不要对我愧疚，"韩靖微笑，"你也帮了我不少忙，免费上了一个暑假的科教课。"

叶岚摆手："这不算什么。"

"我做的也不算什么，"韩靖深深地看着叶岚，"就像你微博里说的，每个人的力量，都是一点星光。"

"谢谢。"叶岚神色诚挚。

"你先别急着谢我，后面我还有事找你帮忙。"

"训练营的事？放心吧，我肯定会做下去的。"

"不是。"韩靖神秘地摇头。

叶岚疑惑："那是什么？"

"还没筹备好，到时候再告诉你。"

韩靖做事，总是有种运筹帷幄的感觉，叶岚没再问下去，两个人开始扯开话题聊别的。

"你跟雅雅现在挺好的吧，平时帮着多看顾一下她，她任性，有时候还是小孩子脾气。"韩靖说起陈正雅时，语气包容，还带着宠爱。

"你很疼她。"叶岚笑着说，庆幸陈正雅在那样的家庭，能遇到韩靖。

想到这里，她突然心念一闪，试探地问："有没有人说过，你长得很像白一哲。"

从未关心过娱乐圈的韩靖一愣："白一哲是谁？"

叶岚眨了眨眼："她的偶像。"

晚上，韩靖工作完，又想起叶岚说的话，他在网上搜索白一哲的照片，发现某些角度，的确和自己很相像。

想了想，他挑出一张最相似的照片，给陈正雅发了过去。

陈正雅此时刚洗完澡出来，正在往脸上拍爽肤水，微信突然响起，页面显示韩靖发来一张图片。

她急忙擦了擦手，打开一看，顿时气血上涌。

韩靖怎么会给她发白一哲的照片？知道她粉过白一哲的人，只有叶岚，肯定是被她卖了。

陈正雅立马给叶岚打电话："你跟韩靖说什么了，他为什么会知道白一哲的事?!"

"我就说他是你偶像啊。"叶岚坏笑:"你当初喜欢白一哲,不会是因为韩靖吧?"

陈正雅哑火了,半天才憋出一句:"要你管!"

"看来被我猜对了。"叶岚更是理直气壮:"我做的有什么错,这不是为了加强你们的兄妹情吗?你其实挺崇拜他,可你这种死傲娇,肯定说不出口。"

"你讨厌!"陈正雅挂断电话。

叶岚咂摸着"你讨厌"这三个字里隐藏的含义,而陈正雅此刻,还得硬着头皮应付韩靖:"干什么?"

韩靖:"听说你是他的拥护者。是吗?"

陈正雅:"请把'吗'字去掉。"

两人一来一往,聊得脸上都不自觉地泛起了笑容。

43 你是我的世界

第二天早上，叶岚和陈正雅在走廊角落相遇。

"你昨晚跟韩靖怎么说的？"叶岚凑过来。

"你别这么多嘴。"陈正雅一脸嫌弃："被朱朱传染的吧。"

"你可别推卸责任，我只是觉得你们之间吧，"叶岚搓了搓手指，"有那么一点点特别。"

陈正雅脸有点儿发红："你自己不要他，就把他往别人那里塞。"

"谁说的？我是真心希望他有个好归宿，"叶岚瞄了瞄陈正雅，摇头，"不过你也不是什么好选择，虽然没有血缘关系，但好歹也算是名义上的兄妹。"

陈正雅狠瞪了她一眼，知道她后面想说什么，头也不回的走了。

但进了实验室坐下，她想起韩靖，又有些失神。

八岁的时候，她第一次跟在父亲身后，走进那个家。

韩明月对她很客气，但也只是客气而已，她看着他们进了书房，留下她一个人坐在陌生的客厅里，接受着送果盘来的保姆审视的目光。

不知道坐了多久，他们似乎忘了，外面还有一个孤零零的孩子。她想走，却又知道自己没有别的地方可去，除了妈妈的墓地。

这时，那个少年抱着篮球，满身大汗地跑了进来。他站在她面前，笑容比阳光还明亮："你就是雅雅吧？"

第一次见面，他就那么自然地叫她"雅雅"，仿佛他们是已经亲近许久的人。

他带着她上楼，去给她准备好的房间，床头放着一个盒子，那是他送给她的第一份礼物。

在此后的人生里，她还收到了他送的很多份礼物。但他不知道，她收到过的最好的礼物，其实是……

"陈老师，你看看今天的细胞。"学生的声音将她的思绪打断，她急忙回过神来，没有勇气再想下去。

他是哥哥啊。她在心中叹息一声。

因为冯主任不断吹风，叶岚野化放归的项目在学院被卡了，李江洲给她出了个主意——墙外开花墙内香。

叶岚和罗康成一起，去见了林业厅的领导。她见了赵副厅长，首先感谢他上次帮她说情。

赵副厅长戴着眼镜文质彬彬，身上有种知识分子气："我也是西大毕业的，现在学校的领导有几位都是我以前的同学，所以也就是朋友之间聊一聊，希望他们能留住优秀的人才。"

"原来是前辈校友啊，我真是有幸。"叶岚将项目建议书递过去。

赵副厅长一页页仔细地翻看，叶岚和罗康成对视一眼，安安静静地等他看完。

全部看了一遍，赵副厅长抬起头来："我觉得这个项目，是有意义的。"

叶岚松了口气："我们省的熊猫，本来就是个小亚种，种群数量少，所以保护难度就更大。野化放归的确是一件有挑战性的事，但新的技术和方法的建立，肯定会对将来的熊猫甚至是其他物种的繁育和保护工作，带来很大的帮助。"

赵副厅长点头："你说得很对。但现实问题也不能忽视，毕竟这是开先河，也没有现成的野化基地。"

"从哪里来，到哪里去，我建议野化基地就建在青塬。那里是奇奇的出生地，也是生物多样性保护得最好的地区之一，适合动物放归后的生存。"

叶岚的话，让赵副厅长笑了起来，看向罗康成："你看看，我们还没答应，叶老师连地方都已经选好了。"

"她可是个雷厉风行的人物，"罗康成也笑，"当初山洪都快暴发了，她愣是背着奇奇跑下了山。"

"原来奇奇的救命恩人是你，那你们肯定有特别深厚的感情。"赵副厅长望向叶岚。

叶岚的眼神里，有一丝怅然："是啊，其实一想到要把奇奇放归，我也很舍不得，怕它在野外环境里吃苦。可怎么说呢，就像父母对孩子一样，再怎么不舍，最后也还是会狠心放手，想让他有更大更广阔的天地。"

赵副厅长深深地看着叶岚，起身和她握手："我会尽快向上级领导部门汇报，你们就安心地等消息吧。"

从林业厅出来，罗康成宽慰叶岚："你放心吧，只要林业厅这边同意了，说服学校也就容易了，何况赵厅还跟你们学校有这么深的渊源。"

"那就好。"叶岚叹气:"建基地和野外训练都需要时间,前期的流程不能耽搁太久,不然怕错过了奇奇放归的最佳时机。"

她跟着罗康成回中心,去看奇奇的行为训练情况。朱朱还是不大乐意,一见叶岚就嘟起嘴抱怨:"你看它多萌呀,又这么懒,平时饭来张口习惯了,要是真放到野外,搞不好连口吃的都找不着。"

"所以要训练呀。"叶岚拿起一根长竹竿,吊起苹果在奇奇头顶晃动。它伸手去拿,她却又举得更高一点儿。它最终经不住诱惑,一点点站了起来,直立着去够,叶岚这才把苹果奖励给它。"无论人还是动物,独立生存的能力都是最重要的。"

朱朱听了叶岚的话,若有所思,没有再辩下去。

李江洲正在给下面园区里的朱鹮打疫苗,听说叶岚来了,他忙完骑了个电动车就上山了。

"你现在挺接地气啊。"叶岚想起了他那辆红色跑车。

"骑这个最方便,还拉风。"李江洲拍拍自己的坐骑:"不信我待会儿带你去兜一圈。"

"得了吧,就你那水平,安全系数太低了。"叶岚鄙视。

李江洲走过来,和叶岚一起看奇奇:"野化放归的事谈得怎么样?"

"厅里还挺支持的。"叶岚望着正香甜地啃苹果的奇奇:"不过这不是一件容易的事,除了人为因素,最重要的还是要看奇奇适不适应。"

"虽然长了这么大块头,还是傻萌傻萌的。"李江洲叹气:"我也担心它去了野外会受苦。"

两个人望着奇奇,都一阵沉默。奇奇却浑然不觉,一个苹果吃完,又蹭过来撒娇要吃的。

李江洲递给它一根笋,它就地一坐,"嘎嘣嘎嘣"地继续吃了起来。

"倒是随你,就爱吃。"李江洲撇嘴。

"随你,傻乎乎。"叶岚白了他一眼。

李江洲摸着下巴:"有时候啊,觉得它就像咱俩生的。"

叶岚脸红:"你少胡说八道。"

在中心待了几天,等叶岚回去的时候,发现学院的风向似乎又变了。

冯主任又成了那个意气风发的冯主任,学科点上的事也没人再来找叶岚签字了。

"怎么回事啊?"叶岚找陈正雅打听。

陈正雅一边做实验,一边面不改色地说着,不知道的人还以为她们俩在讨论专业问题:"你们老冯的项目又重启了。"

"金丝猴的项目?"叶岚皱眉。

"据说是领导出面了。"陈正雅瞟了一眼叶岚:"他这一重新上位,你的日子就更不好过喽。"

"我的日子好不好过不要紧,金丝猴的日子得好过。"叶岚转身就走:"我去找宋院长。"

院长办公室里,宋院长一边办公,一边和叶岚谈话。

"我知道你对冯主任有情绪,但地方上有发展经济的需要,这事我们也不能拦着。"宋院长和颜悦色地安抚叶岚:"你也别和老冯闹得太僵了,毕竟他没几年就要退了,到时候接班的肯定还是你。"

"我不是计较接班不接班的问题。"叶岚有点儿生气:"动物救助和人工繁育是一回事,无病无灾活得好好的野生动物,非要引下山给游客观看,这不好吧!"

"目前也没有危害动物的情况发生啊。"宋院长无奈地笑:"为了大局,总要适当做一些平衡。"

叶岚从院长办公室出来的时候,正好遇见迎面过来的冯主任,他狐疑地打量了她一眼,她什么都不想说,直接和他擦肩而过。

冯主任和宋院长谈完事,宋院长委婉地提醒他,要和同事下属搞好关系。冯主任面子上答应,出了门却抬头望着叶岚的实验室,冷哼一声:"果然是去告了我的状。"

过了没多久,赵副厅长通知叶岚,林业部门的意见下来了,对奇奇的野化放归项目持肯定态度,但为了保险起见,要先组织一场专家论证会。

叶岚请了有过成功野化放归经验的秦教授和 David 博士,作为论证专家。然而当会议名单下来时,她发现冯主任也赫然在列。

开会当天,叶岚去机场接了两名专家,在简单的安顿之后,一起前往会场。还没进会议厅,他们就遇到了冯主任。

冯主任热情地和秦教授打招呼,邀请他在会后去西大做个学术报告,对 David 博士却态度淡漠,以自己英语不好为由,简单寒暄了两句。

论证会开始,赵副厅长代表林业部门,发表了对野化放归项目的意见:"项目本身,我们认为对野生动物保护这个行业来说,是有重要意义的,但是在细节执行问题上,我们毕竟是新手,所以还希望各位专家多提宝贵意见,在项目开始前首先做好万全的准备,来保证最后的成功率。"

因为 David 是外宾,所以大家让他先发言,叶岚在旁边充当翻译。David 以他在国外成功放归孟加拉虎的经历,谈到了野训过程中需要注意的问题,最后对叶岚的想法表示肯定:"任何事情的开始都是艰辛的,但科学本来就是一个探索的过程,只要有足够的努力和坚持,最终都会获得好的结果。"

大家都受到了激励,赞许地鼓掌。

冯主任忽然咳嗽了一声："David 博士的发言，很鼓舞人心哪，但出于专业的角度，我在这里很不好意思，要泼一下冷水。David 博士在孟加拉虎的放归上，取得了一定的成绩，但是物种和物种之间，还是存在着很大差异的。孟加拉虎的成功，未必能移植到熊猫身上。而且据我所知，在孟加拉虎放归的过程中，也不是没有过失败的案例。"

David 一愣，想反驳，但最终还是打住了，做出了一个请冯主任继续说的手势。

冯主任显然是有备而来，在墙上打出投影，上面列举了包括孟加拉虎在内的动物野化放归失败案例的详细列表，甚至里面还有两只熊猫的例子。

"大家看看，这其中蕴含的风险。"冯主任瞪着眼睛两手一摊："如果我们的奇奇，最后也成了这个列表中的一栏，怎么办？"

众人面面相觑。

冯主任话说到了这个份儿上，秦教授也不好多说什么，为难地看了叶岚一眼。叶岚的手，在桌子下攥紧成拳。

会议最终的结果，是推后再议。散会之后，冯主任直接亲热地拉走了秦教授，叶岚送 David 回住处。

在路上，David 摇头："冯教授的话虽然有道理，但是结论下得太武断了。如果因为失败就不敢前进，那么就永远不会有突破了。只靠野生种群的自然繁殖，濒危物种只会更加处于灭绝的危险中，这不是长久之计。"

晚上回到家，叶岚给李江洲打电话："你说得没错，冯主任就是要跟我斗争到底！"

"对的就是对的。"李江洲感受到了叶岚的愤怒和沮丧，他却很平淡："只要是你认为对的路，你就坚持下去。"

叶岚倒在床上，长呼出一口气："这条路上有冯主任这颗硬钉子，只怕不那么好过去。"

李江洲坏笑："你连熊都不怕，还能怕他？"

叶岚噗地笑了出来："这个梗你准备记多久？"

"一辈子。"李江洲在她面前，总是很喜欢说这个词，渐渐让叶岚也觉得，他们之间的嬉笑怒骂甜蜜烦恼，都会年年岁岁如一日，就这样长长久久地下去。

"江洲，你要是这会儿在我身边就好了。"叶岚模糊的声音里，有一点点撒娇的意味。

"我可以唱歌哄你睡觉。"李江洲心底一片温柔。

叶岚低低地"嗯"了一声。

李江洲开始唱："两只老虎，两只老虎，跑得快……"

"你把我瞌睡都快笑醒了！"叶岚指责，但就在这时，他突然调子一转，磁性温柔的声音，仿佛洒在人心间的月光……

You're my world（你是我的世界）

You're every breath I take（你是我的每一次呼吸）

You're my world（你是我的世界）

You're every move I make（你是我的每一个举动）

Other eyes see the stars up in the sky（别人看着夜空中的星星）

But for me they shine within your eyes（但对我来说它们就闪耀在你眼底）

As the trees reach for the sun above（就像树木努力伸展去拥抱太阳）

So my arms reach out to you for love（我张开双臂只为拥抱你）

You're my world（你是我的世界）

You're my night and day（你是我的每一个白天和黑夜）

……

叶岚慢慢合上眼睛，沉入睡梦的前一刻，在心里轻轻地说：你也是我的世界。

44 私　　心

把叶岚的项目搅得搁浅，冯主任更加英姿勃发。陈正雅冷冷地说道："瞧他在你面前走路的那个狂傲劲儿，怎么不去跳迪斯科呢？"

陈正雅挤对起人来，真是连叶岚都自愧不如。但冯主任现在这样一路死卡，对她的确是个不小的障碍。

叶岚想找秦教授，再帮她在项目上说说话，可秦教授夹在她和冯主任之间左右为难，最后还是婉言拒绝了。赵副厅长那边也为难，毕竟专家论证会的局面在那摆着，他也不能一人独断。

叶岚没再继续磨，一有空就去中心，指导朱朱和潘野给奇奇做生存训练。她还给潘野安排了一个重要的任务，每天对奇奇的训练和身体情况做详细记录。

"为什么不交给我？"朱朱不满："是不是又嫌我粗心？"

"怎么会呢？"叶岚搂着她的肩："我们朱朱连基金会的账都能弄得清清楚楚，是我最好的小帮手，这不是怕你太忙，想给你多留点儿花季少女的时间。"

朱朱眉开眼笑："岚姐，你现在嘴越来越甜了，哪像最开始的时候，一生起气来说话简直像射刀子。"

叶岚一愣，惊觉她现在的性格，确实越来越温暖了，不像以前，把自己当作一座孤岛，拒人于千里之外。

好的爱情，真的有将人变得更好的功能。

叶岚看向正在给奇奇做体检的李江洲，眼中一片温柔。

朱朱捧着脸，羡慕地对潘野感叹："沉浸在爱情中的小女人，可真幸福。"

"啊？哦。"潘野毫无所感，匆匆忙忙拿着测温仪向李江洲跑去。

朱朱恨铁不成钢地跺脚。

叶岚还没回学校，安娜突然打来了电话："洛江那个金丝猴观景园，是不是你们主任搞的？"

叶岚一愣："对。"

"那边出事了，一只猴子把小孩抓伤了。"安娜压低声音："透露你一个内部消息，孩子的爸妈已经闹到电视台来了。"

"我怎么没听说过这件事？"叶岚皱紧眉头。

"肯定是压着了呗，但到了这个份儿上，想捂也捂不住了。"

叶岚跟安娜通完电话，李江洲见她神色不对，过来问："怎么了？"

叶岚大略将事情说了一遍："我觉得还是应该先告诉冯主任一声，让他有个心理准备。"

"他未必领情。"李江洲摇头。

但叶岚犹豫了一会儿，还是把电话打给了冯主任："洛江是不是出事了？"

冯主任一惊，若无其事地否认："听谁瞎说的，是你巴不得出事吧。"

"媒体的朋友告诉我，孩子的父母，已经去了电视台。"叶岚顿了顿："我只是告诉您一声，没别的什么意思。"

说完，她就挂断了电话。

冯主任愣了几秒之后，给当地的联络人小郑打电话："不是说了让你们去谈赔偿的事吗，怎么上电视台去了？"

"电视台？"小郑也懵了："可是……他们要十五万。"

当晚的新闻里，报道了洛江金丝猴抓伤孩童事件，孩子的父母在镜头前哭诉，小朋友才三岁，现在高烧呕吐不止，已经住进了医院。

宋院长急召冯主任，在办公室里，宋院长愁得直拍桌子："叶岚的事刚完，你的事又来了，西大动科院这块招牌，不砸不行了是吧？"

"就是个小小的抓伤，"冯主任力辩，"真没那么严重！"

"抓伤的是孩子啊！这个景区还涉及到科研合作，如果这条线也扯出来，是多大的新闻爆点，你想过吗？！"

宋院长的话，让冯主任面如土灰："我抓紧时间去处理。"

叶岚赶回来的时候，冯主任已经去了医院，她只好去找陈正雅打听消息："现在什么情况？"

陈正雅很漠然："我又不是信息中心，你们保护生物学的事，找我问什么呀？"

叶岚："……你别卖关子了。"

"你们老冯这次，估计会吃不了兜着走。"陈正雅撇了撇嘴："新闻一出，各家媒体跟上，又是从山上引下来的野生金丝猴，呵呵，你说会不会查幕后责任人？"

叶岚无言。景区动物抓伤人，本来就是容易引发关注的事件，这次又是几个要素赶到了一起，后续影响不敢想。

而此时，医院之行也非常不顺畅。虽然有护士拦着，但病区外还是有记者想进去。冯主任望而却步，让小郑给孩子家长打电话，看能不能约出来谈。

"他们说要照顾孩子走不开。"小郑放下电话，无奈地对冯主任说。

"就是当时条件没谈妥。"冯主任咬牙："还不如赔了算了。"

小郑神色沮丧："您知道的，我们就那个经济条件，景区到现在都还没怎么盈利。"

冯主任也沉默了，半晌才说："走吧，回头等记者走了再来。"

冯主任回到学院时，正好叶岚在楼上走廊里，两个人遥遥对视了一眼。随后冯主任快步走进自己的办公室，关上了门。叶岚默立了两秒，也转头进了实验室。

晚上，等在医院观察情况的小郑，给冯主任打来电话，说记者终于散了。

冯主任过去和小郑汇合，拎着果篮上楼。到了病房，孩子已经睡着，他妈妈守在床边，一见小郑和冯主任，立刻警惕地问："你们来干什么？"

小郑赔笑："这是西大的冯教授，我们园区的专家顾问，想来跟你们谈谈。"

"还有什么好谈的，"孩子妈妈垂下眼皮，"再说，我老公现在也不在。"

整个事件中，最强势的就是她老公。冯教授和小郑对视一眼，觉得这也许是个机会。

"孩子的所有医疗费用，我们都包了。"冯主任在床边坐下，看着孩子缠着绷带的胳膊："这是个意外事件，平时的金丝猴也是不伤人的，那天也就是小朋友兴奋起来，尖叫声吓着它了，才……"

"你这意思，这还是我们家孩子的错？"一个愤怒的声音传来，孩子爸爸拎着一塑料袋食品，就站在门口。

"不是这个意思，"小郑急忙迎上前，"冯教授的意思是……"

"意思就是把错都推给别人，好把你们自己择干净。"孩子父亲冷笑："我跟你们说，这事儿没完，这种野生猴子，谁知道身上有什么病，这次我儿子被抓伤见了血，要是被感染上，有个三长两短怎么办？"

"没有那么严重，"冯主任力图解释，"我就是做保护生物学的，野生金丝猴得传染病的概率不大，更别说传染给人……"

"就算万分之一的概率，只要到了我儿子身上，那就是百分之百！"孩子父亲暴怒："哪家父母冒得起这样的风险？别说赔十五万，就算赔一百五十万，我都觉得少了，拿什么保障我家孩子以后的人生！"

"您不要这么激动，"冯主任安抚，"咱们慢慢谈，但也请不要再向媒体说什么了，有事可以私下解决。"

"我该说的，早就说清楚了。"孩子父亲双手抱臂，往病床前一坐，将母子俩都挡在身后："你们看着办。"

冯主任也没话再说，只好和小郑一起离开，孩子父亲叫住了他："把果篮拿走。"

这样一点儿情面都不给，冯主任也觉得心里有气，径直先走了。小郑磨磨唧唧回来，拿了果篮再小跑步跟上。

"他刚才说他是谁？"孩子父亲问妻子："西大的教授？"

"还说是景区的专家顾问。"

"那我打听到的就没错了。"孩子父亲一嗤："走着瞧吧。"

新闻的发酵速度，快得让人难以想象，仅仅两天，这个景区的前世今生就被人全挖了出来，连冯主任一开始怎样教工作人员用食物做诱饵，引饥饿的金丝猴下山的事，都被抖上了网。

而孩子的父亲也留了个心眼，那天从他站在门口开始，手机录音就已经打开，冯主任和他谈条件的内容，被全程上传。

大家都开始猜测，这位冯教授和景区之间，幕后有怎样的利益关系。甚至有人传言，冯教授拿着科研项目的钱投资，成了景区的股东。

冯主任在学校的介绍页面，被人截图传上了网，身份完全暴露在公众面前。还有人向学校投举报信，要求彻查冯主任是否贪污科研经费。

这场风暴的威力，比叶岚那次有过之而无不及。冯主任在学院里，经常一整天都把自己关在办公室，即使好不容易出来，走路也是低头望着地，不看任何人。

"那股老年迪斯科的劲儿也没了，"陈正雅说，"你们老冯，这次被打击得够惨的。"

叶岚笑不出来，她想起了当初，处在舆论风暴中心的自己。

席卷一切，看着周围的世界渐渐扭曲，变形，一点点被摧毁。

这天晚上，叶岚加完班出来，看见冯主任办公室的灯还亮着。犹豫了半晌，她终究还是走过去，敲响了门。

冯主任开门见是她，颓唐的神色一收，硬是武装出一种强弩之末的凶狠："干什么？"

"来看您笑话的。"叶岚平静地说："您是这么想的吧？"

冯主任愣了愣，气势卸去了大半，往后退了一步："看就看吧。反正现在认识的不认识的，沾边的不沾边的，都在看我的笑话。"

叶岚跟进去，在他对面坐下："您真是景区的股东？"

"不是！"冯主任拧着眉，眼里冒出火来。

"那当初我要去青塬设红外相机的时候，您怎么把钱卡得那么紧呢？"叶岚反问。

"你现在还来翻这个旧账，"冯主任敲着桌子，"金丝猴项目上是花了不少钱，可我一开始就是冲着补饲和科研监测去的。"

"真的就没有半点私心？"叶岚盯着他，眼神中有锐利的锋芒。

冯主任在这种直视下，绷紧的后背，慢慢垮了下来，许久才开口："有。"

当叶岚走下楼，又回望了一眼那间还亮着灯的办公室的时候，她沉沉地叹了口气，随后给李江洲打电话："你能不能帮我个忙？"

到了洛江，景区的工作人员很谨慎，怕他们是记者。

"我是冯主任的同事。"有了叶岚这句话，工作人员才把他们放进去。

肇事的那只金丝猴，已经被单独隔离，它似乎也知道自己犯了错，蔫蔫地坐在栅栏里，眼神胆怯。

"当时也是突发情况，"工作人员叹气，"孩子小，看见动物以后太兴奋，尖叫的声音把猴子吓着了，一时惊慌就挠了人。"

叶岚想到那个还在住院的小朋友，摇了摇头："人和野生动物就不应该近距离接触，这下孩子也可怜，猴子也可怜。"

"不要怕，"李江洲蹲下身，笑着向金丝猴招手，"给你检查一下身体。"

简单的麻醉之后，李江洲迅速给它测了体温等各项生理指标，然后取了体液和毛发样品。叶岚拍下了全过程的视频。

等一切做完，叶岚对工作人员说："把它放回去吧，金丝猴是群居动物，落了单会有不安全感。剩下的事，我们来处理。"

从园区办公室出来，李江洲整理着样品："还得找陈正雅也帮帮忙。"

当叶岚找到陈正雅的时候，她有点儿不情愿地望了一眼冯主任的办公室："还真帮啊？"

"看在我的面子上。"叶岚说。

陈正雅撇了撇嘴，从叶岚手上拿过样品，进了实验室。

三天后，叶岚带着李江洲和陈正雅，一起来到了受伤孩子的病房，并请主治医生同时在场。

"这是省野生动物保护中心的兽医李江洲，"叶岚介绍，"出事以后我们去洛江，为抓伤人的金丝猴做了全面体检。"

叶岚将视频放给孩子父亲看，证明就是肇事的金丝猴。李江洲将体检报告递过去："这只金丝猴各项生理体征和血液指标都很正常，身体状况健康，没有患病情况。"

孩子爸爸看完："表面看是这样，但谁知道有没有潜伏的病毒呢？"

"我们带来了一位动物病毒专家，陈正雅教授。"叶岚将陈正雅引上前："她可以回答你们的疑问。"

陈正雅神情冷静，直接将一沓资料交给了主治医生。

主治医生看完，对孩子父亲点了点头。

"而且病毒大多都是要靠体液传播的，"陈正雅补充，"这次并不是咬伤，孩子和金丝猴的体液没有发生直接接触，您不用过于担心。"

"那发烧和呕吐是怎么回事呢？"孩子爸爸反问。

"我以前也是临床医生，幼儿受到惊吓之后，很容易产生应激反应。"李江洲转向主治医生："患者最近还有其他的异常吗？"

主治医生摇头："目前没有，我们本来怀疑高烧和呕吐有可能是狂犬病毒引起的，但现在既然排除了这个可能性，应该就是精神方面造成的不适，症状也在慢慢缓解。"

孩子父亲一时再无话说。

叶岚走近病床前，俯身看了看熟睡的孩子，语气轻柔："宝宝这么小，突然遇到这样的意外，做父母的肯定是又心疼又害怕，这我们完全都能理解，也是去给金丝猴做全面检测的原因。我们也同样希望，孩子能平平安安健健康康地长大。"

孩子父亲的神色，渐渐软化了下来，母亲抚摸着孩子的脸，眼中起了泪光。

叶岚轻轻拍了拍她的肩："很抱歉让你们这些天受了煎熬，现在没事了，你们放心吧。"

叶岚又问了一阵孩子的情况，还有他们生活上有没有什么不方便，各项安排妥当以后就走了，一个字也没提到别的事。

当病房里只剩下一家人的时候，孩子妈妈轻声说："要不，就这么算了吧。"

孩子父亲沉默了半晌，站起来："我去外面抽根烟。"

冯主任坐在办公室里，门窗紧闭，电脑也是一片黑屏。似乎只有这种与外界隔绝的状态，才能让他什么也不用想。

就在这时，手机振动起来，在桌上转着圈挪移。

等响到第二轮，他才接了起来，里面传来小郑惊喜的声音："孩子家长联系我了，同意再谈一谈。"

冯主任猛地泄了一口气，依靠在椅背上。

包厢里，孩子父亲坐在冯主任对面，神色有些疲倦："赔偿我们不要了，过两天就出院。"

"那不行，毕竟是在景区出的事，我们肯定是要负一定责任的。"冯主任坚持。

"你们这些知识分子啊，"孩子父亲忽然一笑，"其实人都不坏。"

冯主任一怔。

"上次来的那个叶老师也是，很为人着想。"孩子父亲挥了挥手："行了，记者那边，我也会帮着说说的。"

谈完之后出来，冯主任吩咐小郑："到时候去把医药费都结了，好好安排送一家人回去，慰问金还是要给的，从我私人的账上转。"

冯主任回到学院，直接上了四楼，去叶岚的实验室。

"除了学校组织的参观和检查之外，您这还是第一次来吧。"叶岚笑着给冯主任搬了把椅子。

"你呀，就是这张嘴不饶人。"冯主任瞪她。

"我都好多了，您看这次我也没落井下石。"叶岚显得很通情达理。

"你平时说我说得还少了？"冯主任冷哼："我干了一辈子，就没碰见过像你这样的刺头。"

叶岚只是笑，从毕业后进学院以来，她确实是没少跟冯主任对着干。

冯主任默然片刻，一叹："但有时候，是得有个对着干的人，才能让自己保持清醒。"

这一次就是教训，如果他早听取叶岚的意见，也不至于走到这一步。

"其实您的初衷，也没错。"叶岚深深地看着冯主任。

那天晚上，当她问冯主任有没有私心，冯主任回答说："有。"

而他接下来的话，让叶岚愣住。

"你知道我小时候是怎么上学的吗？"冯主任望着窗外："村里派出个大人，在前面举着火把，一群孩子在后面跟着走，从凌晨四五点一直走到天亮，才能到山下的学校里读书。"

叶岚想象着当时的情景，有些怔神。

"但就算是这样，也就出来了我一个。"冯主任苦笑："我是当教授了，当主任了，可那有什么用。村民们到现在，还是穷，守着一片大山，却没有致富的门路。所以我才想着，反正是要建科研观测站，为什么不能顺便给我的家乡人也出点力？我错了吗？"

他错了吗？叶岚也回答不出这个问题。

"地方上想方设法筹了款，村里人也是家底子都掏空了，以集体名义入股，召集金丝猴的林子，也是村民们的集体林，这不算违规啊。"冯主任撑着额头，掩住自己泛红的眼圈："大家都是拼命奔着劲儿往一处使，想着能过上好日子。"

叶岚从未见过冯主任这一面，他向来都是刚硬的，甚至别人有时候都在背后评价他跋扈，可此时此刻……

叶岚心中五味杂陈。

"你对我有同理心，所以你帮了我。"冯主任眼中有惭愧之色："可你出天麻那个事的时候，我却没有体谅过你，是我错了。"

叶岚笑起来："您可别认错这么快，小心我以后又拿这事说您，对付我这样的刺头，您就得一直保持威严的形象。"

冯主任哭笑不得："行行，再盯着你两年，我也就退了，到时候西大保护生物学这一摊子，就全交给你了！"

长江后浪推前浪，可正是这一波又一波的浪潮，才能让江水永远生生不息。

谁也没必要嫉妒谁，谁也没必要打压谁，一个行业的进步，本就在于传承。

冯主任和叶岚对视着，心中都充满感慨。

45 科学家的同理心

晚上叶岚请客，叫了李江洲和安娜，又小心地问陈正雅去不去。

"看你们秀恩爱吗？"陈正雅翻白眼："那我把韩靖也叫上。"

叶岚：……

陈正雅说到做到，竟然真的把韩靖拉去了，安娜看着并肩走进来的两个人，凑到叶岚耳边说："这是一个什么奇怪的饭局？"

叶岚无言以对，只能笑着表示欢迎。

李江洲从洗手间出来，看清桌上的局面，过来挤开安娜，愣是坐在了叶岚身边。

安娜内心敲起了欢快的锣鼓声：好戏就要开场了。

韩靖保持了一贯的风度，在和两位女士打过招呼之后，还要和李江洲握手："好久不见。"

"我刚洗过手，都是水。"李江洲皮笑肉不笑。

叶岚在桌子下踢了他一脚，他只好拿起纸巾擦了擦手，然后和韩靖相握："是见得少了。"

韩靖笑了笑，坐下之前，还先给陈正雅拉开了椅子。叶岚不动声色地看着这一幕。

陈正雅一见叶岚那个诡异的眼神，就猜到了她在想什么，狠瞪了她一眼以示警告。

"感谢大家的帮忙。"叶岚举起酒杯。

"冯主任这个事儿里，韩总没帮忙吧。"李江洲见缝插针地找茬。

"但天麻最后能全部销售出去，是靠韩总介绍的客户。"叶岚说着，又特意敬了韩靖一下。李江洲灰溜溜地不再说话。

安娜瞥着他们：嘿嘿嘿。

"太客气了，"韩靖也顺手补了一刀，"帮你是应该的。"

什么叫应该的，你是她什么人啊？李江洲再度火起。

"毕竟马上我又要找你帮忙。"韩靖面不改色地接了一句。

这人说相声的吧，包袱还不带一次抖完的。李江洲气结。

"什么忙？"叶岚好奇地问。应该就是上次他说要筹备的那件事了吧。

"训练营其实本质上就是一个科普旅行团。"韩靖说："所以我在想，不如干脆发展生态文化旅游，这样覆盖的范围更大，能做的事情也更多。"

"但大规模的旅游，估计会产生很多问题。"叶岚犹豫。

"既然是生态游，肯定会基于不破坏生态的前提下，会严格控制游客的数量，以及管理游客在旅游过程中的行为。"韩靖详细解释。

"游客流量小了的话，赚不了太多钱吧，基本就是半公益性质了。"陈正雅怀疑地看着韩靖："阿姨会同意你做这种不赚钱的生意吗？"

"每个公司都需要有自己的公众形象，集团不是还给你们学校捐了栋楼吗？这体现了我们对教育的支持。现在做生态保护方面的公益，会进一步树立起好的口碑。"韩靖笑着说："在业界，口碑就是生意，会让公司在别的地方赚更多的钱。"

"奸商。"李江洲用很小的声音骂。

可偏偏韩靖听见了，看着他的眼神，似乎意有所指："所有的付出，都一定会拿到回报，只是早晚的事。"

这是以后还要对叶岚横刀夺爱的意思？李江洲再次发怒。

但他还没来得及发作，韩靖又温润如玉地加了一句："我只是在说生意。"

李江洲咬牙切齿。这人铁定是德云社的秘传弟子。

安娜在旁边，憋笑憋得快肠子打结。韩靖不愧是大老板，这噎死人的本事也太强了。

陈正雅看着李江洲的样子，实在有点儿不忍心，悄悄拉了拉韩靖的袖子，想提醒他放过李江洲。

韩靖却以为陈正雅有什么需要，倾身过来，呼吸几乎吹拂到她耳边："怎么了？"

陈正雅看到，叶岚的眼中再次亮起了好奇的目光，她只能矜持地和他拉开距离："没事。"

对不起了李江洲，你自求多福吧。

一顿饭吃下来，看似欢声笑语，实则暗藏刀光剑影，关键受伤的还总是李江洲。

吃完出来，趁着叶岚去送陈正雅和韩靖的时候，安娜同情地拍了拍李江洲的肩："兄弟，你今儿晚上完败啊。"

她说完大笑而去，李江洲悲愤欲泣，直到上了叶岚的车，仍然很郁闷。

"你呀，"叶岚一边开车，一边训他，"在外人面前不要那么幼稚。"

外人？李江洲的郁闷顿时一扫而空。

叶岚无奈地瞧着李江洲的表情："你又突然傻乐个什么？"

"原来我才是你的自己人。"他深情款款地握住叶岚的手。

叶岚无语："瞧你这醋天醋地的劲儿。"

"你别骄傲，那是你没碰上我以前抢手的时候，"李江洲正准备描述一下他万花丛中过的战绩，瞟了一眼叶岚的脸色，求生欲又战胜了吹牛的动力，"我遇见你以后全改了，就对你一个人专一。"

红绿灯变换，叶岚的眼神从李江洲身上移开，蓦地一笑："你放心，我也专一。"

车平稳地向前行驶，李江洲的手反扣过来，和她十指交缠。掌心里的温度，那样真实，他的心也安定下来，嘲笑自己在爱情面前的孩子气。

此时，另一辆车上，音乐徐徐流淌，韩靖的脸半明半暗地掩没在光影里，看不清表情。

陈正雅看着他的神色："心情不好？"

"恰恰相反，"韩靖露齿一笑，"今晚总算是出了一口恶气。"

陈正雅一笑："喊，我还以为你是个圣人呢。"

"你呢？"韩靖转过头，望着陈正雅："还会为他伤心吗？"

"我好像渐渐放下了，"陈正雅凝视着玻璃上，反射的五彩灯光，想起了那晚的电视塔："从在叶岚怀里哭了那一场开始。"

韩靖一愣："叶岚怀里？你和她该不会……"

陈正雅："呵呵。"

"不伤心了就好，"韩靖笑起来，"对了，白一哲最近有场粉丝见面会，在集团下面的酒店里举行，需不需要为你弄张票？"

"不用了。"陈正雅又想起她和叶岚那次去参加粉丝见面会时，惨不忍睹的情景："我一个老阿姨，就不去跟那些青春美少女们凑热闹了。"

"你也是美少女。"韩靖拍了拍她的头。

他对她似乎总是有审美偏差。陈正雅无语，忽然又好奇起来："我在你眼里，到底是什么样的？"

"嗯……"韩靖沉吟，眼前仿佛又浮现起多年前，第一次见她时的情景："小小的。"

那天他打完篮球回家，一进门，就看到了沙发上小小的她。明明眼中有害怕的神色，却还是将背挺得直直的，不肯露出一丝怯意。

这就是他以后的妹妹吗？他心里突然生出一股怜惜。

当他带她上楼，她看见床头的礼物时，眼神中瞬间绽放出光彩。其实这只是他出于礼貌随便买的，但从这一刻起他却决定，以后要好好挑选她喜欢的礼物送给她。

"其实你的礼物，从来都没有挑对过。"陈正雅轻声说："但我还是很喜欢。"

因为里面包含着他的心意。

车厢里，音乐徐徐流淌，两个人相视而笑。

命运安排他们在尴尬的情境中相遇，但谁能说，这不是特意给予他们的温暖。

一直将陈正雅送到家门口，韩靖才离开，走之前还谆谆嘱咐："女孩子一个人住要小心，尽量不要独自回家太晚，睡觉之前锁好门。"

"你可真唠叨。"陈正雅撇嘴。

韩靖瞪了她一眼："哦，对了，把我的号码设成紧急联系电话，有事第一个打给我。"

"好。"陈正雅微笑。

其实在她的手机里，已经有了两个特殊设置的号码。一个是他，一个是叶岚。

在孤独的时刻，在难过的时刻，她能随意任性耍赖的，就只有他们。

站在窗边，望着韩靖走远的背影，她心里有种说不出的感觉。在一片温暖之中，又有点儿莫名的酸楚。

如果他……陈正雅闭了闭眼睛，深呼吸一口气，及时掐断了这妄念。

叶岚找到冯主任，谈了韩靖说的生态旅游的事情。

"洛江的景区既然已经建好，也不要浪费了，可以直接跟靖安集团合作，继续开发。"叶岚思忖着："金丝猴的事情，回归到科研观测站的本质，冬天食物少的时候，还是让它们下山进行补饲。这期间也可以组织科普游，让游客们用望远镜等设备，远距离观察金丝猴的生活状态，既避免人猴接触的风险，又能更加熟悉动物爱动物，还可以为当地村民再增加一部分收入。"

"两全其美。"冯主任对叶岚拱了拱手："小叶啊，我代家乡人谢谢你！"

"您说的这是哪里话，都是一家人。"叶岚笑着站起来："那我就去跟韩总说一声，约个时间你们见面聊。"

韩靖和冯主任谈得很顺利，从已有基本景区设施的洛江入手，对韩靖来说也是件好事。当地对靖安集团这样有实体的大企业入驻开发，也非常欢迎。并表示因为是促进当地经济发展的公益性产业，会对公司进行投资补偿。

双方达成合作意向，韩靖组织了新闻发布会，这是第一次，他正式在公众面前，以集团首席执行官的身份亮相。

因为韩明月拒绝出席发布会，为学校捐栋楼毕竟投入就只那一笔，但发展生态旅游，却有可能是个填不满的坑。她责斥韩靖昏了头，做这种赔本赚吆喝的买卖。

韩靖没有反驳，只平静地告诉她，这件事他会以自己的方式做下去，成败与否由他来担。

安娜也是参会的记者之一，托认识韩靖的福，她还占到了一个绝佳的好位置。

即使在台上，韩靖仍然很低调，将发言的机会让给了地方代表和冯主任，让他们讲述洛江的故事。这也是一次对金丝猴伤人事件的澄清，他们正式在公众面前道歉，诚恳反省在景区管理中的问题，并表示新的合作，就是新的启程，洛江会以最好的面貌和最大的热情，迎接所有关心生态保护的人们来做客。

最后，轮到韩靖总结致辞，他环顾全场，找到了坐在最角落里的叶岚："我想感谢一个人，将我带入生态保护这个新领域，从森林学校到生态旅游，诚然，这不算是一门赚钱的生意。但我想，这是作为一个有能力的企业，应该担当的社会责任。百川汇成海，希望能有更多的力量汇聚进来，一起来做这件跟我们每个人都息息相关的事！"

台下掌声轰鸣，安娜一边360度拍摄韩靖的照片，一边在心里感叹，韩靖真的是完美男人的典范。

这时，有记者提问："韩总，您想感谢的那个人是谁？"

韩靖望了一眼叶岚所站的位置，她以微笑致意，然后急急忙忙地溜走。

韩靖一笑："不好意思，这是一位不愿意透露身份的女蜘蛛侠。"

一片哄笑声中，冯主任正襟危坐，假装他也毫不知情。

而冯主任欠了叶岚这样一份天大的人情，很快便回送给她一份厚礼。

冯主任亲自联系 David，向他道歉，说当时在专家论证会上，自己的观点有失偏颇。虽然孟加拉虎和熊猫是不同物种，但野化放归经验的本质是相通的，而且从失败中走出的成功，更具有实践意义，可以更好地规避风险。

David 听完之后，幽默地表示："冯教授，您的观点很好，但您的英语水平更好。"

想起当初自己以英语不好为由，故意冷淡 David，冯主任很不好意思："您就当我是用的谷歌翻译。"

David 哈哈大笑。

在冯主任的邀请下，David 和秦教授等各位国内外专家再次会集古城，召开了一场大型的野化放归论证会。

这一次几乎不用叶岚帮忙，冯主任以西大保护生物学团队的名义，全程组织操办。连赵副厅长都忍不住私下问叶岚："你们冯主任，这态度怎么180度大转弯了？"

"为了科学精神。"叶岚微笑着回答。她相信，这不仅仅是为了还人情，这是科学家的同理心。

到了开会的时候，冯主任仍然毫不留情，一上来就直接向叶岚抛出问题："你现在有新的论据证明奇奇放归是可行的吗？"

叶岚列出了潘野做的奇奇训练情况的详细记录："大家请看，奇奇的健康状况一直很稳定，而且经过训练，它在运动能力、觅食能力、对环境刺激的反应能力等方面，都有显著提高，这说明它是一只具备野外生存潜力的熊猫。"

"就算有潜力，但在野化放归的实际操作中，仍然有很多潜在的风险。"冯主任接着又提了一大堆尖锐的问题。

叶岚一一作答，两个人你来我往，讨论到激烈处甚至针锋相对，这也引发了其他专家们的热议，场面十分火爆。

当天会议结束时，赵副厅长开玩笑："你们知识分子吵起架来也很厉害啊，吵完天都黑了。"

"还没完呢，"叶岚大笑，"明天接着吵。"

连续讨论了几天，论证会才终于开完，野化放归项目正式拍板定了下来。

叶岚一一和参会专家们握手，感谢他们的宝贵意见。

到了最后，她停在冯主任面前，向他伸出手："感谢您给我挑刺。"

"刺我还会继续挑的。"冯主任笑着和她握手："好好干。"

46　舍不得

开始筹建野化基地，叶岚来到中心，特意将潘野叫到了罗康成办公室。

"江洲担负的医疗任务重，朱朱又还是个小姑娘，而你野外经验很丰富，所以我想让你做我的助手，一起给奇奇做野训。这也是我一开始就选定你给奇奇做训练记录的原因。"

"行。"潘野欣然答应。

"但有一个问题。"叶岚凝视着潘野："野训基地会设在毛坪，你愿不愿意去？"

潘野的笑容凝固在脸上，僵坐了两秒，站起身来一言不发地离开。

罗康成见状，沉沉一叹。

"罗主任，"叶岚顿了顿，"您能不能跟我讲讲，秦大姐和潘野父亲之间，到底发生了什么事？"

罗康成一愣，眼神里起了复杂的情绪变化。

潘野没有骑车，在山路上疾走，仿佛要消化什么情绪，却又怎么都排解不掉。那种憋闷，让他感觉整个胸腔都快要堵死。

当他到了奇奇的圈舍，看见朱朱正满园子里追着奇奇跑："该回屋了，你这个野孩子，在外面都疯了一天了。"

潘野走进去，三两下就抓住了奇奇，和朱朱一个抬头一个抬脚，把它往屋里搬。

终于将奇奇安顿好，朱朱叉着腰抹汗："这小家伙越来越重了，再这样下去我算是抬不动了。"

"它马上就要去野外基地了。"潘野的话，让朱朱呆住，心中涌起百般滋味，半晌才喃喃地说："这么快，我们……我们能陪着一起去吗？"

"岚姐选中的是我。"潘野面无表情。

朱朱看着他的神色："你不愿意去吗？"

"不愿意！"潘野突然猛地一拳，砸在了身后的墙上。

朱朱吓得一颤，她从未见过潘野这样，平时即使他生气，顶多也就是黑脸训几句人，却从未像此刻这样暴烈。

"你怎么了？"朱朱小心翼翼地问。

"我不想去毛坪，那里有我这辈子最恨的人。"潘野的眼中，有迸发的恨意。

盖着白布的父亲遗体，抱着他哭泣的妈妈，还有那些站在角落里，用异样的眼光看着他们窃窃私语的人……

不见到她时，还可以屏蔽，但只要听到和她有关的任何一点一滴，这个场景就又会从记忆中被翻检出来，啃啮着他的心。

潘野的眼中泛起了泪光，却梗着脖子转过头去，不愿意让朱朱看见。

但朱朱还是看见了。她怔然半晌，慢慢地走到他面前："潘野……"

她不知道发生了什么，却能感受到他压抑的痛苦，她也不知道该如何帮他，就只能这样站在他身边，只恨不得他能将痛苦，分给她一点儿，她愿意帮他承担。

不知道从哪里生出的勇气，她忽然伸出手，将他抱在了自己怀里，让他依靠着她，能悄悄地哭一场。

叶岚来到圈舍门外时，隔着长长的走廊，看见了这一幕拥抱的场景。

她默默一叹，悄然离开，将这里留给他们。

当潘野平静下来时，才惊觉他和朱朱的姿势，红着脸挣脱开来。

朱朱在那一瞬间，心中涌起失落感，但仍然强装出笑容："你别想歪了哟，这只是同志间的安慰。"

潘野的尴尬缓解了些，想到刚才的拥抱，又觉得温暖："谢谢。"

"没事儿，革命友情。"朱朱摆了摆手，转身往外走："我去给奇奇弄点竹子。"

朱朱轻快地走出了他的视野，脚步慢了下来，望着远处的山，呼出一口气。

她曾经以为，自己很了解潘野。现在才发现，他心里的某些地方，她从未触及过。即使她想为他分担，他似乎也并不打算对她敞开那道门。

朱朱怅然地笑了笑，向山下走去。

"岚姐，我跟你去野训基地吧，反正我舍不得奇奇。"朱朱坐在叶岚面前，她并不知道叶岚看到了那一幕，故作轻松地笑着申请。

"嗯。"叶岚点头。

没想到叶岚答应得这么爽快，朱朱惊喜："那我就开始准备了，山里面应该很冷吧，我去网上买件冲锋服，还有防蚊水，帽子，方便面……"

朱朱正掰着指头数，李江洲进来："干什么呢这是，要出去旅游？"

"我们是去工作！"朱朱自豪："我要去给岚姐当野训助手了。"

"就你?"李江洲怀疑地眯起眼:"在山里能撑过三天不哭就算不错了。"

朱朱正想回敬他几句,叶岚笑着挥了挥手:"好了,你先回去准备吧。"

等朱朱走后,李江洲皱着眉问叶岚:"你真打算带她去,为什么不考虑我?"

"野训是个长期的过程,中心还有这么多事,你是兽医院的负责人,肯定不能一直在山里待着。"叶岚叹了口气:"但我一开始选定的人,其实是潘野。"

李江洲一怔:"怎么?"

叶岚想起了罗康成说的话:"潘野的父亲,是我和秦芳的导师。当时我比秦芳低一级,还在上基础课,潘老师就带着师姐进了山。就在考察的过程中,他们发现了盗猎者设置的陷阱,叫作千斤坠。"

罗康成停顿了好一阵,才艰难地继续讲下去。

"只要有动物触发机关,吊着的大石头就会砸下来,动物必死无疑。潘老师很愤怒,想赶紧把机关拆除,免得有动物受害,师姐也上去帮忙。但意外就发生在一瞬间,绳子断了,石头砸了下来。"罗康成眼眶红了:"潘老师硬是撞开了师姐,自己却……"

叶岚也百感交集。无论是作为野生动物保护工作者,还是为人师长,潘野的父亲都值得人尊敬和缅怀。

"但就在潘老师过世以后,却不知道从哪里传出了风言风语,"罗康成犹豫了一下:"说他能这么舍命救秦芳,是因为他们之间……有不道德的情感。"

叶岚惊讶地瞪大了眼睛。

"秦芳那个时候已经崩溃了,拼命地哭着说她跟潘老师之间清清白白,但没有人相信。连在灵堂上都有人指指点点,说潘老师是为了小三死的。"

罗康成的讲述,让叶岚仿佛看到了那一幕场景。她终于理解了潘野对秦芳的仇恨,一个孩子在幼小的年纪失去了父亲,还要承受父亲身后的污名,对造成这一切的人,他怎能不刻骨铭心地恨?

"但是我相信老师和师姐的人品,他们之间没有私情!"罗康成斩钉截铁:"我是离他们最近的人,这一点我能够保证!"

可一人之信,怎抵得过无数人的嘴。罗康成的眼神又黯然下来,充满了愧疚,他终究没能帮已逝的老师洗清身上的污水,秦芳从此再也没走出过那座大山……

"所以潘野不愿意去就不去吧,"叶岚叹息,"他和秦芳之间的心结,也许永远都解不开。"

李江洲眼中也有唏嘘之色:"好,到时候我先去给你打个前站,中心这边让老周盯着,有事了我再回来。"

接下来的日子里,朱朱忙碌地准备进山,从潘野手中把训练记录也接了过去。潘野交出那个沉甸甸的本子时,心里也沉甸甸的,有种说不出的滋味。

而此时，网友们也从视频里看出了端倪，知道奇奇将要去进行野训。顿时，微博上议论纷纷，有粉丝激烈反对，说将人工圈养的奇奇就这样扔进危机四伏的山林，对它太过残忍。

　　"跟我当初想的一样，"朱朱很担忧，"奇奇现在已经是国民萌宠了，粉丝们肯定不愿意让它就这么消失。"

　　"它不会消失，"叶岚平静地说，"只是回家了。"

　　叶岚在微博上承诺，野化放归过程中，奇奇的每一个关键节点，都会拍摄视频如实向公众展示，以免除大家对它的担心。

　　临行的前一天，朱朱收拾着奇奇进山后要用的东西。奇奇似乎什么都不知道，还伸着爪子找潘野要苹果。

　　潘野切开一个喂给它，看它吃得津津有味，忍不住心疼地摸了摸它的头："你以后不知道还吃得上几回苹果。"

　　朱朱有些心酸，大声说："山里好吃的果子多着呢，你没看过《西游记》啊。"

　　"你也是。"潘野抬起头看向朱朱："平时就是娇气的哭包，进山条件又艰苦，你怎么受得了。"

　　朱朱心里一暖，垂下眼睑："你别小瞧人，我肯定能挺住。"

　　潘野看着她半晌，又沉默了下来。他们就要走了，往日朝夕相处的地方，即将只剩下他一个人，他突然觉得孤独。

　　朱朱眼角的余光，瞥见了潘野的神色。她慢慢停下手上的活，走过来在他身边坐下。

　　"潘野，"她望着园子里，夕阳下的景色，"等我们走了，你也要好好的。"

　　潘野以前一直觉得，她就是个没心没肺的小女孩，此刻却不知怎么，有了点异样的感觉。

　　"朱朱……"他不由得轻声叫她的名字。

　　"嗯？"她转过头来看他。

　　他却又不知道自己想说什么，两个人就这样四目相对……

　　突然，门口传来了说话声，罗康成带着人走了进来。

　　两个人连忙分开视线，站起身来。

　　"奇奇明天就要走了，来看看它。"罗康成蹲在栅栏外，摸了摸奇奇的耳朵："你这个小崽，在中心待了一年多，都把你当家里人啦。"

　　奇奇用头蹭他的手："嗯！"

　　"回去吧，那里也是你的家，"罗康成一叹，"但你也记着，无论你走到哪儿，我们都挂念着你。"

　　大家看着奇奇，神情都有些伤感。从当初捡回来的奄奄一息的小可怜，变成现在这个健健康康的调皮蛋，所有人都是看着它长大的，中间还经历了那场生死危机。如今要走，怎么能舍得。

奇奇似乎也察觉到了众人的情绪，黑眼珠滴溜溜地转，看看这个，又看看那个。

罗康成无言地轻拍了一下它的头顶，慢慢站起身来。他又事无巨细地询问了好一阵奇奇去基地之前的准备情况，这才离开。

其他人也跟着他走了，李江洲留了下来："潘野，再给奇奇测一次肾上腺皮质激素，我过去以后好做对比，看看奇奇对环境的应激情况。"

潘野答应了一声，过去给李江洲帮忙。

"江洲哥，你行李都收拾好了吗？"朱朱问。

"我简单，带上几件衣服就行了。"

朱朱"啧"了一声："你现在真是越活越糙了，听岚姐说，以前你可是个穿白大褂都要考虑配什么颜色领带的讲究人。"

"我在这山上讲究给谁看呀，是审美水平低下的你俩，"他指了指奇奇，"还是它？"

"又搞人身攻击，"朱朱噘嘴，"得嘞，那你们忙着，我先回去收拾东西了。"

朱朱深深地看了潘野一眼，才转身离开。潘野却浑然不觉，一门心思给奇奇抽血。

李江洲目睹这一幕，拿镊子敲了敲潘野的头："你小子，也该开窍了。"

他愣愣地张大嘴："啥？"

"算了，"李江洲无奈地叹气，"你就是块废木头。"

而此刻，潘野才后知后觉，将样品管放回冰箱的时候，悄悄地在窗边，遥望了一眼朱朱的背影。

陈正雅也正在给叶岚送别，看着叶岚把大行李箱扔到车上，她想帮忙，却被叶岚直接挡开："不用，什么都不用你做，上车等我就行。"

"你真行，你要是个男的，我就嫁给你。"陈正雅由衷地感慨。

叶岚捏了一把她的脸："我一定娶。"

陈正雅倚在车边，看她将行李一一摆正："你这次去，时间不会短吧？"

"嗯，野训是个长期的过程。"叶岚关上后备箱："还要看奇奇的适应情况。"

"一进山，我们就又断了联系。"陈正雅有些怅然。

"放心吧，那边为基地新建了基站，可以联系的。"叶岚拉起陈正雅的手："你也得照顾好自己，还有那什么……"

原本沉浸在温情中的陈正雅，心里突然警铃大作。

果然，叶岚接下来说的是："兄妹情也争取再加深一下。"

陈正雅送给她一个大白眼："走走走，跟你多待一秒都是浪费！"

叶岚哈哈大笑。

将叶岚一直送到中心，陈正雅跟众人打过招呼后，准备离开。

临上车之前，她突然又回转来，抱了抱叶岚。

这是陈正雅第一次主动拥抱她，这个傲娇的小公主，能做到这一步，已经可见她在她心中的位置。叶岚抱着她，在她背上轻轻地拍："保重啊，傻喵。"

离别难，但还是到了离别的时候。第二天早上，当奇奇被装进转运笼的时候，它突然间明白了，自己将要离开这个家。它死命抱着潘野的胳膊，不肯进笼子。

潘野在那一刻停住了动作，过了半晌才狠下心，扒下它的前爪，将它塞到笼子里关上了门。奇奇扒在笼子边缘，焦急地"嗯嗯"直叫。

潘野别开头去，眼中已满是泪水，在场的其他人也都眼圈泛红。

叶岚让朱朱坐进副驾驶，她和李江洲在后面的车厢里陪着奇奇，在众人不舍的目光中，车缓缓离去。

潘野看着他们渐渐远去，最后成了一个模糊的小点，他的视线也模糊了，不知道是因为距离，还是泪水。

朱朱从车前镜里，看着逐渐消失的潘野，也同样泪眼蒙眬……

47 闪闪发光的她

　　一路赶到野化基地的时候，已经是傍晚。秦芳做好了饭送过来，叶岚和李江洲想起她和潘野的事，只觉得唏嘘。

　　朱朱并不知道，她就是潘野口中那个最恨的人，还亲亲热热地夸她做的饭好吃。

　　"可惜潘野没来，他最喜欢吃臊子面了。"她无心的一句话，让其他三个人都一愣。

　　秦芳勉强笑着，又给朱朱加了一勺汤："是吗？"

　　上次在保护站她做的面，潘野一口都没吃。

　　"奇奇突然换了个环境，也不知道适不适应。"叶岚岔开了话题。

　　"等会儿我再去测一下它的激素水平，看有没有波动。"李江洲说："这可以反映它的情绪变化。"

　　"我吃完就去准备。"朱朱开始呼呼吃面，不再多话，大家都松了口气。

　　吃过了饭，他们一起去看奇奇。它坐在圈舍角落里，面前摆着的竹子几乎没怎么动。

　　"它不开心。"朱朱叹气："肯定是想家了。"

　　叶岚走进去，摸了下它的头："这里也是你的家，你还记不记得，当时我就是在这里遇到了你。"

　　奇奇似懂非懂地望着叶岚。

　　"你会慢慢喜欢这个地方的，"叶岚语气轻柔，"这里有很多好吃的，你还会有很多动物朋友，你以后将会在更大的世界里自由地生活。"

　　"岚姐说这么多，奇奇能听懂吗？"朱朱小声咕哝。

"总有一天会懂的。"李江洲凝视着叶岚和奇奇，眼前这温馨的画面，就像妈妈在向孩子描述未来美好的人生。

奇奇在叶岚的安抚下，情绪平静了许多，吃了竹子后就趴下睡觉。

李江洲顺势为它取了血，带回医疗室化验。

"怎么样？"叶岚过来看数据。

"比昨天的值低一点儿，但总体变化不算特别大，后面每天继续测。"李江洲收拾着东西，回头望着叶岚一笑："我觉得你将来会是个好妈妈。"

叶岚一怔，转开目光。她从未有过结婚生子的打算，每每想起自己小时候，她就觉得身为父母，如果负责不了孩子的人生，就无权贸然地将他带到这个世界上来。

她的怅然和逃避，他看在眼里，在心里叹了口气。过去的经历，带给她对未来的恐惧，就像打在身上的烙印，很难完全去除。

但他愿意陪她一起面对这恐惧。他走过去，从背后环住她："慢慢来，大不了我们认奇奇当个干儿子。"

叶岚哭笑不得，却又觉得感动。他是懂她的，而且从不逼着她一脚跨过那条跨不过去的河，好像非要马上到达彼岸才算成功。他愿意陪着她静静站在河边，等有勇气了再慢慢走。

她转过身去，勾住他的脖子："李江洲，有时候我也相信，你说女人们都喜欢你，不是在吹牛。"

"不不不，"李江洲立刻举手发誓，"我只对你一个人这样好过……"

叶岚突如其来的吻，打断了他的话，他举起的手缓缓落了下来，按住她的后脑勺，加深了这个吻。

直到两个人都气喘吁吁，才终于分开，李江洲坏笑："不如我们住同一间宿舍吧。"

"我们是来工作的，"叶岚严肃地推开他，"懂吗？"

"你刚才吻我的时候，有想过这个问题吗？"他霸道地在她腰上一揽，又将她拉入怀中，开始了法式深吻第二轮……

接下来的几天，奇奇的状态渐渐趋于稳定。叶岚引导着它进入野化环境，一开始它有些胆怯，去得远一点儿就会主动往回跑。

但渐渐的，它开始在好奇心的驱使下，向更远更宽阔的范围探索。

朱朱在叶岚的安排下，开始减少人工喂食量。朱朱有点儿不忍心："该不会饿着它吧？"

"基地选定的区域内，有充足的巴山木竹，它自己会找到的。"

叶岚的预测没错，奇奇见撒娇要吃的不管用，只好开始了自力更生。叶岚他们悄悄地跟踪奇奇，看着它躺在竹林里吃得不亦乐乎，一边笑话它馋，一边倍感欣慰。

而此时，韩靖的生态旅游项目也进展顺利。洛江景区在经过整顿后，面貌焕然一新，韩靖以亲子科普游来试水，将成人也纳入体验营的范围。

因为叶岚不在，冯主任特意派出他的两名博士生去带队，以生态保护的概念，来约束游客在景区内的行为。参加训练营的小孩子们也异常给力，甚至给爸爸妈妈们起了模范带头作用，让他们要爱护动物爱护环境。

旅行结束的时候，韩靖为每一个孩子颁发了特制的勋章，上面刻着一只可爱的金丝猴。他还"诱惑"孩子们，以后在别的景区，还会有更多代表当地特色的动物勋章，比如青塬的熊猫，白河的朱鹮，等等。

孩子们兴致勃勃，力争要将全套勋章集齐。大人们感慨韩靖的生意头脑，以后搞不好发展成生态游和文化周边一条龙。

当韩靖跟叶岚视频电话，讲述目前的进展情况的时候，叶岚惊喜："你可以呀，之前还担心你赔钱，现在看没准儿还挺有赚头啊。"

"那是，他这种奸商。"李江洲突然挤进画面，对韩靖抛了个白眼。

韩靖笑眯眯的："叶岚，我觉得以你宽广的心胸，应该配个格局更大的男人。"

"你少挑拨离间。"李江洲龇牙，浑然忘了先挑衅的人是他。

叶岚懒得参与他们之间无聊的斗嘴，直接将视频前的位置让给了李江洲，她去电脑上看完奇奇今天的运动数据，才打了个呵欠问："吵完了吗？能不能谈点正事了？"

李江洲这才不情不愿地离开，韩靖情绪愉悦："李医生不如加我个微信，下次我们直接聊。"

"谁乐意跟你聊？"李江洲扬长而去。

韩靖笑起来："你这个男朋友，还蛮有意思的。"

叶岚："……你今天打电话给我，就是专门为了调戏他的？"

"当然不是，"韩靖转入正题，"我打算在青塬也开始筹建生态旅游景观。"

"之前他们倒也有一些基本设施，但是太简陋了。"叶岚想起路边出现的那些零散的雕塑和观景台。

"我打算以熊猫为主题来打造，突出当地的特色，也让保护熊猫栖息地这个观念，更加深入人心。"

"举双手赞成，"叶岚想了想，"对了，我能不能提一个请求？"

"你说。"

"青塬的山民们种天麻有些盈余，再加上一些新增的捐款，我想拿这些钱入股你的生态文旅。如果以后有了利润，也算是栖息地的福利。"

"看来你跟我合作了这么久，终于有了点生意头脑。"韩靖打趣："没问题，我到时候给你分红。"

两人又一起策划青塬生态游的景点和路线，韩靖一一记录下来，准备做项目书。到了快结束的时候，韩靖那边突然传来门铃响声。

"你稍等，我去开下门。"韩靖匆匆出去。

进来的人是陈正雅："你又在开会？我打电话你也没接。"

"正在和叶岚聊青塬旅游的事。"韩靖刚一说完，陈正雅就愣住了。这不是被那人抓了个正着？

果不其然，叶岚在里面已经听到了陈正雅说话的声音，给她发来一条微信："我先挂了，就不打扰你们加深兄妹情了。"

陈正雅大窘，从门缝里看向电脑屏幕，果然对方已经点了退出。

"怎么突然就挂了？"韩靖奇怪。

陈正雅尴尬掩饰："也许山里信号不好。"

反正已经谈得差不多了，韩靖也没多追究："你现在怎么一到周末就往我这儿跑？"

"叶岚又不在，我一个人无聊。"陈正雅像在自己家般，走过去开冰箱门："有什么吃的？"

"就知道你这个赖皮要来，昨天顺路买了你上次念叨的鸭脖子。"

陈正雅欢呼一声，从冰箱里把盒子翻了出来，撕开包装就打算吃。

"先放微波炉里热一热，又冰又辣，吃了你不怕胃疼。"

眼见韩靖又老妈子上身，陈正雅乖巧地点头，将盒子放进微波炉："你先忙吧，不用管我。"

韩靖放心地进了书房，门刚关上，陈正雅就又把餐盒从微波炉里掏了出来。

笑话，吃的就是这个味，热软了还有什么嚼头？

不听老人言，吃亏在眼前。当陈正雅疼得脸色苍白，在沙发上蜷成虾米时，才终于明白了这句俗话是真理。

韩靖出来，看见她这副模样，急忙冲过来："你这是怎么了？"

"胃疼。"陈正雅小小声地说。

韩靖眉头一皱，摸了摸茶几上的鸭脖子，顿时气不打一处来，弯腰将陈正雅抱起，在她屁股上重重拍了一巴掌："叫你不听话！"

陈正雅想抗议，但是不敢吭声。

韩靖一路抱着她下楼，上了车将她安置在副驾，横过身为她绑好安全带。

那一刻，他的额发落了下来，轻轻拂过她的脸，她顿时有些恍惚，但马上又骂自己，都疼成这个鬼样了，你还有心思想这个！

去医院的路上，她胃疼得越来越厉害，整个人冷得发抖。韩靖将车里的空调开到最大，不时用手去暖她冰凉的脸。

终于到了急诊科，护士来给陈正雅打针，平时给动物打针胆大心细的她，落到自己身上却成了胆小鬼，把脸往韩靖怀里埋。

韩靖又好气又好笑："早知今日，何必当初。"

陈正雅此刻只能忍耐。吊瓶终于挂上，在止疼药的作用下，她昏昏沉沉地睡着。

韩靖本来想给她找个床位，但急诊室人实在太多，没有空余的。他只好拿外套裹住她，就这样抱着她睡。

陈正雅醒来的时候已是深夜，急诊室空了许多，韩靖的下巴搁在她头顶，一动不动，应该也已经睡着。

今晚把他折腾坏了。陈正雅愧疚，靠在他怀中不敢动，怕惊醒了他。

他的体温，隔着薄薄的衬衫传来，让陈正雅心中有些荡漾。大约是因为常年健身，坚实的胸肌有棱有角，正好抵在她的掌心上。

不知道过了多久，如同鬼迷心窍般，她忍不住滑动手指，悄悄地摸了摸。

她感觉到，他的身体骤地一僵，声音从她的头顶传来："针快打完了。"

陈正雅忙从他怀里起来，坐直了身体，用没打针的那只手，尴尬地顺了一下头发。

直到拔完针出去，两个人都假装什么事也没发生过。

等上了车，陈正雅开口："送我回去吧。"

韩靖沉默了一下："你这个样子，让人怎么放心你一个人待着？"

最后，韩靖还是将陈正雅带回了他家。但他从来没打算在这个家里招待客人，所以没有客房。韩靖让陈正雅睡主卧，自己睡沙发。

躺在韩靖的床上，仿佛周身都被他的气息包围，陈正雅又想到了医院里的那一幕，脸上发烫。她在干什么呀她，脑子进水了吧？！她懊恼地砸床。

而此时，韩靖也在想着那一刻，她抚摸他的胸口时，明显不是把他当成哥哥，而是……男人。

韩靖突然觉得一阵气血上涌，翻身从沙发上坐起来，去冰箱里拿啤酒，想浇灭心中的燥热。他是不是太久缺女人了，怎么会对她……

那一夜，门里门外的两个人，都辗转反侧难成眠。

从那天起，陈正雅和韩靖之间，似乎有了种说不清道不明的忌讳。陈正雅不再往他家跑，而他一到周末，就觉得家里特别空荡，却又提不起勇气联系她。

山里的雨说来就来，前一刻还是阳光普照，转眼间就暴雨倾盆。

朱朱慌了："奇奇还在外面呢。"

为了给它创造无人干扰的环境，最近他们已经不总是跟着它。

"基地到处都是摄像头，它跑不远。"叶岚拦住朱朱："你留下来看监控，我去找。"

叶岚一头冲进了雨幕里，李江洲在后面追上："我也去。"

奇奇并不在经常待的那片竹林里，叶岚和李江洲一路寻过去，终于找到了它。但眼前的情景却让人屏紧了呼吸，奇奇正试图过河。

这是它回家的必经之路，平时河水很浅，它有时候还会在里面蹚着玩，但此时暴雨的灌注，却让水势变得十分凶猛。

"奇奇，奇奇，不要过去！"叶岚和李江洲拼命呼喊，但雨声太大，奇奇根本听不见。

眼看着奇奇一步步走向河边，叶岚的心提到了嗓子眼儿。她突然想起第一次和奇奇相遇的时候，她抱着背包里的它，差点儿被湍急的河水冲走，它睁着怯生生的眼睛望着她，仿佛她是它唯一的依靠……

她要去救它。叶岚不顾一切地冲了出去，李江洲在后面焦急地喊："叶岚！"

突然，叶岚停下了脚步，怔怔地看着河对面的那一幕。

奇奇试了试河水的深度，犹豫了一会儿，居然慢慢退开，最后掉头向高坡上走去。

"它……它竟然知道河水深了就不能过，要往高处去避险。"叶岚喃喃地说，眼角闪着水光。

"是你教得好，"李江洲走到她身边，握住她的手，"你让它从温室里走出来，有了独自面对这个世界的能力。"

叶岚远远地望着奇奇，如同望着自己亲手抚育的孩子，笑容骄傲。

李江洲也静静地望着她，雨水淋湿了她的额发，她的眼睛却亮得出奇，周身仿佛环绕着温暖的光芒。

"你知道吗？"李江洲开口："我以前还曾经吃过奇奇的醋。"

叶岚好笑："你可真是个醋王。"

"因为你总是把动物，放在心上第一位。"李江洲转过头来看着她："但现在我觉得，这才是你最迷人的魅力。"

因为信念，会让人闪闪发光。

李江洲牵起她的手："走，我们去接奇奇回家。"

叶岚从斜后方，悄然看着他的侧影。他又何尝不是闪闪发光，世人看来的一意孤行，其实正是他的担当。

她快走两步，握紧了他的手，和他并肩而行。

48　坏消息

　　朱朱在监控里，看着叶岚和李江洲带着奇奇往回走，揪紧的心终于放了下来，她一屁股跌坐在椅子上："臭奇奇，害我白担心了半天！"

　　"进步了不少啊。"身后突然传来一个声音，朱朱吓得跳了起来，回头看去。

　　是潘野。朱朱怔住。

　　"你对环境的敏感度，还不如奇奇。"潘野笑着说："我来了这半天你都没发现。"

　　"你……你怎么会来？"朱朱勉强平复了一下情绪，微低下头："你不是不愿意来吗？"

　　潘野眼神复杂，半晌才开口："你都替我来了，我怎么能不来？"

　　朱朱一愣，急忙辩解："谁替你来，我是为了奇奇。"

　　潘野默然看着她。以前她在的时候，他傻愣愣的什么都不知道。等到她走了，他每天面对那个熟悉又陌生的圈舍，却从他和她点点滴滴的回忆里，渐渐发现了隐藏的线索。

　　他不解风情时她的懊恼，他难过时她的拥抱，还有离别时那些说不出口的伤感。他曾经以为，是叶岚见他不愿意去毛坪，才选择了朱朱。后来他从罗康成口中才知道，其实是朱朱主动申请要去的。

　　她是不忍心，让他见到那个带给他痛苦的人。

　　"朱朱，"他轻轻拉起她的手，"谢谢你。"

　　仿佛有电流，在那一瞬击中了她的心，她全身一震。

　　就在这时，李江洲的声音在门口响起："潘野？你怎么来了？"

　　朱朱和潘野火速把手松开。朱朱把手背到身后，红着脸在心里抱怨，怎么回来得这么快。

"白河的朱鹮基地，疑似发生了新城疫。"潘野顿了一下："罗主任让你过去看看，我来暂时接替你。"

他没说，其实罗主任一开始安排来交接的人是老周，是他自己要求来的。

"新城疫？"叶岚这时也走了进来，脱下雨衣甩着上面的水："这可不是小事，江洲你得赶紧回去。"

"中心的车，就在山下等着。"潘野说。

李江洲收拾完行李，下楼时看见叶岚举着伞，等在雨里："我送你下山。"

"不用了，我自己走。"李江洲拿过伞："你就留下来，好好照顾咱儿子。"

"你又瞎说些什么呀？"叶岚娇嗔。

李江洲对着圈舍窗口喊话："奇奇，好好听妈妈的话，爸爸忙完就回来看你。"

"这下他们都听到了！"叶岚气得掐了他一把。

潘野和朱朱从楼上跑了下来，潘野拎过李江洲手里的行李："哥，我把你送到车上再回来。"

李江洲这会儿可没有半点怜香惜玉，直接将箱子交给了潘野。

"你们俩，转过身去。"他指挥。随即将伞一倾，遮住了他和叶岚，他在伞下，给了她一个吻。

直到潘野和李江洲走远，叶岚仍没有从这个吻中回过神来。

朱朱挪着小碎步，挪到叶岚身边："那个吧，要是你们两口子想领养国宝熊猫，按规定每年至少得捐款一百万。"

叶岚转过头怒目而视：……这些人怎么一个比一个讨人嫌。

眼见叶岚已经准备摆开架势，朱朱大笑着逃开。

李江洲到了朱鹮基地，一进医疗中心，就看到了陈正雅。他顿感事态不妙："现在情况怎么样？"

"今天早上已经死亡了一只，发病八只。"陈正雅眼神凝重："而且圈养的密度高，传播快，可能还有在潜伏期没发作的。"

"病源是从哪里来的？"李江洲皱紧了眉头。

"一只野生的白鹭落在了圈养棚上，跟朱鹮发生了接触。"陈正雅说："白鹭死了，接着朱鹮就开始发病。就目前的症状来看，初步判断可能是新城疫。"

李江洲跟着陈正雅来到隔壁的房间，看到了那只死亡的朱鹮。平日里美丽翱翔的大鸟，此刻却冰凉地躺在解剖台上，让人心里难过。

"还需要做进一步的病理学检测。"陈正雅轻轻抚摸着它朱红的羽翼："太可惜了。"

李江洲默然。

当两人从解剖室出来，陈正雅将病理样品交给基地的兽医小杨，让他送到省里去做检测。

"先做抗病毒治疗吧。"李江洲说:"等病毒类型出来再制备高免血清。"

陈正雅点头:"那个圈舍的朱鹮已经全部被隔离,没发病的也已经打了新城疫疫苗。"

来到隔离区,患病的鸟儿都蔫蔫地缩在角落,李江洲和陈正雅一只只注射奥司他韦和免疫球蛋白,观测病情变化。

从天黑到天亮,两人一夜没睡。而陈正雅到此时为止,已经连续忙碌了24小时。当她检查完病征,从地上站起来时,眼前一阵发黑,扶着墙才勉强站住。

"你怎么了,没事儿吧?"李江洲连忙问。

陈正雅摆手:"可能蹲久了,有点儿低血糖。"

"你先休息一下,剩下的我来。"

"不用。"

陈正雅走到窗边,解开口罩透了口气,又回来继续工作。

但情况不容乐观,虽然患病朱鹮在经过治疗后,病情得到了暂时的控制。但隔离的群体中,还在不断出现新的病例。

"为什么打了疫苗还是控制不住?"陈正雅焦急。

"也许打疫苗之前,就已经感染了。"李江洲分析:"但是……"

"但是什么?"

"就我以前看过的报道来说,新城疫在朱鹮身上发作,一般以雏鸟居多,成鸟自身免疫力强,正常情况下不会发病。"李江洲眼中有思虑之色:"但是你看,这次发病的几乎都是成鸟,病程还这么急。"

"你怀疑是别的疫病?"陈正雅追问。

两个人对视,心里突然都"咯噔"一下。

沉默半晌,李江洲开口:"我们再做一次尸检吧。"

解剖室的灯光惨白,李江洲走到水池边,脱下手套慢慢地洗手。

陈正雅仍然站在解剖台边,脸色在灯光的映衬下,分外苍白。

"肾脏肿大出血,胰腺出血有坏死,法氏囊肿大有出血,"陈正雅缓缓地说,"虽然新城疫也会造成大出血,但这三个部位却很少发生这种状况。"

"这应该是……"李江洲终于说出了那三个字,"禽流感。"

"但目前还没有出现过朱鹮的禽流感报道,"陈正雅强自镇定,"虽然鸡的禽流感是这样的表现,但也许在朱鹮身上有生理差异。"

"现在只能等病毒学检测的结果了。"李江洲同样不希望是禽流感,那意味着更可怕的危险。

在焦急地等待过程中,他们仍然在争分夺秒地抢救朱鹮。陈正雅在这个过程中，隐约觉得体力越来越差，但此时此刻，她必须扛住。

这天中午，当陈正雅从隔离区走出来的时候，不知道是不是阳光太刺眼，她感到一阵眩晕。

而就在这时，她的手机铃声响了起来。

"陈教授，"小杨的声音极为低落，"不是新城疫，是禽流感。"

听完他的话，陈正雅突然感到天旋地转，随即便陷入一片黑暗。

醒来的时候，她躺在休息室的病床上，旁边站着李江洲。

"我也太没出息了，"陈正雅自嘲，"一听到坏消息，竟然就晕过去了。"

李江洲沉默。她即将面对的，可能是更大的坏消息。

"怎么了？"陈正雅察觉到李江洲的神色不对。

"你除了头晕，还有没有其他症状？"李江洲望着她："比如呼吸道感染？"

陈正雅怔然望着他片刻，反应过来："你是怀疑……我也得了禽流感？"

"这是有可能造成人类感染的。"李江洲尽量平静地叙述现实："我们最早认为是新城疫，并没有做特别严密的防护。"

陈正雅的心渐渐沉了下去，她这两天确实觉得咽喉有些肿痛。但她只想着这可能是最近太累，引起的上火发炎，并没有往深处想。

"只是疑似，"李江洲安慰她，"没确诊之前，你也不要太过担心。"

"我也该进入隔离区了吧。"陈正雅笑了笑："以免万一……造成交叉感染。"

"我联系过盛京了，会有救护车来接你。"

他已将一切安排妥当，陈正雅点了点头："接下来朱鹮的事，就交给你了。你也赶紧出去吧，不要离我这么近。"

陈正雅硬是将李江洲支了出去，门关上，她软软地垮了下来，眼神一片茫然。

她得禽流感了吗？能不能治好？以后怎么办？

她慢慢地蜷起腿，把脸埋在膝盖之间，有水珠将被子润湿了一片。

许久，她又慢慢抬起头来，用力擦干泪水，望着窗外的绿树，去缓解眼中的涩意。

当救护车来时，她已经全副武装，戴着口罩走出门，没有接近为她送行的人群，直接上车。

李江洲遥望着她，沉沉地叹了口气。

当叶岚接到李江洲的电话，得知陈正雅疑似得了禽流感，她整个人都呆了，不敢置信地反问："你说什么？"

"现在还没有确诊，"李江洲想起陈正雅当时的样子，"但是她已经有呼吸道感染的症状。"

"也可能就是普通感冒。"叶岚安慰着自己："不一定有想象的那么严重。"

"但愿是的。"现在这个情境下，李江洲说不出更多安慰她的话。

挂了电话，叶岚独自一个人坐了很久，对着手机屏幕调整了一下表情，才拨了陈正雅的视频通话。

但响了几遍，陈正雅都没有接。叶岚正坐立不安，陈正雅的电话打了过来。

"刚才医生在，不方便视频。"陈正雅说。但事实上，她是不想让叶岚看见，此刻她脆弱憔悴的样子。

"哭了吧？"叶岚并没有给她面子，直接揭穿："你别胡思乱想，指不定就是个小感冒，过两天就好了。"

"嗯。"陈正雅勉强微笑："你也别瞎担心我，我好着呢。"

"傻喵，"叶岚心疼地低语，"要是我现在在你身边就好了。"

"你不是在吗？"陈正雅眼中泛起泪光："一直都在。"

叶岚用手遮住眼睛，手心里也是一片湿意："等我腾出时间了，就回来看你。"

"你别！野训现在正是关键期呢。"陈正雅语调一转，压低了声音："再说，还有韩靖呢，这个时候，不是正好让他发挥一下兄妹情。"

这倒也是。想到韩靖，叶岚稍微放下心来："那你好好休息，有事第一时间给我打电话。"

陈正雅暖暖地答应。她也说，有事要第一个找她。她和韩靖，都是真心爱她的人。

可韩靖……她又想起了那个尴尬的夜晚。

指尖一遍遍滑过通讯录里韩靖的名字，却最终还是没有拨出去，她放下手机，望着天花板苦笑。

韩靖此时，对一切毫不知情，他正忙着青塬旅游的事。

"制作一批熊猫的勋章，随广告一起发放。"韩靖拉开车门，把文件包丢进去："勋章的图案，就按那张照片设计。"

他说的照片，正是叶岚微博中出现过的，那张星空下的熊猫背影。

一切安排好，韩靖上了车，出发去青塬。

行至半路，韩靖打电话给叶岚，语气轻松随意："你猜猜，我现在在什么地方？"

"医院，"叶岚回答得十分肯定，"正雅怎么样了？"

韩靖眼神一震，立刻反问："她怎么了？"

这下换叶岚怔住："你还不知道？"

那个小骗子，就是为了安她的心。叶岚咬牙，已心急如焚："你快去看看她，她有可能得了禽流感，现在已经被隔离起来了。"

尖厉的急刹车声骤然响起，韩靖的声音里，有不易察觉的颤抖："禽流感？！"

韩靖给陈正雅打电话的时候，没有人接。韩靖一遍又一遍地拨，从来都沉稳的他，越来越焦躁。

而此刻的陈正雅，正在做检查，手机丢在病床的枕头上，韩靖的名字在屏幕上持续亮起。

量体温，取口腔样品，抽血。陈正雅安静地接受这些过程，平时怕打针的她，现在看着鲜红的血从针管里流出，仍然神色不动。或许只有能依赖的人在身边时，才会表现脆弱，一个人时的她，总是撑着勇敢。

抽完血，陈正雅摁着棉球站起来："结果什么时候能出来？"

"还要组织专家会诊。"护士避重就轻。禽流感是生物危机级别的大事，谁都不敢说。

甚至除了已知情的极少数人，对外都是严格保密的，陈正雅也被单独隔离在这栋小楼里。

陈正雅看着护士的神色，笑了笑："你们也辛苦了，但愿不是禽流感。"

如果真的是高致病性亚型禽流感，那么，她和朱鹮就都没救了。

陈正雅慢慢走回病房，一个人的隔离区，她现在也是特殊监护对象了。她自嘲。

到了病床上，陈正雅躺下的时候，无意中碰到手机。屏幕亮起，她看到了韩靖的那条微信：陈正雅，接电话！

他一直都叫她"雅雅"，这是第一次叫她的全名。陈正雅吓得手一哆嗦，马上给他拨了回去。

电话接通，那头传来一声大吼："你为什么不告诉我？"

韩靖这一吼，陈正雅突然觉得心中压抑的委屈和害怕，都喷薄而出，眼泪大颗大颗地直往下掉。

不正常的沉默，让韩靖感觉到了不对劲，方才的怒火，像漏了气的气球一样，渐渐瘪了下去。

"雅雅，"他轻声叫她，"还好吗？"

她哽咽："不好！"

"对不起，我刚才是……太着急了。"韩靖握着方向盘，看着前方仿佛一望无际的路："医生怎么说？"

"结果还没出来。"陈正雅的声音低了下去，微弱无力："我担心是禽流感。"

曾经的那场危机，大家即使没经历过，也有所耳闻。韩靖领悟到了陈正雅话里的意思，心揪紧成一团："不会的，雅雅你不要怕，我马上就回来了。"

韩靖一脚踩下油门，车在路上飞驰。

49　每天的五点一刻

但是当韩靖到了隔离楼外，却被警卫拦住："这是重症隔离区，外人不能进。"

"我家人在里面。"韩靖请求："我就进去看她一眼。"

"那也不行。"警卫态度很坚决："这是上面的规定！"

韩靖无奈，只好给陈正雅打电话："我已经到了楼下了，但现在进不去。"

陈正雅笑了笑，有些落寞："其实就算你进来了，我也不敢见你。"

她怕传染给他。韩靖想到这一点，只觉得心酸。

电话那头，突然没了韩靖的声音，只剩下呼呼的风声。

陈正雅不知道发生了什么事："喂？"

没有应答，她犹豫地拿着电话，想挂，却又舍不得挂。

过了半晌，风声停了，她听见韩靖喘着气："你到窗户边上来，踮着脚往下看。"

陈正雅迟疑地走到窗边，踮起了脚，顿时怔住。

离这栋小楼不远，就是医院的围墙，韩靖就站在围墙外面的马路上，对她挥手。

"看到我了吗？"韩靖大声问。

"看到了。"陈正雅的眼中噙满泪水。

韩靖远远地望着窗边小小的她，仿佛又回到了八岁的时候，那个明明无助，却又强撑着不露出怯意的小女孩。他心中抽痛。

"以后每天的这个时候，我都会到这里来看你。"韩靖抬手看了看表："五点一刻，记住这个时间。"

"记住了，五点一刻。"她的泪滚滚而下。

"不要哭，也不要怕，我陪着你，嗯？"韩靖的声音，温柔得让她心中生出妄念。

"如果……如果我没死，你能不能满足我一个愿望？"

"什么愿望？"韩靖问。

"等我活着出来，再告诉你。"陈正雅一叹。

"别胡说，你当然会活得好好的！"韩靖顿了顿："我等着你。"

有人等她，有了期盼，陈正雅的心里踏实了许多。当叶岚再次要求视频的时候，她终于敢接了。

看着画面里的陈正雅，叶岚心疼："瘦了一圈。"

"正好减肥了。"陈正雅轻松地笑。

看她状态不错，叶岚终于放心了些："韩靖去看你了吧。"

"嗯。"陈正雅点头，眼神中透出甜蜜。

"那就好。"叶岚认真地看着陈正雅："以后不要瞒着，不要怕别人担心，每个人都有脆弱和受呵护的权利。"

陈正雅心中涌动着暖流："嗯！"

接下来，叶岚每天一有空就会跟陈正雅视频，汇报野化训练的进展，仿佛陈正雅就是她的上级部门领导。

陈正雅头疼："咱能不能也聊点别的？"

"这就是我现在的全部生活了。"叶岚理直气壮。

将生活的点滴都跟她分享，仿佛她就在身边。陈正雅明白叶岚的心意，也跟她事无巨细地讲述，今天见了哪个医生做了什么检查用了什么药。

这样的彼此陪伴，也让叶岚的焦虑和担忧减轻了很多。陈正雅不知道，刚得知她患病的时候，叶岚在基地的训练场里，独自一圈一圈地走到深夜。

而韩靖，也真的做到了每天下午五点一刻，准时出现在陈正雅的视线里。

甚至有一天下起了大雨，陈正雅躺在病床上，望着外面遮天蔽地的雨幕，以为今天见不到他了的时候，他的电话打破了她的失落："你忘了看时间吗？"

她奔到窗边，看见他正在伞下向她微笑。

那一刻，她真想生出翅膀，飞下楼去拥抱他。

而这一天，韩靖其实来得并不容易。

集团办公室里，韩明月对他大发雷霆："洛江的做做就算了，现在还要去青塬，你这个生态旅游的摊子，铺得越来越大了！"

"洛江的效果不错，文化周边也开始起来了。"韩靖平静地站着："抛开一切不说，企业总要有个好的口碑。"

"花钱砸吗？"韩明月反问："多少钱砸进去，你才觉得这块牌子够硬？"

"那您就当，我拿这些年给集团赚的钱的十分之一，去做公益了吧。"韩靖淡淡一笑。

韩明月气得说不出话来。她这个儿子，从小到大做事都稳稳当当，生意头脑更是精明，从未在赚钱上吃过半分亏。

她对他是放心的，可这一次，他却和以往大相径庭。最重要的是，他竟然宁可逆了她的意，也要坚持这么做。

与其说她现在是怕亏钱，不如说是非要把他扳回来，像以前一样对她顺从。

韩靖也看穿了她的心思，他只觉得累。陈正雅说得没错，母亲最享受的，就是在集团里女皇般的至尊地位。

过往他让着她，体谅她曾经的不容易，一切以她为主。可现在他也有他想坚持的东西，她却非要一手遮天，这让他心里生出了厌倦。

他看了看表，已经四点四十了，更没心情留在这里："我还有事，要先走。"

"大下雨天的，你有什么急事非要现在去！"韩明月的声音，被隔断在关上的门里。

韩靖快步穿过走廊，冲进电梯按了B2层停车场。

"下这么大的雨，你怎么还来了？"陈正雅柔声问。

"想见你。"韩靖呼吸了一口潮湿的空气："见到你，就觉得神清气爽了。"

看到她站在窗口，心底的烦躁就渐渐散了，恢复了惯常的平和。这是一种让他感觉安全舒服的状态。

"工作不顺？"陈正雅问："跟阿姨吵架了？"

"你是神算子吗？"

"我只是了解你。"

"闹了点不愉快，"韩靖怅然地笑了笑，"也许问题早就存在，只是现在多了根导火索。"

"不要太压抑自己，人生在世也就这几十年，何况……"她想到了自己现在的处境："没准儿哪天就会遇到意外，所以该活得痛快点，就痛快点吧。"

"嗯。"韩靖低声问："今天医生怎么说？"

"结果明天就出来了。"陈正雅的指尖，慢慢在玻璃上抹出一条水迹："没事，我挺得住。"

韩靖心里隐隐作痛。从第一次见她，他就想保护她，想让她像个小女孩一样，无忧无虑地生活。可到了现在，他却还是护不住她，只能站在墙外，看着她受煎熬。

他艰涩开口："雅雅，你自己要坚强点，我也不能为你做什么。"

"你为我做的已经很多了。"陈正雅含泪而笑。

在那个家里，只有他记得她没吃饭，只有他会去接她下晚自习，只有他在她坚持要去留学的时候，挽留不住便一次又一次找借口去看她。

他总是把她放在心上，总是顾虑她每一点细微的感受，总是想要疼着她，宠着她，让她感到幸福。

韩靖，我喜欢你。

只是这件事，我现在不能说出口。

那天晚上，医生来查房，想到明天就要出结果，大家心情都有些沉重。

陈正雅的呼吸道感染症状已经很明显，甚至肺部都出现了阴影，但是在整个过程中，医护人员觉得自己面对的，不是一个患者，而是和他们一起努力的同行。

一片沉默中，陈正雅开口："我是做动物病毒学的，这种能从动物传染到人身上的烈性病毒，很有探索清楚的必要。所以……"

她想起了解剖台上，那只美丽的朱鹮："如果万一我不在了，就把尸体解剖了做病理分析，也算是我为禽流感的研究，出了点力。"

在场所有的人都心头一震，肃然起敬。

那天晚上，陈正雅本以为自己会失眠，却意外睡得很好。

在梦里，她回到了白河，大片的朱鹮从水边起飞，和霞光交相辉映。

她指着朱鹮对韩靖说："你知道吗？这才是真正的爱情鸟，一生一世，只有一个伴侣。"

她醒来时，看见窗外的天空，也铺满朝霞。她一动不动，静静地望着，不知道自己还有没有机会，将梦里的那句话，对他说出口。

十点半，主治医生拿着检查单，走进了病房。

陈正雅的手，下意识地攥紧了被角，等待命运的宣判。

"一个好消息，一个坏消息。"主治医生说。

"怎么都是这种吊胃口的方式？"陈正雅一笑："我先听坏的。"

"你还需要继续住院，而且时间可能不短。"

陈正雅呼吸一滞："那么好的呢？"

"确认是禽流感，但是一个中等致病性的新亚型。"主治医生解释："应该不会有致命性的危险了，但你现在症状还是比较严重，要继续治疗。"

陈正雅的眼中渐渐涌起泪水。她不用死了，她能活下去！

"为你高兴。"主治医生深深地看了她一眼，离开病房，给她留下宣泄情绪的空间。

她手忙脚乱地找手机，却不知道是先打给叶岚，还是打给韩靖。

但叶岚仿佛和她心有灵犀，电话抢先一步挤了进来。

"怎么样了？"叶岚语气急促，却又小心翼翼："结果出来了吗？"

"嗯，"陈正雅点头，"不是禽流感。"

叶岚一愣之下，发出一声震耳欲聋的欢呼声："太好了，傻喵，太太太好了！"

陈正雅看着屏幕里的她，两个人都泪流满面。

"我真想抱抱你。"叶岚哽咽着说。

"等我彻底好了，就上山去找你。"陈正雅流着泪微笑。

"好，你来基地给我当兽医，其他人我都不要了，我们长相厮守。"

"李江洲呢？"陈正雅歪着头问。

叶岚眨了眨眼睛："韩靖呢？"

两个人心照不宣，红着脸呵呵一笑……

韩靖正在公司开会，他第一次没关静音，而且时不时就会瞄一眼手机。韩明月发现了他的心神不宁，用警告的眼神提醒他，但他浑然未觉。

开到一半，手机铃声响了起来，大家都是一愣。

韩靖做了个抱歉的手势，起身出去接听。韩明月瞥见，屏幕上显示的来电名字是"陈正雅"，眉头皱了皱。

韩靖一出会议室，就立刻接通："结果怎么说？"

"我没事啦，"陈正雅的声音，软软的有些俏皮，"不是禽流感，医生说再治疗一段时间就可以出院了。"

韩靖心里的巨石，"咚"地一声终于落了地："你吓死我了。"

从昨天晚上到现在，他一直装着的镇定也彻底崩了盘，他几乎做不成其他任何事。

"我现在就过来看你！"他挂了电话就要走，身后突然传来韩明月的声音："正雅怎么了？"

她的语气，冷漠得不像是在问候，一个至少名义上当了她二十年女儿的人。

韩靖笑笑："她生了场病，现在已经没事了。"

"那值得你连会都不开完就要走？"她已经完全转成了质问的语气："你跟她，不要走得太近。"

这句话，她曾经说过很多次，但他从来没听过，今天更不打算听。

"我先请个假。"韩靖淡淡地说："这样的会议，有您在就行。"

反正是批驳青塬文旅计划的一言堂。

韩靖转身走了，韩明月把这理解为对自己的抗议，中间还搅进来个陈正雅，让她感觉更恼火。对陈正雅，她从来只看作是她和陈建森婚姻的附属品，那小女孩对她也戒备，她一点儿都不喜欢。

更何况现在……韩明月眼神一凝。她不希望韩靖和陈正雅有过多的牵扯。

韩靖此时可顾不上别人怎么想，一路赶到医院围墙外，看见她早已等在窗边。

遥遥相望，都有些百感交集，这是一场两人共同面对的煎熬，如今终于看到了曙光。

"今天来得真早，"陈正雅带着些撒娇，"那你五点一刻还会再来吗？"

"你想我来，我就来。"韩靖微笑。

她想时时刻刻都能看到他。陈正雅没有把这句话说出口："再过不久，我就能走出这栋楼了。"

　　"现在可以说你的那个愿望了吗？"韩靖问。

　　"不行！"陈正雅狡黠地拒绝："这不还没出来吗？"

　　"好吧。"韩靖对这个神秘的愿望，有些隐隐的期待："那你就好好表现，争取早日出来。"

　　"你这话我怎么听着不太对劲儿呢？"

　　"要不要我贿赂一下门口的警卫，给你带点吃的进去。"

　　"你真当我坐牢呢，我自己也是医生，更要遵医嘱的！"陈正雅翻白眼。

　　韩靖笑着调侃："鸭脖子也不吃？"

　　刚说完这句话，韩靖就后悔了，他们同时想起了那个晚上。

　　一时之间，空气仿佛都凝滞了，充满了暧昧的气息。

　　半晌，陈正雅慢吞吞地开口："你一周去几次健身房，练得不错啊。"

　　这也忒胆大了点。韩靖口干舌燥："那你呢？一天吃几顿饭，抱着那么重。"

　　陈正雅咬着唇，眼中柔波潋滟，快要滴出水来。她只庆幸，彼此离得远，他看不出此刻她已脸红。

　　韩靖又想起了那天晚上，她放在他胸口的手，如果是此时此刻，她大约可以感受到他激烈的心跳。

　　明明有些东西是不可逾矩的，但此时此刻，却偏偏生出了那点念想。

　　"我走了，"他声音低哑，"五点一刻再来。"

　　陈正雅轻轻地"嗯"了一声，他们的确都需要时间来平息。

50　守　望

　　韩靖走后不久，李江洲打来了电话，他仍然是一贯的样子，声音里却听得出深深的疲惫："恭喜恭喜，到底是个有能力的人，连病毒都要让你三分。"

　　"朱鹮怎么样了？"陈正雅问："这段时间很辛苦吧。"

　　"疫情控制住了，没有新病例，在附近联系了个鸡场，制备出了高免血清，患病的应该都能救回来。"李江洲说得简短，但其中的艰辛，陈正雅身为同行，比谁都清楚。

　　"这次发现的新亚型，等我出院后再做进一步的研究，以后好防范。"

　　"你少操心别的事，当病人就有个当病人的样儿，好好养着。外面的事不还有我呢。"

　　陈正雅笑了，这也是个温暖的人，但他是叶岚的。而她，也有她的韩靖了，这样很好。

　　"李江洲，这辈子你得好好对叶岚，"陈正雅挑眉，"不然我打断你的腿。"

　　"呵呵。"李江洲冷哼一声："看来我的猜测是对的，你其实一直暗恋叶岚。"

　　"没错！"就让他永远都这么认为就好。

　　陈正雅看着树叶间隙里泻出的点点阳光，眯着眼睛笑。

　　对陈正雅的病情放下了心，叶岚又全副精力投入到野化放归的事中。奇奇到底是野生熊猫，在野外环境中又激发了天性，进步很快。

　　叶岚将奇奇训练的全部情况做了一个汇总，提交给野化放归项目的专家委员会。大家在讨论后同意，可以进行奇奇的正式放归准备了。

　　但网上却争议纷纷，有的人认为奇奇的野训周期短了，应该再延长。还有的人总认为森林就是洪水猛兽，为奇奇的安全担心。

"这些干爹干妈们，比你这个亲妈还操心。"朱朱叹气。

"这都是出于对奇奇的爱。"叶岚并不烦，耐心地一一回复，并将奇奇的训练视频展示给大家看，终于暂时让网上的声音平静了下去。

最后的放归日期，定在9月20日，这也是叶岚当初将奇奇从山林里救回去的日子。现在她决定也在这一天，将它放回原来的家。

冯主任在城里也很忙碌，帮着联系各路领导和专家，准备举行一个隆重的放归仪式。叶岚觉得没必要，冯主任却说，这不仅对于奇奇是个大日子，对野生动物保护事业也是个大日子，必须好好办。

冯主任还邀请了陈正雅，因为禽流感的特殊性，陈正雅对外只说是生病住院了，因此请假休息。但冯主任还是从宋院长那里知道了实情。

"你这个小姑娘，也不简单哪。"冯主任给陈正雅打电话的时候说："说句心里话，以前我对你是有些看不惯的，觉得你也就是沾了家庭背景的光，但这一次，你的确让我刮目相看。"

一个这样年轻的姑娘，能将自身安危置之度外，甚至在生死之前，记挂的还是为后人造福。她配得上科学家这三个字。

陈正雅感动，也有些惭愧："我之前对您的态度也不怎么好，您多担待。"

"没事儿，"冯主任爽朗大笑，"叶岚那种刺头我都见过，别的都是小意思。"

陈正雅也笑了起来："9月20日我应该已经出院了，到时候一定去！"

仪式是喜事，更重要的是，她也想去看看叶岚。

陈正雅赶在八月底出了院，一是为了参加放归仪式，二是为了赶上新学期的课。

出院那天，陈正雅跟医护人员道别，终于走出了那栋小楼。韩靖站在阳光里，笑吟吟地等着她。

陈正雅深呼吸了一口气，慢慢走到他面前。

"恭喜出狱，"韩靖扬眉，"现在可以说出你的愿望了吗？"

"等一等，"陈正雅拉起他的手，"到五点一刻的那个地方。"

韩靖任陈正雅拽着他往前走，眼睛里有温柔的笑意。

到了围墙外，陈正雅站在韩靖平时的那个位置，望向她病房的窗口。

"你站在这里，看到的我是什么样子？"她转头问韩靖。

韩靖深深地看着她："像只小鸟，想扑着翅膀飞下来。"

对，想飞进他的怀里。现在，她准备说出自己的愿望了。

"给我一个拥抱，"她笑容动人，"不是兄妹的那种。"

韩靖眼神一震，两个人就这样隔着一步的距离，却仿佛隔着海，遥遥相望。

陈正雅的心，越来越忐忑，就在她打算往后退一步，用玩笑掩饰尴尬时，韩靖却突然上前一步，将她拉进了怀里。

这是一个男人和女人的拥抱，他将她拥得那样紧，她的掌心就抵在他的胸口，能清晰地触摸到他激烈的心跳。

"韩靖。"这是她第一次这样叫他，这两个字在唇齿间缠绕，仿佛有种特别的甜蜜。

他低低地应了一声，滚烫干燥的唇，自耳边吻了过去。

陈正雅顿时觉得呼吸困难，慌乱地想推拒，这个进展……这个进展比她想象得快了十倍。

"你不知道，男人总是比女人想更进一步吗？"他喑哑的嗓音，有种说不出的性感。

"我以前以为你是个正经人。"陈正雅喘息急促。

"我也以为你是。"韩靖低笑，再不容她有任何后退，攫住了她的唇。

这是医院后门僻静的小路，本应无人打扰他们这个缠绵的吻，却有辆车从对面驶了过来。

车里的人是李瑜，她嫌前门太拥挤，所以总是从小道进医院，却恰好撞见了这一幕。

自从李江洲愣是不听劝，选择了叶岚和野生动物保护开始，她就很少再去动科院，省得遇见她憎恶的那个人。而她后来知道了陈正雅和叶岚是铁闺蜜，更是觉得自己被摆了一道，连陈正雅也疏远了，没事从不来往。

如今看见这树下拥吻的这一幕，她冷笑着腹诽，还以为陈正雅拒不挖墙脚是为了和叶岚的姐妹情，弄了半天是另有中意的男人了。

而当她看清这个男人的脸，顿时神色骇异。同在商圈，她认出了这是靖安集团的首席执行官，陈正雅的哥哥韩靖……

那天晚上，陈正雅向叶岚传达了出院的喜报，同时在叶岚反复追问下，终于交代了和韩靖的进展。

"哇！"叶岚惊叹："韩靖这才叫霸道总裁啊！"

"什么霸道总裁？"李江洲从门口探进头来。

不想让陈正雅的隐私曝光，叶岚匆忙跟她说了句拜拜，就关了视频。

"你说谁霸道总裁，韩靖？"李江洲吃醋地追进来，不依不饶："那我呢？！"

"你比他更厉害。"叶岚深情地望着他。

李江洲喜滋滋："什么？"

"醋业大亨。"叶岚说完就从椅子上跳了起来，笑着往外跑。

李江洲扑上去，一把抱起她："我今天就让你领教领教，什么才叫吃醋！"

叶岚挂在他身上，突然胳膊一收紧，将他拉低下来，给了他一个吻："期待之至。"

李江洲处理完朱鹮事件后，今天才刚刚被调回野化放归组，他们亦是久别重逢。

这注定是个甜蜜的夜。

正式放归前的最后准备期，比平时更紧张。叶岚看起来很平静，其实经常整夜整夜地失眠。一想到奇奇将独自走进山林，面对未知的危险，她就焦虑不安。

李江洲理解叶岚的心情，他没有过多安慰，所有能说出口的道理，叶岚都懂。他只是在她睡不着的夜晚，陪着她一圈一圈在训练场上走，帮她缓解压力。

终于还是到了举行仪式的那一天，嘉宾们都来到了基地，还有各路媒体。安娜也在其中，她现在已经是新闻频道的主力记者，她跑到叶岚办公室想开个后门："给我安排点特约采访，比如重要领导和专家什么的。"

但叶岚没怎么跟她细说就出去了，安娜不满："嘿，还摆起架子来了。"

李江洲过来劝慰："你没看见她那黑眼圈吗？两天没合过眼了，她现在满心里都是奇奇，哪儿顾得上别的。"

安娜叹着气摇了摇头。

陈正雅是跟着西大团队一起来的，冯主任握了握叶岚的手："这段时间辛苦了，但今天的放归可不是这个过程的结束，而是真正的开始，你以后更不能掉以轻心。"

"我知道。"叶岚点头："会时刻保持追踪。"

冯主任走过去和赵副厅长说话，陈正雅走过来，轻轻拥抱了一下叶岚："很累吧？"

"嗯。"叶岚苦笑："我现在的心情，就像一个即将送孩子出国留学的母亲。"

"这个比喻很贴切。"韩靖的声音突然插了进来。

陈正雅惊喜："你也来了，怎么早不说？"

"你得跟着大部队走，我不能给组织拖后腿。"韩靖调侃，然后转向叶岚，对她竖起大拇指："能走到现在，你们很了不起。"

"谢谢，青塬旅游的事准备得怎么样了？"叶岚问："我这段时间太忙，也没顾得上问。"

"还算顺利。"韩靖笑了笑。不想在这个时候，给她增加其他压力。

仪式正式开始，赵副厅长代表省林业部门致辞："感谢到场的各位领导和专家们，更要感谢的，是奋战在野化放归第一线的工作人员，是你们的辛苦付出，才收获了今天的成果。这是我们省野生动物保护工作的里程碑事件，对濒危动物的保护做出了重要的探索，希望我们的熊猫奇奇，能在回归大自然后平安健康地生活，并繁衍出更多的后代，让这个珍贵的物种更加生生不息！"

在一片热烈的掌声中，赵副厅长望向叶岚："下面请负责这次野化放归项目的叶岚教授，上台为我们讲一讲野化放归的艰苦历程。"

叶岚慢慢走上台拿起话筒，却一时之间觉得心中百感交集，不知道该说什么。

台下都跟着她沉默，目光聚焦在这位年轻的专家身上。

她停顿了一阵，终于开口："每行每业都辛苦，我做的只是我该做的，其中的历程就不多说了。奇奇今天，就要回家了，但它也是我们深爱的家人。没有别的愿望，只愿它一切都能好好的，即使最后忘记了我们也没关系，只要它能自由自在地生活！"

叶岚望着转运笼中的奇奇，奇奇也望着她，一人一猫的对视中，仿佛蕴含着千言万语。

它不会说话，却懂她的心。

她给予它的，是严厉又温柔的爱，遇到了她，它又有了妈妈。

到了最后的放归地点，戴着定位环的奇奇慢慢走向山林，走了一段又停下来，眷恋地回头望。

朱朱已经控制不住，躲在潘野背后哭。叶岚强忍住眼泪，对它挥了挥手："去吧。"

它站了好一阵，终于继续往前走，一步三回头，最终渐渐融入茂密的森林中。

当它的身影在视野中消失，叶岚眼角的泪，终于滑了下来，李江洲紧紧握住了她的手。

安娜在这一刻，拍下了他们的背影，她已经想好了照片的标题——守望。

51 矛盾加剧

放归仪式结束，大家在慰问完野化放归组之后，陆续离开。陈正雅临走时依依不舍："要是我没课就好了，可以在山上待一段时间。"

"你病刚好，回去好好养身体，等我有空了就下山看你。"叶岚笑着将她交给韩靖："可得好好照顾她哦。"

"放心。"韩靖带着陈正雅上车离去。

众人都走了，基地又安静下来，没有了奇奇，似乎分外冷清。每个人心里都空落落的。

"打起精神，事儿没完呢。"叶岚高声给大家鼓劲："我们要随时掌握奇奇的动向，这既是为了保证奇奇的安全，也是野化放归工作中的一项重要内容。"

大家都为之一振，监控室的大屏幕上，是一张巨大的地图，奇奇缩化成了一个光点，缓缓向前移动。

叶岚他们每天守着定位地图，看奇奇的行进动向，计算它的平均移动距离，来估测它的行为模式和环境的安全性。

"这小子，一放出门就野了，成天满山里瞎转悠。"李江洲看着奇奇的行动路线。

"人家这叫看世界，"朱朱皱了皱鼻子，"哪像你，成天待在岚姐身边两平方米的范围内，都不挪窝的。"

"闭上你的嘴，"李江洲拍桌子，"信不信我马上把潘野调走。"

朱朱大无畏地对他做鬼脸。

叶岚过来："我正好想说，现在奇奇的日常生活规律已经比较稳定，工作也没那么忙了，朱朱你和潘野下山休息一段时间吧，也回家看看。好好的一个小姑娘，在山里晒得黑瘦黑瘦的，爸妈该心疼了。"

"我现在很黑吗？"朱朱紧张地捧着自己的脸，追问叶岚："岚姐你用的什么牌子的防晒霜，怎么天天晒还这么白？"

"我媳妇儿这是天生的！"李江洲自豪地把叶岚一搂。

朱朱冷哼："你叫岚姐一声媳妇儿，岚姐答应了吗？"

李江洲："媳妇儿！"

"该吃饭了吧，"叶岚摸了摸肚子，往外走，"今儿怎么这么饿？"

朱朱："哈哈哈哈。"

李江洲无语。但他知道，玩笑归玩笑，叶岚对结婚始终有回避的心态。他虽然理解叶岚，但还是有几分怅然。

而朱朱和潘野还没来得及动身，叶岚就突然接到了常淑宁的电话。

常淑宁在那头，带着焦急的哭腔："你能不能赶回来，见你奶奶最后一面？"

叶岚心里一沉："奶奶怎么了？"

"去年下半年就中风了，一直瘫着，怕耽误你的工作，一直没告诉你。"常淑宁哭得更加厉害："前两天又突然血管栓塞，现在人在医院，已经不行了。"

叶岚握着手机发愣。她虽然是奶奶的第一个孙女，但因为自小不长在身边，奶奶待她并不如其他弟妹那样亲。奶奶对常淑宁也并不满意，经常冷言冷语，让常淑宁经常一肚子火没处发，只能回家拿叶向林出气。

但有一宗，每年过年给压岁钱，奶奶给叶岚的总是比别人厚一些，对外说因为她是长孙女，可她知道，奶奶是怕他们家困难，怕她交不出学费。

所以叶岚成人以后，虽然还是和奶奶不算亲，却每年都会封厚厚的红包给她。

现在乍一听到她病危的消息，叶岚的心就像原本坚硬的冰面上，突然被砸了个大窟窿，所有情绪直往外翻滚，一时间百感交集。

挂了电话，叶岚怔然坐在椅子上，脸色一片苍白。其他人刚才都听到了通话内容，明白发生了什么事。

朱朱和潘野对视一眼，走上前来："岚姐，我们不急在这一时半会儿休假，就在这里守着，你赶紧回去看看老人吧。"

"我陪你回去一趟。"李江洲的手，在她肩上轻轻拍了拍。

她抬头看向李江洲，刚才常淑宁在电话里说，奶奶头脑都糊涂了，还念叨着要让叶岚把孙女婿带给她看看，不然她死了也合不上眼。

许久，她终于缓缓点了点头："好。"

临走前，叶岚向朱朱和潘野交代完各种注意事项，最后看了一眼地图上的移动光点，这才和李江洲一起离开。

来到医院，一大群亲戚守在病房外的走廊上，三婶看见叶岚和李江洲过来，扯着脸皮笑了笑："哎哟，总算回来尽孝了，前些时候还看见你上电视，可风光了。"

这种时候，叶岚懒得和她计较，只问常淑宁："奶奶现在怎么样了？"

常淑宁抹着眼泪摇了摇头："正一个一个说话呢。"

已经到了交代身后事的时候。叶岚心中抽痛。

门开了，二叔二婶从里面走出来，三婶急忙挤了过去："到我们了吧。"

"妈刚才问岚岚回来了没，"二叔看着叶岚，"你进去吧。"

叶岚默然点头，走进病房，李江洲也随之进去，关上了门。

三婶在门外冷嗤："八字还没一撇呢，这会儿着什么急。"

常淑宁恼火，差点儿和她吵起来，叶向林拉了拉她的胳膊，想想今天的场合，她又把这口气硬生生地忍了回去。

躺在病床上的奶奶，枯瘦的身体缩小得像个孩子。叶岚想起以前，她是大家长，不管是妯娌纠纷还是夫妻打架，都是闹着要她做主。她不算是个好相处的人，尤其冷下脸来的时候，嘴角边那两道深深的法令纹，总是让人觉得很有距离感，不想也不敢去亲近。

可如今，松垮的皮肤上，连法令纹也不那么明显了，眼神浑浊得仿佛根本看不清眼前的人是谁。

"岚岚。"但她却准确地叫出了她的名字。

叶岚眼中一烫，泪水漫了起来："奶奶，我回来了。"

奶奶的目光，又缓慢地移到了李江洲身上。

"这是江洲，我的男朋友。"叶岚拉过李江洲，让奶奶看得更分明些。

"好。"奶奶对李江洲虚弱地笑了笑。

李江洲很难受，和叶岚一起，握住了奶奶的手："奶奶您别担心，我这辈子都会对她好。"

奶奶点头，指着枕头边上的盒子。叶岚犹豫了一下打开，看见里面装着存折和房本。她终于明白，三婶刚才为什么那么急不可耐。

而放在最上面的那一本，笔迹凌乱地写着两个字——岚岚。

"你的嫁妆。"奶奶说。

叶岚的手一颤，慢慢拿起那本存折。素来和她不亲的奶奶，到了临终之时，却给她留下了一笔嫁妆。

她翻开来看，那一笔笔存款的数字和日期似曾相识，她想起来了，那都是她以前给奶奶送的红包。奶奶每次都心安理得地收下，仿佛那是她该孝敬的，转头却又悄悄给她存了起来。

叶岚把脸埋在奶奶手心里，泪如雨下。

奶奶的眼睛里也满是泪水，她从来没见过这个孙女哭，就算是挨了打，她都犟着不求饶。一帮孩子抢糖啊果子啊，她也从不伸手去要，更不会像别的孙子孙女一样，撒娇叫一声奶奶，只求多得点偏爱。让人又生气，又总想着给她留点啥，哪怕再少，也多给她那么一点点。

奶奶的笑容，渐渐凝固在嘴角，眼睛缓缓合上。

叶岚感觉到不对劲，抬起头惊呼："奶奶！！"

外面的人听见动静，也都一股脑地涌了进来，有人惊慌地喊："医生，快叫医生。"

而李江洲就是医生，他检查完奶奶的脉搏和呼吸，看着已经平直的心电图，悲痛地摇了摇头。

病房中顿时哭声一片。

没交代完后事，奶奶就走了，三婶对此很不满，尤其是她当时还看到了叶岚手里的存折。

大家忙着筹办葬礼，灵堂里进进出出都是人。叶岚拿了两套孝服，正打算跟李江洲一人一套，三婶晃了过来："这还没拜过天地呢，就先披麻戴孝起来了啊。不过你们这一趟赶得不冤枉，给了那么大一笔路费呢。"

常淑宁听不得她这么不阴不阳地说话，争了起来："那是妈留给岚岚的嫁妆。"

"哟，"三婶眼皮一撩，"就算岚岚想嫁，还得问李医生家里愿不愿意娶呢。那会儿他小姑可说了，她这辈子都别想进他们家的门。"

李江洲往前走了一步："结不结婚，是我和叶岚的事，别人说了不算。"

"我看你们这个婚呀，就结不成！"三婶冷笑，逼视着叶岚："别听他说得这么轻松，家里不同意的婚事，最后没一桩好得了。何况看你这个硬石头板子的个性，适合当人家儿媳妇吗？还是甭结婚了，省得害人害己。"

"我是没打算结婚，"一直沉默的叶岚，突然开了口，"因为看看你的样儿，就让我恐婚。"

"你什么意思？"三婶气得跳了起来。

"结婚就是你这辈子最大的成就了吧，所以你才这么张牙舞爪地活着，因为实在没别的东西可显摆了。"叶岚淡笑："你以前为什么那么热衷于当媒婆，因为你不甘心，自己在牢笼里蹲着，自然想把别人也拉进来，这样你就能多一个同盟，多一位狱友。"

这句话直戳三婶的心窝，这辈子她的确自己平平，老公平平，孩子平平。往好里说叫平淡是福，往坏处想，油盐酱醋茶都是苦。

每次看见叶岚，她心里就嫉妒，一开始以为是嫉妒自己孩子没叶岚争气，现在被叶岚戳破，她才发现，是嫉妒叶岚有着跟她不一样的、更多的人生选择性。

三婶呆站了半晌，突然走到奶奶灵前，扑身跪下哭号。外人自以为她是在尽孝，却不知道，她哭的是早已失去了的自己。

把奶奶的丧事处理完，叶岚回了趟学校。她在山上这么久，实验室的学生们除了轮流去基地实习，就只能接受叶岚的视频云指导，现在看导师回来了，欢快地像过年。

"很遗憾，过不了几天我又要走了。"叶岚摊手："等小亮他们答辩的时候，我会回来的。你们大家的论文也都抓抓紧，别我不在就摸鱼，一周一次的例会报告，可谁都跑不了。"

学生们都暗自吐舌，有这样的厉害导师，云养也不是放养，想偷懒没门儿。

叶岚又去给宋院长和冯主任汇报了一下基地的工作情况，再出来时，看见陈正雅正站在四楼的走廊上，冷冷地瞧着她。

"怎么地，不欢迎我回来呀？"叶岚逗她。

陈正雅抱着臂："你回来了也不第一时间来看我？"

"前一阵奶奶过世了，一直忙着。"叶岚叹了口气。

"对不起。"陈正雅道歉："要是早知道，我也应该去送送老人家的。"

叶岚就是怕在家事上打扰她，所以才没提前说。"你现在身体彻底恢复了吗？"

"早好了，"陈正雅过来挽住叶岚的胳膊，"今晚我跟韩靖，请你和李江洲吃饭。"

就在这时，她们看见走廊另一头，来了位不速之客。

"陈教授，我来给细胞仪做例行检查。"李瑜对陈正雅笑笑，眼风冷冷地在叶岚身上划过："可真是太久没见了，没看到你上门问过好，倒是拉着江洲去参加你们家的拜祭，就算当他是上门女婿，也得先跟我们家这些大活人知会一声吧。"

毕竟是李江洲的家人，叶岚不想硬碰硬，淡淡地跟陈正雅打了声招呼："既然有事你就先忙，完了再聊。"

但李瑜却是窝了一肚子的火，李江洲好不容易从山里回来，没有先回家，而是去参加叶岚奶奶的葬礼。一回去又提到了他和叶岚的婚事，希望家里人能支持，这让李瑜恼火，叶岚到底是给他下了什么蛊，让他这么死心塌地。

李瑜脚步一转，堵在了实验室门口，似笑非笑地盯着叶岚："怎么说我也算是你的长辈，一见面掉头就走，是不是太没家教了？"

"那你想干什么？"这句话是陈正雅问的，她看着李瑜咄咄逼人，再也忍不住："都这个年代了，讲究的是自由恋爱吧，长辈的架子摆这么足有意思吗？"

李瑜被激怒，想起了在医院后门看到的那一幕："你去问问韩明月有意思吗？要是她看到你们兄妹俩'自由恋爱'，不知道是棒打鸳鸯呢，还是欢天喜地觉得肥水不流外人田？"

李瑜的声音拔得很高，楼上楼下过往的人都听见了，诧异地停下脚步向四楼观望。

陈正雅的脸一片煞白，叶岚上前一步，将她护在身后，挡住了所有人的视线："李瑜，你要针对就针对我，别的人你瞎攀扯什么！"

"你以为我无凭无据？"李瑜打开手机，滑出那天拍的照片："叫你这好朋友看看，上面接吻的人，是不是她和她哥？"

"这么个模糊的人影，就能诬告啦？"叶岚冷冷地瞟了一眼，那张照片拍的角度并不好，被树和车挡住，根本看不清脸。但她知道，那就是陈正雅和韩靖。"换了别人，敢这么泼脏水我非把手机砸他脸上不可，今儿看在江洲的面子上，我放你一马。但我也警告你，别再来招惹正雅，我这人也护短得紧，到时候别怪我不跟你讲客气。"

李瑜气急，可叶岚此刻的眼神，就像一头随时可能扑过来的豹子。李瑜也怕真的惹急了她，丢了大脸面。她恨恨地瞪了她们一眼，拂袖而去。

叶岚冷然的眼神，也一一滑过那些看热闹的人的脸，大家都把脖子缩了回去，假装什么也没看见，各走各道。

叶岚转身轻拍陈正雅的胳膊："没事了。"

"但你这么得罪李瑜，你和李江洲那边……"陈正雅担心。

"反正早得罪了，也不多这一回。"叶岚轻松地耸耸肩。但她心里清楚，矛盾再次加剧，以李瑜的性子，肯定又要闹得天翻地覆。

52 回　家

不出叶岚所料，李瑜一回到家就开始发飙，对着二楼大喊："李江洲，你给我滚出来！"

正在补觉的李江洲，从梦中惊醒，不情不愿地走出门："干什么呢？火气这么大。"

"能不大吗？"李瑜冷笑："你那个只有自己承认的准媳妇儿，还没过门呢，就收拾起你姑来了！"

"你又去招惹她啦。"李江洲打了个呵欠："何苦呢这是？明知道她火力强，你愣往枪口上撞。"

李瑜见李江洲句句护着叶岚，更是气炸："李江洲，你现在到底是姓李，还是已经打算跟着他们家姓叶了？"

"什么李啊叶的，将来还不都是一家人。"李江洲嬉皮笑脸地去拉李瑜，想安抚她的情绪。

"我跟她可做不了一家人，"李瑜打开他的手，"就她那样的破落户背景，再加上这臭脾气，谁沾上谁倒霉。"

李江洲的手放了下来，眼神淡了几分："小姑，我倒是觉得，你这脾气该收敛点儿了。也别总拿家庭条件看人，越现实越容易看走眼。"

李瑜脸上一白，不说话了。李江洲又有点儿不忍心，语气放缓了些："你就当看在我的分上，别总对叶岚那么苛刻，她是个好姑娘，以后你肯定会知道。"

这时，李江洲的手机响了，是叶岚打来的。

"来找你告状的吧？哭诉我怎么欺负她。"李瑜冷嗤。

但叶岚却只平平常常地通知李江洲，晚上陈正雅要请他们吃饭，别的一个字也没提。

李瑜的脸上有些挂不住，仍旧恶言恶语："我劝你也少跟陈正雅搅和，一个跟自己哥哥搞兄妹恋的人，品行又能好到哪儿去？"

"谁跟谁搞兄妹恋？"李江洲脑子有点儿当机："陈正雅跟……韩靖？"

"都被我拍到了。"李瑜亮出照片。

"诶？我看看。"李江洲拿过来仔细瞧，突然以迅雷不及掩耳之势，删除了那张照片。

李瑜气结："你干什么？"

"我瞧着不是他俩，"李江洲笑嘻嘻地把手机丢回去，"省得以后你拿着这个指鹿为马。"

李瑜恨得要打李江洲，他一溜烟地逃回了楼上。

晚上，叶岚和李江洲赴宴，他一坐下就盯着对面的两个人看，眼神极其复杂。

"那什么……"他小心翼翼地问："你们俩……不是亲兄妹吧？"

叶岚在桌布下踢了他一脚。"当然不是，"韩靖微笑，"她姓陈，我姓韩。"

"我想着也不是，"李江洲煞有介事地点了点头，"陈正雅还是比你有点儿人性。"

"我们是组合家庭。"陈正雅想起李瑜今天的攻击，心中不适："没有血缘关系。"

李江洲看出了陈正雅的纠结："我小姑手机里的照片，我已经删了。"

大家都松了口气。李江洲对韩靖挑了挑眉："霸道总裁，是不是应该自提三杯以表谢意？"

这个坎儿还没过去呢。叶岚和陈正雅无语地对视了一眼。

韩靖却毫不含糊，连倒三杯酒，杯杯都是一仰而尽。

"你这个人……"李江洲深深地看着他，举起自己的酒杯："倒也值得喝一场。"

两个男人酒过三巡，摆开了龙门阵，只差没当场结拜兄弟。

叶岚和陈正雅嫌弃地坐远了点，小声地聊着天。

"你现在，"叶岚垂下眼帘，转着自己手中的水杯，"还是坚持不婚主义吗？"

陈正雅看了韩靖一眼："有过动摇。"

但是现在这样的局面，动摇了又能如何。

"我有时候也很迷茫。"叶岚微微地叹了口气。其实她看得出来，李江洲仍然是期待结婚的。而且李江洲的家庭，也需要他结婚。

但是他的家庭期待的结婚对象，不是她这样的人。

三婶虽然胡搅蛮缠，但有一句话却不见得错了，家里不支持的婚事，很难有好结果。

婚姻，是不是只要有炽烈的爱情就够了，这个问题她现在无解。

陈正雅现在面临的，是同样的问题。她和韩靖的特殊关系，让他们的感情像一条望不到终点的路。

两个人轻轻碰了一下杯，各自怅惘。

吃完饭已是深夜，叶岚和陈正雅当司机，把两个喝多了的男人拉回家。

终于将李江洲弄进屋里，叶岚把他扔在沙发上，说道："你比奇奇还沉。"

李江洲毫无知觉，呼呼大睡。

叶岚放下包打算去洗把脸，还没走到卫生间门口，包里的手机就响了起来。

"谁啊，这么晚。"叶岚嘀咕，当她看到屏幕上显示的号码，心里顿时生出一种不好的预感。

"怎么了？"她迅速接起。

"奇奇丢了！"朱朱一听见叶岚的声音，就哭了出来。

"你冷静点，慢慢说。"叶岚的指尖在微微颤抖："到底怎么回事？"

潘野从泣不成声的朱朱手里，把电话拿了过去："从今天下午开始，定位信号就消失了，我们满山上去找，也没见到它的影子。"

潘野的身上脸上，都满是泥泞，他和朱朱沿着奇奇行进的路线，找到了信号最后消失的地点，可是一无所获。他只是硬绷着，没敢像朱朱一样崩溃。

"你们不要慌，我马上回！"叶岚挂断电话，去推李江洲。

"我歇会儿再喝……"李江洲翻了个身又要睡。

"奇奇失踪了。"叶岚的这句话，让他突然打了个激灵，酒醒了大半："你说什么？！"

叶岚拿起外套开始穿鞋，李江洲用力抹了一把脸，起身跟上。

夜色中一路疾行，到基地的时候天已微明。

潘野和朱朱都一夜没睡，在等着他们。叶岚快步走进监控室，看着光点最后停留的位置。

已经十几个小时了，没有再动的痕迹，这意味着奇奇一定出了意外状况。可到底是什么样的意外，现在谁也不敢想。

必须找到它。这是叶岚唯一的念头。

"我和江洲再去信号消失的地方看看，"叶岚转头看着潘野和朱朱，"我们的人不够，你们俩去找秦芳，让她发动山民一起找。"

一听到秦芳的名字，潘野就低下头来："我不去。"

"潘野，"叶岚突然大吼，"现在是奇奇重要，还是你的情绪重要？！"

朱朱吓了一大跳，无措地看看叶岚，又看看潘野。

潘野怔立了两秒，表情僵硬地离开，再没回头看叶岚一眼。

叶岚视若无睹，叫李江洲："我们走。"

李江洲和叶岚出了门，朱朱这时也醒过神来，明白了什么，匆忙去追潘野。

从天黑走到天亮，叶岚才终于到了信号消失的地方，她和李江洲在密林中寻找奇奇的踪迹，可是什么都没找到。

"到底去哪儿了？"李江洲焦急："该不会是遇到什么危险了？"

叶岚抿紧了唇不说话，更加弯低了腰，一点点追索地上的痕迹。

她发现离树林不远处，有一道悬崖，心里顿时一滞。一个可怕的情景在她头脑中闪现。

叶岚急忙向悬崖冲去，发现覆盖在土壤表层的砂石，有凌乱的痕迹。而悬崖边缘，还有一处豁口。

"走，去下面看看！"叶岚的话，让李江洲眼神一惊。

没有下去的路，叶岚抓着树枝，一点点从坡上往下爬。

"算了，你别下来了，在这里等我。"她说完，就快速溜了下去，消失在李江洲的视线里。

"叶岚！"李江洲有点儿惊慌地喊。

崖下传来了她的声音："我没事……等等，这是什么？！"

草丛里躺着一样东西，叶岚慢慢走过去捡了起来，是奇奇的定位颈环。

"奇奇，奇奇！"叶岚拿着断裂的颈环，心焦如焚地四处呼唤和寻找。

李江洲心里一急，再也顾不得害怕，学叶岚一样，硬是抓着树枝溜了下去。没有掌握好平衡，他最后栽倒在地上，掌心被尖锐的岩石刺破。

就在他要爬起来的时候，看见岩石另一角上有干涸的血迹，那不是他的伤口留下的。

奇奇的颈环是被外力扯断的，而悬崖上方有打斗的痕迹，底下有血迹。李江洲和叶岚推测，奇奇应该是遇到了别的猛兽，搏斗中颈环断裂，它从崖上摔了下来，颈环也落在了崖底。

"熊猫虽然抗摔能力强，可这么高的山崖，"李江洲很担心，"它肯定受伤不轻。"

"但现在它去了哪儿？"叶岚从看到血迹的那一刻起，就再也无法维持镇定。

十几个小时，受伤的奇奇独自待在这一望无际的大森林里，自认为是它的守护者的她，又在哪儿？强烈的担忧和自责，让她的心慌得止不住。

"你不要着急。"李江洲将叶岚拥进怀里，轻抚她颤抖的肩头："它既然还能离开这个地方，就说明还有一定的精神和体力，没有出大问题。"

这时，远处隐隐约约传来了人声："奇奇……叶教授……"

"应该是山民们来了，我们过去。"李江洲拉着叶岚过去，边走边说："你可是奇奇的主心骨，这种时候，谁倒你都不能倒。"

叶岚听了这句话，深呼吸一口气，硬生生地让自己平静下来。

李江洲悄然一叹。能打倒她的，是责任心，能让她站起来的，也是责任心。她就是这样一个习惯于负重前行的人。

两方会合，叶岚讲了在悬崖下发现的情况："现在就以这个地方为圆心，向四面辐射，大家分头去找。"

朱朱到底体力差，连续爬了两天山，此刻已经虚弱地直冒汗。

"朱朱你就留下来，和江洲一起在这里等大家回来通报消息，免得相互错过。"叶岚安排："我跟潘野、秦芳一组。"

"我也去。"李江洲喊道。

"现在这个情况，拼的是脚程快，你估计跟不上，留下来照顾朱朱吧。"

想到现在的确是救奇奇的关键时刻，李江洲不再坚持，看着叶岚他们走远。

潘野和秦芳虽然在一组，却总是让叶岚走在中间，彼此隔得很远。

朱朱望着他们的背影半晌，轻声问："秦大姐就是那个让潘野不愿意来毛坪的人吧？"

李江洲一怔。

潘野率先走在前面，秦芳沉默地落在最后，三个人一路搜寻奇奇的踪迹。

林子另一头突然传来窸窸窣窣的声音，叶岚一愣："会不会是奇奇？"

大家立刻循着动静找了过去，却什么也没看到。

"这林子里野兔松鼠多，也可能是它们闹出来的声响。"秦芳说。

叶岚失望，只能继续往前走。而就在他们离开后，一道身影从某棵树后一闪而过……

找了大半天，几队人再度集合时，都无力地摇摇头。

叶岚心急如焚："留下两队继续找，我先回基地去，请求上级部门调特殊装备来增援。"

朱朱和李江洲都跟上了叶岚，潘野犹豫了一下，最终还是沉默地跟在山民的队伍里，继续往山上走。秦芳心中五味杂陈，尽量落在离他最远的位置。

叶岚一路疾奔下山，朱朱和李江洲虽然吃力，但还是努力在后面追着她跑。

到了基地边缘，叶岚正要进后门，突然一愣。

护栏被撞破了一个洞，里面的草地呈倒伏状，难道是有兽类进了训练场？叶岚猫着腰，从那个洞钻了进去。

落在后面的朱朱和李江洲远远看到她的举动，不知道她要干什么。

而几分钟后，突然传来叶岚的惊呼声："奇奇！"

两个人对视一眼，用尽全身力气冲了过去。果然是奇奇，它正躺在训练场的草地上，身上都是伤，意识昏迷。

李江洲立刻蹲下身为奇奇做检查："左后肢摔伤，外加搏斗留下的皮肉伤，应该是跑了太远的路，现在虚弱脱水造成了昏迷。"

"它是回来求救的。"叶岚怔怔地看着奇奇，眼中满是泪光："受了伤，它就想着要回家。"

朱朱心疼地搂着它抽泣："它肯定是迷了路，才找了这么长时间才找回来。"

李江洲叹气："把它先抬回去吧，小心点儿，别碰着它的伤口。"

三个人一路护送着奇奇回到圈舍，大约是熟悉的环境和味道，奇奇醒了过来，望着他们委委屈屈地"嗯"了一声。

众人再次眼眶湿润，叶岚轻轻抚摸它的头："不怕了，你回家了。"

奇奇眷恋地依偎在她身边，黑溜溜的眼睛里，似乎也有泪水。

朱朱通知潘野，奇奇已经找到了。大家都啧啧称奇，一起来基地看望这只知道自己找回家的熊猫。

李江洲已经给它包扎好了伤口，它喝着蜂蜜盆盆奶，安详而满足。

当天，叶岚向林业部门和学校报告了奇奇失踪事件，检讨自己的失职。上级领导叮嘱她，以后一定要做好奇奇的安全工作。

晚上，叶岚叫来朱朱，让她将今天的事简要总结，在微博上通报。

朱朱犹豫："这样会不会又自曝家丑啊？"

"从一开始，我们就承诺过，要如实报告奇奇的情况。"叶岚强调："这是大家的奇奇。"

果然，消息一发布，下面就是一片议论声。有心疼奇奇的，有怪工作人员的，还有人说，既然奇奇自己选择回来，就不要再将它放归山里。

因为后肢骨折，奇奇留下来养伤，每天不是吃香的喝辣的，就是撒娇卖萌，生活过得十分惬意。网上希望将奇奇留下来的声音，也越来越强烈。朱朱虽然也舍不得奇奇再回去，但她在叶岚面前，一句话也不敢提。

叶岚将一切都看在眼里，始终保持沉默，但经常在没人的时候，望着奇奇发怔。

53　爱的定位

　　而此时在城中，掀起了另一场风波，韩明月在董事会上宣布，靖安集团对青塬文旅撤资。

　　所有人的目光，都在那一刻不自觉地投向了韩靖。他没看任何人，只看着韩明月，嘴角有一丝意味不明的笑："您是针对这个项目，还是针对我个人？"

　　韩明月没想到，一向内敛的他，竟然会如此尖锐直白。一愣之下，她硬生生地反击："两者都有。作为项目，它无法为公司赢得好的利润。而你作为公司总经理，加入了过多的个人情绪，所以对项目无法进行客观评估。"

　　韩靖的手指，在桌面上轻点，半晌，望着韩明月笑了笑："好，就算靖安集团放弃这个项目，我也会自己做下去。"

　　"你这是要自立门户？"韩明月冷笑："你别看自己现在是首席执行官，所有人都会敬你三分，要是离开了靖安集团，别人认识你是谁？"

　　韩靖缓缓地站了起来，和韩明月平视："您是不是一直觉得，这座大厦是靠您这一根柱子撑起来的，其他人都是无关紧要的砖瓦，只为衬托您而存在？"

　　"韩靖，"韩明月断喝，"你是真不想在靖安集团干了！"

　　"不过是块石头，扔哪儿还不都随您的意。"韩靖淡然一笑："但离开了这栋大楼，我就可以好好做韩靖了。"

　　韩靖转身，头也不回地离开。韩明月在那一刻有些脱力，但她仍然犀利地扫视全场，看有没有人敢露出对她不满的信号。

　　当韩靖抱着装满私人物品的箱子，从办公室里走出来，很多人还是忍不住围了上去，纷纷挽留。

　　"韩总，您真的要走？"林副总叹气："到底是一家人，您也别跟董事长置气，低个头也就过去了。"

"就是以前低头的次数太多了。"韩靖笑笑:"你们好好干,公司的事,我会安排好交接的。"

在一片不舍的目光中,韩靖走出了那栋大楼,韩明月站在办公室的落地窗前,远远望着他的背影,表面依然强硬,眼底却情绪复杂。

陈正雅下班来到韩靖家,发现他正在做饭,觉得惊讶:"今天这么有空?"

"我失业了。"韩靖轻松地笑:"以后要靠你养。"

"不会吧?"陈正雅从玩笑中看出了端倪:"你跟阿姨彻底闹崩了?"

韩靖淡淡地"嗯"了一声:"我已经辞职。"

"那你岂不是真的破产了?"陈正雅环顾四周:"房子不会也要收回去吧?"

"你可真是个现实的女人,"韩靖在陈正雅鼻尖上轻点了一下,"这是我自己买的。"

"我只是在盘算什么时候搬家。"陈正雅对着他皱了皱鼻子:"反正我家大,住得下。"

"那我就放心了,以后这房子,没准儿保不住。"

"为什么呀?"

"集团从青塬文旅撤资了,"韩靖一笑,眼神坚定,"我打算赌上全部家当。"

但巨大的投资额,即使韩靖赌上家当也不够,他带着策划案,一家家去找投资商游说。

正如韩明月所说,有些人脉是建立在身份上的人脉,见他离开了靖安独自创业,他们揣摩着他和韩明月之间的关系,态度也就变得暧昧起来。

韩靖连续碰壁,这些消息很快就被传递到了韩明月那里,她很满意,等着他回来求饶。

陈正雅看出了韩靖不顺利,愤愤不平:"这些势利眼!"

"捧高踩低是人之常情,"韩靖很坦然,"总会有相信我眼光的人,我再努把力。"

韩明月等来等去,并没有等到韩靖。反而公司里的人,一有事就习惯性地找韩总,但很多时候他们想找的,却并不是韩明月的韩。韩明月恼火,却又隐隐有些自豪,那是她的儿子!

而韩靖每天在外奔忙,陈正雅就主动承担起了做饭的任务。和叶岚这个不会做饭的人不同,她在外留学多年,其实会做饭,她只是懒得做。但如今她觉得,韩靖似乎到了需要节约成本的时候……

这天傍晚,可乐鸡翅刚下锅,她就听见了门铃声。

"你回来啦。"她欢快地过去打开门,笑容却僵在了脸上。

门外站着的人是韩明月。

"怎么是你？"韩明月冷着脸问："韩靖呢？"

"他还没回来。"陈正雅此时，有种被人抓了现场的狼狈感。

韩明月上下打量陈正雅，围着围裙，脚上穿的是一双淡粉色的拖鞋，韩靖在这个家里从不待客，而此时的陈正雅，却像是这里的主人。

他们在过自己的小日子。韩明月醒悟过来，顿时勃然大怒："你简直是不知廉耻！"

"不知廉耻"这四个字，重重地锤在了陈正雅心上，她的嘴唇颤抖了一下，却什么解释都说不出口。

"你知道你们是什么关系吗？！你们这叫不伦！"韩明月吼完这句话，转头气冲冲地离开。还没进电梯，就给陈建森打电话："管管你的女儿，让她不要勾引我儿子！"

风将这句话隐约送入陈正雅耳中，她呆站在门口，面无血色。

当韩靖和陈正雅坐在餐桌上，他笑着夹起烧焦的可乐鸡翅："你今天有点儿失水准啊。"

陈正雅低着头，默默地用筷子一颗颗拨着碗中的米粒，半晌，才低声开口："阿姨今天来过了。"

韩靖猛地一愣。

"她应该看出我们之间的事了。"陈正雅依然没有抬头，泪水在眼眶里打转。

韩靖放下碗筷，从桌子另一头过来，将她拥进怀里："她是不是说什么伤你心的话了？"

"她也伤心吧。"陈正雅说。在这一点上，她能理解韩明月。

而且韩明月没骂错，最先主动的人，是她。

"爱情是两个人的事，"韩靖轻拍她的背，"你不要自责。"

第二天是周末，韩家一家人罕见地齐齐整整，却丝毫没有温馨之意，气氛肃杀。

打电话叫陈正雅回来的人，是陈建森。他难得不是以资深教授的身份，和她谈工作，谈的却是这样一个难堪的话题。

"你们确实在一起了？"

"嗯。"

"什么时候开始的？"

"我患禽流感出院的时候。"

"禽流感？"陈正雅的话，让陈建森一愣。他竟然不知道，她曾经历过这么危险的时刻。

"是我提出来的。"韩靖稳稳地开口。陈正雅怔然望向他。

韩明月已经大发雷霆："韩靖，你别胡说，以你的个性，根本不可能做出这么出格的事。"

"我连辞职都敢,还有什么是不敢的?"韩靖笑着迎向韩明月的目光:"妈,您并不了解我。"

韩明月哽住。她困惑地看着韩靖,不知道这个从小到大都很懂事的儿子,为什么现在变得这样离经叛道。

她憎恶地看向陈正雅:"你对他的影响,可真不小啊。"

"你不要迁怒于别人。"韩靖握住陈正雅放在裙子上的、微微颤抖的手:"雅雅没做错什么。"

韩明月盯着他们合在一起的手,觉得心里有什么东西被夺走了,撕碎了。

"没做错?"韩明月冷笑:"你们在法律上,是兄妹!你们说出去听听,全世界都会觉得这是丑闻!"

他们的爱情,变成了丑闻。陈正雅的指甲,深深陷入自己的掌心,强忍着泪水不掉下来。

韩靖轻轻掰开她的手,和她十指交握,不允许她伤害自己。

这让韩明月更是心碎,声嘶力竭地大吼:"你还不放手,难道你要逼着我们老两口离婚,来成全你们吗?!"

陈建森坐在旁边,垂着眼皮一言不发。

硕大的别墅,陈正雅却觉得,在这里连针尖大的地方都容不下她。她放开了韩靖的手,径直往外走。

韩靖怔然两秒,也追了上去。韩明月阻拦不及,气恨地瞪着陈建森:"你自己养出来的好女儿,你怎么也不说句话?"

陈建森站起了身,往楼上走去。韩明月一个人站在空荡荡的客厅里,突然发起狠来,掀倒了桌上的花瓶。

一声巨响,彻底击碎了这个家伪装多年的完美假象……

那天晚上,叶岚正在给奇奇做康复训练,突然收到了陈正雅的微信:忙吗?

陈正雅很少用这样沉闷的口吻打招呼,叶岚感觉到她的状态不寻常,走出圈舍去给她打电话。

"怎么了?"电话一接通,叶岚就问。

陈正雅犹豫了一下才开口:"我和韩靖的事,被家里发现了。"

叶岚心里一沉:"反应激烈吗?"

"差点儿把房子都掀了。"陈正雅自嘲地笑:"因为我,引发了一场'世界大战'。"

叶岚无言,李江洲被蛇咬的时候,她也曾经历过这样的时刻,没有丝毫世界以我为中心的成就感,有的只是对所爱之人的歉疚。

"你们现在准备怎么办?"叶岚叹息。

"能怎么办？"陈正雅的手指，插入被泪水濡湿的头发："又不能登报声明，和双方父母脱离关系。"

这是一场牵筋掣肘的复杂关系，不是想解开就能解开。叶岚也无法给出能快刀斩乱麻的建议："但你要保证一点，不要在冲动的情况下做决定。"

"我跟韩靖……提了分手。"陈正雅的话，一下子让叶岚愣住。

今天谈完出来，陈正雅坚持要回自己家。韩靖拗不过她，只好将她送了回去。

一路上，陈正雅都沉默着不说话，韩靖想去握她的手，她却借故躲开。他能看到的，只有车窗上映出的，那张表情冷硬的脸。

下了车，韩靖要送她上楼，她却将他挡在了安全门外："不用了，我自己上去。"

她走进家门，却没有开灯，只是倚在窗口，看着楼下的车。

他没走，仍然在等待着她回心转意，能叫他上来，让他有机会安慰她。

可她心意已决，颤抖的指尖终于在手机上，打下了那几个字：我们分手吧。

闭着眼睛点了发送，她的泪水也倾泻而出，她听见门铃在响，一遍又一遍。但她没有睁开眼睛，仿佛这样就可以不用面对这个世界。

门铃终于停了，许久许久，再无声息。

她瘫软在沙发上，心中一片空茫。当她终于敢看手机，韩靖的聊天页面上，没有回话……

"你太傻了。"叶岚沉沉叹了口气。

"这才是唯一的解决方式。"陈正雅异常平静。能保住大家的体面，虽然她已经不在乎，可她得替他在乎。还有陈建森和韩明月，再怎么样，那也算家人。

韩靖会很伤心的。叶岚在心里说。以他那样从不允许自己行差踏错的个性，能走出这一步该有多艰难，如今又怎么退得回去？

但叶岚知道，自己不必把这句话说出口。陈正雅都懂，做出这个决定，最痛苦的人是她。

"聊别的吧。"陈正雅故作轻松地说，走到阳台上，怅然远眺电视塔："奇奇伤好了吗？"

"嗯，"叶岚顺应她的话题，"已经可以拆夹板了。"

"那你打算再把它放回去吗？"陈正雅想起那些微博评论："网上反对的声音挺多的。"

前两天甚至还有一条评论特别扎眼，说叶岚只是把奇奇当作实验对象，所以不关心它的死活。

叶岚默然良久："我不知道。"

陈正雅一怔。叶岚极少有这样迷茫的时候，尤其在工作上。

直到现在，奇奇受伤那天的情景，仍然会在空隙时，挤进她的脑海中。

"它受了重伤，拼了命跑回来，向我求救。"叶岚回望着圈舍里，安然酣睡的奇奇："我要是让它回去，就是再一次抛弃了它。"

当初它被熊猫妈妈放弃，孤苦伶仃地躺在山林里。她又怎么狠得下心，让它再经历一次这样的残忍。

叶岚在草场上坐下，暗淡的月光笼罩着她的背影，分外落寞。

她未曾察觉，李江洲就站在她身后不远处，默默看着这一幕。

电话那一头的陈正雅也沉默了，她们都是处于两难境地。

"晚安，你什么也不要想，先好好睡一觉。"叶岚在电话那头安慰她："实在不行，可以喝杯红酒催眠，但只能喝半杯，一杯我怕你发酒疯。"

"嗯，你可以在草地上打滚，十圈不行，就二十圈。"陈正雅说。

两人以轻松的语态结束了这场对话，然后各自陷入怅惘中。

叶岚很晚才回到宿舍，一进门，就发现床上躺着一个人。

她吓了一跳，回头左右张望，见潘野和朱朱已经关门关灯，才放下心来。

"毕竟是基地，你别这么明目张胆。"

"抱我媳妇儿睡觉，难道还要向组织上申请吗？"李江洲拍了拍身边的床铺："过来。"

叶岚瞪了他一眼，关上门过去，刚坐到床边，就被他扯进了怀中。

"干什么？"她推他。

"如果你舍不得奇奇，明天我陪你一起向上级部门打报告。"李江洲的声音从头顶传来："我就说它的伤势还需要进一步观察。"

"你这不是做假证明吗？"叶岚抓着他的衣襟，鼻子有些发酸。

"为你争取思考的时间。"李江洲抱紧她："无论你最后做什么决定，我都支持你。"

因为奇奇对她来说，并不是实验对象。她对它倾注的感情，比谁都多。

那条评论，叶岚不许大家去回复，可对她而言，却是字字戳心。

"江洲……"她只有在他面前，才敢泄露委屈："我不想让奇奇走。"

"那就不走。"李江洲给她盖上被子："再说我也没作假，就算是人，还得伤筋动骨一百天呢，这么着急万一落下个后遗症什么的怎么办，这可是国宝。"

叶岚破涕为笑："就你歪理多。"

"现在能睡着了吗？还需不需要去草地上滚二十圈？"李江洲问。

叶岚翻白眼："听墙脚。"

"我可不是故意的，怕某只猫半夜走丢，过去捡来着。"李江洲用被子把她裹成蚕蛹，在她耳边坏笑："看清楚了，这里是床，而我血气方刚，再不睡觉，小心我将你就地正法。"

叶岚红着脸闭上了眼睛。

难得的一夜好眠，叶岚睁开眼睛，发现李江洲还没醒。

鸟鸣声伴着阳光，从窗外钻了进来。叶岚忍不住伸出手，用指尖悄悄描摹他的轮廓。

李江洲的睫毛动了动，却妄图继续装睡，享受这包含着欣赏的抚摸。

叶岚故意叹气："真是长了一张不靠谱的脸。"

李江洲气不过，翻身将她压住："是帅得让你没有安全感吧。"

"看你长久没发作，我还以为你的自恋综合征已经治好了。"叶岚笑眯眯地捧住他的脸，亲了一口："不过确实挺帅的，我在考虑，要不要也给你戴个定位颈环，这样我才有安全感。"

"我对你的爱，就是你的定位，永远不会失去信号。"

54　解不开的心结

晨光中的吻，一经触发就收不了场，但就在这时，一阵敲门声打断了此刻的浪漫。

"谁呀？"李江洲气得就要嚷，却被叶岚蒙头罩进了被子里，死死按住。

叶岚无视旁边极力挣扎的蠕虫："有什么事？"

果然是气氛破坏王朱朱："岚姐，怎么没见着江洲哥？今天他该给奇奇拆夹板了。"

"不知道啊，可能起得早，去山里遛弯儿了吧，等下我去找找。"叶岚镇定自若。

朱朱走了，叶岚踢踢李江洲："快走，小心点儿别被他们撞见。"

"掩耳盗铃。"李江洲气哼哼地从被子里出来，捋了一把被弄乱的头发："下次蒙被子的时候下手轻点儿，谋杀亲夫呢。"

叶岚闷笑着一脚把他踹下了床。

李江洲刚溜出去，就被朱朱在拐角处堵了个正着："嘿嘿，我就说，像你这么爱睡懒觉的人，哪可能早起去遛弯儿？怎么地，打算给奇奇生个妹妹，凑个儿女双全？"

"就你这么大瓦数的探照灯在旁边照着，生得出来吗？"李江洲没好气地绕过她："拆什么夹板啊，伤还没好呢。"

朱朱�’嘴："公报私仇。"

夹板还是拆了，叶岚也没有要李江洲给她做假证明，他已经给了她坦承的勇气。叶岚不再硬撑，坦率地向专家委员会讲述了自己现在的真实心情，希望项目进程暂时延缓。

委员会内部发生了激烈的争论，但大家都是做野生动物保护的人，能理解科研工作者对动物的特殊感情，最终还是达成了一致，同意将奇奇再次放归的时间推后，先观察它的状态。

奇奇留了下来，网友们欢呼雀跃，朱朱也乐得走路都在哼歌。叶岚仍然表现得很平静，但李江洲从她的眼神里，可以看出她发自内心的欢喜。

奇奇无伤一身轻，每天跟着叶岚做各种运动训练，闲暇时就躺在草地上晒太阳，看野花上的蝴蝶看得目不转睛。

每当李江洲和叶岚手牵手一起散步，奇奇就有模有样地跟在他们后面，仿佛是一家三口。

然而这样温暖的时光，在某个清晨却戛然而止。当叶岚按照惯常早起，准备带奇奇出去训练时，却发现圈舍里空空如也，周围也没有它的踪影。

之前奇奇出事的恐慌感，再次攥紧了叶岚的心，她冲上楼，去拍李江洲的门："江洲，奇奇又不见了！"

"什么？"李江洲吓得手忙脚乱套上衣服，跟着叶岚出去找。

一路跑到基地的边缘，他们终于看见了奇奇。它正停在当初它自己找回来时，撞开的那个护栏的破洞前，似乎在犹豫是离开，还是留下。

叶岚拉住了李江洲，做了个嘘的手势，两个人就这样站在远处，默无声息地望着它。

不知道过了多久，奇奇回头，看见了叶岚和李江洲。在那一刻，他们清晰地感觉到了它的不舍。

叶岚缓缓走上前，轻轻地摸了摸它的头："想回森林是吗？想去就去吧，我会把这个洞给你留着，你想家了，遇到困难了，随时都可以回来。"

奇奇的眼中，蓄满了泪水。它在叶岚身边蹭了蹭，又扬起头向李江洲求抚摸。他弯下腰，抱了抱它。

奇奇终于还是踏出了那一步，从洞里钻了出去，慢悠悠地走向大森林。

"还是走了，"李江洲看着叶岚眼角闪烁的泪光，"很难过吧？"

叶岚摇了摇头："这里再好，也终归只有这么大点儿地方，它见识过了更大的世界，自然会有更多的向往。"

李江洲望着奇奇远去的身影，既怅然又觉得欣慰。

"我们当爸妈的，也不能给它拖后腿啊，你说是不是？"叶岚转过脸冲李江洲一笑。

李江洲怔住。以前无论他怎么开玩笑，叫她媳妇儿，说奇奇是他俩的孩子，她从不正面回应。这是第一次，她愿意承认自己和他，是奇奇的爸妈。

正惊喜莫名中，叶岚又突然凑过来，对他眨了眨眼睛："你说，咱俩加起来，一年能赚够一百万吗？"

李江洲：？

叶岚大笑着跑掉，李江洲呆若木鸡。难道他未来的媳妇儿，嫌他赚钱少？

他可是很能赚钱的男人，只是为了理想暂时穷困！

这边厢李江洲还在挖空心思地想向叶岚证明，他不是个准备吃软饭的男人，那边厢韩靖已经拎着行李找上了陈正雅的门，立志把软饭吃到底。

自从那天陈正雅和韩靖提了分手之后，他们就再没联系过，但韩靖的朋友圈，却发得异常勤快，今天去哪里谈生意，明天在什么地方吃的饭。陈正雅看得很伤心，虽然是她提的分手，可他表现得也太平淡了。

所以当陈正雅看见可视门铃屏幕上，那张熟悉的脸时，她既心痛地不想开门，又恨不得马上揪起他的衣领，问他为何能这样无情无义。

门还是开了，当陈正雅看见韩靖手中拉着的大箱子时，目瞪口呆："你这是干什么？"

"不是说你家大住得下吗？"韩靖笑得温文尔雅："我把房子卖了。"

陈正雅：……

韩靖很自然地准备进门，陈正雅身体一斜，挡住了他："我以为我们分手了，已经十八天没联系了好吗？"

"日子记得这么清楚，"韩靖一脸无辜，"那你去数一数，我的朋友圈，是不是连续发了十八条，怎么叫没联系，我不是每天都在向你汇报行踪吗？"

"朋友圈那么多人，你又不是发给我一个人看的！"陈正雅冷哼。

韩靖毫不废话，直接打开微信页面，上面显示，所有朋友圈，只对陈正雅一个人显示。而给她设的标签，叫作"心上人"。

陈正雅的心顿时软成了一团水，想捏成冷硬的形状，都捏不起来。

韩靖一手搂着她，一手拉着箱子进了门："净身入户，要吗？"

"太监要不了吧？"陈正雅装傻。

韩靖哈哈大笑，将她一把抱起来，和他等高。

他凝视着她的眼睛："说完分手，你有没有后悔过？"

"没有。"陈正雅死鸭子嘴硬。

"伤我的心无所谓，不要做伤你自己心的事。"韩靖的吻，落在她额上："这个世界怎么看，没什么大不了的，我们的爱情就是最好的爱情。"

陈正雅的眼泪瞬间涌出了眼眶，她搂住韩靖的脖子呜咽："跟你分手我好难过，觉得要了我自己的命。"

"也要了我的命。"韩靖亲吻着她的额发："不过还好，我脸皮比你厚一点儿，从现在开始，我就打算靠你养了。"

"我养你，"陈正雅扬起脸，"一辈子都行。"

"要不了那么久。"韩靖靠近她的耳边，一语双关："相信我的能力。"

陈正雅面色酡红，像一朵欲绽的花……

韩靖将所有的钱，全部投进了青塬文旅，还拉了几笔投资。他给叶岚打电话："老板，基金会的钱，能提前注进来吗？"

叶岚称奇："你怎么穷成这样了？"

"他连房都卖了，"陈正雅在那边插进话来，"现在在我家蹭吃蹭住。"

他们终于和好了，叶岚笑得眉眼都弯了起来："看在你是我闺蜜男朋友的分上，准了！"

李江洲也不失时机："韩总，我要是这会儿借给你钱，能当高利贷放吗？"

"超过24%，按国家规定是犯法的。"韩靖一本正经："我可以给你少一点点。"

"奸商就是奸商，到这会儿了都一点儿便宜不让别人占。"李江洲撇嘴："先说好啊，这可是我的老婆本。"

"虽然不能保证一本万利，但到时候多出来的利润，就当我上的礼钱。"韩靖笑容温暖。

不是靖安集团的首席执行官了，但他仍然有一帮不散场的朋友，他们只当他是韩靖。

叶岚又特意抽空下了一趟山，跟韩靖一起去跟青塬谈了目前的困境，吴局长和王副县长表示，一定会全力相助共度难关。

冯主任得知此事，为感谢当初的雪中送炭，也支持了一把。罗康成还去找了赵副厅长，在林业厅争取到一笔资金。

青塬文旅终于正式挂牌，为了节约成本，没有搞隆重的新闻发布会，但安娜还是主动带队而来。她现在已经是新闻频道的王牌记者，野生动物保护的系列报道让她的名气越来越响，上次那张"守望"的照片，更是获得了新闻摄影大奖。

安娜笑称，跟着他们走，她离普利策奖越来越近了。所以这一次，她自愿为他们宣传。

大篇幅的独家新闻报道，让青塬文旅成为公众关注的焦点。韩明月在电视上看到后，心中五味杂陈。

他还是做成了，即使离开了靖安，离开了她。

青塬的旅游设施建设开始，而此时也再次到了红外相机取数据卡的时候。这一次叶岚采集照片时格外仔细，她想找到奇奇生活的轨迹。

其他人除了日常工作，也帮她一起找，偶尔发现奇奇的蛛丝马迹，大家都兴奋得不得了。

"快看，它在河边喝水呢。"朱朱激动地指着屏幕："嘿，看着还长胖了。"

"我们奇奇，可是个聪明娃。"李江洲撑在叶岚的椅背上："肯定会把自己照顾得很好。"

叶岚托着腮，看着屏幕上的奇奇微笑。这样，她就放心了。

当叶岚按照时间线一点点捋，想找出奇奇当时失踪的真相时，很遗憾，在事发现场附近并没有安装红外相机。

但她却在视频里，看到了那天她和潘野秦大姐寻找奇奇时的身影，就在当时她听到动静，以为是奇奇，冲过去找却一无所获的那片树林。

"这是谁？"李江洲突然问。

叶岚目光一凝，就在他们走后，又有一个人从林子里出来。

"不认识，是这里的山民吗？"叶岚皱眉："把秦大姐找来问问。"

秦芳来到基地，对图像仔细辨认后摇头："奇怪，周边的老乡我都熟，从来没见过这号人物。"

不是山民，为什么会突然出现在这深山里，而且见到人还要躲起来。

叶岚脑子里闪过一个念头："该不会是……想盗猎吧？"

一听到"盗猎"两个字，秦芳就如同突然被点着了引信，瞬间爆炸："要真是盗猎的人，那就是罪大恶极！"

潘野正好经过办公室门口，听见了秦芳的这句话，顿时停住了脚步。

潘野盯着秦芳，秦芳也发现了他。两人对视之间，他眼中情绪激烈，她方才的愤怒却一点一点萎靡下去，最后颓然无力地垂下眼睛，掩住自己的泪光。

走廊不远处，朱朱默默地看着潘野，他绷紧了背，像一只受了伤害而充满恨意的小兽。

"潘野。"她走过去，拉住他的手："跟我去看一下监控，我对地形不熟，不知道奇奇现在走到哪儿了。"

拉第一下的时候，他没动，她又坚持再拉了一下，他愤然看了秦芳一眼，终于转身跟着朱朱走了。

叶岚在心里叹了口气，若无其事地招呼秦芳："大姐，以后你和杨叔他们在巡山的时候，多注意有没有可疑的情况。我们也再找找，这个人还有没有出现在其他地方，到时候把视频交给森林公安当线索。"

秦芳勉强镇定下来，点头："那我就先走了。"

看着她脚步沉重地离开，叶岚和李江洲对视了一眼，都心中唏嘘。

监控室屏幕上，光点在不断移动，潘野的目光却定在某处，一动不动。

朱朱站在他的身后，沉默良久，搬了个凳子在他身边坐下："你如果难过，可以靠着我。"

潘野一愣，转过头望着她。她的目光澄澈，并未包含他最讨厌的怜悯："你的故事，如果不想说，可以不告诉我。但你心里痛苦的时候，随时可以来找我。"

他曾经觉得，这样的时刻不像她。可现在他又觉得，这样的时刻才是她。

看似没心没肺大大咧咧，其实心里兜着一片阳光，会在人寒冷的时候悄悄释放出来，给人温暖。

潘野没有再说话，闭上眼睛慢慢地靠在了她肩上。

朱朱望着窗外的树影，神色平静而坚定。她虽然常常软弱爱哭，可她也有她想守护的人，例如此刻的他。

秦芳回到保护站，一个人在房中呆坐了许久。潘野的眼神，又勾起了她内心最深处的回忆，那不敢碰触的一幕。巨石从头顶直袭而下，她放大的瞳孔里，仿佛看到了死亡。可就在那个瞬间，一只手推开了她，随即，一个身影倒下。

"老师……"她捂着绞痛的胸口，伏在桌上失声痛哭。

直到杨叔来找秦芳时，她才收敛起悲痛，将今天发现的事跟他详细讲了一遍。

"现在还有人敢进山偷着打猎，真是吃了熊心豹子胆了。"杨叔愤慨："要是被咱抓到，有他好果子吃。"

自从山民们当上护林员以来，再没人进山打过兔子，反而对栖息地有了强烈的保护意识。秦芳在心里赞叹，叶岚当初的建议很有效。

而秦芳自己，一想起当年的事，就对盗猎者恨之入骨，只想赶紧逮住这些人。

但原始森林太大太荒凉，红外相机能监控到的范围毕竟有限，虽然叶岚提供了线索，想立刻查清楚抓到人并不容易。这也成了叶岚心里的一个疙瘩，每次想起来，总是有点儿不安。

55　失去她

这天，叶岚和李江洲又在一起看奇奇的红外视频，它不知道是不是发现了镜头，竟然凑近来了张大特写。李江洲忍不住对着它挥手，摇了两下又回过神来，不禁一笑："我当成视频聊天了。"

叶岚心念一闪，视频聊天虽然不可能，但如果能实时地拍摄奇奇在山林中的状况，比起单纯依靠定位颈环，更能保证它的安全。而且这样一来，对防范盗猎和整个栖息地的保护，都很有意义。

叶岚先找到了冯主任，跟他谈起了这个想法。

"现在的保护区开始用遥感技术来进行监测了，"冯主任说，"但技术手段上还是有些落后，如果要做，就得想办法改进。你再想一想，找到适合的方案，我们再商量。"

叶岚开始海量查找关于遥感的资料，连每天晚上跟李江洲散步的时候，聊的内容都离不开这两个字。

"你知道卫星遥感吗？"叶岚跟李江洲比比划划："就像谷歌地图那种，可以准确到每个地点。"

"那很好啊，看得很清楚。"李江洲表示赞成："高科技。"

"但是有局限性，卫星是有固定的轨道和周期的，没办法做到随时监控……"叶岚开始巴拉巴拉一大堆。

李江洲打了个呵欠："我有点儿困。"

但叶岚孜孜不倦："航空遥感可以，用机载雷达来拍摄。"

"那也行。"李江洲悄悄拖着她的手往回走，她沉浸在自己的思绪里，根本没发现已经改变了行进路线。

"但这种方式就是成本太贵了。"叶岚此时，已经被李江洲诱导着走到了房间门口："要是有性价比更高的办法就好了。"

"对对对，"李江洲把她推进门，"时间太晚了，你先睡一觉再想。"

他说完就马不停蹄地溜了，连晚安吻都没要。叶岚反应过来，对着他的背影撇嘴："哼，没有求知欲。"

此时又到了暑假，韩靖的森林学校再次开班，这也是他青塬生态旅游的开端。这一次来的既有小学生，还有"大"学生。都在青塬，韩靖请叶岚过去当第一期的班主任。

前五排坐着孩子们，后五排坐着家长，已经很久没上过学的大人们，不是在关心自家孩子好不好，就是在玩手机。

叶岚微笑着走上讲台："首先我宣布课堂纪律第一条，请家长们都把手机放到讲台上来，会有人帮你们收好，每天晚上定时发还。"

家长们面面相觑："这么严格？"

"城市里的生活很繁忙，每个人每天24小时都有事，但是既然你们能放下这些事进山，为什么不干脆彻底一点儿，将自己完全投入到大自然中，就当这是一场养心之旅。"叶岚在黑板上画了一颗心，又画了一棵树："现代人崇尚养身，但其实养心更重要，能放下浮躁，感受美好的事物，学会珍惜我们拥有的家人、健康，以及我们生活的这个世界。我觉得这才是人生正确的打开方式，你们认为呢？"

台下静默半晌，开始有人陆陆续续上交手机。

这一堂课，从开始只有孩子们提问，到后来大人们也开始抛却矜持，开始举手问问题，气氛越来越活泼热烈。

下了课，大人和孩子们在操场上疯跑、玩游戏、放风筝，尽情释放天性，有种酣畅淋漓的快乐。

"我觉得以后，也可以直接开成人班。"叶岚笑望着那帮已经玩疯了的人："尤其是城市里的白领们，平时承受的压力大，这是一个非常好的放飞方式。"

"风筝飞上了天，能看得更远。"韩靖点头。

两个人眯着眼睛，看空中五彩斑斓的风筝，叶岚突然一愣："可以用无人机。"

"嗯？"韩靖莫名其妙。

"用无人机搭载激光雷达，拍摄森林实况。"叶岚兴奋，"既造价低，又适合青塬这样的山区。"

叶岚将这个方案告知冯主任，他也觉得可行："你先写个项目建议书，我去联系做遥感方面的人，咱们来具体讨论实施方案。"

当叶岚将项目报告写完的时候，森林学校这一期也快结束了，而最后一堂课的内容，就是参观野训基地。

经过韩靖的安排，学生们已经都成了叶岚微博的粉丝，同时也是奇奇的粉丝。奇奇的可爱和它曲折的生死故事，吸引了所有人，一致要求来它生活的这个地方看一看。

奇奇离开的那个洞，被叶岚修成了一道小门，却没有上锁，随时等待它回来。

"老师，您想奇奇吗？"有个小女孩天真地问。

"想呀，"叶岚蹲下身，笑着回答，"可是，它在大大的世界里，能更快乐地生活。等将来你们长大了，爸爸妈妈虽然舍不得，但也会放你们离开，让你们去追求自己想要的生活，对不对？"

家长们都深有感慨。

韩靖站在不远处看着这一幕，对身边的李江洲说："这堂课肯定会让大家记忆深刻。"

果然，学期结束后，大家纷纷成了"自来水"，利用各种渠道宣传青塬的生态文化旅游，尤其是最后一堂课的内容，他们评价说这是一次特殊的亲子教育，叶岚以野生动物保护工作者对动物的爱，让家长们反思自己对孩子的爱。

接下来的旅游团，全部爆满。有下属建议韩靖增加旅游团的规模，赚取更多的利润，韩靖却拒绝了。

"生态旅游的前提，就是必须严格科学地管理客流量，不能给环境造成压力。"韩靖强调，随后又笑着话锋一转："这样也有另一个好处，类似于饥饿营销，会吸引更多的潜在客户群体。"

当叶岚和李江洲得知他的这一番宏论时，相视摇头：奸商不愧是奸商。

但这是个有义气的奸商，韩靖许诺，以后监测系统拍到的动物画面，在不涉及科研机密的情况下，可以给他一部分作共享，而由此产生的商业利润，会无偿回馈给野生动物保护事业。

冯主任带着遥感专家进了山，对青塬作实地考察，李江洲却被调回了中心，负责动物的繁育工作。朱朱作为有育幼经验的饲养员，也跟着回去了。

临走时，朱朱眼泪汪汪地跟潘野道别："我一有空就上山，给你带好吃的。"

"我又不像你那么贪嘴。"潘野好笑，想给她擦眼泪，手抬了两次还是放下去了，不好意思地挠后脑勺："你每天晚上，能给我打个电话吗？"

朱朱一怔。

潘野立刻补充解释："只是交流工作，我怕你一个人干不来。"

"我有什么干不来的，"朱朱皱着鼻子冷哼，"再说还有江洲哥坐镇呢，我找你汇报什么工作。"

"那……那也给我打个电话。"潘野低下头，脸红到了耳根。

朱朱扑闪着眼睛，突然跳起来抱了他一下："会打的。"

还没等潘野反应过来，她已经一溜烟跑掉。潘野看着她的背影逐渐变成一个小点，愣愣地笑了。他以前为什么不知道，女孩子是这样一种又软又萌的生物。

另一边，李江洲望着潘野"啧啧"摇头："瞧瞧这个愣头青，换了是我……"

"换了是你怎么样？"叶岚扬起脸看他，唇角微翘。

"这样……"李江洲低头吻住了她。

叶岚这一次没有推拒，即将没有他的冬天，她需要一个吻来留住暖意。

"天气越来越冷了，"李江洲拉紧了她的外套，"要注意身体。"

"好。"叶岚留恋地看着他："你别老惦记我，好好工作。"

"我们就像是革命夫妻各赴战场。"李江洲做了个敬礼的手势："走了。"

叶岚含笑目送他远去，转过身，望着草场沉沉一叹。以后，每天晚上又要一个人散步了。

进行了几轮试飞，确保叶岚他们已经掌握了无人机技术，遥感专家和冯主任也下了山。

人一少，冬天就显得格外萧索。叶岚和潘野不是在监控室看定位地图，就是在山上放无人机。

潘野已经有点儿熬不住了，没有了朱朱，他觉得日子特别枯燥。每天开门看见的就是白茫茫的雪，别无其他。唯一的乐趣，就是每晚和朱朱的电话。

说起来是通话，其实几乎都是朱朱一个人在说，她好像总有说不完的话，而他就喜欢听她叽叽喳喳说个不停。

平安夜的晚上，朱朱跟他聊了特别久，从她上学的时候在这一天收到过谁送的苹果，到韩剧里的男女主都是以怎样浪漫的方式，度过这个夜晚，滔滔不绝一直到十二点。

"有部剧里面说如果在平安夜十二点告白，两个人会永远在一起呢。"朱朱说。

"哦，"潘野停顿了一会儿，"这部剧叫什么名字？"

朱朱气绝："叫情痴！"

她直接挂了电话，气得直拍胸脯，亏她刚才在他停顿的时候，还紧张地屏住了呼吸，以为接下来会等到一句"我喜欢你"。

而潘野此时，正听着手机里的忙音发呆。他刚才，是想说那四个字的，可是话到嘴边，却又怎么都说不出口。

他懊恼地"哦"了一声，抱着脑袋倒在床上，想想又对自己不解气，在头上捶了一记。翻来覆去一晚上睡不着，第二天早上叶岚来叫他的时候，他刚进入补觉状态，打雷都惊不醒。

叶岚无奈，只好独自一个人带着无人机上山。

山上的雪太厚，走起路来"咯吱咯吱"地响。到了山顶开阔处，她正打算放飞，电话却突然响了。

是李江洲。

"在干什么呢？"李江洲的声音低沉："平安夜是不是特别想我？"

"不好意思，我这种老年人不过平安夜，只想着早起放飞无人机。"叶岚抓起一把雪，团成团扔出去，正好击中了对面的树枝，树上的雪也跟着扑簌簌地落了下来。

而就在此时，刚要进树林的某个人，大约因此受了惊，立刻转身向后跑去。

"咔嚓咔嚓"的踩雪声，传到了叶岚的耳中，她顿时愣住。

李江洲察觉到有点儿不对劲："怎么了？"

叶岚压低声音："现在有事，回头再给你打。"

她挂断电话，悄悄跟了上去，当看清那人的长相时，她一愣，想起了之前红外相机拍到的那张照片。

原来就是他。

他匆匆忙忙跑出去，跟另一个人在坡上会合："斌哥，林子里好像有人。"

"这么大雪天哪来的人，别疑神疑鬼的。"斌哥极不耐烦："赶紧把这玩意儿处理了，活的不好弄出去。"

斌哥说着，已经举起了棍子，向地上的麻袋砸去，那里面有活物正在蠕动着挣扎。

"住手！"一声大喝之下，叶岚从树林里冲了出来，挡在斌哥面前，眼中满是怒火："盗猎是违法的，把动物放了！"

"用得着你多管闲事。"斌哥上前推搡叶岚，要抢那袋子。

叶岚却眼疾手快，一把扯开袋口的麻绳，一只紫貂"吱溜"一下，窜进树林失去了踪影。

"老子辛辛苦苦才抓到，你竟然给放了！"斌哥恶从心起，举起手里的棍子，往叶岚头上砸去。

她就地一滚躲开，却撞开了旁边的另一个口袋，凌乱的鸟羽和血迹露了出来。

叶岚愤怒到了极点："你们简直是丧尽天良，这都是国家一级保护动物！"

"不值钱我还不稀罕要呢。"斌哥冷笑，往旁边的人一努嘴："峰仔，你还他妈愣着干什么，等她下山报信好抓我们？"

那小伙子终于迟迟疑疑地走过来，和斌哥一起对付叶岚。

叶岚奋力抵挡，可到底敌不过两个强壮的男人，斌哥抽着空隙，狠命的一棒打在她后颈上，她失去意识的最后时刻，只看到一片刺目的白……

李江洲一直等到下午，仍然没等到叶岚回电话，而他再给她打时，已经打不通。他心中的不安越来越强烈，去找朱朱："你今天跟潘野联系了吗？"

"我才懒得跟他联系。"朱朱昨晚的气还没消，她看了看李江洲的脸色，发现他很焦虑："怎么了？"

李江洲没再废话，直接拨通了潘野的号码。

"喂。"那边传来潘野含混不清的声音，明显还没睡醒。

"都几点了你还在睡觉？"李江洲问："叶岚呢？"

"岚姐……"潘野迷迷糊糊地揉眼睛："她不在基地吗？"

"她早上给我打电话的时候在山上，好像出了点状况。"李江洲语气焦急："你去看看她现在回来了没有。"

潘野起床，在基地里里外外找了一圈，也着急起来："没见着人！"

李江洲的心沉了下来，有种不祥的预感："你赶紧上山去找，我很快就到。"

挂了电话，李江洲抓起外套就走，朱朱追过去："江洲哥，到底出什么事了？"

"我不知道，"就是因为不知道，他心里才无比恐慌，"你帮我跟罗主任请个假，我现在马上过去。"

李江洲一头冲进了大雪里，朱朱怔怔地站了几秒，才回过神来，赶紧去给罗康成打电话。

潘野在山上找了叶岚以前去过的几个放飞地点，但都没见到她的人。

他回到基地时，李江洲正好赶到，看着他独自一人垂头丧气地下山，李江洲顿时心凉了半截。

"必须在天黑之前找到她，"李江洲的声音有细微的颤抖，"这么冷的天，如果真出个什么事，在山上冻一夜，那就……"

"我们去找秦芳，让她帮忙一起找。"潘野主动说，这个时候，岚姐的安全才是最重要的。

李江洲有些感动，和潘野前往保护站。秦芳一听叶岚失联，立马急了，去村子里喊人。

杨叔正在吃饭，扔下筷子就赶了过来，其他在家的山民也都来了，在院子里聚齐。

"叶岚是跟我打完电话才失踪的，山上信号最好的地方应该是山顶。"李江洲说："大家按这个线索去找。"

众人分头上山，天色已经越来越暗，雪下了一层又一层，覆盖了之前的痕迹。这几乎是大海里捞针。

李江洲每爬上一个山头，都在心里祈祷，能在这里找到叶岚。但每一次，都是失望。

他越来越害怕，她在哪儿，现在到底怎么样了，会不会已经……

剧烈的恐慌，将他笼罩住，他回头看着秦芳和潘野："我们分开找吧，争取最后的时间。"

秦芳和潘野不自觉地对视了一眼，又迅速分开目光，点了点头。

三个人各自向着不同的方向而去。

"叶岚——叶岚——"李江洲的声音一次又一次在森林里响起，他的嗓子已经嘶哑，却仍然拼命呼唤。

但叶岚听不见，当她从昏迷中醒来时，发现自己被扔进了一个两三米深的捕兽陷阱里。

她努力想爬出去，可刚一站起来，她右边的膝盖就疼得钻心，又跌坐回去。

应该是掉下来的时候摔伤了，现在这种境况下还拖着一条伤腿，想离开这陷阱已不可能。

叶岚抱着最后一丝侥幸，打开手机求救，但运气并未降临，一点儿信号都没有。

时间一点点过去，叶岚的身体越来越冷，心也越来越绝望。

会有人找到她吗？她会不会就这样悄无声息地死在这山林里。她今天穿的，恰好是李江洲送给她的那件红色羽绒服，可即使拼命拉紧，也仍然抵御不了这入骨的寒冷。

雪花在她的头发上渐渐结成了冰，她的气息越来越虚弱，只想合上眼睛，好好睡一觉。

但不能睡，睡着了就再也醒不来了。她警觉，拼命挪动身体，想让自己清醒一点儿。

胳膊突然一硌，碰到了什么东西。她心念一闪，用已经冻僵的手指，努力打开背包。

当无人机飞上天空盘旋，她坐在坑底仰望，眼中有了一点光亮。

飞得更远些吧，希望有人能看到你。叶岚用仅剩的力气，死死压住按键，但指尖的力量，还是渐渐松了。最后，她的手猝然垂下，遥控器掉落在地……

56　希望上天心软一点儿

天已经彻底黑下来了，但满山遍野的雪光反射，仍宛若白昼。但气温骗不了人，随着夜晚的到来，一路直降。

李江洲的心似乎也冻僵了，他茫然地奔跑，在这无边的雪原里，无望地寻找自己的爱人。

你在哪儿呢，叶岚？能不能给我一点点提示，让我找到你。泪凝结在眼底，伴随着重重的喘息声，他惶然环顾。

脚下被石头绊倒，他摔在地上，仿佛剩余的希望和力气都一泄而空，他几乎再也站不起来。但就在这时，他的目光被前方某个东西所吸引，猛地一怔。

是无人机。大概是骤然从空中跌落，机身已经摔坏。

这是叶岚的！她一定就在这附近！李江洲陡然生出了力量，爬起来疯狂地四处寻找。

当他终于发现那个陷阱，看见里面仿佛已经结了冰的人时，他的心跳和呼吸，似乎都在那一刻停止了。

"叶岚！"他喊她的名字，她却毫无回应。

李江洲手忙脚乱地从登山包里翻出行军绳，系在旁边的树上，抓着绳子跳了下去。

手触到之处，都是刺骨的冰寒。他用颤抖的指尖，去探她的呼吸，当确定尚有一丝微弱的气息，他的泪掉了下来。

他将自己的棉袄脱下来，给她穿上，一次次口对口的人工呼吸，一次次拼尽全力的心脏按压，她终于缓慢地睁开了眼睛。

是幻觉吗？她又看到了他。还是她已经死了，所以上天给了她最后一次重见他的机会。

叶岚恍惚地看着他，眼中满是泪水。

直到他温热的唇，覆到她的唇上，他滚烫的泪水，和她的泪融在一起，她才终于有了真实的感觉。

她还活着，没有一个人湮没在这冰天雪地里，她最爱的人，找到了她。

"江洲，"她嘴唇翕动着，声音低得几乎听不清，"盗猎……报警。"

李江洲的心剧烈一震，既动容，又有抑制不住的生气："你到现在记挂的还是这些，你为什么不想想你自己？！"

可是如果她不冲出去，它就会死啊。叶岚虚弱地望着夜空，想起了那只逃出生天的紫貂。

李江洲看着她的神色，只余叹息。他知道，即使重来一次，她仍然会做出这样的选择。

只因为她是叶岚，动物在她心上，永远是第一位。

"我带你出去。"李江洲把她捆在了自己背上，已失去肌体能力的她，格外沉重。他硬生生地咬紧了牙，抓着绳子一点点爬了上去，明明只穿着薄毛衣，却满头大汗。

叶岚趴在他背后，心疼地看着他，却没有丝毫力气，可以抬起手替他拭去汗水。

"记住，从现在开始，你一定不能睡觉，跟我说话，或者听我说话。"李江洲微微侧过头，声音喑哑："我不能失去你。"

叶岚把脸轻轻贴在他的脸上："好。"

李江洲背着她，一路往会合的方向走。

"没跟你讲过我小时候的事儿吧，我是家属院里的土匪头子，整天领着一帮孩子捣蛋，"他提着欢快的调子，"有一次在树上捅了马蜂窝，被追着迎风跑了几里路，嘴都被叮肿了。"

叶岚想起了《东成西就》里的梁朝伟，微微地笑了笑。

他感觉到了，讲得更起劲："我爸气得专门去文具店买了把戒尺，把我摁在凳子上打，打着打着觉得不对劲儿，拉下裤子一看，我屁股上垫着语文课本。我爸说，既然我侮辱了语文书，就得跟它道歉，罚我用毛笔字抄了一夜的书。"

叶岚忍不住笑出了声，却引发了咳嗽，胸腔扯得生疼。

李江洲急忙停下来给她顺气，再继续往前走时，低低一叹："算了，还是用柔和一点儿的方式，我给你唱歌吧。但这一次，不是给你催眠的，是想请求你，陪着我走下去。"

You're my world（你是我的世界）

You're every breath I take（你是我的每一次呼吸）

You're my world（你是我的世界）

You're every move I make（你是我的每一个举动）

……

You're my world（你是我的世界）

You're my night and day（你是我的每一个白天和黑夜）

他的声音，随着喘息时断时续，叶岚却觉得，这是她听过的，世界上最动听的歌。

其实头已经很重，她已经快要睁不开眼睛，可是她不能辜负他的请求，她也希望，能陪着他在这人世间，长长久久地走下去。

"江洲，"她说出了那句一直盘旋在心底，却从未说出过口的话，"我爱你。"

她的声音那样微弱，仿佛每一个字刚出口，就被风吹散了。但他却听得那样清楚，每一个字，都仿佛重重地在他心上打下了烙印。

他咬紧了牙关，颈侧青筋暴突，更加飞快地往前走。

黑暗的夜空，映着白昼般的雪光，他仿佛背着她，穿行在生死两界之间。

他一定要救她。

但就在这时，却从山林另一边，来了不速之客。

斌哥边走边骂峰仔："你连个女人都拦不住，折腾了几天才抓了只貂，现在好了，要空着手回。"

峰仔低着头，喃喃地说："那也不能……不能把她就那么扔在山上……万一死了……"

"你怕什么，大雪天路滑掉进了坑里冻死了，这不是挺正常的事吗？"斌哥两手一摊，恶毒地笑："谁能想得到，她是被推下去的……"

话音未落，一个转弯，他们和李江洲狭路相逢。

看清楚李江洲背上的人，斌哥的瞳孔瞬间紧缩，叶岚也立即出声警告："就是他们！"

李江洲的血，瞬间冲上了头顶，眼见着斌哥一步步逼近，他将叶岚放下来，捡起路边的树枝。

斌哥冲了过来，李江洲也奋力迎了上去，厮打在一起。

李江洲有一种豁出命了的凶猛，斌哥竟渐渐不敌，落了下风。慌乱之下，他一把拽过峰仔，将他推在了前面，李江洲一棍打在峰仔的头上，血沿着额角滑落下来。

到底是医生，李江洲在这一瞬间，迟疑地停住了动作。

斌哥抓住了这一丝机会，想从侧面偷袭。

一块石头突然飞了过来，击中了斌哥，他疼得痛呼一声，捂住了手腕。

即使没有麻醉枪，潘野也仍然不失准头。李江洲和叶岚望着从坡上冲下来的那个身影，眼神欣慰。

潘野把两根手指含在嘴里，打了声响亮的呼哨，另一个方向的秦芳听见了，神情一怔，也转身往这里疾奔。

斌哥见势不妙，拉着峰仔拔腿就逃。

"不能让他们就这么跑了！"潘野大喊："哥，你先照顾岚姐，我去追。"

潘野的速度极快，像一只雪地里的豹子，很快就冲到他们前面，挡住了去路。

峰仔硬着头皮上前，却被他三两下就撂倒在地上。

"盗猎，还害人，"潘野又想起了多年前，父亲躺在白布下的情景，眼中充满恨意，"你们就是凶手！"

他挡住的，是只有一人能过的隘口，斌哥看着他的眼神，不寒而栗。

但要是被抓……斌哥心一横，突然朝着潘野硬撞上去，将他推下悬崖。

斌哥自己也收势不及，幸亏他死死地抓住了峰仔的胳膊，才没掉下去。等他站稳，一把将峰仔搡开："你个窝囊废，要不是想着你后面还有用，老子把你也丢下去。"

峰仔哭丧着脸不敢吭声，临走时又往山崖下看了一眼，神色畏缩而愧疚。

他们走后，秦芳赶了过来，望着万丈深渊失声痛哭："潘野！对不起，是我来晚了……潘野……"

"我在这儿。"一个声音，突然从山崖下方传来。

秦芳不敢相信自己的耳朵，朝下看去。潘野正抓着一棵树的树枝，悬挂在半空中。方才怕斌哥再下狠手，他一直没出声。

脆弱的树枝，撑不住潘野的重量，已经开始断裂。再晚一刻，潘野就彻底没救了。

秦芳一手环抱住大树，一手抓住了潘野的胳膊，将他死命往上拉。

陡峭的石壁，再加上下雪打滑，秦芳努力了几次，仍然没能将潘野拉上来。而她自己的力气也渐渐耗尽，抓住大树的手，止不住地往外滑。

"算了，"潘野望着她，"你松手吧，不然还多赔进去一条命。"

"不行，"秦芳咬牙，眼眶一片赤红，"那我就对不起潘老师了。"

潘野神情一震，两个人突然不知道从哪里生出的气力，秦芳狠命一拉，潘野趁势猛地向上一蹿，终于爬了上去。

他们都瘫倒在雪地里，久久无言。

"还是让那俩家伙跑了。"潘野先开的口，想避开这让人窒息的沉默。

"这里应该有信号了，你赶紧打电话报警。还有，叫救护车。"秦芳从地上爬起来，转身往回走："我去接叶岚他们。"

潘野望着她的背影，想说什么，但张了张嘴，却又最终什么都没说，默默地看着她远去。

当潘野打完电话的时候，李江洲也背着叶岚下来了，他远远地冲着潘野喊："你赶紧先回基地，准备好温水、热牛奶和药品。"

潘野答应了一声，飞快地往山下跑。

秦芳看着已经大汗淋漓的李江洲："换我来背吧。"

李江洲轻轻摇了摇头："她现在的情况，越少颠簸越好。"

经过了刚才的那一番折腾，叶岚最后的气力也快耗尽，此时虚弱地躺在李江洲肩上，意识已模糊。

"叶岚，叶岚，"李江洲喊着她的名字，"你坚持住，再坚持一下，我们就快到基地了。"

秦芳在后面帮忙扶着叶岚的背，眼眶泛红。

一路疾行，终于回到了基地，李江洲将叶岚放下来的那一刻，全身一松差点儿跌倒。

但此刻，战斗才刚刚开始，他马上又抖擞了精神，指挥潘野把热好的输液袋拿过来，给叶岚注射。

温热的液体在叶岚血管中缓缓流动，蔓延至全身，她终于清醒了一点儿，慢慢睁开眼睛。

李江洲将热牛奶喂到她唇边："喝口热的，补充营养。"

叶岚在山中，已经十几个小时没有进食，当热牛奶入腹，才觉得胃里好受了些。

但接下来的过程，却相当不好受。李江洲小心地将叶岚的手脚浸入水中，进行体外复温。

如同千百只蚂蚁在啮咬，叶岚疼痛难忍，却仍咬紧了嘴唇不出声。

"别忍，"李江洲抱住她，"疼了你就喊，想撒娇你就撒娇，在我面前，这都是天经地义的，应该的！"

叶岚终于呻吟出声，满眼是泪。

李江洲含着泪，为她注射了镇定药物："乖，等药效起来就不疼了。"

当药终于渐渐起效，县里派的救护车也来了，众人齐心协力将叶岚抬上了车。

潘野临走时，走到秦芳面前，沉默了几秒，掏出一串钥匙交到她手上："基地这几天，就拜托给你。"

他说完就扭头上了车，秦芳握紧那串沉甸甸的钥匙，看着他们的车消失在拐弯处，泪终于落了下来。

车里，李江洲守在担架边，时刻注意着输液的滴速和叶岚的反应。她则目不转睛地望着他，仿佛怕每多看一眼，就少了一眼。

"别怕，"李江洲心里生疼，轻轻抚摸了一下她的脸，"无论治人还是治动物，我都是好医生。"

叶岚的嘴角，勉强弯起一丝笑容。

她相信他的能力，可她也清楚地感觉到，自己的生命力在悄悄流逝。

她只希望，上天能心软一点儿，能让她还有机会，留在他身边。

57　温暖的人世间

　　终于到了盛京医院，叶岚直接被推进了急救室，门关上的那一刻，李江洲第一次后悔，自己如果还是盛京的医生就好了，就能进去陪着她，不用让她独自面对这生死攸关的时刻。

　　李院长站在走廊另一头，望着悲痛的李江洲，他那个从来都吊儿郎当的儿子，这是他第一次看见他崩溃的时刻。

　　"全力抢救，"他缓缓地转身离开，对助手说，"有什么需要，直接告诉我就行。"

　　此刻的青塬，每条通往山外的主干道，都已经被封死。

　　警车闪烁着红灯从老罗门口经过，他站在屋檐下张望："这是怎么了？"

　　这时，斌哥和峰仔从屋后转过来，峰仔偷瞄了一眼老罗："舅，我们回来了。"

　　老罗看了一眼他手里提的袋子："这装的是啥？"

　　"在山里买了几只土鸡。"斌哥笑呵呵地回答："回去炖汤喝。"

　　"早说呀。"老罗一瞪眼，"家里又不是没有，走的时候给你们带两只。"

　　"这怎么好意思，本来就是跟着峰仔来打秋风的。"斌哥说着，脚步往屋里挪："爬了一天山真累得够呛，回屋喘口气。"

　　峰仔也低着头跟在他身后走，老罗招呼："你们先歇着，我叫你舅妈做饭。"

　　回到房间一关上门，斌哥就狠狠剜了峰仔一眼："镇定点，别把那点儿心事都写在你脸上，怕别人发现不了吗？"

　　峰仔战战兢兢："现在怎么办啊？斌哥，警察把路都封了，我们这次真的犯大错了。"

　　"犯什么错？"斌哥脸一横："本来没想弄人，是他们自己找死！"

　　"可是……"峰仔刚要说话，斌哥突然警觉地做了个手势，让他闭嘴。

斌哥走过去，猛地拉开门，老罗笑眯眯地站在外面："给你们送壶热水，先喝杯茶压压饿，饭还有一阵子。"

他把壶放到炕桌上，一晃一晃地走了，斌哥见他毫无异样，放下心来。

老罗转到厨房门口，对罗大嫂说："你先做饭，我去园子里摘两棵菜，等会儿好下汤。"

罗大嫂忙着烧火没回头，老罗背着手走出了门。

一个小时后，斌哥盘腿坐在炕上，皱着眉骂："又不是满汉全席，磨叽这么半天还没好，老子快饿扁了。"

峰仔不敢吱声，就在这时，门外传来老罗的声音："饭熟喽，出来吃。"

峰仔面上一喜，连忙去开门，但就在门打开的那一刻，几个人冲了进来，斌哥甚至还没来得及下炕，就直接被摁倒。

"是警察，"斌哥偏着头，愤恨地看着老罗，"你把我们卖了！"

峰仔不敢置信地望着老罗，哀哀地叫："舅。"

"你看到了吗？这可是你亲外甥！"斌哥讥讽地笑："警察给了你几个钱，你连亲人都卖？"

老罗硬憋着，最后憋出了满眼泪花："叶教授也是我亲人。"

罗大嫂站在门口，用袖子擦了下眼角的泪水。

老罗刚才假装去摘菜，其实是去打听消息，当村里人告诉他，有两个人去毛坪盗猎，还将一个搞科研的女教授推进捕兽坑，到现在都还生死未卜时，他的心"咚"地一下沉了下去。

见到警察时，他只颤抖着声音问了一句话："那位教授，是不是姓叶？"

他也舍不得峰仔，那是他从小看着长大的孩子，和亲生的没多大分别。可伤的是叶岚啊，他怎么能看着凶手就在自己眼皮子底下，却无动于衷？

峰仔被警察带走时，回头又望了老罗一眼，目光中有害怕，也有隐隐的怨恨。

老罗拿着纸包好的红薯，塞到他口袋里："要恨舅你就恨，但做错了的事，你得认，听到了没有？"

峰仔没有说话，红着眼圈低下了头。

医院里，手术室的灯终于灭了，李江洲怔然站在门外，看着叶岚从里面被推出来，一时竟不敢上前。

主刀的陈大夫走过来，拍了一下李江洲的肩膀："病人在低温环境里时间太长，再加上前期昏迷造成的身体机能快速下降，造成了多脏器衰竭，但幸亏你急救措施得当，没有让病情进一步恶化，总算是给她赢得了一线生机。"

李江洲的精神一松，凝视着仍昏迷不醒的叶岚，眼中有欣慰的泪水。

"但目前情况还是不容乐观，要有个心理准备。"陈大夫的话，让李江洲的情绪又低落下来，沉重地点了点头。

叶岚被送进了重症病房，李江洲站在玻璃墙外，恍然想起，她也曾经这样站在这里，望着里面的他。

今时今日，两人对换，李江洲才终于深刻地感受到，她当时承受的，是怎样的悲伤。

明明看起来伸手可及，可指尖触到的，却是冰冷的玻璃。他恨不得代替她，受尽一切苦楚煎熬，但事实上，却连待在她身边都做不到。

李江洲在口袋里哆哆嗦嗦地摸出手机，拨通了李院长的号码："爸，能不能求您件事。"

他用了"求"这个字，李院长心中刺痛："你说。"

"我知道这是违规的，但是能不能……"他的声音里，带着压抑的哽咽："让我最后一次以盛京医院医生的身份，进重症病房照顾叶岚。"

李院长沉默了片刻才开口："你也算她的半个主治医生，就当是联合医疗吧。"

他的泪终于从眼角滑落："谢谢爸。"

当罗康成和朱朱赶来时，只看见了坐在病房外长椅上的潘野。

"岚姐怎么样了？"朱朱气喘吁吁地问。

潘野摇了摇头："医生说情况还不稳定。"

朱朱望着监护室里的叶岚，哭得双眼通红："岚姐这么好的人，那两个坏人！"

罗康成心中痛惜，重重地叹了口气："江洲呢？"

这时，他们看见一个熟悉的身影，穿着白大褂走进了重症监护室。

"他向医院申请了，这段时间当岚姐的医生。"潘野的话，让朱朱哭得更凶。为什么这两个有情人，要一次又一次遭受这样的苦？

李江洲专业细致地照顾着叶岚，仿佛真的只是一个负责的医生在照顾患者，但当一切流程完毕之时，他却忍不住久久驻足，舍不得离开她半步。

站在玻璃墙外的人们，仿佛在看一部悲伤的默片，心中百感交集。

陈正雅是第二天得到消息的，她和叶岚有每天晚上微信聊天的习惯，可那天晚上，她发了很多条信息，却始终没有人回。

本来想着叶岚也许是早睡了，可不知为什么，她心里总是有些惴惴不安，一夜都没怎么睡着。早上爬起来的第一件事，就是给叶岚打电话，但没有人接，她心里的那片不安在扩大。

韩靖从卧室出来的时候，看见她焦躁地在客厅里走来走去："怎么了？"

"叶岚微信电话都联系不上，打给李江洲也关机了。"陈正雅眼神担忧："会不会出了什么事？"

韩靖一愣，也觉得有点儿不对劲："还有没有别的联系方式，你再问问。"

陈正雅想到了朱朱，可她没有朱朱的微信，但朱朱是叶岚那个微博的管理员，陈正雅直接私信：朱朱，我是陈正雅，叶岚怎么了？

朱朱的手机一响，当她看见这条私信，顿时怔住。原来叶岚一直拒不透露身份的"八卦喵"，竟然是陈正雅！

但此时的她，已没心思闲谈，立刻回复：岚姐受了重伤，在盛京医院。

陈正雅的手猛地一抖，脸色苍白。

"到底怎么回事？"韩靖急忙问。

"叶岚受伤了。"陈正雅冲到门口，慌乱之下甚至穿不上鞋，急得只想哭："我要去医院看她。"

韩靖蹲下身，将鞋套到她脚上，系好鞋带："你别慌，我陪你去。"

陈正雅紧紧地闭了一下眼睛，仿佛是在安慰自己："嗯，没事的，她一定没事。"

可泪水，还是不听话地从眼角跑了出来。

当陈正雅来到重症监护室外，只看了一眼，就背转过身，抑制不住地痛哭。

韩靖将她拥进怀里，自己也眼眶湿润。

"怎么会这样呢？"陈正雅一直喃喃地重复着这句话。

在她心里，叶岚是一个永远屹立不倒的女超人，可现在的她，却了无生息地躺在那里，仿佛以前那个活生生的飒爽的叶岚，已经不见了。

她受不了这样，这比她当初得知自己患上禽流感时，更觉得命运让人突然一脚踏空，有种强烈的痛楚和不甘。

不该是这样的啊，这样美好的一个姑娘，命运怎么忍心和她开这样残酷的玩笑？

没过多久，冯主任和赵副厅长得知消息，也赶来了，还有叶岚的学生和同事们。大家站在走廊里望着叶岚，都倍感唏嘘。

常淑宁也来了，这一次她却没哭天抢地，反而强抑悲伤，对关心叶岚的人一一道谢。

赵副厅长和她紧紧握手："您有个好女儿。"

常淑宁忍着泪水，点了点头。

是的，她为她骄傲。

监护室外不能有太多人停留，在护士的劝解下，众人陆陆续续离去。

但陈正雅还是坚持留了下来："她不醒，我不走。"

韩靖站在陈正雅身边，轻轻握住了她的手。常淑宁拭泪，为女儿有这样的朋友而感动。

这时，监护室里的李江洲也抬起头，望向外面。他们此刻就像是一家人一样，共同守护着叶岚。

24 小时，48 小时，72 小时……

所有人都忐忑地陪伴着叶岚，每一次生理数据的波动，都让人胆战心惊。

当凶险终于过去，叶岚的体征趋于平稳，她如同睡了一个长长的觉，渐渐从梦中醒来。

她睁开眼睛看到的第一个人，就是李江洲，虽然口罩严严实实地遮住了他的脸，她却还是一眼就认了出来。

氧气罩内升腾起白色的水雾，他看清了她的口型，是在叫他的名字："江洲。"

"嗯。"他笑起来："我现在是你的主治医生……之一。"

他笑的时候，眼中如有碧波荡漾。可真是一双撩人的桃花眼，她在心里说道，却又觉得无比幸福，她有这样一个温暖的俊朗男朋友。

"阿姨和正雅他们，也一直等着你呢。"李江洲指给她看。

当叶岚看着玻璃外的三个人，只是遥遥对视，却仿佛有暖流将彼此相连。每个人眼中都满是泪水，脸上却有笑容。

她回来了，回到了这温暖的人世间，回到了他们身边。

叶岚被转入了普通病房，来看望她的人络绎不绝。常淑宁年纪大了，叶岚怕她熬出病来，将她支回去休息。陈正雅却赶都赶不走，在病房的空床上睡了一觉，又起来给叶岚削水果。

"姑奶奶，你忙你的去吧，我这不是好了么，你老耗在这里干什么？"叶岚无奈。

"好什么呀，动都动不了。"陈正雅塞了一块橙子到她嘴里："不是我说你，你当自己真的是女超人吗？遇见什么都敢硬碰硬，不要命了？这次连我的命都被你吓掉了半条……"

"哎哟，怎么这么酸？"叶岚皱眉，打断了她的唠叨。

"酸吗？我订的时候特意挑的最贵的。"陈正雅也喂了自己一块，甘甜的汁水顿时弥漫在唇齿之间。

叶岚笑弯了眼："你这几天都熬成黄脸婆了，也多补充点维生素 C 美白一下。"

陈正雅心里甜，面上却还是瞪她："我看你别的地方动不了，嘴倒是没闲着。"

"我现在也就能动动嘴了，"叶岚苦着脸，"我都遭了这么大罪，是不是应该给我吃点好的补补？"

"你现在的确要补充高蛋白，"陈正雅点头，"所以我还订了最好的牛排。"

见叶岚一脸窃喜，她又补充："十分熟，少盐少酱料。"

叶岚："呵呵，你还不如让我去嚼柴。"

"都成这个鬼样了，你还讲究什么？"陈正雅白了她一眼："要想吃好的，那就早点好。"

两个人说得欢，李江洲走进了病房，眼中有不忍之色："聊得挺开心啊，该换药了。"

因为冻伤，造成了皮肤大面积感染，每次换药都是个痛苦的过程。

但好在有李江洲和陈正雅在旁边，叶岚可以尽情地喊疼撒娇，到最后还趁机要求陈正雅："牛排能不能重口味一点儿？"

陈正雅哭笑不得，又心疼又想打她。

刚换好药，病房门就被人推开，安娜风风火火地进来，往床边一坐："哟，女科学家勇斗盗猎者，身负重伤。这又是个重磅新闻。"

"你就惦记着新闻，"叶岚撇嘴，"也不说关心关心我。"

"我不关心你？"安娜撸起袖子："不关心我能连采访任务都没完成，就直接从外地跑回来？你这人忒不靠谱，你以为你是谁，三头六臂的哪吒吗？虽然你平时打过李江洲没问题，可那是两个强壮的男人，你也敢往上冲？！"

李江洲很无奈，委屈地摸了摸鼻子，不过他倒是有个好消息，要跟叶岚分享："那俩盗猎的被抓住了，警察还顺藤摸瓜，扯出了后面的贩卖一条龙。"

"真的啊？"叶岚惊喜。

李江洲点了点头："是老罗举报的，其中那个叫峰仔的，是他的外甥。老罗还特意找人捎来了一篮子鸡蛋，说没管教好那孩子，对不住你。"

叶岚百感交集。大义灭亲，老罗该有多煎熬，却还觉得对她有愧，这是真拿她当亲人了。

"基地那边的事，你也不要担心，朱朱和潘野已经赶回去了，那边还有秦芳。"李江洲那天，看见了潘野把钥匙交给秦芳。他知道，潘野交付的，不仅仅是一串钥匙，也包含着信任和谅解。

"所以呀，你就不要再操心工作上的事，"陈正雅趴在叶岚枕边，"好好养你的病，就当是休假了。"

"没错，"安娜接腔，"别总把自己当铁打的，你也是凡身肉躯。"

叶岚怕她们唠叨，立马投降："行，我这个凡夫俗子要去与周公相会了，各位能不能也该做什么就做什么去，给我一点儿清静。"

陈正雅双臂一抱："你睡吧，我不出声。"

叶岚头疼："把你熬坏了，韩靖要找我麻烦的。"

"他自己还打算一下班就过来帮忙呢。"陈正雅强行用手给叶岚合上眼睛："睡你的，哪来这么多废话。"

在陈正雅的强行陪伴和李江洲的精心治疗下，叶岚渐渐好起来，皮肤上的伤也结了痂。

但她的手和小腿，因为当时在低温环境下冻得时间过长，发生了末端麻痹，一直没有正常的知觉。

李江洲和陈正雅每天只要有空，就会给她做按摩，她自己也努力活动，希望能尽快恢复。

当她的手指越来越灵活，终于可以自己吃饭的时候，所有人都为她高兴。

"好像我又变成了个小孩子，第一次学会吃饭一样。"叶岚打趣。

"你现在，就相当于从头来。"李江洲揉着她的腿："过些天，还得重新学走路。"

"我可以勉为其难，给你当拐杖。"陈正雅说。

叶岚撇嘴，眼中笑意温暖。

左边的腿也慢慢可以活动了，但奇怪的是，右腿从膝盖以下，仍然没什么知觉。

叶岚想尝试着行走，但刚一下床，就站立不稳差点儿摔倒，幸亏李江洲和陈正雅手快扶住了她。

"这到底怎么回事？"叶岚着急。

陈正雅和李江洲隔空对视了一眼，也各自有些不安。

58　站不起来了

李江洲找陈大夫讨论叶岚的情况，两人将叶岚当初拍的片子拿出来研究。

"她当初入院时，右边的膝盖骨折了。"陈大夫指着片子上的点："虽然进行了治疗，但有可能长时间的冻伤加上骨折，造成了永久性损伤。"

"也就是说……"李江洲艰难地说出后半句话："可能会残疾？"

李江洲从医生办公室出来的时候，脚步异常沉重，他站在走廊里望着叶岚的病房，竟然没勇气进去。

如果她真的再也站不起来，怎么办？李江洲不敢想下去。

他一个下午没回病房，叶岚只以为他有别的事要忙，并没太在意。到了晚饭的时候，陈正雅临时接到了陈建森的电话，约她见面。

"你爸爸找你？"叶岚有些担忧地望着陈正雅："不会又是……"

叶岚话没说完，但她却猜中了陈正雅的心思。陈正雅也同样觉得，这次又是因为她和韩靖的事。

自从韩靖搬过来和她一起住之后，他们就再也没见过父母，韩明月应该是联系过韩靖的，但他不想让她困扰，将一切信息屏蔽。

可陈建森是她的父亲，她屏蔽不了。

"我去一趟，待会儿让江洲陪你吃饭，我晚些再过来。"陈正雅拍了拍叶岚的手背。

叶岚反握了一下她的手："你不用管我，先处理好你自己的事，无论怎么样，一定记得跟我和韩靖商量，不要一个人担着。"

陈正雅点了点头，起身离开。

但叶岚一直等到六点半，也没见到李江洲，她给他发微信：在哪儿呢？

李江洲没回，十分钟后，出现在了病房里："我还以为正雅在。"

"她有事出去了。"叶岚笑着问："晚上吃什么呀，我饿了。"

"我一会儿去给你买，你想吃什么我就买什么。"李江洲的眼神里，有丝不易觉察的怜惜。

"今天怎么这么好？"叶岚眨眼："不需要忌嘴啦。"

"偶尔让你放纵一下。"李江洲拉住她的手，垂下眼看着她的指尖："你也熬得够苦了。"

"慢慢就好了。"叶岚怕他心疼，安慰他："你看我不是已经好起来了吗？"

"嗯。"李江洲点头，匆匆站起来往外走："我去给你买吃的。"

叶岚看着他的背影，不知怎么，觉得有点儿像落荒而逃。

是她多想了吧。叶岚摇了摇头。或者是他太累，毕竟也陪着她熬了这么久。

晚餐很丰盛，都是叶岚爱吃的菜，她心满意足地吃完，看着他收拾东西："江洲，你今晚也别待在这儿了，回去好好地睡一觉，总这么撑着，到时候连你也病倒了。"

"我没事儿，医院的床我也睡习惯了。"李江洲回头笑了笑。

"正雅今天晚上，可能有心事找我谈，你在不方便。"叶岚找了个借口。

"那行吧，我明天一早来。"李江洲终于同意，又陪叶岚坐了好一阵，才依依不舍地离开。

叶岚躺在枕头上，又给陈正雅发了条微信：今晚想跟江洲说说话，你也在家好好陪韩靖。

许久之后，陈正雅才回了一个字：好。

叶岚放下手机，长舒出一口气。她只希望自己能快些好，免得总是拖累这些爱她的人。

李江洲回到家的时候，李瑜也刚进门。她早就知道了叶岚的事，也不是没动过去看望的念头，但犹豫来犹豫去，最终还是算了。毕竟他们李家从来没承认过叶岚这个儿媳妇，去了还怕人家又生妄念。

但现在看见李江洲回来，李瑜终于还是忍不住问了一句："她怎么样了？"

李江洲淡淡地说："还好。"

即使出于礼节，他也希望她们至少能去看一眼，说几句关心的话。毕竟叶岚是他的女朋友，准备一辈子在一起的人。

李瑜察觉到李江洲的态度不对，眉毛一挑："怎么，怪我们没去看她？她做得对吗？看着是英雄无私，其实是自私，做这么危险的事，她想过你吗？我们判断得没错，这种人就不适合结婚……"

"够了吧。"李江洲打断她，声音不高，却很冷："我不求你理解她，但在她遭遇现在这样的状况的时候，你说这些话，是不是太冷酷无情了？"

李江洲一想起今天陈大夫说的话，就觉得心中绞痛。

李瑜却只觉得李江洲偏心眼，正准备再顶回去，楼下书房的门突然开了："江洲，进来。"

李瑜和李江洲都没想到李院长也在家，怔神之后，一个上了楼，一个进了书房。

书房里只有一盏暖黄的台灯，李院长低声说："坐。"

他自己坐到台灯后的光影里，抬起头："这段时间没去看叶岚，一是因为忙，二是确实觉得去了有些尴尬，在这里向你道歉。"

李江洲一愣，他其实并不怪父亲。从陈大夫的口中，他得知从叶岚入院开始，李院长就一直在默默关照，何况后来还特许他进了重症监护室。

"我只是说小姑她们。"他低下头，有些许赌气的神色。

"没必要置气，"李院长顿了顿，"你的选择是你的选择。"

李江洲也释然了些。没必要强求别人，只要他自己真心待叶岚就行。

"听说她已经好多了。"李院长每过一阵，总会问两句，大概情形还是了解的。

"表面的伤口基本都已经愈合了，"李江洲垂下眼睛，知道迟早瞒不过他，"但是右边的膝盖……可能会有永久性损伤。"

李院长神色一怔："不可逆吗？"

李江洲回答不出来，只是默然，手却在膝盖上紧紧团成了拳。

李院长起身，缓步走到他身边，拍了拍他的肩："别灰心，再试试。"

李江洲的鼻子有些发酸，用力点了点头。

当李江洲走出书房时，他又回望了一眼那团暖黄的灯光，和被光晕围绕的父亲，心里有种说不出的滋味，最后悄然带上门离开。

而就在他上楼之后，从书房外的客厅角落里，走出了李瑜，她手里端着一杯水，若有所思……

韩靖那天应酬到很晚才回家，刚要开灯，却看见黑暗中坐着一个人。

他吓了一跳，迅速按下开关："雅雅，你今晚怎么没去医院？"

陈正雅沉默了一下才开口："我去见我爸了。"

韩靖微怔，快步走过来，在她身边坐下："是不是又让我们分开？"

自他离开靖安，韩明月只给他打过寥寥数次电话，而每次的主题，都是让他别执迷不悟，离开陈正雅。

但其实，他觉得真正执迷不悟的人，是她。

"你不用太在意。"韩靖揽住她的肩："即使爸也反对。"

陈正雅却摇了摇头，缓缓地说："他说，他要和阿姨离婚。"

韩靖惊诧地僵住，不敢置信。

陈正雅今晚，同样不敢置信。陈建森约她见面的地方，是一家普通的小饭馆。

这么多年来，这是他们父女俩第一次单独吃饭，而且不是在韩家。

两三个家常菜，一人一碗米饭。陈建森拿起筷子："吃吧。"

这种脱离了学术会议的吃饭气氛，让陈正雅有些不自在，她迟疑地拨着碗里的米饭，食不下咽。

"不合胃口？"陈建森抬头看了她一眼："我也不知道你喜欢吃什么。"

是啊，他从来都不知道。妈妈活着的时候，她的衣食住行都是妈妈张罗，妈妈过世了，吃饭就去食堂，衣服逮着什么穿什么，连长头发都剪了，因为没人给她梳辫子。

至于进了韩家，就更不用说了，他似乎觉得终于又有了把她这个包袱丢出去的机会，再也不用在她身上花费心思。

这就是她的父亲。陈正雅低下头，微微一笑。

陈建森似乎没有看到她的神色，把菜单往她面前推了推："想吃什么，你自己点。"

"不用了，"陈正雅放下筷子，"反正我今天，也不是来吃饭的。您想说什么，就直说吧。"

"先吃饭。"他仍然很平静，仿佛这只是平常的一餐。

陈正雅对他无话可说，只能也应付着吃了几口。

他似乎胃口很好，一碗饭见底，又让服务员盛了一碗。

陈正雅有些好奇，韩家那个中西餐都会做的大厨，还满足不了他的胃口么，要来这家常小饭馆里打牙祭。

"我搬出来了。"陈建森似乎看出了她的心思。

陈正雅一愣。

"本来也是一个住二楼，一个住三楼。"陈建森的话，似乎有些没头没尾，陈正雅却听懂了。他说的是，他和韩明月。

"我今天向法院提交了离婚申请。"信息量一句比一句劲爆，轰炸得她一时间说不出话来。

但是，离婚？陈正雅突然想起了那天韩明月的咆哮："难道你要逼着我们老两口离婚，来成全你们吗？！"

陈正雅心中一震，下意识地望向陈建森。

"不是为了你。"陈建森慢悠悠地又夹了一筷子菜："只是想摆脱这种糟糕的婚姻状态。"

陈正雅不知道该说什么。无论是当初的结婚，还是现在的离婚，他都是突然通知她的。只是通知，没有和她商量，征求她意见的余地。

"你跟韩靖的事，我不管。"陈建森吃完了第二碗饭，放下筷子："不吃了吧，那我结账。"

他走到柜台边去结账，陈正雅看见他放在椅背上的外套，迟疑了一下，终于还是拿了起来，走到他的身边。

陈建森结完账，拿过外套："谢谢。"

客气生疏得不像父女。陈正雅笑了笑，或许他说的是真的，离婚真不是为了她。毕竟，他从来也没为她做过什么。

可即使早就清晰地认识到了这个事实，心头仍然如同堵了一团什么，化也化不开。她回来后，就这样一个人在黑暗里坐着发呆，不知道自己到底该如何消化这莫名的情绪。

"离婚？"韩靖皱紧眉头。

这个消息对于韩靖来说，也同样突然。虽然他早就知道，他们分别住在两层楼，但韩明月的解释是，为了避免妨碍各自的作息和工作。这个理由对他们这样的夫妻来说，也算情有可原。

他毕竟也已经多年没和他们住在一起，其中的内幕矛盾，在他面前表现得并不明显。可这样突然的激化，就算真的跟他和陈正雅无关，韩明月也一定无法接受。

离婚是陈建森先提出来的，而韩明月无论在哪种关系里，都要做绝对的主导者，这于她而言，是打击，更是挑衅。

韩靖和陈正雅无言地对视一眼，都觉得这个家，只怕更要翻天覆地不太平了。

第二天，李江洲带着早点儿去病房，而此时，叶岚正试着独立下床去卫生间，她不想什么都靠别人帮忙。

左腿先着地，她站了起来，试着移动右腿向前，可膝盖以下，就仿佛根本不属于她的身体。手刚一放开床栏，她就重重摔倒在地。但磕在地板上的右边膝盖，却并没有痛感。

叶岚心里不知怎么，突然开始有点儿恐慌，她使劲揉着右腿，到最后甚至掐了一把，可仍然毫无知觉。

为什么全身都恢复了，这条腿却仍然这样？会不会……她脑中闪过一个可怕的念头，又马上强压了下去，但心跳却遏制不住，"怦怦"跳得极快。

"怎么摔了？"李江洲的声音从门口传来，他随即冲了过来，将她扶起："我不在，你有事就叫护士，一个人下床干什么？"

"我现在连上个厕所都做不到了。"叶岚自嘲地笑。

那笑容让李江洲心酸，他把她的胳膊搭到自己肩上，撑起她往卫生间走："谁都有生病受伤的时候，别着急。"

可是她怎么能不着急？两个月了，每天只能瘫在床上，等着别人照顾，其他的什么也做不了。她觉得自己越来越像个废物。

但她不能将这种焦虑传递给别人，他们为了她，已经够辛苦了。

"嗯，没事。"她故作轻松地笑："就当自己还是个宝宝，多练习练习，总能学会走路的。"

李江洲点头，将她扶到马桶上坐下："有事就叫我。"

关上卫生间的门，他沉沉一叹，眼神怅然。

这天来查房的除了陈大夫，还来了一位骨科专家。李江洲心中温暖，他知道，这是李院长安排的。

骨科专家详细问了叶岚的受伤和恢复情况，又重新为她做了检查。叶岚有些紧张，在他们走后，追问李江洲："我这条腿是不是出问题了？"

"别瞎想，我等会儿去找他们问问。"李江洲安慰。

叶岚催他："你现在就去。"

李江洲只好出了病房，在走廊里追上了那位专家，眼神里有掩不住的忐忑："现在到底什么情况？"

专家遗憾地摇了摇头："就目前来看，恢复的希望不太大。"

李江洲眼中的光，顿时暗了下去，怔然看着他们走远。

突然有人从背后拍了一下他的肩膀，他慌乱回头，对上了陈正雅的目光。

"出什么事了，你这么慌？"陈正雅皱眉。

"没有。"他否认，却避开了视线。

"刚才我听见你们说……恢复的希望不大？"陈正雅犀利地盯着他："是说叶岚吗？"

见已经瞒不住，李江洲将陈正雅拉到僻静处，如实说了叶岚现在的病情。

这对陈正雅来说，也是重重一击。她沉默了许久才低声说："应该告诉她，病人有知情权。"

"现在还没有定论！"李江洲坚持："情绪也是影响康复的一个重要因素，如果一下子打击太大，她在心态上崩溃了，就更没有恢复的希望了。"

两人对峙半晌，陈正雅终于点了点头："好吧，暂时先保密，等有结果了再说。"

当陈正雅和李江洲回到病房时，叶岚奇怪："你们俩怎么一起来了？"

"正好在电梯口碰见。"陈正雅努力让自己的表现更自然："昨晚睡得怎么样？"

"一个人睡得可真是太爽了，以后你们都别留在这儿打扰我。"叶岚笑着说。她其实是希望，自己不要太打扰他们的生活，即使他们是她至亲至爱的人。

越骄傲的人越敏感，总是希望自己的事由自己完成，不要去麻烦他人。李江洲和陈正雅了解叶岚，但正是因为这种了解，一想到她日后将要面对的境地，就更加觉得心酸。

"那可不行，我已经放寒假了，每天闲得发慌，就想赖着你。"陈正雅笑着坐到床边，把她的胳膊一挽，头靠在她肩上："离了你，我都不知道怎么活。"

"得了得了，我还在这里站着呢，你们俩收敛点儿。"李江洲摆了摆手："我干活去了，省得看你们秀恩爱。"

"啧啧，又打翻了醋缸。"陈正雅调侃，将李江洲轰出了病房。

一派轻松和乐，叶岚也跟着笑，但不知道怎么回事，总觉得在这平静的表面之下，似乎隐藏着什么让人不安的因子。

她只愿，是自己杞人忧天了。

59　不如死在冰天雪地里

陈正雅很想一直陪着叶岚，但他们家的战争还是爆发了。

当韩明月从国外出差回来，发现陈建森已经搬走，而且还有一份离婚诉状在等着她时，她顿时整个人处于暴怒状态。

陈建森现在住的地方，是以前学校给他分的房子，带着陈正雅进入韩家之前，他们就住在这里。

韩明月走进这间房子，第一眼看见的，就是摆在桌上的那张全家福。照片已褪色，照片里的三个人笑容却依旧温馨。

此情此景下，这对她来说极为刺眼，她冷笑："你住到这里，是为了旧梦重温？"

"你也知道，这些年我没买别的房。"陈建森态度平静。

"是啊，在我家里住了二十年，说走就走。"她点了点头："你也够绝情的。"

"我们早就一起生活不下去了，这不是今天才有的事实。"陈建森的陈述，平稳而不带感情色彩。

"那为什么等到今天才爆发？"韩明月的声音，骤然拔高了两个调："你就是为了你女儿！你宁可跟我离婚，也要成全她！"

"我们的婚姻，是我们自己的事。"陈建森望着她："不要牵扯别人。"

"你不用说得这么冠冕堂皇，好像我们的婚姻，成了你的坟墓。吃这桩婚姻红利的时候，你怎么不这样说？"韩明月的眼神里，透着轻蔑之意。

"这些年给靖安做顾问，我确实赚了钱，"陈建森坦然和她对视，"但我提供了对等的服务，你并没有吃亏。这次离婚，我也同样不会占你便宜，不是我的，我一分都不会拿走。"

他的表态，让韩明月下意识地松了口气，可马上，怒火又更炽了起来。他居然情愿跟她算得清清白白，也坚持要和她离婚，这是有多么大的动力在驱使着他？

她的目光，又投向了那张全家福，温柔如水的女人和她大不相同，陈建森爱的，其实是这样的女人吗？所以为了成全他们的女儿，将和他生活了二十年的她，弃之不顾？

她被这怒火和不甘蒙了心，冲上前举起那张照片，狠狠地砸在了地上。

玻璃碎裂，划破了那张本就发黄脆弱的照片，陈建森没有去捡，只是望着韩明月，那眼神中，有一冷到底的失望："这个婚，我离定了。"

"你离不了，"她挑高了眼角，"我不会同意。"

韩明月扬长而去，陈建森关了门，才慢慢拨开那些碎片，将照片捡起来。凝神看了许久，他缓缓直起身，将照片夹进沙发上翻了一半的书里，又将书页合上。

陈正雅接到韩明月的电话，让她单独回一趟韩家。叶岚担心："你还是叫上韩靖一起去吧，谁知道她现在会做出什么样的事来？"

"总不至于吃了我吧。"陈正雅苦笑。这里面，牵涉到她父亲，那边又是韩靖的母亲，她不想让他太为难。

陈正雅还是去了，韩家现在，真的成了一栋空荡荡的房子。以往客厅里有半面书墙，摆的都是陈建森的书，如今却只剩下钉在墙上的一排排架子，看着竟有种悲凉之感。

陈正雅站在这客厅里，有些恍然，也算在这家里生活了二十年，但她自始至终都没有融入感，而仿佛是个突兀的闯入者。

"满意吗？"韩明月从楼上，一步步走下来。即使在家里，她也打扮得一丝不苟，但从她化着妆的脸上，陈正雅还是看到了掩盖不住的疲倦和衰老。

"阿姨。"陈正雅轻轻叫了一声。

韩明月将了将并不乱的头发，笑道："这么多年，你好像从来没叫过我一声妈。"

"您也没把我当过女儿，"陈正雅笑了笑，"不是吗？"

韩明月不得不承认这一点，她从未将眼前的这个人，当做是自己的女儿。甚至在陈正雅还是个孩子的时候，她也只偶尔有过淡淡的怜悯，并未打算真正以母亲的身份去对待她。

她和陈建森，当初其实是各自带着一半家庭，组合成了另一个家庭。但如很多半路夫妻一样，看似同一屋檐下，其实究其本质，仍然分属于两个家。

她对陈正雅是漠然的，所以也不能怪陈正雅对她没感情。

但此刻，她维护的是她的新家，即使她和陈建森再怎么不好，这也是她的婚姻，不容别人来破坏。

短暂的柔软和脆弱过去，她便竖起了身上的尖刺："今天叫你来，是想告诉你一件事。你爸想和我离婚，但我明明白白地通知你们，这不可能！我就算和他耗到死，也不会解除这段法律上的关系，你跟韩靖永远不能名正言顺地在一起！"

陈正雅看着韩明月，突然觉得她有点儿可怜。

二十年的婚姻，无论怎样，总还是会在她心里留下些什么。现在突然要将这一切硬生生的剥离，也会有血肉分开的痛苦。她现在的决绝，可以视作对陈建森的报复，对她和韩靖的阻拦，但又何尝不是为了她自己，强留住最后一点儿念想。

陈正雅默默地等她发泄完，相对两无言时，才说了句："阿姨，我走了。"

韩明月有些发愣，在她的预想中，陈正雅要么会哭，要么会同样竖起尖刺对她，但没想到，最后陈正雅的神情里，竟带着一丝怜悯。

她有什么资格怜悯她？韩明月愤慨。她和韩靖的未来，还牢牢掌握在自己手里。

从韩家出来，陈正雅犹豫再三，最终还是开车去了陈建森的老房子。

路上，叶岚打来电话："没事吧？"

"嗯，"陈正雅停在红灯前，以手撑额，"她单方面发泄了一下，我没怎么说话。"

叶岚好笑："然后以她单方面宣告赢了结束？"

"她也没赢。"陈正雅叹了口气："失去关系的掌控权，对她来说，应该是一件很没有安全感的事吧？"

她也听韩靖说起过，韩明月的第一次婚姻，是对方以背叛结束的，所以后来她那么强势地想要掌控一切，可能也有这个原因。

所以现在，韩明月也更会将她视为死敌。毕竟是因为她，才让韩明月先失去了韩靖，又失去了陈建森。

"我还得去我爸那里一趟，可能一时半会儿回不来。"陈正雅问："江洲在吧？"

"上午他说去骨科再问问，现在还没回。"叶岚说："你尽管忙你的事，我有手有脚还有护士，怕什么？"

绿灯亮了，陈正雅一笑："好，那我走了。"

挂断电话，叶岚也叹了口气。陈正雅此刻考虑的是韩明月的处境，但她自己和韩靖，只要韩明月刻意阻挡，便始终有一道跨不过去的障碍。

正想着，门突然被敲了两声，叶岚抬起头，看见站在门口的人，竟然是李瑜。

李瑜走进来的时候，顺手将门关上，把手里的果篮放在柜子上，她慢悠悠地在椅子上坐下，面带笑容："江洲前两天回家，怪我没来看你，我后来想了想，这的确是我的错。毕竟江洲当时被蛇咬了住院，你家里人也是尽了礼数去探望了的。"

"不用这么客气。"叶岚笑了笑。那场探望的结果，可并不愉快。

两人都一时沉默，李瑜打量着叶岚苍白消瘦的模样，眼中闪过一丝不忍。

但最终，她还是狠下心来，看着叶岚的腿："想想就觉得可惜，你还这么年轻，以后怎么办呢？"

叶岚一愣，有种不对劲的感觉从心里升起："什么怎么办？"

李瑜仿佛这才意识到自己说漏了嘴，面露慌乱："你不知道吗？"

"你直说。"叶岚此时，没心思去分辨她是真的惊讶还是演技："我到底怎么了？"

"我那天下楼去喝水，听见江洲跟大哥说，你的腿是永久性损伤，再也站不起来了。"她将"可能"两个字去掉了，留下的，是语意残酷的肯定句。

之前所有不安的预感，在这一刻得到了印证。叶岚只觉得脑中一片空白，耳边回响着巨大的轰鸣声。

李瑜的嘴还在一张一合，不知道是在安慰，还是讽刺。但叶岚已经听不见，她怔怔地看着自己的腿。

不能走了吗？真的再也站不起来了吗？她不信！

她从床上翻了下来，倔强地一次次想要站起，却又一次次跌倒在地上。这样反复而近乎疯狂的举动，将李瑜都吓得无措，想去扶她又不敢，只能大声呼叫护士。

两名护士进来，将叶岚强制性按回床上躺下，但她还在极力挣扎，眼中满是泪水。

李瑜再看不下去，匆匆逃出了病房，在走廊另一头，正好和从电梯里出来的李江洲撞了个正着。

李江洲看见她惊惶的神色，顿时感到不妙，抓住她问："你来这里干什么？"

"你快去看看叶岚吧。"她低低地说了句，硬是甩开他的手，冲入电梯关上了门。

李江洲怔了几秒，突然意识到什么，往病房跑去。

他进门的时候，护士正准备给叶岚打镇静剂，见到他如释重负："李医生，快劝劝你女朋友，腿还没好，不能这么折腾。"

李江洲还没来得及说话，只听见叶岚冷笑了一声："好不了了，你们到现在还合伙骗我干什么呢？"

李江洲全身一震，对两名护士说："你们先出去吧。"

护士走了，李江洲站在房间中央，望着床上的叶岚。

她的眼中已经没有泪水，只是怔怔地看着天花板，眼神一片空茫。

"你是什么时候知道的？"她的声音平直无波。

他沉默了一下回答："你第一次下床摔倒之后。"

"这么早？"她笑了一下："所以后来才有骨科专家来检查？当时其实已经确诊了吧？"

李江洲低下头，"嗯"了一声。

"那为什么一直瞒着我？"她终于转过头来，视线落到了他身上，眼神里有微微的恨意："我还问过你，为什么不说实话？"

"我怕你承受不了。"李江洲被那恨意刺痛，急忙解释。

"真正承受不了的人，是你自己吧。"叶岚的眼圈发红："你怕我瘫了，你觉得一天不说出这句话，就一天还有希望。可你想过没有，戳破谎言的这一刻，我是什么感受？所有人都知道，只有我不知道！我还一心盼着自己好起来，其实早就被判了死刑！"

叶岚终于痛哭出声，李江洲上前，想伸手去抱她，她却拉起被子，将自己兜头兜脸地盖住，不接受他的任何碰触。

李江洲的手僵在半空中，最后无力地垂落。

压抑的哭声，在这房中低低地蔓延开来，窗外本是冬日难遇的暖阳，此刻却仿佛有阴霾一点点渗入这明亮之中，逐渐侵占，覆盖……

陈正雅并不知道在挂了电话之后，竟然发生了这么多事，她来到那栋老旧的宿舍楼下，看到那竟然还在的腊梅树，久远的回忆扑面而来。

腊梅的清香，妈妈柔软的手，还有不苟言笑的父亲，出差时带回来的动物饼干。她也曾有过幸福的童年时光，虽然那样短暂。

没有电梯，一步步爬上六楼，她有些怀疑，住惯了别墅的陈建森，是否还能适应这样的生活。

门居然没锁，陈正雅轻轻一推就开了，看见陈建森靠在多年前的布面沙发上，正在打盹。

屋里的摆设都没变，唯独少了那张全家福。她曾想过回来拿走，但最后又觉得，那张照片只适合摆在这里。离开了这个家，便一切都变得不合时宜，甚至包括他们之间的父女关系。

"爸。"她叫了一声。

陈建森睁开眼睛："你回来了。"

陈正雅一怔，他说的是……回来了。他来到这里，也觉得是回家了吗？

她眼中升起热汽，但又强压了下去："阿姨找过我了。"

"她不应该去找你的，"陈建森取下眼镜擦了擦，"这和你没有关系。"

陈正雅沉默片刻，突然问："真的没有吗，爸？您做离婚的决定，一点儿都没考虑过我？"

他愣住，许久，手落在了旁边那本夹着照片的书上："没有。"

陈正雅缓缓点了点头："我跟韩靖，不在乎什么名不正言不顺，我们要在一起，就会在一起。"

"嗯。"陈建森淡淡一笑："你们的事，我不管。我和你韩阿姨的事，也不需要你们管。"

话说到这个份上，似乎也谈不下去了，陈正雅留恋地环顾四周，准备离开。

走出了门，她又回过头来："韩阿姨跟我没什么关系，但她是您的妻子，二十年不短，该考虑她的地方，还是考虑一下吧。"

陈正雅走了，这一次，门被彻底锁上。陈建森的手，无意识地缓缓翻着手边的书，当那张全家福再次呈现在纸页间，他低下头看了一眼。

那个小姑娘，长大了。平日里高傲犀利，其实眉眼间，还是隐藏着她母亲的温婉柔软。

而他，反正在别人眼里无情惯了，那就再无情一次。对人对己，都是成全。

陈正雅回到医院，一进病房就发现气氛不对，叶岚面朝窗外躺着，即使听见了她的声音，也一动不动。李江洲则小心翼翼地坐在墙脚，表情怅惘。

"怎么了？"陈正雅用眼神询问李江洲。

他沉重地摇了摇头。

"你也早就知道了吧？"叶岚仍旧背对着她，声音冷漠。

陈正雅心里"咯噔"一下，突然明白过来发生了什么事。

"我……"她有些语无伦次，"我也是……"

"也是在和他们一起骗我。"叶岚自嘲地笑了笑："我以为至少你不会瞒着我的。"

"是我让正雅不说的。"李江洲叹了口气："都是我的错。"

叶岚沉默下来，闭上了眼睛。到现在为止，她仍然觉得像做梦，她怎么就不能走了呢？曾经翻山越岭，她以为自己有能力走遍全世界，现在却变成了一个连站都站不起来的废物。

李瑜问得好，以后她要怎么办呢？

连上厕所这种最基本的需求，她都要别人帮助才能完成，曾经的骄傲和自尊，已经被击了个粉碎。

他们是以一种什么样的心情在陪伴照顾她？同情？怜悯？她从小就讨厌这些字眼，以为自己终于长成了强大的人，没想到后半生，却永远要在这样的眼光里活下去。

这样的活着，也叫活着吗？！早知如此，她不如干脆死在那冰天雪地里。

60　失落的信仰

　　叶岚的眼角，沁出泪来，但她不想让任何人看见，将脸埋进枕头。

　　陈正雅看着她的背影，只觉得凄怆。她是个多么骄傲的人啊，总是以一己之力顶天立地，可今后，她却要面对必须由人照顾才能活下去的人生，这对她来说，比死了还难受。

　　陈正雅慢慢走过去，在床边坐下。她的手抚上叶岚的背，在那一瞬间，她感觉到了叶岚的抗拒，但她还是继续轻轻拍哄，像是在安慰一个受尽了委屈却强忍着不哭的孩子。

　　那天晚上，李江洲是去医生值班室睡的，陈正雅坚持和叶岚躺在同一张床上。叶岚始终背对着她，将自己缩成小小一团，陈正雅则一直从背后抱着她。

　　所有人，都几乎是睁着眼睛到天明。

　　第二天陈大夫来查房的时候，叶岚异常平静地靠坐在床头："我要出院。"

　　陈大夫下意识地看了一眼李江洲，她笑了笑："既然已经没希望了，住在这里也是占床位，让我回家吧。"

　　陈大夫拉着李江洲去医生办公室商量："你既是她的医生，也是家属，现在决定怎么办？"

　　李江洲沉默半晌，轻轻一叹："尊重她个人的意愿吧。"

　　当天上午办完了出院手续，护士扶着叶岚坐上了轮椅。叶岚自嘲地笑，从此以后，就要从开四轮的车，变成开两轮的车了，而且永远再离不开它。

　　李江洲要来推轮椅，叶岚偏过头望向陈正雅："送我回去吧。"

　　李江洲原本已经放上椅背的手，缓缓松了。陈正雅在心里叹息，推着叶岚慢慢离去。

　　在叶岚走后，李江洲脱下了身上的白大褂，叠整齐以后交还给陈大夫。

　　"不做她的医生了，就又要离开盛京了吗？"陈大夫惋惜。

李江洲摇了摇头，苦笑："我现在只是觉得，自己好像根本不配做医生。"

连他最爱的人，他都治不好，眼睁睁地看着她堕入痛苦的深渊，却无能为力。他又怎么对得起这一身白衣。

李江洲走出了医院，却不知道自己该去哪里。那个家，他不想再回。叶岚身边，他又去不了。他曾经觉得这个城市很大很繁华，此刻却感觉荒凉得没有他的落脚之处。

而叶岚一回到家，就对陈正雅说："陪了我这么久，你也该回去了。"

"我走了你怎么办？"陈正雅急了。

"我总得学会自己生活呀。"叶岚笑笑："这是现代社会，很方便的，要吃什么要用什么网上下单就能送上门。"

"可是……"陈正雅还想说服她，却被她一句话堵了回去："你是觉得我以后离了别人就不能生活吗？"

陈正雅怅然地走出了叶岚家，她关上防盗门的一刻，看着那个背影，也觉得不舍。

她不是故意想刺痛陈正雅，可她不能让陈正雅跟着她，永远陷入这泥潭里。

洗脸的时候，够不着水台。想洗衣服，轮椅却不小心碰到柜子，洗衣粉打翻了一地。累极了想爬上床躺着，可这个过程却比从前爬山还艰难。

原本生活中平平常常的一切，现在都成了无法逾越的难关。

更不敢想她最爱的青山碧水，她的动物朋友们，她的奇奇，这辈子还有机会再见到吗？

叶岚瘫倒在床上，悲凉地笑。她现在，成了一个彻彻底底的无用之人。

昏天暗地睡了一下午，她醒来后随手点了个外卖。门铃响起，她以为是外卖到了，打开门却是常淑宁。

看见叶岚坐在轮椅上的那一刻，常淑宁的眼中闪过深深的痛苦。

"您回去吧，我没事。"叶岚的手，压在门上，却被常淑宁一把推开。

"我就给你做做饭，不行吗？"常淑宁的声音高昂，却带着哽咽："我一个当妈的，给女儿做几顿饭，不行吗？！"

叶岚最终慢慢滑开轮椅，让她进来。

常淑宁这一次，始终表现得很克制，除了在重症监护室那几天的守候之外，其余的时候，甚至都忍着不过度地嘘寒问暖。她在学着用叶岚喜欢的方式，和她相处。

现在即使进了叶岚的家门，她除了做饭和基本的家务，其他时候都无声无息地待着，生怕对叶岚造成干扰。

这样的小心翼翼，让叶岚心里发酸。她尽量平静地去吃饭，去睡觉，装作活得像个正常人。

常淑宁出去买菜的时候，拨通了李江洲的电话。

"她怎么样？"李江洲的声音里，充满了疲惫。

"吃睡都还好，"常淑宁长长地叹了口气，"就是其他的时间，整日整日地呆坐着不说话。"

李江洲也沉默了，走到窗口。他住的酒店房间，正对着叶岚的阳台。

可她现在，总是密密实实地拉着窗帘，从不出来晒太阳。

"岚岚有我照顾，你去工作吧。"常淑宁犹豫了一下："江洲，不能太耽误你。"

李江洲心头一跳："说什么耽误？这是应该的。"

常淑宁没再往下说，挂了电话。

李家本来就对李江洲和叶岚的事不同意，现在叶岚又成了这样……常淑宁沉叹一声。

而就在这天，李江洲接到李院长的电话："听说你从医院走了，回中心了吗？"

事实上，陈大夫将叶岚出院那天发生的事，一五一十都告诉了李院长。

当李院长得知李江洲说，觉得自己不配当医生时，心里一沉。他随后又将电话打给了罗康成，发现李江洲根本没回去。

"没有。"李江洲在父亲面前，无法撒谎。

"那你现在在哪儿？"李院长问。

李江洲沉默。

"先回家吧。"李院长一叹："有事摊开说。"

陈大夫还告诉李院长，就在叶岚要求出院的前一天，李瑜进过她的病房。

尽管这消息说得点到为止，但李瑜是什么脾性，他最清楚。

李江洲终于回到了家，其他三个姑姑皆在场，李瑜却躲在楼上不出来。

李院长从书房走出来，站在楼梯口喊了一声："李瑜！"

她终于不得不期期艾艾地下楼，坐在李江洲斜前方，特意不和他正面相对。

在这种尴尬的气氛下，大姑终于坐不住了，表情有些别扭地问："叶岚怎么样了？"

"不知道，"李江洲冷冷地说，"她不见我。"

大姑卡壳，喃喃自语："怎么这样呢？"

"你问李瑜啊。"李江洲直呼其名，让李瑜一刺，硬生生地顶了回去："问我干什么？又不是我让她变成残废的。"

"谁说她残废了？"李江洲腾地站起来："没有人下过这个定论，你怎么知道就没希望？！"

"这话你对她说去呀，"李瑜挑眉，"看她相信吗？你自己相信吗？我只不过是好心提醒她，早些面对现实！"

"你不是好心，"李江洲的眼中，痛苦和愤怒交织，"你是怕她拖累我。你知道她骄傲，只要粉碎了她的自尊，她必定会离开我，怕连累我。你不愧是个精明的生意人，算得真精准！"

"那我也是为了你！"李瑜大吼："她都残废了，你难道打算伺候她一辈子？就算你跟她分手，最多也就痛苦个一年半载，但你人生还长。长痛不如短痛，如果非要有人做恶人，那就我来做！"

"没错，你是为我好，但你的这种好，太自私了。"李江洲眼眶泛红："除了你的家人之外，你没把其他人当人看，叶岚有多痛苦，从来不在你的考虑范围之内。她是个活生生的人哪，可你连缓冲余地都不给，劈手就把她的心撕成两半，你真残忍。"

李瑜想起了那一幕，叶岚疯狂地一次次想站起来，却又一次次跌倒，到最后被护士强行按倒在床上，她泪流满面地拼命挣扎……

不，叶岚痛苦不是她的错，她只是告知了事实，其他什么都没做。李瑜咬紧牙关，强硬地自我武装。

她的神色变化，都看在李江洲眼里，他的目光更一分分冷了下来，最后看着她像看着一个陌生人："以后麻烦你，离我和叶岚的世界远一点儿。"

李瑜再也受不了，抓起车钥匙冲出了门。

大姑有点儿不忍："江洲，你刚才的话说得太重了。"

"不重。"一直沉默的李院长，突然开口："以后江洲的事，由他自己解决，所有人都少插手！"

几个姑姑都噤声不语，李院长站起来拍了拍李江洲的肩，转身走进了书房。

而父亲的这一拍，让李江洲的眼泪终于忍不住，他快步上楼，姑姑们看着他的背影，都深深一叹。

此时，叶岚的家里，也来了两位客人。冯主任和宋院长得知叶岚的腿出了问题，上门来探望。

常淑宁客气地把他们迎进门，叶岚的态度却很淡漠。

"小叶，你也不要气馁，现在医学这么发达，将来也许还有治好的机会。"宋院长安慰。

"院长，主任，谢谢你们来看我。"叶岚笑了笑："过完年，我就去辞职。"

两人都是一愣，冯主任瞪眼："你辞职干什么？"

"连路都走不了，怎么爬山？我这个样子，是做不了野生动物保护这一行了。"她的语气很平淡，仿佛只是在谈天气："我总不能腆着脸，吃公饷到死。"

"别这么说，"宋院长急忙劝她，"你这也是因为工作受的伤。"

"那我也不能让学校养我一辈子。"叶岚垂下眼，自嘲地一笑："不然我只会更觉得自己是个废人。"

当冯主任和宋院长走出楼道，宋院长望着天，沉沉地叹了口气："这么好的一棵苗子，太可惜了！"

冯主任闷声不语，喉头却发哽。她是他的希望。

他们走后，叶岚滑着轮椅，独自进了卧室。

她翻开手机相册，有森林学校里孩子们的笑脸，有奇奇在训练中摔跤时的窘态，还有她穿着李江洲买的那件红色羽绒服，在雪地里拍的那张照片。

一帧一帧，都是难忘的回忆。还没有翻完，她就关了页面，眼泪滴落在漆黑的屏幕上。

再也不可能了，那片熟悉的山林，她再也回不去了。

保护野生动物是她挚爱的事业，一生的信仰，但从此以后，她再与它无缘。

叶岚重重地捶着自己的腿，希望哪怕能有一丝反应。可是，什么都没有。

她绝望地抱紧膝盖，无声痛哭……

李江洲回到酒店后，给韩靖打电话："借款的利息，能先预支一点儿吗？"

"没钱啦？"韩靖在那边笑："给我地址，我马上给你送过来。"

韩靖进了酒店房间，和李江洲一起站在窗边，眺望对面的阳台："那里就是叶岚家？我以前只有一次，送她到小区门口，没进去过。"

李江洲瞪他："一想到你以前追过叶岚，我就觉得这事找你商量，可能是个错误。"

韩靖的手，搭上他的肩膀："现在，我是你的兄弟。"

黄昏时分，李江洲敲响了叶岚家的门，常淑宁看见他时一怔。

"阿姨，我是来蹭饭的。"李江洲笑眯眯地挤进来，自然而然地换鞋。

常淑宁一时望望他，又回头望望叶岚的房门，有点儿不知所措。

李江洲却径直过去，推开了叶岚的门。她一言不发地面朝窗口坐着，没有回头。

李江洲走到她身边，猝不及防地拉开了窗帘，阳光突然照射进来，叶岚下意识地拿手挡住了眼睛。

李江洲蹲下身，拉开了她的手："晒晒太阳，心里也能干爽一些。"

叶岚挣扎着想甩开他的手，却被他紧紧握住："你知道这些天我住在哪儿吗？"

他向对面指了指："那儿！我一直在等你拉开窗帘，好看你一眼，可从来没有等到过。"

叶岚心里蓦地一酸，力道松了下来，手软软地蜷缩在他掌心里。

"叶岚，你对我，其实并没有生那么大的气，对吗？"李江洲看着她的眼睛："你是怕以后会成为我的负担，所以才急着赶我走。"

"不是。"叶岚别过头去："我就是气你，气你的家人，觉得你们都欺负我，嫌弃我。"

"你说谎，"李江洲捧住她的脸，硬是逼她转了过来，"你就是因为知道我绝不会嫌弃你，才要主动推开我。"

叶岚受不了他温柔的目光，受不了他这一腔深情，眼泪涌出了眼眶，哭着骂他："你不要对我说这些话，你走，我不想看见你，我不想跟你在一起了……"

李江洲把她拉进了怀里，紧紧抱住："笨蛋呀，你怎么是这么一个傻妞呢，你这个时候，应该紧紧地抓住我这么好的男朋友，你应该跟我说，不许走，这辈子你都得陪着我，伺候我。"

李江洲的眼中，也已经满是泪水："我愿意的啊，这都是心甘情愿，你要是赶走了我，我都不知道我该去哪里，我觉得这么大的一个世界，没有你，就没有我可去的地方了……"

叶岚再也忍不住，紧紧抓住了他的衣襟，像孩子般号啕大哭。

李江洲泪流满面，任她在他怀中，将压在心底的委屈尽情释放。

当哭声渐止，他让她斜靠在自己胸口，细致地给她擦去泪水，然后拉起她的手，将一枚戒指套到了她的无名指上。

冰凉的触感，让叶岚惊得直起身来，瞪着那颗在阳光下煜煜生辉的钻石："这……这……"

"还不错吧，"李江洲得意扬扬，"两克拉呢，找韩靖要了债买的。"

叶岚无语："你这意思，是求婚？"

"你能浪漫些吗？"李江洲问："你不是看过那么多偶像剧，在这个时候，女主角不应该是娇羞或者感动地流泪吗？怎么能是你这个反应？"

"我不要。"叶岚准备将戒指撸下来，李江洲吓得急忙抓住了她的手。

"给点儿面子行不行？"李江洲坏笑，眼神却忐忑不安："戴都戴上了，就答应我吧。"

"我不能答应。"叶岚垂下眼睑，轻轻地说。

他此刻向她求婚，这枚戒指象征的意义，不仅仅是爱情。而这其中的承诺，太沉重了，她不想让他的人生，就此负重而行。

"至少，等我不再是你的负担。"她将戒指取下来，留恋地微微摩挲了一下，递还给他。

李江洲深深地看着她半晌，接过来装进盒子里，然后将那盒子放进她床头柜的抽屉："那就由你保管，你什么时候觉得可以了，什么时候戴上。"

叶岚犹豫了一下，但最终没有阻止，看着他将抽屉慢慢关上，仿佛将他的一颗心，也存在了她这里。

61　一家人

"我能到你家来住吗？"李江洲厚着脸皮问："住酒店实在太贵了，买戒指又花了血本。"

叶岚：呵呵。

这一招，李江洲是跟韩靖学的。韩靖的原话是："女人都有母性，对无家可归的流浪小动物，都没法狠心不收留。"

"只是他们这种动物，也太大型太面憨了一点儿。"这是叶岚将此事告诉陈正雅后，她说的原话。

但李江洲能打破叶岚的心防，陈正雅还是由衷地高兴。她一直担心叶岚为了不连累别人，从此封闭自己。

"叶岚，你知道吗？"陈正雅的语气十分认真："被所爱的人需要，才会觉得自己有价值，李江洲是这样，我也是。"

叶岚心中温暖："这两天要是有空，你带着韩靖来我家吃饭吧。"

"我来给你做饭，尝过我的手艺，保证你觉得惊为天人。"陈正雅意气风发。

叶岚叹了口气："我还是高估了你，从国外回来的人，这成语水平到底差了点儿火候。"

"去你的吧。"陈正雅笑嗔。她又开始挤对人，说明真的开始好起来了，陈正雅松了口气。

但叶岚心里，并未真正感到宽松。她不忍心再推开李江洲和陈正雅，愿意让他们留在她身边，可她自己的问题，并未解决。

她依然是一个生活无法自理的人，那种连坐上马桶都艰难的经历，让她经常很挫败。

而李江洲很轻松，他很快就进入了幼儿园老师的角色。他并不主动帮叶岚，大多数时候都是让她自己做，而他在旁边加油助威，等她完成以后报以热烈的鼓掌和夸奖。

　　他有时候还甚至故意把东西举得高高的，逼着叶岚站起来拿，当她反复努力失败的时候，不禁想起了当初，她拿着苹果诱惑奇奇站起来的情景，只觉得真是报应不爽。

　　陈正雅和韩靖来到叶岚家的时候，正碰上李江洲拿着手机里拍的丑照逗叶岚："看看，睡觉还流口水，我要把这张发到朋友圈，让大家都欣赏一下。"

　　叶岚恼羞成怒，硬生生地胳膊撑着轮椅，单腿站起来去抢："你要是敢，我就打断你的腿，把轮椅让给你！"

　　陈正雅本想去帮忙，韩靖却拉住了她，笑着摇了摇头。

　　她一愣，也明白过来，停在原地看着他们俩。李江洲是在以他的方式帮叶岚，让她渐渐觉得，自己是个正常人。

　　陈正雅果然有大厨气派，连常淑宁都自动自发地给她打下手，端上桌的菜色，让叶岚叹气："我要是个男的，绝不会便宜了韩靖。"

　　李江洲在旁边不屑："那也要人家看得上你才行。"

　　陈正雅倒是真的看上过某人，可惜某人从来都不知道。其他三个人心照不宣，瞥了一眼无知的李江洲。

　　席间谈起了买戒指的事，陈正雅惊叹："两克拉，李江洲，你找韩靖要了多少钱，会不会造成他流动资金不够啊？"

　　"你是不是太护犊子了？"李江洲说道："你难道不知道，你们家韩总在青塬文旅上赚翻了吗？"

　　"哪有这么夸张，"韩靖立马接话，"我那是公益事业，利润是其次。"

　　他们开着玩笑，叶岚却一直低头吃菜，渐渐地，其他人也意识到什么，停了下来。

　　"吃菜呀，"叶岚看似轻松地招呼，"不然都被我一个人扫光了。"

　　众人应着，热热闹闹地继续吃饭，却暗中怅然。

　　保护野生动物是叶岚的心结，最爱者，失去之后最痛。

　　晚上，李江洲照例为叶岚泡脚按摩，他揉捏着她小腿上的肌肉，犹豫了半晌才开口："过完年，你真的要去辞职吗？"

　　叶岚"嗯"了一声，再不言语。

　　"也可以先做别的，不用这么急着辞掉工作。"李江洲轻声说。

　　"做什么呢？"叶岚反问，"给学生上课？教学楼的台阶我都上不了。做科研？我还能站在实验桌前跑检测吗？上山采样做野训……"

她没再说下去，只是低头笑了笑，眼神凄凉。

李江洲无话可说，慢慢用毛巾给她擦干脚底，将她的腿挪上床。

她躺下盖好被子，闭上了眼睛："晚安。"

李江洲怅然地站在床边，看了她片刻，端起水盆出去。

门关上的那一刻，叶岚又睁开了眼睛，望向窗外黑沉沉的夜色……

没过多久就是春节，而这个年，大家过得都不容易。

叶向林大年三十早上才赶回家，一进门看见坐在轮椅上的叶岚，整个人都惊呆了。

"爸，前些时我的腿伤了，现在已经好多了。"叶岚轻描淡写，将叶向林迎进屋。

但叶向林看到常淑宁和李江洲的神色，顿时明白过来。他在沙发上坐立不安，最后站了起来："这屋里也不能抽烟，我去楼下。"

他低着头就走，常淑宁也从厨房出来，解下围裙："正好我要去买东西，让你爸搭把手。"

叶岚点头，装作没看见父亲红了的眼眶。

到了楼下，叶向林蹲在花坛边，用干裂的手挡住眼睛，哭了出来。

常淑宁把手放在他肩上，自己也哽咽难言："你可别这样，岚岚就是怕你担心，才一再叮嘱别告诉你，现在最苦的人是她，我们当爹妈的，都尽量忍着点儿，别让她更难过。"

叶向林重重抹了一把脸上的泪，站起来，嘶哑着声音说："去市场多置办年货，咱好好过个年。"

他们回来的时候，两只手都拎得满满当当，鸡鸭鱼肉瓜子糖果，还有市场上买的对联和年画。

叶岚够不着对联，就让李江洲贴，她自己把大红的福字倒贴在门上，左右还加上了两个胖娃娃，整个房子布置得喜喜庆庆。

到了中午，陈正雅和韩靖也过来了，说要一起吃团年饭。一顿饭，热热闹闹地从中午吃到了下午。

趁着老两口去厨房里收拾的空档，叶岚笑着对其他三个人说："好了，你们也不用陪我了，各回各家吧，大过年的，长辈们也都不容易。"

陈正雅和韩靖对视一眼，今年他们大概真的要各回各家了。

叶岚拍了拍李江洲的手背："你也赶紧回去，和家里人吃个年夜饭。"

李家的年夜饭，永远是大阵仗，三个姑姑三家人，外加留守大本营的三位，齐齐整整坐了一大桌子。

依旧和往年一样，李江洲领着仨表妹，给各位长辈敬酒。从小到大数他嘴最甜，吉祥话一套一套的，哄得大家心花怒放。

到了李瑜那里，他却只是轻轻举了举杯，就一笔带过。其他人看在眼里，也不好多说什么。李瑜见他又转到下一个人身边，笑嘻嘻地说祝酒词，她狠狠地一仰脖，将杯里的酒喝尽。

吃完饭就是发压岁钱的环节，李江洲不好意思要："我都多大人了，还拿压岁钱。"

大姑硬塞到他手里："咱们家的规矩，没结婚都给。"

轮到李院长时，他却准备了两个大红包："还有一份是给叶岚的。"

李江洲一怔，笑着接了过来，给李院长拱手作揖："那我就代她一起，恭祝您老人家新年发大财，明年的红包更厚一点儿。"

李院长在他脑袋上拍了一记："你小子！"

一派温馨祥和，李瑜却觉得自己被无形地隔离在外，她站了起来，摇了摇手机："有人约我出去玩，我先走了。"

大姑想叫住她，却下意识地望了一眼李江洲。他仿佛什么都没注意到，仍然和几个表妹谈笑风生。她只好悻悻地闭了嘴。

"今年你们怎么了，还没开始打麻将？"李院长笑着招呼大姑父。

一时间，摆桌子的摆桌子，砌牌的砌牌，气氛又变得喧闹起来……

而今年的韩家，格外冷清。连阿姨都回了老家休假，偌大的别墅，只剩下韩明月孤零零的一人。

应该没有人会回来了，也没有年夜饭。

韩明月恹恹地蜷在沙发里，往日业务繁忙的手机，现在除了那些枯燥的拜年短信，再无其他。

仿佛全世界都没人需要她了。

黄昏是最容易让人感到孤独的时分，看着落地窗外夕阳西沉，她觉得自己的人生也已经暮色苍苍。

曾经的那些岁月，好的坏的，都已离她远去。如今她守着的又是什么？只有这栋空房子。

韩明月突然觉得自己有点儿好笑，笑着笑着她一摸脸，发现眼角有滴冰凉的水珠。

她竟然还会哭？韩明月自嘲。她以为自己早就忘记了眼泪长什么样。

从前夫家里被赶出来，她唯一的财产，就是六岁的韩靖。那个男人，已经让别的女人怀了孕，连儿子都不屑于要。

当了六年家庭主妇的她，已经不懂这个社会，走到哪都撞得一头青。可她还得撞，因为她和孩子要活命。韩靖也乖，小小年纪，知道搭着凳子做饭，电饭煲里一半是水一半是米，煮出来的都是稠得结块的粥。

娘俩就这么干一口稀一口地吃着，活着，直到渐渐混出了头。韩靖从来都是个好孩子，在外面不惹事，在家里顶得住事，韩明月常常觉得自己没有男人福，可韩靖，却是她可以依靠的小男子汉。

当韩靖离开靖安，问韩明月是不是觉得，自己是支撑那栋大厦的柱子的时候，其实她是心虚的。她知道，韩靖才是支撑她的那根柱子。

他走了，她的世界也塌方了，她急于想将他抢回来，却把他越推越远，现在甚至连陈建森也走了。

她对陈建森完全没感情吗？不可能。二十年的夫妻，就算住着楼上楼下两层楼，那也是一个家里的人。可他就这么转头走了，一点儿余地也不给。

她不甘心啊，从失去一切，到什么都有，现在又突然一点儿都没剩下了。那她辛辛苦苦的这几十年，意义在哪里？

韩明月自顾自地摇着头，没发现有人走了进来，就站在她身后不远处。

难过够了，她拢了拢散乱的鬓发，站起来打算随便去弄点儿什么，当年夜饭吃。一个人过年，也总是要过的，拼着命活了大半辈子，她总不能太亏待自己。

但就在她转身的那一刻，她看到了门口的人，顿时呆住。

韩靖一步步走到她面前："妈，过年了。"

汹涌的情绪，瞬间淹没了她，泪水失控地冲了出来，不听她指挥。

韩靖又想起那一年，她离婚的那个下午，他上学回来走进家门，也是看见她这样不能自已地痛哭。

他像当年一样，走过去抱住了她，平日里仿佛无所不能，此刻却惶然无助的母亲。

韩明月不愧是韩明月，没过多久，就缓下了情绪，强自恢复平日的气势。

韩靖却笑着："妈，上楼梳梳头发，打扮漂亮些，我带您出去吃年夜饭。"

韩明月顿时又崩溃了，又气又笑地打了他一下，转身上楼。

韩靖看着她轻快的脚步，有些感慨地叹了口气。

其实都不是坏人，又何必非要谁视谁如敌？一家人，本应珍惜成为一家人的缘分。

韩靖母子的年夜饭是大餐，陈正雅和陈建森吃的却是速冻饺子。

看见陈正雅的那一刻，陈建森眼中有惊喜，面上却处理得很平淡："我从超市里买了点饺子，你不嫌弃就在这里吃吧。"

陈建森确实不擅长做饭，甚至煮饺子都不知道要点三遍水，漂起来就打算捞。陈正雅从他手里把勺子接了过去："您去客厅坐着吧。"

这边锅里煮着，那边陈正雅从冰箱里翻出两根黄瓜，利索地拍烂，剁辣椒蒜末，浇上热油一淋，油花还在溅便已端上了桌。

这时饺子也熟了，她盛了两大盘，调好蘸水和陈建森一人一碗："吃吧，也没别的什么菜了。"

陈建森坐下，埋头吃了几个饺子，又尝了尝刀拍黄瓜，半晌，才说了一句："跟你妈做的味道一样。"

陈正雅一愣，慢慢地搅着蘸水："您还记得她做菜的味道？"

"不吃不记得，一吃就想起来了。"陈建森说，又夹了一大筷子黄瓜。

陈正雅笑了笑，明明只有两个人，她却仿佛感觉像是曾经的一家人，坐在一起吃饭，让她的鼻子突然有点儿发酸。

吃过了饭，也没什么娱乐节目，电视机早已不能用，陈建森也没买新的，连春晚都看不成。陈正雅低着头刷手机，陈建森还是靠在老式沙发上，看他那本书。

到了十点，陈正雅看了看时间，准备起身。

陈建森突然开口："你的屋子，都给你打扫干净了。"

陈正雅怔了怔，又坐了回去："哦。"

又坐了一阵，陈建森大约是困了，取下眼镜擦了擦，往房中走去，也没说让陈正雅留下来，也没让她走。

翻开的书，倒扣在沙发坐垫上，有什么东西露出一角。陈正雅挪过去，抽出来一看，是那张全家福。

指尖在那些熟悉的面容上徐徐滑动，她的眼眶逐渐湿润，回忆再次柔软地包围了她。

那天晚上，她是在自己的房间里睡的，曾经的布娃娃，粉白的纱裙已泛黄，抱在怀里却依然觉得安心。那一夜的梦中，她仿佛又闻到了淡淡的腊梅香……

大年初一，李江洲一大早就出了门，正好遇上李瑜从外面回来。

四目相对，又各自转开了视线，她跟跟跄跄地和他擦肩而过，身上的酒气扑面而来。

李江洲的脚步顿了顿，没有回头："少喝点儿。"

李瑜怔住，泪猝不及防掉了下来，用低得几不可闻的声音说："对不起。"

不知李江洲是否听见，他径直走远。

李瑜一路飘着上了楼，扑倒在床上，泪淌了下来。

那句"对不起"，她是对李江洲说的，而不是叶岚。她是自私，不在乎外人的死活，可她在乎他。血缘亲情，从小一起长大的情谊，她维护他甚至超过她自己。

李江洲让她远离他们的世界，她可以做到，因为她发现最难过的事，是他的疏远。他可以跟其他任何人欢声笑语，却唯独把她割裂在他的世界之外。这种感受，她不想再尝第二次。

至于叶岚，先随他的便吧。李瑜气恨恨地想，随即堕入梦乡。

李江洲回到叶岚家，将那个大红包拍到她手里："爸给你的。"

叶岚一时之间有些发愣，觉得这红彤彤的颜色，像火一样发烫。

李江洲笑眯眯地将她的手合拢："放心，已经帮你谢谢他了，还祝他新年发财，下次再多给点。"

叶岚回过神来，笑了笑："好久没见李叔叔了，他还好吗？"

"好。"李江洲蹲下来，把下巴搁在她的膝上，仰视着她："其实我能进重症监护室照顾你，就是他特别批准的。"

叶岚心中五味杂陈。李院长对她，从开始的一见如故，到后来因为李江洲而发生分歧，他中途放弃过她，但在她最艰难的时刻，他却帮李江洲来到了她身边。

她看着那个红包，轻轻地叹了口气："应该去亲自给他拜个年的。"

只可惜她的腿……叶岚眼神黯然。

李江洲握住她的手："红包是爸的心意，至于你的心意，相信不用拜年他也能领会到。"

但那天，叶岚犹豫了很久，还是给李院长发了条短信：谢谢李叔叔，祝您新年大吉，身体健康。

李院长很快回了短信：同祝安好。

叶岚握着手机坐在窗边，阳光照着她腿上的毛毯，更平添了暖意。

62　爱的奇迹

到了初七，李江洲回中心去报到。潘野和朱朱还在山上，中心的动物也都一切正常，没有什么突发状况。

"你现在最重要的任务，就是陪着叶岚度过这段非常时期。"罗康成对李江洲说："我相信以她的性格，不会就这样一蹶不振，她要过的，是自己心里的那道坎儿。"

李江洲怅然，叶岚现在看似已渐渐能够正常生活，可她心里最大的症结，其实是在野生动物保护上。她曾经是山野里的强悍行者，如今却只能坐在轮椅上，被困在斗室之间，这种痛苦无人能解。

而叶岚自己，也想要决绝地切割掉这份痛苦。开学的第一天，她让李江洲送她到了学院。

以往她都是直接走台阶，现在却只能绕道，滑着轮椅上斜坡。李江洲想陪着她一起进去，她却拒绝了，让他留在门口等。

准备好的辞职信，交给了宋院长，里面只有简单的一句话：因为身体原因不能再胜任野生动物保护工作，特此辞职。

宋院长还想挽留："小叶，你不要这么冲动，再好好考虑一下。"

叶岚摇头："留下来，我也已经没有能力再做好。结束在这个点，我至少对以前的工作问心无愧。"

"问心无愧？"冯主任的声音，突然从身后传来，他满脸愤怒："奇奇的野化放归，青塬的无人机监控系统，你做完了吗？！铺了那么大的摊子，现在你却半途而废，你竟然好意思说问心无愧？！"

中空的大厅里，冯主任高亢的声音回荡，四面环绕的楼层走廊上，人很快聚集起来，都居高临下地望着叶岚。

轮椅上的她，觉得自己仿佛置身在逼仄的笼子里，被人围观。她有点儿喘不过气来，只想找个地洞钻进去。

"觉得丢人吗？"冯主任冷笑："是够丢人的，你可是动科院乃至西大鼎鼎有名的刺儿头，现在就为这么点事，被打趴下了？"

叶岚虚弱地想争辩："不是我不想做完，是我的腿已经……"

"干这一行的，谁没有伤病？！"冯主任大吼："以前我为了调查珍稀鱼资源，成天在半人深的水里蹚，到现在只要一到阴雨天，腰以下的关节都疼得动不了，可我还得照样上班，盯着你们这帮愣头青！还有秦教授，年轻的时候差点儿被熊猫咬掉半个手掌，不也坚持了这么多年，成了野化放归的领头人？你站不起来，就坐着当指挥官，不是只有亲自上战场的，才称为战士！"

叶岚心中仿佛有情绪翻江倒海而来，她紧紧地攥住轮椅的扶手，眼中噙满了泪水。

"野化放归和无人机项目，你必须做完，"冯主任放缓了语调，却斩钉截铁，"就算是抬着轮椅上山，你也要给我负责到底！"

叶岚沉默了许久，慢慢抬起头来："好。"

冯主任把叶岚送出学院门口，当李江洲将叶岚在车上安顿好，关上车门，冯主任重重握了一下李江洲的肩膀："陪着她，支持她！"

一个星期以后，叶岚和李江洲上了山。朱朱和潘野等在基地门口，看着叶岚过来，都隐隐闪着泪光。

一楼原本的物料间被腾空，布置成了叶岚的卧室，旁边还有一间小的，留给了李江洲，方便他照顾她。

李江洲"啧啧"两声："真够偏心的，我这简直就是用人房。"

朱朱假笑："原本打算让你住奇奇的圈舍的。"

李江洲连忙举手阻止："不，这间就挺好，通风。"

"监控室的设备也搬下来了，"潘野对叶岚说，"奇奇这段时间每天的活动都很规律，无人机也拍到它了，它已经渐渐开始融入野生族群。"

"很好。"叶岚点头："还有一件事，经过这次盗猎的事件，我觉得监控系统需要进一步升级。"

见她能这么坦然地谈起盗猎事故，大家心里都松了口气。

"目前国际上最先进的技术一体化系统，但在国内还几乎没有应用，我回头找遥感方面的专家再研究一下，看能不能让青源成为新技术的试点。"

叶岚一进入工作状态，其他的情绪便一扫而空，又变回了以前那个明亮自信的科学家。

李江洲在旁边看着，心中的希望也明亮起来。山林是叶岚最热爱最自在的家，他相信在这里，她会找回自己。

而叶岚在这片碧水青山里，状态也的确一天天好了起来。她觉得，大自然真的是个养心的地方，每天看着这一望无垠的绿，之前对未来那种强烈的不安和焦虑，也渐渐平复。

叶岚又每天投入了海量的文献和讨论之中，遥感专家还特地上山了一趟，和她一起规划青塬的全方位监测系统。

叶岚虽然无法亲自上山，但她通过数据和图像，以及以前走遍青塬的经验，对地形特点掌握得就仿佛身在现场。连李江洲都忍不住对她竖起大拇指。

"虽然当不了战士，但我还可以当指挥官。"叶岚眨眼，笑容里有久违的神气。

"过些天，送你个礼物。"李江洲捏了捏她的脸。

李江洲找杨叔借来工具，开始每天刨木头，给叶岚做拐杖。

"你这可是外科医生的手。"叶岚心疼："别伤着呢。"

"放心，戴着手套呢。"李江洲得意地笑："这点小活难不了我，从小手工就是我的强项。"

叶岚想起了他用铁桶给奇奇做的伊丽莎白头颈圈，对他的说法持保留意见。

但李江洲做木工活，还真的有一手。做出来的拐杖，表面磨得平平滑滑，没有一点儿毛刺，还在撑着腋下的部分，特意加上了海绵垫，免得磨着皮肤。

李江洲将拐杖交给叶岚："试试。"

叶岚犹豫了一下，接过来撑住身体，想站起来。第一次重心不稳，没有成功。

"没关系，再来。"李江洲鼓励地看着她："你一定行。"

叶岚咬紧了牙，胳膊和手腕同时一用力，终于稳稳地站在了地上。

李江洲为她鼓掌，朱朱和潘野听见动静，也跑过来，加入鼓掌的行列。

"怎么有种幼儿园小朋友得了小红花的感觉。"叶岚有点儿不好意思地笑，心中却涌起异样的激动。能站着看世界，真好啊。

叶岚不愧是叶岚，运动神经强悍，没过多久，她拄着拐杖就能走得飞快，李江洲在后面追得气喘吁吁："您能不能慢点儿，遛大型犬呢？"

叶岚哈哈大笑："告诉你，再这么磨叽，拐杖还可以用来打人哦。"

李江洲有点儿后悔，给叶岚制造了这件武器。但看见她开心的样子，他又觉得手上磨出的那些水泡，真值。

每天晚上，李江洲还是坚持用热水给叶岚泡脚，一遍又一遍按摩她右腿的肌肉。

"没用了吧，"叶岚说，"你别这么辛苦。"

他用手捧着水，浇到她脚上，笑了笑："你做野生动物保护，就算坐着轮椅也要上山，我作为医生，只要还有一丝治愈的希望，就得坚持到底。"

叶岚深深凝视他半晌，弯下腰亲了一下他的额头。

他的信念，他的付出，是她的依靠和希望。

与此同时，韩家发生了一件大事，韩明月和陈建森离婚了。而且是陈建森撤回了离婚诉讼，由韩明月提出的协议离婚。

协议书也是韩明月写的，属于她的财产，一分钱都没给陈建森，是她典型的风格。

但出乎意料的，她却保留了陈建森的集团顾问职位。

"和以前一样。"韩明月抬高下巴，睨着他："我给你薪水，你提供服务。"

情义不在买卖在。陈建森没有拒绝："好。"

韩明月欲言又止了几次，最终还是问出了口："陈建森，除了利益，你对我到底还有没有过一点儿别的？"

陈建森默然片刻，一笑："当年，我觉得你像朵刺蔷薇。"

野生野长，鲜艳而强韧，即使是身上的刺，也像是独有的特色。但后来，那些刺还是刺伤了他，她总是高高在上，即使是夫妻间的相处，也像老板和雇员。所以到最后，他们之间除了工作，再没一句多的话可谈，美其名曰顾及彼此的作息，分别住进了两层楼。

二十年，终于还是走到了头。陈建森看着她："以后少发脾气，伤肝火。"

"你别得意，"韩明月眼圈发红，"你的女儿，想嫁给我儿子，还得我点头才算数。"

"反正都是拜高堂，不管婆婆还是妈，何必多计较。"陈建森笑着，看向韩明月身后："你的司机过来了，那我就先走了。"

陈建森钻进了他那辆经济适用型小轿车，韩明月眼中泛起泪光，这么多年，她好像从来没坐过他的车。

那是她自己嫌不好，怪不得别人。

司机为她拉开了车门，她坐了进去，一路驶入繁华的街景……

晚上，陈正雅坐在床上，一脸不敢置信："就这么简单地离婚了？"

陈建森甚至都没告诉她。

"在一起日子过够了吧，"韩靖说，"离婚对他们来说，也不是什么坏事。"

"毕竟二十年了，还是觉得有点儿可惜。"陈正雅叹气。

"人与人之间，是要讲化学反应的。我以前跟你也在一起待了二十年，可我们从来都是亲情。"韩靖笑着搂住她："直到那场禽流感，像催化剂一样，把我们从兄妹变成了情侣。现在他俩从夫妻变亲家，说不定正好能避开易燃易爆的危险，变成一团和气呢。"

陈正雅："……你上学的时候，是化学课代表吧？"

但他们离婚，还是让陈正雅和韩靖轻松了很多。以前陈正雅心里多少还是有些顾忌，在公共场合总是尽量不和韩靖举止亲密，现在终于可以大大方方秀恩爱了。

冯主任得知陈正雅和韩靖的身份转变，大笑着说："你们的爸妈也不用分什么财产，反正到最后都还是要合到一起的。"

陈正雅无语。老一辈看问题的角度真是清奇。

而韩靖，婉拒了韩明月让他重回靖安集团的邀请，继续专攻他的文旅事业。

他已经不满足于只限省内的业务了，专门上山跟叶岚交谈："你有外省的同行吗？介绍我认识认识。外国的也行。"

叶岚：……

李江洲凑过来："可以，但要再加三分红利。"

"有用吗？"韩靖瞟了他一眼："前面花那么多钱买的戒指，也没见人家戴。"

晚上给叶岚泡脚的时候，李江洲趁机向她撒娇："你就赶紧答应我的求婚吧，你瞧瞧韩靖把我欺负成什么样儿了！"

叶岚沉吟："要不我跟陈正雅说说，让她也拒绝韩靖？"

女人真是可怕！李江洲手一抖，热水加多了。

"啊，好烫。"叶岚叫了一声，突然住了嘴，瞪大了眼睛望向李江洲。

李江洲小心翼翼地将她的脚往热水里再浸了浸："真的烫？"

叶岚缓缓点头，李江洲一把抱起她，在她脸上重重亲了一口。

"你有知觉了！"他的眼中有泪光，叶岚也是。

她紧紧地抱住他，脸埋在他怀中哽咽："谢谢。"

是他的不放弃，才让她等到了今天。

"从明天开始，"李江洲挑起她的下巴，"我要对你开始魔鬼训练了。"

李江洲和潘野一起，在训练场上做好了各种简单的复健设施。

他拍了拍木制的双杠："比着你的身高做的，你两只胳膊架在上面，试着用双腿走路。"

"我不行……"她已经对拐杖有了依赖："是不是进度太快了？"

"不管怎么样，都要先迈开第一步。"他以迅雷不及掩耳之势，从叶岚手中将拐杖抽走。

叶岚只好靠双杠稳住身体，她试着移动右腿，但仍然不听使唤："不行……"

"你一个过去牛上了天的人，现在怎么'不行'成了你的口头禅呢？"李江洲沉着脸："争气点！现在我也不是你的男朋友，我是你的医生和教练，往前走！"

叶岚咬紧了牙，拖着脚一步一步往前挪去。好不容易走到了头，李江洲又让她转身，往回再走一遍。

远处，朱朱看着叶岚走得这样艰难，不禁心疼："江洲哥凶起来也太凶了，狸猫变老虎。"

"你要是这样了，我对你也会这么凶。"

潘野的话，让朱朱一愣。

"想让喜欢的人，一辈子能用她喜欢的方式活着。"潘野转过头，看着朱朱。

她的脸渐渐腾起了红云，小小声地问："这算表白吗？"

"嗯。"潘野咧开嘴笑："去年平安夜欠你的。"

朱朱给了潘野一拳，他接住她小小的拳头，顺势牵起了她的手："走，一起去给岚姐搞训练去。"

原本奇奇的训练场，变成了叶岚的训练场。一大两小三个魔鬼教练，让叶岚生无可恋。

但时间一天天过去，她右腿的感觉也越来越灵敏，逐渐可以用脚尖点地，慢慢支撑着栏杆走路。

可是离了器材，她还是丢不开拐杖，无论李江洲怎么要求，她都仍然无法做到完全独立行走。

陈正雅得知此事后，劝李江洲："你也不要太着急，她经历了这样的事，心理上有阴影很正常，你等一等她，让她自己来过这一关。"

李江洲不再逼叶岚，只是白天陪她锻炼，晚上给她按摩。叶岚反而觉得愧疚，觉得自己辜负了李江洲。

她也偷偷试过丢掉拐杖，可突如其来的虚空感，让她失去了平衡摔倒在地。她握着右腿，觉得自己的是不是还是不够强大，身体上，或者，是心理上。

她想起李瑜告诉她真相的那一天，她疯狂地一次又一次想站起来，却一次又一次摔倒。那一幕，她装作忘了，可在失去依靠的那一刻，却又再次被激发。

我没事了。她告诉自己，却无法真正说服自己。

又到了炎炎盛夏，韩靖带着新一期的科普营，来到野训基地。当人们看见挂着拐杖的叶岚，听说她的故事，都不禁对这位用生命去保护动物的野生动物保护专家，致以由衷的敬佩。

叶岚带着孩子们和家长们参观基地，讲述当初她和奇奇相处的点点滴滴，大家都心生向往。有个孩子抚摸着那道栏杆上的小门，扬起脸问叶岚："它还会回来吗？"

"会的，这里是它的家。"李江洲走过来，握住叶岚的手："还有它最爱的人。"

叶岚怅然地笑了笑，通过遥感拍摄的图像，通过监控地图上的光点，她能看到奇奇在哪里，在做什么。可她现在，却做不到去找它，再看它一眼。

她真想念它，那个她抚育它长大，又亲手放它离开的孩子。

夏夜漫长，她和李江洲坐在草地上，看着繁星点点："你说奇奇现在在干什么？"

"睡觉，"李江洲想了想，坏笑，"或者在谈恋爱。"

叶岚也笑起来："它已经四岁了，再过两年，说不定真的要有老婆孩子了呢。"

"而我求婚还没成功。"李江洲充满怨念。

叶岚靠在他肩上："那你要好好表现，在动物界求偶可是很辛苦的呢。"

李江洲转过头，给了她一个缠绵的长吻，直到快要无法呼吸，他才恋恋不舍地分开，声音喑哑："这个表现好不好？"

叶岚还没来得及说话，远处已经传来了一声回答："嗯！"

她惊诧地转过头，看见星光下，一只熊猫站在那道门前，歪着头看着她。

"奇奇！"热泪冲出了眼眶，她不顾一切地爬起来，向它跑过去。

它也钻过了那道门，向她冲过来，一头撞进她怀里。

巨大的冲击力，让他们俩都倒在了地上，叶岚抱着它打滚，笑声清亮。

李江洲一步步走到她面前，笑着俯视她："奇奇的魅力还是比我大，你已经直接跨过了走，学会跑了。"

叶岚整个人一震，这才回想起刚才那一幕情景。尽管跑得跌跌撞撞，可是，她没有依靠拐杖，完全是靠自己奔向了奇奇。

"奇奇，"她哭着抱紧了它，"你真的带来了奇迹。"

是爱的奇迹。李江洲揪了揪奇奇的耳朵，又揉了揉叶岚的头发，眼神温柔："听朱朱说，领养一只熊猫，每年要捐款一百万。宝贝儿，爸爸妈妈会为了你努力赚钱的。"

奇奇仿佛听懂了，在李江洲身边开心得直跳："嗯！嗯！"

63 求 婚

奇奇只待了那一个晚上，天还没亮就又走了。叶岚和李江洲一直将它送到了山脚下，才满心不舍地和它挥手告别。

"记得好好搞对象，"李江洲拍着它的脑袋，"你们熊猫界，竞争可是十分激烈。"

"你还打算给它传授交友秘诀不成？"叶岚白了他一眼。

"我能有什么秘诀啊，"李江洲长吁短叹，"我送的戒指，某些人都还没戴呢。"

又开启了唐僧模式。叶岚眼观鼻鼻观心，变成了入定状态，任某人在耳边絮絮叨叨，不动如山。

叶岚能走路的消息传回去，大家都欢喜雀跃。罗康成还亲自进了一趟山，慰问叶岚，也慰问长期驻扎在这里的工作人员们。

秦芳也过来了，为他们做了一顿她最擅长的手擀面，罗康成也卷起袖子进了厨房，做出来的几个拿手菜，都很下酒。

众人在院子里摆开桌子，对着群山喝酒。

大家都称赞罗康成的手艺，他摆了摆手："嗨，打了一辈子光棍，要是还不会做饭，那不得饿死了。"

"罗主任，您为什么不结婚呢？"朱朱好奇地问。

"这年轻的时候吧，仗着自己长得还行，挑。"罗主任摸着自己发亮的光头，换来一阵哄笑，他一本正经："是真帅，不信你们问秦芳。"

秦芳笑着丢了颗花生米进嘴里："不好意思，还真没注意。"

大家又是哄堂大笑。

"行行行，就当我吹牛。再后来吧，老一辈们退休了，我被赶鸭子上架当了中心主任，这上上下下几十号人，几百只动物，我天天忙得连气都喘不过来，哪还顾得上谈恋爱。再说，"他看了秦芳一眼，"也没找着合适的。"

"你呀，就是眼光高，白耽误了自己。"秦芳数落罗康成："四五十岁的人了，总得结个婚留个后。"

"那你呢？"潘野突然插进来一句。

秦芳怔住，桌上的气氛也沉默了下来。

潘野却笑了笑，眼神里有复杂的情绪："是不是心里有记挂，所以看不上别人？"

"潘野！"罗康成沉下脸。

秦芳面无表情地拿过酒瓶，给自己倒了一大杯："喝点儿白酒吧，多少年没喝过了。"

潘野递过去杯子："那就给我也来一杯。"

秦芳没说话，给他也把杯子斟满。一杯下肚，热辣的酒气直冲眼底，秦芳似乎有了泪水："好不容易痛痛快快地喝场酒，那我今儿也就痛痛快快地把话说明白。"

她望向潘野："我跟你爸之间，是清清白白的师生关系，你可以怀疑我，但你不能怀疑潘老师！"

潘野的手掌，按在杯口，低着头不说话。

"我上大学的时候，穷得吃不起饭，每天都等着别人吃完走了，才去买个馒头就着白水啃。"秦芳的眼中，泪水在打转："直到有一天被潘老师撞见，他让我去给他当助手，我一个刚入校的学生，懂什么呀？连五笔都不会打，整理的材料乱七八糟。可他还是给我发工资，说这叫勤工俭学，其实就是为了照顾我这个穷孩子的自尊心。"

罗康成叹了口气："我也是这么进去的，在师姐的下一级，潘老师的那点儿工资，除了养家，几乎都花在了这上面。"

"别人都笑他迂腐、爱吃亏，可是潘野，你父亲是个真正高尚的人，"秦芳的情绪激动起来，"不该有任何人任何事，给他带来污点，我对不起他！"

秦芳已泣不成声，罗康成轻轻拍了拍她的背，凝视着潘野："你那时候小，别人的风言风语你顶不住，这也成了你心里的死结。知道解释没用，所以这些年我也没多说什么，但今天既然话说到这里，我用我罗康成的人格给你保证，师姐说的句句都是实话，她跟潘老师是清白的！那天跟着潘老师的，就算不是师姐，是我，或者是其他任何人，他也一样会舍命去救。因为你的父亲，他就是这样一个人！"

罗康成的话，掷地有声。潘野慢慢扬起脸来，眼中也早已满是泪水："我和我妈，这些年一直觉得抬不起头，但今天有你们这番话，以后我能昂首挺胸地走路了。"

他将自己的那杯酒，顺着桌沿在地面上淋成一道线："爸，敬您一杯。"

秦芳和罗康成都泪流满面。

潘野又倒了一杯酒，敬给秦芳："再过些天，就是我爸的祭日，秦姨，你跟着罗叔一起，去给他扫扫墓吧。"

秦芳用手捂住脸，失声痛哭。这么多年，她都没脸面走出这座山，去那座墓前敬上一杯水酒，现在，她终于能去了，终于能去了……

在秦芳的哭声中，所有人都落下泪来，这段纠结了多年的恩怨，终于完完整整地解开。他们为秦芳高兴，为潘野高兴，也为那位逝去的先驱者高兴。

一场酒，喝得无比尽兴，当月上梢头，仍听得见罗康成荒腔走板的山歌，和潘野秦芳用筷子敲碗碟的合奏……

罗康成前脚刚下山，陈正雅后脚就来了。她一见叶岚就说："来，走两步，走不动了我卖你拐。"

叶岚扑上去打她："你信不信，我挂着拐都跑得比你快。"

"我证明，她的话属实。"李江洲举起双手："狗都没她跑得快。"

一句话得罪了两个女人，李江洲惨遭痛殴，向站在旁边看戏的韩靖求救："你还不过来帮忙，叶岚说要怂恿陈正雅拒绝你的求婚！"

韩靖总算出手，把李江洲救出了苦海："咱俩以后还是离远点儿，你运气背，不要影响我。"

李江洲憋屈含泪，叶岚和陈正雅幸灾乐祸地大笑。

但叶岚的脚，其实还是有点儿跛，陈正雅明里不说，却还是有些担忧。

"没关系，"叶岚的眼中毫无阴霾，"就算真的留了点儿小缺憾，这也已经算是很完美的结果了，哪怕走得慢点，但我可以爬山下河，和以前一样了。"

这是她那些灰暗的日子里，最大的向往。现在的一切，就像是失而复得的珍宝，即使有点儿小瑕疵又如何，她不在乎。

陈正雅也由衷地绽开微笑，世人都说她挑剔，所以她选出来做朋友的人，也是万里挑一。

"哎，那正好，训练营这一期有两个班，正雅一个人带不过来，叶岚你既然好了，那就帮着顶上吧。"韩靖不失时机地接话。

"拜托，你把我抓来当壮丁还不够，现在又要拖叶岚下水。"陈正雅撇着嘴摇头："我真该考虑一下叶岚的建议了。"

"对，"刚才遭遇背弃的李江洲，立刻对韩靖以牙还牙，"他这么奸诈，不是值得托付终身的人。"

韩靖将李江洲拖走，两个男人去一边决斗，陈正雅撞了撞叶岚的胳膊："哎，你还没答应李江洲的求婚啊？"

叶岚望着远处的云海，但笑不语。

而这一期的训练营，不仅有叶岚和陈正雅两位班主任，还多加了一位辅导老师。

叶岚瞥着正陪孩子们认动物卡片的李江洲："说好的威武不能屈呢？"

"但是富贵就……"李江洲干笑："韩靖的利诱手段，一般人挡不住。"

韩靖答应他，只要好好配合，以后他和叶岚的婚礼，也给承包了。

一路上，李江洲除了照顾孩子们，也细心地照顾着叶岚。这毕竟是她病好后第一次上山，他不放心。

叶岚的腿脚的确没有以前利索，心情却比以前更舒畅。久违的山中行，看着树上的鸟儿，溪边的小鹿，她有种无法言喻的欢喜。

又能全身心投入做野生动物保护了，曾一度以为已冷却的热血，再次沸腾。

她望着这片大好山河，只希望用自己的努力，让它永远保持这青翠明媚的模样，让动物们有个自由安宁的家。

训练营结束，叶岚便和潘野一起，上山去检测遥感系统，那些她在图中看了无数遍的地方，她终于可以亲自用脚步去丈量。她还遇到过一次奇奇，远远地看着它躺在山坡上吃竹子，她没有去打扰，它有它新的生活。

叶岚还特意下山，去了一趟老罗家。当罗大嫂看着叶岚一跛一跛地走进院子，整个人都傻了，张着嘴却说不出话来。

"没事儿，我都好着呢。"叶岚握住她的手："大哥不在家吗？"

罗大嫂回过神来："在房顶上晒天麻呢。"

叶岚看了看院子里铺满的天麻，点了点头："看来今年的收成好。"

"一年更比一年好！"老罗顺着梯子，从楼顶上爬了下来："多亏了你。"

"是政府支持，大家帮忙。"叶岚笑着说："对了，你不是一直想开农家乐吗，文旅集团打算在下面的镇上建民宿村，方便游客吃饭住宿。你们待客有经验，嫂子厨艺又好，可以优先帮你们申请一套。"

老罗高兴地直搓手："谢谢谢谢。"

"该说谢谢的人是我。"叶岚深深地看着他。两个人对视之间，都有些百感交集。

"算了，也别谢来谢去的了。"老罗一挥手："咱是一家人，不说两家话。"

叶岚也笑了起来："嫂子，中午我要吃土豆炕饭。"

"行！"罗大嫂爽朗地答应："再给你炖个腊蹄子火锅，保管你吃得肚儿溜圆！"

阳光温煦地照在这农家小院里，黑子懒洋洋地卧在柴垛旁，看着这欢声笑语的一幕……

在当地的支持和遥感专家的协助下，一体化系统经过反复试测，终于正式投入应用。叶岚整理了丰富详实的数据，结合过程中收获的经验和教训，写成论文发表在这个领域的国际尖端学术刊物上。

这个项目总算是成功完成了，冯主任给叶岚放了一个大假，让她回城好好休息一下。

回去的第一件事，当然是睡觉。叶岚连续睡了两天两夜，连饭都是李江洲送到床上吃的。

"你是孙悟空的瞌睡虫成精变的吧，"李江洲说道，"亲都亲不醒。"

"唐长老，你从西天取经回来了吗？"叶岚伸了个懒腰："找我有事儿？"

"还真有……"李江洲吞吞吐吐，眼神有些忐忑："我想安排你和我家里人吃顿饭。"

李江洲怕叶岚会拒绝，没想到她却一口答应："行，我正想好好感谢一下李叔叔。"

当李江洲带着叶岚走进包厢时，几个姑姑看着她走路时微跛的脚，眼神都一言难尽。

李院长却像什么都没看见一样，很自然地招呼叶岚："岚岚，这边坐。"

叶岚坐到了李院长旁边："李叔叔，谢谢您在我住院的时候，一直帮忙。"

"应该的。"李院长只简单地说了这三个字。其中的含义却让叶岚感动，也让其他人有些尴尬。

李瑜悄悄地瞄了一眼叶岚，低下头若无其事地喝茶。

"爸，我向叶岚求婚了，虽然她还没有答应。"李江洲的视线，落在几个姑姑身上："今天在这儿，有些话我觉得也提前说一说。"

四位姑姑面面相觑，都感觉气氛有点儿紧张，把目光投向李院长。他却点了点头："说吧，这里没外人。"

"如果叶岚能答应我的求婚，愿意嫁给我，她也只是嫁给了我这个人，而不是从此就归属于我们这个家庭。可能我这句话，在你们看来是忤逆不孝，但是，"李江洲的神色严肃而郑重，"我仍然会和从前一样，报答你们的养育之恩。可叶岚不需要，她前面的人生和你们没有关联，今后能维系你们之间关系的，只有感情。付出真心，才能换来真心，你们尊重她，她自然也会尊重你们。处得好，就当亲戚走，如果不行，那就各过各的日子，谁也不要对谁道德绑架！"

一席话说完，包厢里鸦雀无声。

李瑜有些按捺不住想说话，大姑却悄悄在桌子下拉了拉她的手，她最终还是忍了下来，垂着眼皮没出声。

这时，服务员进来送酒，李院长笑了笑："打开，给每个人都满上，既然大家心里都敞亮了，那就好好喝一杯。"

见大哥已经发了话，其他几个人更不敢再多说，大姑还特意给叶岚夹了一块排骨："吃什么补什么。"

叶岚微笑："谢谢阿姨。"

二姑接过话去："也该改口了吧,别枉了我们江洲辛辛苦苦求婚。"

叶岚望了李江洲一眼："我们一起给各位长辈敬杯酒吧。"

李江洲一愣,忙端着酒杯站了起来,大家都等着叶岚说祝酒词,她却一饮而尽,笑着倒转酒杯,表示一滴不剩。

其他人初时有些发怔,后来也各自干了手中的酒。

杯酒泯恩仇,一切重新开始。

晚上,李江洲洗完澡出来,叶岚正坐在床上看书。见他过来,她撩了一下头发："美吗?"

李江洲迅速回应："当然,这世上就属你最美……"

他突然声音中断,愣愣地看着她的手,无名指上有钻石在闪光。

"你怎么……怎么……"巨大的惊喜包围了他,他有些语无伦次。

"我只是觉得,"叶岚的眼眸里笑意流转,像闪烁着光芒的水晶葡萄,"如果嫁的是你这样的老公,就算有四个婆婆,好像也不那么可怕了。"

李江洲眼中一热。

叶岚举起手,对着灯光看了看,撇着嘴摇头："两克拉还是太闪了,不够低调。"

李江洲将她扑倒在床上,居高临下地俯视着她："要什么低调,我就是要全世界都知道,你是我媳妇儿!"

他的唇,慢慢覆了下来,台灯的光晕让他的轮廓更加完美,叶岚感慨自己的好运,缓缓闭上了眼睛……

64　世界的每一个角落

就在这时，手机铃声突然响起，李江洲懊恼地想伸手关机，叶岚却瞟见了屏幕上的名字。

"是冯主任。"她急忙推开李江洲，翻身坐起："这么晚打电话来，肯定有事。"

李江洲"嗷"地一声，成"大"字形翻倒在旁边。

叶岚接起电话："喂？"

"打扰你休息了吧？"冯主任说："明天早上八点，你跟我一起去校长办公室。"

"校长？"叶岚怔了怔："找我什么事？"

冯主任顿了顿："去了就知道了。"

电话挂断，叶岚摸不着头脑："校长召见我干什么？"

"管他干什么！"李江洲一把将叶岚扯倒，翻身压住："你先管我。"

清晨的闹铃响起，李江洲翻了个身，用被子把头蒙住，叶岚却蹑手蹑脚下床去洗漱。

"等我回来啊。"临走前她坐在床边，拉了拉李江洲的手，却被他扯下来，强行要了一个告别吻。

到了校长办公室，冯主任已经在里面等，叶岚用询问的目光看向冯主任，他却没看她，转头向校长介绍："这位就是叶岚。"

"虽然没见过真人，"校长笑着和她握手，"但在各种新闻报道里，常见到你的名字。"

叶岚有些不好意思："全靠学校支持。"

"谦虚了，你的名声都已经传出国门了，"校长将一叠资料递给叶岚，"你发的那篇文章引起了非洲野生动物保护机构的关注，他们给学校发来了邀请函，希望你能将野化放归和监测系统的经验技术带过去，帮助他们。"

叶岚怔住："去非洲？"

"非洲那边的野生动物保护形势很严峻，"冯主任看着叶岚，"盗猎猖獗，很多物种面临濒危，如果你能过去，将青塬的那一套系统建立起来，并且帮他们实现人工繁育动物的野化放归，这将是一件非常有意义的事情。"

校长点头："这次发出邀请函的肯尼亚政府，也是我们'一带一路'的兄弟伙伴，于情于理，我们都应该搭一把手。"

叶岚沉默许久，终于点了点头："好，我去，全世界的野生动物保护是一家。"

校长和冯主任对视，都赞赏而欣慰地点头。

从校长办公室出来，冯主任追上叶岚："小叶，按理说你刚完成了这么大的项目，腿也没完全好，是不该让你去非洲的，但是……"

"我明白。"叶岚点头。这是一次特殊而重要的任务，换了谁都无法推辞。

只是她此刻心情有些复杂，该怎么对李江洲说呢？昨天才答应他的求婚，今天就告诉他要去非洲。

叶岚到家的时候，李江洲正在刷牙，他含着满嘴的白沫，对她露齿一笑："媳妇儿你回来了。"

他很喜欢叫她"媳妇儿"，她也在长期的潜移默化中，习惯了这个称呼。

但是此去非洲，至少得一两年，离她真正成为他媳妇儿的日子，恐怕还很远。

李江洲刷完牙过来，坐到她身边，将她拉进怀里："咱们什么时候办婚礼，要不要让双方家长见个面，先商量一下？"

"江洲……"叶岚难以启齿，不忍心破坏他的期待。

他察觉到她的情绪不对："怎么了？"

叶岚犹豫了半晌，最终还是咬牙从包里拿出了那张邀请函："学校要派我去非洲，做野生动物保护援助项目。"

李江洲的表情僵住，他没有看邀请函，只是望着她："你去吗？"

叶岚不知道该怎么回答，默然无言。

"你已经答应了，对不对？"李江洲的手，从叶岚腰上滑了下来："你只是来通知我，你要走了。"

"江洲，"叶岚深深地叹了口气，"对不起。"

李江洲没再说话，穿上外套出门，叶岚本想去追，但脚步踏出去却又停住，因为他已经重重关上了门。

叶岚跌坐回沙发里，看着手上那枚熠熠生辉的戒指，无比沮丧。

他很生气，而这是应该的，好不容易落实的期待，又再次落空。

怎么才能把他哄好？她没把握。或者实在不行，拒绝这次任务？叶岚左右为难，陷入焦虑之中。

就在这时，传来了钥匙开门的声音，叶岚惊讶地望向门口，李江洲气冲冲地走了进来，站在叶岚面前。

"要去也可以，先结婚！"他此刻的样子，特别像漫画里鼻子往外喷气的牛。

叶岚明知不该笑，却还是忍不住"扑哧"笑了出来。

李江洲气得双手揪起叶岚的脸蛋："有什么好笑的，不想结是不是？"

"结，结，"叶岚掰开他的手，笑得喘不过气来，"哎哟，今天就去找韩靖要钱办婚礼。"

李江洲终于消了些气，霸道地抱住叶岚："必须结，不然你跑出去那么久，万一被别人抢走怎么办？"

"我也就在你眼里是个宝，"叶岚在他手心里画圈圈，"别人可不这么想。"

她在他的心里，是独一无二的，连脾气和缺点，都是他眼中的可爱之处。这就是爱人。

"我还没说你呢，"叶岚斜睨着他，"长着一张勾人的脸，身材还这么好，又有能力，我要是走了，小姑娘们还不得往你身上扑呀。"

"你这一番吹捧，让朕龙心大悦，突然不生气了。"李江洲坏笑着搂紧叶岚："你是不是应该在临走之前，多表表忠心，以免被别人抢了正宫的位置？"

"还演上了？"叶岚笑了。

当韩靖接到婚礼经费申请，他表示质疑："这个月结婚？就剩下不到十天了，你们想骗我钱吧？"

"我下月初去肯尼亚。"叶岚说。

"你去肯尼亚干什么啊？"陈正雅也凑了过来："这不才回来吗？"

"帮那边的野生动物保护机构做野训和监控，"叶岚叹了口气，"今天早上校长刚找我谈的。"

陈正雅和韩靖对视了一眼，又同情地看向李江洲："难怪急着结婚。"

韩靖仗义地拍了拍李江洲的肩："说吧，要多少？婚礼策划找好了吗？没有我帮你安排。"

李江洲却沉默片刻，笑了笑："我又突然觉得，好像没那么急了。"

众人都讶异地看向他。

"一辈子这么长，还在乎这两年吗？"李江洲凝视叶岚："你说呢？"

叶岚柔柔地一笑："嗯。"

两人对望，时间仿佛在这一刻，凝结成了永恒。

陈正雅充满羡慕地看着他们，韩靖则悄悄地看着她。看来在他们之间，有件事情也该提上议程了。

接下来的几天，叶岚一直忙着办各种手续。这天，她正在实验室给学生安排后续的工作，突然接到了韩靖的电话："你在学院吗？"

叶岚"嗯"了一声。

"正雅呢？"韩靖又问。

"应该也在吧。"早上在走廊上碰见时，两人还一起约好了吃中午饭。

"那你就叫她一起下来吧，"韩靖说，"正好我也约了江洲，跟你一起吃个告别宴。"

"这告别宴都吃了几轮了？"叶岚无奈，看了看时间，也的确到饭点了："好吧，你等会儿。"

叶岚继续把事情说完，出门去找陈正雅，到了走廊上随意一望，顿时呆了，冲过去敲隔壁的门："傻喵傻喵，你快出来！"

在学生面前被叫"傻喵"，陈正雅很尴尬，打算出去给叶岚一个警告，却被她拉到走廊边："你往下看！"

楼下的大厅里，用粉色玫瑰摆成了巨大的心形，韩靖站在花海中央，正含笑仰头望着她。

陈正雅的眼中盈起了泪水，喃喃自语："这是……"

叶岚笑着牵起她的手："走，我陪你一起下去。"

当叶岚和陈正雅来到大厅，四面的走廊上，也已经聚满了人，都等待着女主角的出现。

陈正雅羞赧，不好意思往前走。韩靖如王子般，弯腰向她伸出手："我心上的门已经打开，你愿意进来吗？"

四周的女生们，都不禁发出了尖叫。此情此景，和童话有什么分别？

陈正雅一步步走向韩靖，他拥住她低语："说错了，其实你早已在我的心上。"

他的呼吸，吹拂在她耳边，让她仿佛连毛孔都在颤栗。她怔怔地望着他，直到吻落到她唇上。

周围又是一片欢呼和尖叫声。

韩靖趁着这声音的浪潮，将戒指戴到了她手上："嫁给我。"

陈正雅流着泪点头，脸上洋溢着幸福的笑容。

站在花环外的叶岚，看着这一幕，深深一叹："这么浪漫，感觉我像是又被求了一道婚。"

李江洲立刻抓起她的手，在她眼前晃晃："醒醒，你要记清楚，你可是有主的人。"

"诶？"叶岚真的醒过神来："你跟韩靖，是早就串通好的吧？那为什么不也提前告诉我？"

李江洲耸肩："要是告诉了你，还能演得这么逼真吗？求婚求婚，要的就是惊喜。"

"可你们这惊喜，也大费周章了吧。"叶岚指着场地："光摆这些花，也要不少时间，就不怕万一我和正雅谁出来，看到了露馅？"

"韩靖哪有你这么笨？"李江洲不屑地翻起花环一角，原来花柄都是提前扎在一起的："准确地说，这叫玫瑰长龙。"

"我婚还没求完呢，你就拆我场子。"韩靖拉着陈正雅过来："你小子能不能讲点儿义气？"

"我还不讲义气？"李江洲拍着胸脯："为了不让你今天的光辉形象受到破坏，这花儿都是我搬的，你还不许弄坏咯，说求完婚花店要回收。"

"啧，"叶岚摇头，"韩总，您的求婚方式实在是太……环保了一点儿？"

为了气氛，她勉强没有把"寒碜"两个字说出口。

"我的钱不都在你手上吗？"韩靖笑眯眯地看着叶岚手上的戒指："这可是两克拉啊。"

陈正雅看了看自己的钻石，顿时对叶岚怒目而视。

"得嘞，别内讧了。"李江洲挤进来打圆场："赶紧搬花吧，蔫了人家花店不要了。"

众人相互对视一眼，爆发出大笑声。冯主任和宋院长站在楼上，看着一片花海中的四个年轻人，摇头叹道："青春啊，青春。"

那天晚上，陈正雅抚摸着戒指上的粉红色钻石，扬起脸问韩靖："你为什么一直固执地认为，我喜欢粉红色？"

"是你自己忘了，"韩靖微笑，"你第一次来到我们家的时候，穿了一双粉红色的小皮鞋。"

韩靖走进家门时，第一眼看到的，就是那双放在门边的小鞋子，蝴蝶结加粉色，就这么烙进了他的心里，从此成为女孩的代名词。

而那天的记忆，对陈正雅来说却是黑白的，直到韩靖出现，所以她并不记得这个细节。陈正雅想了想，怅然一笑："或许，那是我妈妈喜欢我穿的颜色。"

连她床上的布娃娃，穿的也是粉白的纱裙。

"你妈妈，一定将你当成了小公主。"韩靖将她揽进怀里："你也永远是我的小公主。"

他之所以赶在叶岚走之前求婚，就是希望能有一个她最爱的人，牵着她的手，把她交到他手中。这是温暖幸福的见证，他希望她的心中，永远铭记这片粉色的花海，和爱她的他们。

陈正雅和韩靖沉浸在幸福中，李江洲和叶岚却已经到了离别的时刻。

机场安检口外，叶岚和来送别的冯主任宋院长握手，又拥抱了泪汪汪的陈正雅："韩靖，只准她哭这一次，以后你可不能把她弄哭。"

"放心吧。"韩靖笑着，向李江洲申请："今天我能破例抱一下你的叶岚吗？"

"算你会说话。"李江洲点头同意。

韩靖也拥抱了叶岚："谢谢你一直照顾正雅，也给了我那么多支持和帮助。"

叶岚微笑："文旅事业也要好好干哦，不然就只能回去继承亿万家产了。"

众人哄堂大笑。韩明月的确三番两次要韩靖回集团，但都被他婉言谢绝了，他立志要将文旅，做成第二个靖安。

最后轮到了李江洲，他还没开口，她已经眼圈发红。

"别哭，"他用指腹抹去她的泪水，"到了那边就跟我视频，我们无缝连接，就像没有分别过。"

"好。"叶岚绽开一个笑容。天涯海角，只要心不分开，就是在一起。

当叶岚走进安检口，回头留恋地挥手时，李江洲坏笑着给她飞了个吻。

可等她的身影一消失，他就捂住了脸，泪水从指缝里流了出来。

"不是说不哭的吗？"韩靖拍着他的肩，一叹。

还没走，思念却已泛滥。韩靖理解他的感受。如此深爱，谁能忍得了离别之苦？

李江洲等了一天，终于等到了叶岚。视频里的她，盘腿坐在草原上，笑容明亮："我到营地了，这里很美。"

她将手机转了个方向，让李江洲看天际线上的夕阳，从湛蓝一层层晕染至橙红，美得惊心动魄。

但如斯美景，那个人却不在身边，让人心中格外寂寥。

"我好想你。"她低低地说。

"我也想你。"他望着林间的月色："等我攒够了年休假，就飞过去找你。"

然而，李江洲接下来却并没有时间休假，忙得不可开交。秦教授那边有只熊猫得了肠梗阻，病情危重急需手术，他想起了临床出身的外科医生李江洲，让冯主任向中心申请借调。

罗康成马上派李江洲过去，对熊猫机体的熟悉，结合优秀的外科技能，李江洲漂亮地完成了手术，挽救了熊猫的生命。他也因此一战成名，以后但凡遇到重大的动物手术，都会有人提到李江洲，找他的人越来越多，他甚至被誉为野生动物救护中心的"一把刀"。

但有些手术，不能靠一个人的力量去完成，他瞄准了一个最佳搭档——陈正雅。可陈正雅傲娇地坚称她不是李江洲的搭档，而是指导老师。对于这位曾给他开过考前辅导班的导师，李江洲连哄带蒙，硬拉着她一起完成了好几台大手术，两人名声大噪。

叶岚那边，也同样是马不停蹄。她协助当地人建立起反盗猎机制，并呼吁国际社会不要购买象牙和犀牛角等野生动物制品；对人工圈养的小狮子进行野化放归训练，如同又遇到了另一个奇奇；在奥肯耶做生物多样性调查，看着长颈鹿和火烈鸟从身边悠闲经过……

两个人奋斗在各自不同的战场上，却在精神上守望相助。

而这一天，在叶岚和李江洲的每日例行视频里，出现了一个不速之客。阳光下，韩靖戴着墨镜靠在吉普车上，一派酷帅。

"他怎么去了？"李江洲怪叫。

"我来开拓国际业务啊，"韩靖对着摄像头，笑出一排白牙，"叶岚在这里，正好给我牵线搭桥。"

"你怎么没告诉我？"李江洲转头怒视陈正雅。

陈正雅撇嘴："怕您老人家醋缸又打翻了，妨碍我家韩总做生意。"

"奸商老婆，"李江洲气呼呼地嘀咕，"果然不是一家人，不进一家门。"

"行了，别叨叨了，马上要开会讨论手术方案了。"陈正雅毫不留情地关掉了视频。

这边的两个人，对着消失掉的页面，目瞪口呆。

"你的妻子，对你好像并没有什么感情啊。"叶岚说。

"总比你天天在醋缸里游泳好。"韩靖姿态优雅。

叶岚作慎重考虑状："这牵线搭桥的事……"

"这你可一定要帮忙。"韩靖大笑，眼中有郑重之色："这也是政府支持的项目，我们旅游产业，也要搞'一带一路'的合作。"

"嗯，让国内的孩子们，来看看美丽的非洲大草原也好。"叶岚望着远方："让他们知道世界的每一个角落，都值得珍惜。"

"还有一个好消息，"韩靖说，"马上要建国家公园了，青塬和洛川都在划分的范围之内。"

"真的？"叶岚惊喜。

韩靖点头："我已经跟上级部门谈过了，自愿让文旅集团成为国家公园下的一个服务子公司。政府对我们也很好，要加大资助力度，说不能让公益性企业在经济上有损失。"

"那是因为你们也给当地的经济和山民做了很多贡献，"叶岚眨眼，"记得带上我们的基金会哟，虽然钱不多，但总能出一份力。"

韩靖笑着和她握手："一定。"

阳光照耀着广袤的大地，人们在辛勤劳作，羚羊和角马在远处吃草，互不打扰却又仿佛有难以言喻的默契，如此时光静好……

大结局　栖息在你心上

两年后的机场里，叶岚一袭色彩斑斓的长裙，充满异域风情。但她皮肤依旧白皙，丝毫没有被肯尼亚的阳光晒黑。

她正在看手机上的新闻——"中国成功完成全球首例大熊猫心脏手术"。下文里标注的主刀医生姓名是李江洲和陈正雅，而特约记者的名字，是安娜。

有这样优秀的小伙伴们，安娜离她的普利策奖，确实是越来越近了。叶岚微笑。

"飞往古城的 MU2106 次航班即将起飞……"机场提示音响起，她起身拉着行李，走向登机口。

今日的古城，有一场盛会。国际生态学峰会正在西大举行，顶尖学者们齐聚一堂，既有交流也有激辩，气氛热烈。

当会议进行到最后，作为大会主办人的冯主任介绍："下面，我们请一位特殊的嘉宾，为我们讲述她对于这个行业的领悟和观点。"

一双八厘米的高跟鞋首先映入众人的眼帘，那人脚步沉稳地走到讲台中央，鞠躬之后抬头微笑："大家好，我是西大保护生物学的叶岚。"

台下的陈正雅捂住了嘴，以免自己失声尖叫。

叶岚回来了，她的腿也彻底好了。陈正雅热泪盈眶，叶岚也将目光投向了她，遥遥点头致意。

叶岚深呼吸一口气，开始了她的演讲："今天，我刚从非洲回来，那里很美。而三年前，我就在青塬，这里也很美。这个世界上到处都是美景，但遗憾的是，过去有许多美好的景色，我们已经看不到。而如果想要在许多年后，让我们的子孙后代还能看到今日的美景，要做的事还有许多，许多。"

叶岚点开文档，里面有很多照片，青塬训练场里的奇奇，非洲大草原上的狮子，还有南极冰川间的企鹅和海豹。一幕幕生动逗趣，显示着这个世界的鲜活。

"人类的欲望是无止境的，有时候会误以为自己是这个世界的主宰，但其实，我们只是这个世界的一分子。"她身后的背景图，换成了一个由各种元素组成的的闭环图："水、空气、土壤、植物、动物，世界是一个有机的大系统，如果我们肆意破坏其中的任何一样……"

她手中的按键一点，在闭环正中央的人类，向四周发射子弹，一个元素点消失的同时，造成了整个循环的爆炸，代表人类的图标，也随之灰飞烟灭。

"这个世界的平衡就会崩塌瓦解，最终遭到反噬的，必定还是人类。"叶岚的眼神坚毅有力："所以保护动物，就是保护人类自己，保护生态，就是保护人类自己！也许我们每一个人的力量，只够照亮这世界的一个小小角落，但无数人的力量汇聚起来，就能照亮整个地球！"

随着她的话语，屏幕上徐徐展开了一张地球的全景图，在青源的方向，亮起了一个绿色的点，紧接着，四面八方陆陆续续亮起了光点，最后汇聚成绿色的海洋，覆盖了整个地球。

所有人都静默无声地看着这片生命之绿，最后不知道是谁率先鼓起了掌，随即掌声也连成了海洋，一浪更高过一浪，经久不息……

散会时，陈正雅冲向了叶岚，两个人紧紧拥抱。

"你的腿彻底好了？"陈正雅不敢置信地看着叶岚的高跟鞋。

"嗯，"叶岚笑着点头，"可能是成天追辛巴追的。"

"辛巴？"陈正雅好奇。

"我在非洲做野训的小狮子，"叶岚满脸骄傲，"将来肯定会成为狮子王！"

"真有你的！"陈正雅拍了一下她的肩："可惜你跟江洲错过了，现在中心借鉴秦教授他们的成功经验，让怀孕的母熊猫入驻野训基地，这样幼崽一生下来就在野外环境里成长，以后的生存能力会更强。不过，这也就意味着要将育幼和野训结合为一体，难度更高。虽然潘野和朱朱现在也算野化放归的小专家了，但为了万无一失，江洲还是主动过去帮忙了，听说进展很不错。"

"真棒啊。"叶岚由衷地赞叹："有这样优秀的同行们，这个世界会越来越好。"

她看着会场上不同肤色不同面孔的人们，再看向那张定格的绿色地球图，胸腔中的热血在发烫，她相信自己的愿望不是梦，有这许许多多坚定的同路者，一定会让它成真。

山里的黄昏，总是很静谧，但今日的静谧却被热烈的掌声打破，平板电脑上正在回放叶岚演讲的视频。

朱朱摇头晃脑："江洲哥，岚姐现在已经站上世界大舞台了，你有没有压力？"

李江洲的手，忍不住去抚摸屏幕上叶岚的脸："甭管她在哪儿，她都是只属于我的叶岚！"

"这么霸气？"一个带着笑意的声音，突然从不远处传来。

李江洲整个人僵住，过了几秒，才慢慢转过身去，看着向他走来的那个人。

而朱朱早已经飞了过去，一把拉住叶岚又跳又笑："岚姐岚姐岚姐，你回来了你回来了！"

"兴奋得都变成了复读机，"潘野说，自己却也走过去，有种难得一见的弟弟式的撒娇，"姐，都好久没见你了。"

叶岚一边一个，揽住他们的肩膀："姐回来了，陪着你们继续搞野训。"

两个人齐声欢呼，朱朱悄悄向潘野使了个眼色："我们去找秦姨，今晚过来做顿好吃的，庆祝岚姐回归。"

他们一溜烟地跑了，叶岚走到李江洲面前站定："惊喜吗？"

"我还以为你至少明天才会过来。"李江洲怔然望着她。

"千里奔袭，"叶岚歪着头笑，"只为早一秒见到你。"

"你呀——"李江洲抬起手，抚摸她的额发："头发长了，黑了一点点，脚也好了……"

他一样样地数，似乎要找出这三年间，她所有的细微变化。

"但是这个，"叶岚笑着举起手，夕阳在钻石上流转成绚烂的光华，"一千多个日日夜夜，我从未取下来过。"

"也许是取不下来了吧，"李江洲深情地点头，"我看你好像长胖了。"

"去你的。"叶岚作势打他，手落到他身上，却轻轻勾住了他的脖子，她深深地凝视着他："李江洲，我想嫁给你。"

她的眼中，有他的影子，那样清晰。他的唇缓缓慢慢地压了下去，在触上的那一刻低语："我愿意。"

天地间明明如此广博，此刻却仿佛只剩下了这一对缱绻相吻的身影。

如云伴着风，蝴蝶迷恋花朵，此生我只愿，栖息在你心上。

而你，是我的世界。

（全文完）